La novia del viento

La novia del viento

Brenna Watson

Papel certificado por el Forest Stewardship Council®

MIXTO
Papel | Apoyando la
silvicultura responsable
FSC® C117695
FSC www.fsc.org

Penguin
Random House
Grupo Editorial

Primera edición: septiembre de 2024

© 2024, Brenna Watson
© 2024, Penguin Random House Grupo Editorial, S. A. U.
Travessera de Gràcia, 47-49. 08021 Barcelona

Printed in Spain – Impreso en España

ISBN: 978-84-666-7923-7
Depósito legal: B-11.279-2024

Compuesto en Llibresimes

Impreso en Liberdúplex
Sant Llorenç d'Hortons (Barcelona)

BS 7 9 2 3 7

A Aránzazu, editora, amiga
y «madre» de este proyecto.
Gracias por tanto

PRIMERA PARTE
EN EL PAÍS DE LOS SUEÑOS

1

Yorkshire, Inglaterra, Navidad de 1936

La nieve caía con un leve susurro al otro lado del ventanal, donde ya se había acumulado una gruesa capa de un blanco inmaculado. En otro tiempo, esa nívea alfombra no habría aguantado intacta ni siquiera una hora, horadada por los pasos inquietos de los niños de la casa. Ahora, en cambio, eran todos demasiado mayores como para andar correteando por los jardines, alborotados y con el deseo de estrenar los juguetes nuevos que Santa Claus hubiera dejado bajo el árbol.

Eso pensaba Rebecca Heyworth mientras hacía un mohín de disgusto. La Navidad siempre había sido su época favorita y muchos de los recuerdos más felices de su infancia estaban ligados a ella. Le fascinaban los elegantes adornos rojos y plateados que los criados, férreamente vigilados por su madre, colocaban con extremo cuidado siguiendo un orden establecido que nunca, jamás, variaba. Adoraba el olor a canela, jengibre y vainilla que emanaba de las cocinas e impregnaba el ambiente, como un ornamento más que Nora Heyworth hubiera añadido a última hora. Le encantaba sentarse alrededor del árbol junto a sus padres y sus tres hermanos para abrir los regalos —nunca antes de las nueve de la mañana—, entre risas y gestos de sorpresa. Recordaba que, durante sus primeros años, no lograba comprender por qué Santa no siempre acertaba con los suyos, por mucho que se esmerara al escribir su carta. Nunca tuvo un perrito, y el único caballo que recibió fue uno de madera que, por muy hermoso que fuera, no la llevaba a ningún sitio. Disfrutaba de la comida familiar del día de Navidad, donde las rígidas costumbres impuestas por Walter Heyworth a sus vástagos se relajaban un tanto. Y, sobre todo, adoraba que sus padres desaparecieran a media tarde para acudir a alguna fiesta y los cuatro niños se quedaran al cuidado de la niñera, Sally Donahue. Aquella mujer pelirroja y de carnes abundantes, cara llena de pecas y vivaces ojos verdes les relataba historias de su Irlanda natal, llenas de criaturas mágicas y lugares imposibles, con aquella voz dulce y cantarina con la que había arrullado primero a la madre de los niños y luego a ellos. Instalada en un confortable sillón en la habitación de los juegos, frente a un fuego chisporroteante, conjuraba mil escenarios mientras la luz de la chimenea formaba extrañas sombras sobre las finas arrugas de su rostro. Siempre les consentía comer más dulces de los permitidos y rara era la ocasión en la que no acababan todos con dolor de tripa, aunque ninguno se hubiera atrevido jamás a mencionarlo delante de sus padres.

Todo eso, sin embargo, había sido mucho antes, se dijo Rebecca. Antes de que su cuerpo la traicionara y la convirtiera en una mujer. Antes de que sus padres la presentaran en sociedad —algo que había ocurrido hacía solo un año— y se viera obligada a asistir a todo tipo de eventos, incluso el día de Navidad. Antes de que su hermano pequeño, Jamie, fuese ya demasiado mayor para necesitar niñera y Sally Donahue saliera de sus vidas, rumbo a ese lugar llamado Irlanda donde Rebecca la imaginaba rodeada de hadas y duendes.

Aún situada frente al ventanal, escuchó a su espalda el frufrú del vestido de su madre al entrar en la habitación y pensó que el sonido conjugaba a la perfección con el susurro de la nieve, como si formaran parte de una misma melodía.

—¿Ya estás lista? —la oyó preguntar con cierto nerviosismo—. Llegaremos tarde. Y ya sabes lo mucho que tu padre odia retrasarse.

Claro que lo sabía. Walter Heyworth odiaba muchas cosas. Entre las cuales, pensaba ella a menudo, a su propia hija.

—Estoy lista —dijo, no obstante, al tiempo que se daba media vuelta y forzaba una sonrisa.

Su madre lucía un vestido de seda granate que realzaba su estilizada figura, y su rostro, maquillado con discreción, hacía resaltar sus grandes ojos azules, un atributo que, por desgracia, Rebecca no había heredado. Sí, en cambio, su abundante cabello negro, que Nora Heyworth llevaba recogido en lo alto de la cabeza y ella, en un moño bajo de lo más insulso.

Recibió la mirada aprobatoria de su progenitora, que la miró de arriba abajo durante un par de segundos, como si necesitara cerciorarse de que se hubiera puesto el vestido que ella misma le había escogido, así como los complementos que lo acompañaban: guantes, zapatos, chal y joyas. Por más que Rebecca hubiera preferido otro tipo de vestimenta, sin contar con un calzado más cómodo, había decidido aparcar su acostumbrada rebeldía y plegarse a los deseos de sus padres.

En ese momento había demasiado en juego como para arriesgarse.

Poco antes de alcanzar la adolescencia, Rebecca había encontrado en la habitación de Sally una serie de novelas en formato económico que la niñera guardaba con cierto celo, aunque no el suficiente como para que una niña tan curiosa como ella no las encontrara. Había devorado unas cuantas con la embriagadora sensación de lo prohibido, historias ambientadas en la primera mitad del siglo XIX, protagonizadas por condes y duques, y preciosas e incomprendidas heroínas cuyo único propósito en la vida era conquistar el corazón del hombre de sus sueños. Gran parte de aquellos argumentos transcurrían en abarrotados salones de baile y, al entrar en casa de los Barrymore, Rebecca no pudo evitar acordarse de aquellos escenarios. Pese al tiempo transcurrido, las cosas no habían cambiado tanto como cabía esperar. Cierto que ahora los nobles habían sido sustituidos en gran parte por acaudalados hombres de negocios, como Walter Heyworth, pero el espíritu continuaba siendo el mismo: codearse con lo más granado de la alta sociedad, cerrar tratos y concertar matrimonios. Las mujeres, pese a haber logrado cierto reconocimiento, continuaban bajo el yugo de padres, tutores y esposos.

Siempre se había mostrado reacia a ocupar el papel que la sociedad le imponía, y eso había sido así desde que era niña, desde que comprendió que sus hermanos, solo por el hecho de ser varones, tenían acceso a una educación que a ella le estaba vedada. ¿Acaso no era tan lista como Robert, su hermano mayor? ¿Ni tan espabilada o más que Charles, el mediano, solo un año menor que ella? ¿O tan inteligente como Jamie, el pequeño? Por supuesto que sí. Ella lo sabía. Su madre lo sabía. Sally lo sabía. Incluso su padre lo había reconocido a regañadientes tras ser expulsada de su segundo colegio, una institución religiosa que se había mostrado incapaz de domar su carácter salvaje. «Salvaje», así se habían referido a ella, como si fuese un animal de la jungla, incluso algo mucho peor.

El tiempo, sin embargo, es un gran maestro. Los años le habían enseñado que mostrarse tan belicosa rara vez le proporcionaba beneficio alguno y que era mucho más provechoso adoptar una actitud sumisa y aprovechar las oportunidades que pudieran presentarse. No siempre lo lograba; su carácter impulsivo a menudo tomaba las riendas de su boca para proferir todo tipo de opiniones inoportunas, pero estaba en ello. En esos momentos, de hecho, estaba disfrutando de una de esas pequeñas victorias, de ahí que no hubiera puesto reparo alguno a la idea de acudir a aquella fiesta donde sin duda sus padres tratarían de presentarle a los candidatos más prometedores con la esperanza de que escogiese un marido apropiado. A esas alturas, también había aprendido a esquivar los intentos de cortejo de un buen número de jóvenes y no tan jóvenes para desespero de su progenitor, que no comprendía cómo su hija aún no había recibido un buen puñado de ofertas de matrimonio.

Esa noche en particular, la joven no estaba especialmente

preocupada por esas cuestiones. La reciente abdicación del rey Eduardo VIII para casarse con la dos veces divorciada Wallis Simpson —americana, además— era el tema de conversación de la velada. El hecho, que se había producido el día 10 de ese mismo mes, continuaba en boca de todos, habida cuenta de que muchos de los presentes todavía no habían tenido oportunidad de comentarlo con sus conocidos. La locura transitoria del rey, la incapacidad del primer ministro Stanley Baldwin para impedirlo y, sobre todo, el carácter díscolo de la señora Simpson protagonizaban todas las conversaciones. Al menos, reconocían con alivio casi todos los invitados, la arpía no había conseguido su propósito de obtener la corona británica, y la opinión mayoritaria era que la relación no duraría mucho y que el rey había abdicado para nada.

Tratando de aparentar un interés que solo sentía a medias, buscaba con la mirada a la única persona en aquella fiesta a la que de verdad deseaba ver: Margaret Campbell, a quien en la intimidad todos conocían como Margot. Ambas habían coincidido en la última escuela en la que recaló Rebecca —de la que también había sido expulsada— y era la única persona en el mundo a la que podía llamar amiga. Finalmente localizó el brillo de su melena trigueña a pocos corrillos de distancia y, tras intercambiar unas breves frases con su madre, partió en su busca. Margot era una belleza clásica, de rasgos delicados y ojos azules, y llevaba el cabello suelto hasta la altura de los hombros, como dictaba la moda. Rebecca lo tenía bastante más largo, pero aún no había conseguido que su madre le dejara lucirlo de otro modo que no fuera con un recogido, al menos en eventos de la relevancia de aquella noche.

Las dos jóvenes se saludaron con contenida efusividad y no tardaron en abandonar el corrillo formado por los padres de Margot y algunos invitados.

—Estás preciosa —le dijo Rebecca cuando se encontraron a solas, ya sin cortapisas—. El pelo te queda genial así.

—¿Verdad? —Margot elevó una mano y se ahuecó la melena—. Creo que este corte también te favorecería mucho.

—A mi madre le daría un sofoco si lo llevara tan corto —reconoció con un mohín.

—Al menos te permite vivir en Londres —replicó.

—Bajo la atenta vigilancia de mi tía Patrice, no lo olvides, y con la constante amenaza de sus visitas. ¿Sabes que en los casi cuatro meses que llevo allí mi madre ha venido a verme nueve veces?

—Se preocupa por ti, ya lo sabes —recalcó Margot—. Además, estás asistiendo a la escuela de arte.

—¿Y?

—Bueno, reconoce que no es lo habitual para... En fin, ya sabes a qué me refiero.

—Para una joven de mi estatus social —bufó—. Soy consciente, mi padre me lo ha repetido un millar de veces.

—Y aun así has logrado que te dejara asistir.

—Que me dejara asistir... —repitió, pensativa—. ¿Te das cuenta de lo que implica esa frase?

—¿Qué? —Margot la miró como si no la comprendiera.

—Que necesite el permiso de mi padre para estudiar, ¿no te parece un disparate? —Rebecca elevó el tono de voz sin darse cuenta—. Hay mujeres que van a la universidad, cada vez más. ¿Por qué no podemos nosotras formar parte de ese grupo?

—Nunca he sentido inclinación por los estudios, ya me conoces.

—Esa no es la cuestión...

—Becca, este no es lugar para esta conversación —la cortó su amiga con voz queda, la única que la llamaba Becca sin que a ella le dieran ganas de tirarle del pelo.

Rebecca miró alrededor y comprobó que, sin pretenderlo, había llamado la atención de algunos de los invitados más próximos a ella, así que cerró la boca de inmediato. Aquel tema de conversación en particular siempre lograba solivientarla y no comprendía por qué Margot, con quien tantas cosas tenía en común, no compartía su punto de vista.

Era cierto que su padre, tras varias peticiones y ruegos, había accedido a que asistiera a una escuela de arte, una actividad mucho menos peligrosa en su opinión que cualquier carrera universitaria. Que una mujer mostrara cierta inclinación por el arte era bien visto, así como que fuera capaz de dibujar o de pintar cualquier cosa con algo de talento. Sin embargo, su magnanimidad se extendería únicamente durante ese curso lectivo, tras el cual Rebecca debería tomarse en serio la búsqueda de un marido. Para entonces ya tendría veinte años —los cumplía en abril—, una edad más que adecuada para contraer matrimonio. Ella había aceptado sus condiciones, por supuesto, no porque estuviera conforme con ellas sino porque, en aquel momento, le parecieron el único modo de lograr su objetivo.

Desde bien pequeña había mostrado su inclinación por el dibujo y la pintura, con bastante buen resultado, a decir de todos. Poseía talento para la perspectiva, para el uso de los colores y las sombras, y una imaginación desbordante. También había mostrado interés en la escritura y había redactado media docena de cuentos y una pequeña obra de teatro, que representó con sus hermanos una Navidad, hacía ya muchos años, cuando todos eran pequeños y el mundo aún parecía mágico. No obstante, como sus padres no cesaban de recordarle, esas inclinaciones artísticas no debían extenderse más allá del círculo familiar, mucho menos cuando fuese una mujer casada. Su madre, en verdad, había hecho hincapié en la idea de que, tal vez, a su futuro esposo no le gustara que dedicase su tiempo libre a esas actividades y que sería deseable que, llegado el caso, fuese capaz de encontrar otras aficiones más de su agrado. Ante esas perspectivas, ¿cómo no iba a mostrarse reacia a unir su vida a la de otra persona? ¿Una persona que, además, sería prácticamente dueña de su vida?

Pese a la vigilancia de su tía Patrice, Rebecca debía reconocer que disfrutaba de más libertad de la que inicialmente esperaba. Todo porque su tía ya estaba demasiado mayor como para aguantar sus correrías y había decidido confiar en ella lo suficiente para permitirle salir sola. Bueno, no exactamente sola, pero sí con alguien que contara con su aprobación. Y ese alguien era Diane Morris, otra alumna de la escuela de arte, de edad similar e hija de un reputado abogado cuyo padre había sido conocido del difunto esposo de tía Patrice, como si eso legitimara a su progenie hasta el fin de los tiempos. Rebecca y ella habían congeniado de inmediato, sin sospechar las muchas ventajas que su incipiente amistad iba a traer consigo. Con el beneplácito de ambas familias, se movían por la ciudad como si esta les perteneciera, desde exposiciones de arte hasta clubes de dudosa reputación en los que era poco probable que alguien las reconociera. Londres les parecía la ciudad más fascinante del mundo y estaban dispuestas a recorrerla de una a otra punta. Y varias veces, a ser posible, antes de que se vieran obligadas a seguir los dictados que marcaran sus progenitores.

Esa tarde se encontraban en el dormitorio de Rebecca. Escuchaban discos en el gramófono a un volumen más alto de lo habitual, aprovechando que la tía Patrice había salido. Mientras las notas de Benny Goodman llenaban el aire, Rebecca releía con aire distraído la última carta de su madre, que la conminaba a viajar hasta Yorkshire ese fin de semana. Al parecer, su padre había invitado a unos amigos a cenar la noche del sábado y quería que ella estuviera presente. No añadía más detalles, pero había aprendido a leer entre líneas. No dudaba de que a esa cena asistiría algún joven que Walter Heyworth consideraba apropiado, con la esperanza de que su indómita hija cayera rendida a sus pies. Solo que ese fin de semana ella tenía otros planes.

Diane había conseguido que las invitaran a una de las fiestas más exclusivas de la ciudad y no pensaba perdérsela.

Debería haber sabido que su negativa a acudir a casa traería consecuencias, pero no había esperado encontrarse a su madre en la puerta de la escuela de arte. Cómodamente instalada en el asiento trasero del automóvil familiar, descendió de él en cuanto la vio cruzar la puerta del edificio. Rebecca se tensó, aunque sabía que Nora Heyworth jamás montaría un escándalo en público.

—Vamos a casa —le dijo únicamente, señalando con discreción el interior del vehículo.

—¿A Yorkshire? —Se temió lo peor.

—A casa de tía Patrice.

Rebecca disimuló un suspiro de alivio y, tras lanzar una mirada contrita a Diane, que se había quedado rezagada, entró en el habitáculo, se alisó la falda y mantuvo la espalda erguida durante todo el trayecto, sujetando con firmeza su cartapacio lleno de bocetos. Su madre no le dirigió una sola palabra, ni durante el viaje ni durante los primeros minutos en casa de la que era su hermana mayor, a la que saludó brevemente antes de indicar a su hija que subiera a su habitación.

—Tu padre está furioso —le dijo con acritud en cuanto cerró la puerta a sus espaldas.

—Ya le dije que tenía otros planes y...

—Tu deber está con tu familia en primer lugar y, si tienes otros planes, los cancelas. Cuando tu padre te pide que acudas a casa, lo haces. Sin rechistar.

—Pero madre...

—¡No quiero excusas! —la interrumpió de nuevo. Nora Heyworth no alzaba la voz con frecuencia, y que lo hiciera en esas circunstancias evidenciaba lo molesta que estaba—. Me ha costado la misma vida convencerlo para que no viniera él en persona.

—¿Qué? —Se atragantó con su propia saliva.

—Pero ¿qué creías que iba a suceder si osabas contrariarlo? —Suspiró—. Te crees muy lista, más lista que yo y que tu padre, pero no eres más que una niña consentida con la cabeza llena de pájaros.

Rebecca apretó los labios con furia, manteniendo a raya las palabras que pugnaban por escapar de su boca.

—He logrado convencerlo para que no te saque de esa escuela que tanto pareces apreciar —continuó su madre— y te obligue a volver a casa. Bien sabe Dios que nos harías la vida imposible. —Rebecca, con la cabeza gacha, apretó aún más las mandíbulas—. Pero esta será la última vez que desobedezcas una orden suya, ¿me has entendido?

—Sí, madre —murmuró.

—¡Habla más alto!

—¡Sí, madre! —repitió, con un atisbo de rabia.

—Espero que sí, jovencita, porque tu padre no consentirá otro desplante, y yo tampoco.

Durante unos segundos, Rebecca se atrevió a sostener la mirada dura de su madre, hasta que se vio obligada a bajar los ojos, vencida por aquel carácter más fuerte que el suyo.

—El próximo fin de semana irás a Yorkshire. Por suerte pudimos aplazar la cena prevista con los Vernon hasta el próximo sábado.

—Qué bien —dijo con sarcasmo.

—Y más vale que te comportes como una señorita y no nos dejes en evidencia, o tu pequeña aventura londinense habrá tocado a su fin. ¿Me he expresado con claridad?

—Sí, madre.

Nora Heyworth no añadió nada más. Asintió con un gesto enérgico y salió del cuarto.

Rebecca se dejó caer sobre el lecho, presa de los nervios. Era una idiota. Una redomada idiota. Si deseaba que aquello funcionara, no podía enfrentarse a su padre de forma tan abierta. Él era dueño de su destino. Tal como había consentido en matricularla en aquella escuela, podía sacarla de ella y llevarla a donde quisiera, encerrarla incluso en algún lugar lejano aduciendo que había perdido la cabeza. ¿Quién iba a atreverse a contradecirlo? Rebecca no tenía a nadie que pudiera luchar por ella. Su madre no lo haría, y sus hermanos tampoco. Ni siquiera Charles, a quien más unida se sentía. Él tenía aún más temor a su padre que ella.

No. Rebecca era inteligente. Quizá no tanto como Walter Heyworth, al menos de momento, pero sí lo suficiente como para saber que debía obrar con cautela. Y que ello pasaba por morderse la lengua y atar corto su carácter. Se prometió que, ese sábado, se comportaría como se esperaba de ella, mejor incluso. No estaba dispuesta a renunciar a todo lo que había conseguido.

2

El Café de París, en Piccadilly, era uno de los clubes nocturnos más famosos de Londres, sin duda porque Eduardo VIII lo había visitado con frecuencia cuando aún era príncipe de Gales. La mayoría de los jóvenes —y no tan jóvenes— de la alta sociedad británica se dejaban ver por sus salas con relativa asiduidad, y Rebecca Heyworth era una de ellos. Los fines de semana en los que no se veía obligada a viajar a la casa familiar para participar en alguna de las interminables veladas orquestadas por sus padres, solía aparecer por el Café de París, casi siempre con su amiga Diane. Esa noche de finales de marzo, ambas asistían en compañía de los hermanos Lanford, dos de los solteros más cotizados del momento. Guapos, joviales, elegantes e inmensamente ricos, representaban todo lo que Walter Heyworth habría deseado para su hija. Solo que ella estaba muy lejos de dejarse encandilar por un lustroso apellido o una abultada cartera. Su único afán consistía en disfrutar al máximo de su limitada libertad y divertirse cuanto le fuera posible sin traspasar los límites que ella misma se había impuesto, y que de hecho no diferían demasiado de los que su augusto padre habría establecido.

Diane y ella habían conocido a Cornelius y Harrison Lanford dos semanas atrás, precisamente en el mismo local. Habían charlado, bailado y compartido un par de botellas de champán bajo una miríada de miradas envidiosas de otras muchas jóvenes asistentes. Había resultado divertido y hasta cierto punto también estimulante, y Rebecca habría preferido dejar las cosas así. Sin embargo, Diane y Harrison parecieron congeniar especialmente bien, tanto que desde entonces se habían visto en un par de ocasiones más, así que ella acabó aceptando que pasaran a recogerlas en su flamante automóvil, un Bentley con los asientos tapizados en cuero blanco y la carrocería tan brillante que habría podido retocarse el maquillaje en su reflejo.

El club estaba especialmente concurrido esa noche, aunque no fue inconveniente para que los hermanos Lanford encontraran una mesa discreta. El dinero, todo el mundo lo sabía, abría hasta las puertas del infierno.

Rebecca lucía un vestido suelto de seda y satén en color crema que le llegaba hasta media pantorrilla, muy del estilo de los años veinte. Nadie lo sabía, y ella jamás se lo habría confesado ni a su mejor amiga, pero la prenda había pertenecido a su madre y la había encontrado unos días atrás en su ropero. Daba la impresión de no haber sido estrenada siquiera y con unos pocos ajustes la convirtió en su nueva vestimenta. Al menos, pensó, las clases de costura que había recibido durante su infancia y su adolescencia habían acabado dando sus frutos. Diane se había mostrado encantada al ver el vestido, y abrió los ojos con asombro cuando comprobó el pronunciado escote de la espalda, donde una simple tira de satén unía las dos partes de la pieza. Rebecca sabía que lo había transformado en un modelo algo atrevido que sus padres habrían desaprobado de inmediato, pero ellos no estaban allí, así que poco importaba.

Sobre esa espalda desnuda sintió la mano suave y un tanto fría de Cornelius cuando la apoyó para conducirla a la mesa.

—Estás preciosa esta noche —le susurró junto a la oreja.

Ella se limitó a sonreír con coquetería y aceptó enseguida el baile que él le propuso en cuanto dejaron sus cosas sobre las sillas. Diane y Harrison habían tomado asiento y disfrutaban de la primera copa de la velada. Rebecca, en cambio, tenía ganas de bailar y sabía por experiencia que Cornelius era diestro en esas lides.

Pese a que aún no había cumplido los veinte años —un acontecimiento que celebraría en poco más de dos semanas—, era consciente del efecto que provocaba en los hombres, igual que era consciente de hasta qué punto podía llegar en su flirteo sin provocar malentendidos. Se trataba de un delicado equilibrio entre accesibilidad y recato que había logrado dominar sin esfuerzo y que, hasta la fecha, le había funcionado extraordinariamente bien.

Era habitual que los asistentes acudieran en pareja, muchas veces con amigos e incluso familiares, pero luego, una vez dentro del club, esas parejas se deshacían para formar otras nuevas, a menudo lo que duraban una pieza o dos. Esa noche, bailó con otros tres jóvenes, uno de los cuales había cenado en casa de sus padres solo un mes atrás. Si entonces le pareció un joven insulso y de escasa conversación, esa noche descubrió en él a un hombre con cierto ingenio y con más atractivo del que recordaba. Era una pena que Walter Heyworth se empeñara con tanto ahínco en encontrarle un marido a su modo, porque ella estaba convencida de que, en caso de desearlo, podría hallarlo sola y sin ayuda, y sobre todo a su gusto.

Finalmente se reunió de nuevo con Cornelius y ambos regresaron a la mesa, donde encontraron a Diane y a Harrison de lo más acaramelados. Rebecca se sintió un tanto incómoda ante aquellas muestras de afecto en público e intercambió una rápida mirada con su acompañante, que parecía no prestar atención a los arrumacos de la pareja. Le sirvió una copa de champán, que se había mantenido fresco en la cubitera situada junto a la mesa, y charlaron un rato.

—¿Qué tal las clases? —le preguntó él. Rebecca había mencionado la escuela de arte la noche que se conocieron y le halagó que lo recordara.

—Estoy aprendiendo mucho más de lo que esperaba —reconoció—. Desde historia del arte hasta técnicas de dibujo, el uso de los óleos o las acuarelas, e incluso a elaborar mis propios pigmentos.

—Parece interesante —comentó con una sonrisa.

Rebecca se tomó unos segundos para apreciar su fisonomía. Rostro ligeramente alargado, nariz recta, cejas pobladas y un tanto arqueadas, ojos grandes y castaños, de mirada dulce, y labios finos y bien delineados que enmarcaban una dentadura perfecta.

—Lo es —corroboró—. ¿Sabías que Miguel Ángel casi se quedó ciego mientras pintaba la capilla Sixtina?

—¿Sí? —Su interés parecía genuino.

—Por aquel entonces las pinturas poseían muchos elementos venenosos, como el plomo, y tuvo que pintar la mayor parte del techo tumbado sobre la espalda, así que muchas gotas le caían del pincel a los ojos. Ni siquiera bajaba del andamio cuando necesitaba aliviarse y se hacía sus necesidades encima si no disponía de un cubo para tal menester.

—Comprendo… —comentó él, un tanto incómodo ante el giro que había dado la conversación.

—No es un tema muy apropiado para la velada, ¿cierto? —rio ella.

—Desde luego yo no lo habría elegido —contestó, divertido.

—Lo siento. —Acompañó la disculpa con un gesto de la mano, que apoyó sobre la de él. Cornelius se apresuró a cubrirla con la suya, y ella la notó cálida en esta ocasión.

—Me parece un hobby de lo más interesante.

—¿Un hobby? —Rebecca se envaró sin querer.

—Pintar me parece una afición muy loable —respondió.

—¿Como leer o coser, quizá? —inquirió ella, con retintín.

—Bueno, es evidente que requiere de más destreza —contestó, sin haberse percatado del tono que ella había empleado al dirigirse a él.

—¿Y si quisiera ser pintora?

—¿Dedicarte a ello de forma profesional, quieres decir?

—Exacto.

—No pongo en duda tu talento, pero ¿sabes cuántos artistas logran alcanzar fama suficiente como para mantenerse por sus propios medios? —comentó en tono condescendiente—. Además, es poco probable que tu familia lo consintiese.

—No conoces a mi familia —le espetó ella, con voz dura.

—No debe de ser muy distinta de la mía, ni de las de todos los aquí presentes. —Alzó la vista y recorrió el salón con la mirada—. Eso sin contar con lo que opinaría tu esposo.

Volvió a mirarla, solo que en esta ocasión aquellos ojos ya no se le antojaron dulces y cálidos.

—Por eso no voy a casarme. Nunca —anunció antes de levantarse, coger sus cosas y abandonar la mesa.

—Rebecca… —Cornelius se levantó y trató de agarrarla del brazo.

—Diane, me marcho ya —le dijo a su amiga—. Tomaré un taxi.

—Déjame que te lleve a casa —se ofreció él—. De verdad que no pretendía ofenderte.

La joven atravesó el salón a toda prisa y salió al fresco de la noche con los ojos anegados en lágrimas. Por desgracia, pensó, las palabras de Cornelius Lanford eran tan ciertas como dolorosas. Y sin duda no sería la última vez que se vería obligada a escucharlas.

Rebecca dejó caer el tenedor sobre su plato, o más bien lo arrojó contra él. El ruido provocó un sobresalto en el comedor de los Heyworth y un fruncimiento de cejas en el patriarca de la familia, que ocupaba la cabecera de la mesa.

—¿Y se puede saber por qué han decidido invitar a todos los jóvenes solteros de Londres a mi fiesta de cumpleaños? —espetó, mientras su mirada iba de su padre a su madre.

La noticia, que su madre le había comunicado como si tal cosa hacía solo unos instantes, la había enervado hasta límites insospechados.

—Eres una exagerada, Rebecca —comentó su padre sin alzar los ojos, concentrado en cortar un pedazo de la carne que había en su plato—. Solo son unos pocos muchachos de tu edad.

—A los que no conozco —insistió ella.

—Seguro que habrás coincidido con alguno en la ciudad —comentó su madre, que trataba de apaciguar el ambiente.

Rebecca echó un rápido vistazo a su hermano mayor, Robert, concentrado en su plato como si aquello no fuese con él. Y luego a su hermano pequeño, Jamie, sentado en diagonal a ella y que parecía asistir a aquella nueva batalla verbal con verdadero interés. Solo Charles, el mediano, justo enfrente, la miraba con simpatía y con algo parecido a la compasión.

—Es decir, que van a tratarme como si yo fuese una vaca a punto de ser subastada en una feria de ganado. —Escupió las palabras como si le quemaran en la garganta.

—No seas vulgar —la riñó la señora Heyworth.

—Es mi fiesta de cumpleaños —se defendió, herida—. Mía.

—Una fiesta que vamos a sufragar nosotros —añadió su padre. Como siempre, todo era una cuestión de dinero—. Y como soy yo quien la paga, soy yo quien decide quién asistirá a ella. Si prefieres que no la celebremos, aún estamos a tiempo de cancelarla.

Rebecca se mordió la lengua. Habría preferido anular aquella pantomima, por supuesto, pero no era capaz de imaginar su vigésimo cumpleaños sin ningún tipo de celebración. Y eso sin contar con que su amiga Margaret Campbell también estaría allí, igual que Diane Morris. Y pasar la velada con ellas sí que le apetecía, y mucho. Así que optó por cerrar la boca y volver a concentrarse en su plato, dando el tema por zanjado.

—No deberías enfrentarte siempre a padre —le aconsejó su hermano Charles esa misma tarde.

Ambos estaban en la salita pequeña, sentados frente al fuego, cada uno con un libro en el regazo. Charles era el único con quien Rebecca compartía su pasión por la lectura.

—Es que me saca de mis casillas —resopló—. ¡Estamos en el siglo veinte! ¿De verdad es necesario que mi padre me busque un marido?

—Probablemente no lo haría si viese en ti auténtico interés por encontrarlo por tu cuenta.

—Pero es que yo no quiero casarme —confesó, con los

hombros hundidos—. No todavía, al menos. Quiero vivir, Charlie.

—Hablas del matrimonio como si fuese una condena a muerte —rio su hermano, con sus ojos castaños chispeando.

—Para mí lo sería. —Fijó la mirada en los leños que se consumían en el fuego—. Quiero hacer otras cosas antes de atarme a un hombre que, con toda seguridad, me mantendrá encadenada de por vida con obligaciones y con una ristra de críos.

—No tengo la sensación de que madre lamente habernos tenido —comentó él con una pizca de pesar.

—Pero yo no soy como nuestra madre —insistió ella.

—No, no lo eres.

—Eso no tiene por qué ser nada malo, ¿verdad? —preguntó con algo de inseguridad—. Quiero decir que eso no me convierte en una mala persona, ¿no?

—Realmente eres horrible, espantosa... —rio.

Su hermana le golpeó el hombro con el libro, lo que no hizo sino aumentar el volumen de las carcajadas de Charlie.

—Eres una mujer maravillosa, Rebecca: dulce, cariñosa, imaginativa...

—Ya...

—Y espero que el hombre que se case contigo sepa apreciar todo eso.

Ella soltó un bufido. Si ese hombre existía, a buen seguro no se encontraría entre las opciones aprobadas por Walter Heyworth. Debería armarse de paciencia y capear el temporal del mejor modo posible. Por desgracia, se estaba convirtiendo en una experta en sortear las tormentas.

La fiesta, después de todo, no resultó tan terrible como había sospechado. De hecho, se divirtió más de lo esperado y bailó hasta altas horas de la noche. Su madre tenía razón y Rebecca conocía a varios de los jóvenes asistentes, entre ellos a los mismísimos hermanos Lanford. No había vuelto a hablar con Cornelius desde la noche del Café de París y, aunque se mostró amable con él, también mantuvo las distancias. Era evidente que el joven Lanford no sería un candidato adecuado para ella, por lo que ni siquiera se molestó cuando vio que le dedicaba una especial atención a su amiga Margaret. De hecho, pensó incluso que hacían una bonita pareja, con muchas más cosas en común entre ellos de las que tendría jamás con ella.

El mes de abril transcurrió con relativa normalidad y, a pesar de haber cumplido los veinte, no se sentía distinta. Sí que había notado, en cambio, como si una especie de reloj interior se hubiera puesto en marcha, marcando el final de una etapa de su vida. Cuando llegó mayo, esa sensación se volvió más acuciante, quizá alentada por el aumento de los compromisos sociales orquestados por su familia, como si al alcanzar esa edad determinada se hubiera dado el pistoletazo de salida a alguna estúpida carrera por encontrar un marido. A su alrededor, en la ciudad, veía a chicas de su edad llevando una vida totalmente distinta, muchas de ellas incluso acudiendo a sus lugares de trabajo. No existían muchas opciones laborales para una mujer, y para cada puesto parecía haber un número infinito de candidatas. A no mucho tardar, intuía, las mujeres no necesitarían contraer matrimonio para mantenerse por sí mismas, y ella esperaba vivir lo suficiente para verlo.

Cuando junio estrenó el calendario, se dio cuenta de que el curso en la escuela de arte estaba a punto de finalizar. En su caso, tal vez para siempre. La última vez que había estado en la casa familiar, había tanteado a su padre para descubrir la posibilidad de regresar en septiembre, pero no había obtenido respuesta alguna. Ni para bien ni para mal. Eso, al menos, le permitía mantener un fino rayo de esperanza, y se propuso persuadirlo durante el verano. De hecho, incluso valoró la posibilidad de mostrar un falso interés en alguno de los candidatos elegidos por Walter Heyworth y convencerlo para que, mientras el compromiso no se hiciera oficial, le permitiera seguir formándose como pintora. A Rebecca nunca le había gustado la falsedad y odiaba las mentiras, pero comenzaba a percibir que quizá no existiera ninguna otra solución para su problema.

La escuela de Thomas y Emily Evans era lo mejor que le había pasado en la vida. Él era un pintor más o menos reconocido y ella, además de pintar, también se dedicaba a la escultura. Eran un matrimonio joven y bien avenido, capaz de transmitir su pasión a la docena larga de alumnos con los que Rebecca compartía las clases. Sabía que también se ocupaban de grupos de aficionados y de principiantes, aunque ella apenas había coincidido con ellos. Por eso no le extrañó que Emily los invitara a un cóctel en su casa a la semana siguiente. Al parecer, habían organizado una exposición para un pintor surrealista de origen alemán pero afincado en París, que asistiría a la inauguración y a quien pensaban agasajar la noche de antes. Rebecca contuvo la emoción cuando escuchó su nombre, porque el verano anterior había visto algunos de sus cuadros en la exposición surrealista que se había celebrado en las Galerías New Burlington, en Mayfair. La muestra, no exenta de escándalos y controversia, había protagonizado varios titulares de prensa en las pocas semanas que había permanecido abierta, atrayendo a un mayor número de visitantes. Había acudido con Margaret, a quien le habían horrorizado la mayoría de aquellos extraños cuadros. Ella, por el contrario, había visto en ellos algo diferente, un ansia por romper con todo lo establecido, por buscar nuevos caminos más allá de la razón.

En unos días, pensó, iba a conocer a uno de los artistas que mejor representaban aquel movimiento.

Aún no podía saberlo, pero conocer a Leopold Blum iba a cambiar su vida para siempre.

3

Los Evans poseían un coqueto apartamento en Marylebone, de techos altos y artesonados de escayola, que ocupaba la mitad de la segunda planta de lo que antes había sido la mansión de un noble desaparecido a finales del siglo anterior. Era la primera vez que Rebecca visitaba la vivienda del matrimonio, y acudir junto a su amiga Diane fue una suerte inesperada. La joven, que cursaba su segundo año en la escuela, ya había estado allí en un par de ocasiones y la condujo primero por el barrio y luego por el interior del edificio con evidente soltura.

El salón de los Evans estaba bastante concurrido, mucho más de lo que esperaba. Localizó enseguida a varios de sus compañeros, pero el resto le era por completo desconocido. Hombres y mujeres de diversas edades y ataviados con elegancia sostenían largas copas de champán y tomaban canapés de las bandejas que los camareros —con chaquetilla blanca— desplazaban continuamente por la estancia. Se sintió de inmediato fuera de lugar. Sin embargo, gracias a años de adiestramiento por parte de su madre en diversos actos sociales, revistió su inseguridad de una coraza de *savoir faire* con la que se armó para la velada.

Su mirada se dirigió entonces a un lateral del salón, justo frente a la chimenea apagada, donde los anfitriones flanqueaban al invitado de honor. Con la boca inesperadamente falta de saliva, Rebecca contempló al artista, un hombre alto y delgado, de ondulado cabello rubio y con los ojos de un intenso tono azul. Era muy atractivo, más de lo que esperaba. Más que atractivo, magnético. La elegancia con la que movía la mano derecha al hablar, la postura de los hombros, ni rígida ni despreocupada, el modo en que ladeaba ligeramente la cabeza para escuchar a la señora Evans…, todo en él parecía descuidadamente estudiado. Fue entonces cuando sus miradas se cruzaron y casi pudo sentir el chasquido de aquel primer contacto, como si dos piezas mecánicas hubieran encajado de repente en su lugar. Un calor extraño se le asentó en la boca del estómago y fue trepando por el esófago hasta alcanzarle las pálidas mejillas. Apartó la vista, azorada, tras lo que le parecieron varios minutos, aunque no podían haber sido más que unos segundos. Unos segundos que se habían alargado de forma inexplicable, mientras todo a su alrededor se detenía.

—Es guapísimo —susurró Diane a su lado.

La voz de su amiga la devolvió con brusquedad a la realidad y el comentario la molestó de una forma inesperada. Y también absurda, se reprochó al instante. Diane la tomó del brazo y medio la empujó en dirección a los anfitriones. Cuando su mano estrechó la de Leopold Blum, que además era uno de los pintores más reconocidos del movimiento surrealista, el fuego de su estómago se había convertido ya en un incendio colosal.

En unos segundos, se vio rodeada por otras personas que también querían saludar al artista y retrocedió un paso para dejarles espacio y mantenerse al mismo tiempo dentro del círculo. La voz de Blum era suave y profunda, casi envolvente, y respondía a todas las preguntas con suma amabilidad en un inglés casi perfecto, aunque con un ligero acento que resultaba aún más atractivo. Rebecca imaginó que a lo largo de los últimos años se habría encontrado en situaciones parecidas con relativa frecuencia y que debía estar acostumbrado a lidiar con la curiosidad de sus congéneres. Ya más calmada, lo escuchó narrar algunas anécdotas sobre la exposición que se había celebrado un año atrás. Algunas las conocía, como que André Breton, considerado el alma del movimiento, se había vestido de verde todos y cada uno de los días que había permanecido allí. Otras, por el contrario, le eran por completo ajenas, como que Salvador Dalí había estado a punto de asfixiarse al colocarse una escafandra de buzo para una representación. El episodio provocó algunas risas, la de ella incluida. Blum apenas esbozó una sonrisa, debía de haberla contado ya un buen puñado de veces. Sin embargo, sus ojos azules se clavaron en los de ella, como si la risa de Rebecca fuese la única que le interesara escuchar. Había algo sumamente íntimo en aquel gesto, como si solo ellos dos se encontrasen en aquel salón de repente tan abarrotado.

Un par de horas después, Leopold Blum parecía haber dejado de ser el centro de atención. Los invitados formaban pequeños corrillos y charlaban de arte, de cine o de gastronomía, y de la preocupante situación política que se estaba viviendo en Alemania, donde Adolf Hitler parecía estar convirtiéndose en una auténtica amenaza. Rebecca aún se encontraba en casa de los Evans, sola. Diane se había marchado un rato antes porque había quedado con Harrison Lanford y, aunque se ofreció a acompañarla a casa, ella aún no quería marcharse. Por algún extraño motivo, sabía que su lugar estaba allí, en aquel momento.

Discretamente situada en un rincón de la estancia, junto a uno de los amplios ventanales que daban a la calle, observaba la fiesta, cuyos asistentes ahora se habían reducido a la mitad. El alcohol, que no había dejado de circular durante toda la velada, había soltado las lenguas y podían oírse las risas aquí y allá, algunas estridentes. Rebecca apenas había bebido y sostenía en la mano una copa de champán que a esas alturas sería totalmente imposible de beber. Cuando vio que Leopold Blum se aproximaba a ella, sus músculos se tensaron de tal manera que temió que el cristal se rompiera entre sus dedos. Caminaba como un galán de cine, se dijo. Como Errol Flynn en alguna de sus películas, o como Tyrone Power.

—No debería estar aquí sola —le dijo, con esa voz tan suave como una caricia—. Se está perdiendo lo mejor de la fiesta.

—¿Usted cree? —le preguntó ella.

Él echó un vistazo a su espalda y se volvió de nuevo.

—Tal vez no. —Acompañó sus palabras de una sonrisa cómplice que Rebecca le devolvió, algo más relajada—. ¿Me permite acompañarla?

—Desde luego —respondió.

Leopold se situó al otro lado de la ventana, a poco más de un metro de ella, que, sin embargo, lo notaba tan próximo como si su aliento pudiera rozarle la mejilla.

—Los Evans me han comentado que es usted una de sus alumnas más aventajadas —comentó él al cabo de unos momentos.

—Son muy amables.

—¿Acaso no es cierto? —Alzó una ceja—. No los conozco mucho, pero no tengo la sensación de que tengan por costumbre el elogio gratuito.

—Me gusta dibujar, y pintar, y creo que poseo cierto talento.

—Eso he oído. ¿Y qué pinta, si puede saberse?

—Pues… no sé, todo, supongo.

—No se puede pintar todo. —De nuevo aquella sonrisa—. ¿Qué estilo es su favorito? ¿Realismo, impresionismo, abstracto…?

—Realismo, imagino, aunque el impresionismo me encanta.

—Ah, ya veo. ¿Y el surrealismo?

—Aún no he tenido la oportunidad de profundizar en él.

—En el surrealismo no es preciso profundizar —comentó Blum—, solo hay que dejarse llevar.

—¿Dejarse llevar?

—Sí, justo eso. Debe pintar lo que se le pase por la cabeza, o cerrar los ojos y permitir que sus manos se muevan solas, que sea su subconsciente lo que las guíe.

—Bueno, eso es más o menos lo que hacemos todos los pintores, ¿no es así?

—Hummm, no exactamente. En realidad, aunque no se dé cuenta, usted está sujeta a una serie de reglas, o de normas, si lo prefiere.

—No comprendo.

—Imagine que pinta a una joven sentada en una silla. A su lado hay una mesa con recado de escribir y, en un lateral, una pequeña ventana que derrama sobre ella un haz de luz. ¿Es capaz de visualizar la escena?

—Por supuesto.

—Bien. Si usted fuera la autora de ese cuadro, imagino que pintaría las dos piernas de esa muchacha, posiblemente enfundadas en unos botines o en unos bonitos zapatos, tal vez incluso descalza. ¿Es así?

—Sí…, supongo que sí.

—Es decir, que sin pretenderlo estaría usted siguiendo ciertas pautas o normas, lo que se consideraría racional en una pintura de esas características.

—Estoy de acuerdo.

—Pues imagine que, en lugar de dos piernas, dibujara usted tres tentáculos que se extendieran por el suelo, atrapando ese haz de luz de la ventana. Y que sobre su cabeza bailaran varios animales de la jungla: un elefante, un tigre, una jirafa… —Hizo una pausa—. Esa sería una versión surrealista de su cuadro. Dejarse llevar por la imaginación, por lo absurdo, mezclar cosas que parezcan no tener sentido y conseguir que, de algún modo, queden cohesionadas. Sin normas, sin reglas, sin etiquetas.

—Suena… liberador.

—Es liberador, créame.

Durante unos segundos, Rebecca se vio a sí misma dando rienda suelta a cualquier cosa que le pasara por la mente, y la sensación de libertad que experimentó durante ese breve instante la sacudió por entero.

Un movimiento a pocos pasos de ella rompió el hechizo. Thomas Evans le hacía gestos al pintor para que se uniera a él y al hombre que lo acompañaba, y Leopold contestó con un ademán. Antes de marcharse, sin embargo, aún le dirigió a ella unas últimas palabras:

—El surrealismo es audaz, señorita Heyworth. Y la vida es de los audaces, no lo olvide.

—¿Qué quieres decir con que vas a volver a verle? —le preguntó Diane a la noche siguiente, cuando ambas caminaban cogidas del brazo tras salir de la escuela.

—Pues lo que he dicho. Hemos quedado en vernos en una hora.

—Rebecca…

—Es un hombre muy interesante.

—Y al menos diez años mayor que tú.

—¿Y qué importancia tiene eso? —replicó—. Además, solo tiene treinta y dos años, no es como si fuera mi padre.

—Ya… Creo que no debería haberte dejado sola en la fiesta.

—Oh, vamos, y tú no eres mi madre.

—Por suerte para ti —rio Diane.

Rebecca se relajó un tanto. Le había contado la conversación que había mantenido con Blum y a su amiga le había parecido de lo más sugerente; no entendía a qué venían tantas reticencias. Ella no era precisamente un modelo de virtud.

—Me preocupo por ti, es todo —comentó Diane, como si le hubiera leído los pensamientos.

—Ya soy mayorcita.

—Lo sé, pero Leopold Blum es un hombre hecho y derecho, no como los petimetres de los que solemos rodearnos. Sabe bien lo que hace y tiene fama de ser un mujeriego.

—¿Y qué hombre que conozcas no lleva pegada a su sombra la misma reputación?

—En eso tienes razón, pero él es… diferente.

—Lo sé —suspiró ella.

—Y en unos días regresará a Francia.

—También lo sé. —Volvió a suspirar.

—No permitas que se lleve tu corazón con él —le aconsejó Diane, al tiempo que le apretaba el brazo un poco más—. Diviértete, aprende de él si es posible, pero mantén la cabeza fría. Al menos todo lo fría que te sea posible.

—Lo tendré en cuenta.

—Más te vale, porque tengo la sospecha de que te va a resultar condenadamente difícil.

Rebecca no respondió. Tal vez porque ella sospechaba exactamente lo mismo.

Leopold, que llevaba más de quince minutos esperándola, se levantó de su asiento en cuanto el *maître* la condujo hasta su mesa, situada en un discreto rincón. El restaurante donde el pintor la había citado era un pequeño y coqueto local algo alejado del bullicio del centro. Una luz tenue y cálida se derramaba sobre las mesas y todo parecía bañado en oro, incluso el rubio cabello del artista, que refulgió bajo las lámparas. Sus ojos azules habían atrapado la luz circundante y parecían más brillantes que nunca. Rebecca sintió un agradable escalofrío ante su escrutinio.

—Está usted encantadora esta noche, señorita Heyworth —la saludó él con una inclinación de cabeza.

Ella no supo qué contestar. ¿Sería apropiado comentar que él también estaba muy elegante, con aquel traje de tres piezas que le sentaba como un guante? ¿O mencionar que su cabello parecía trigo maduro bajo el sol? ¿O que sus manos, de dedos largos y ágiles, le resultaban de lo más atractivas? Ninguna de esas frases logró alcanzar sus labios, así que se limitó a sonreír y ocupó la silla que el *maître* había retirado unos centímetros para que ella tomara asiento.

—Le agradezco mucho que haya aceptado mi invitación —continuó Leopold, con aquellos ojos sin fondo fijos en ella.

—Soy yo la que debe mostrarse agradecida. —Había encontrado al fin su propia voz—. A fin de cuentas, usted es un pintor famoso y yo, solo una aficionada.

—No soy tan famoso en realidad —bromeó él—, al menos no tanto como quisiera. Más bien me definiría como un aficionado con suerte.

—Pues confío en que esa suerte sea contagiosa.

—¿Tiene pensado dedicarse al arte profesionalmente?

—Me gustaría, sí —respondió ella, que en su fuero interno se preparó para los consabidos comentarios sobre el particular.

—No será un camino fácil.

—Ni yo pretendo que lo sea.

Leopold asintió de forma imperceptible, con una sonrisa de aprobación dirigida a ella.

—Entonces debería venir a París.

—¿A… París? —Rebecca, que había tomado la copa para beber un sorbo del vino que acababan de servirle, interrumpió el gesto.

—¿El idioma representaría un problema?

—En absoluto. Hablo francés con fluidez, mi madre se ocupó de que así fuera —contestó, aunque no añadió que una de las escuelas de las que la habían expulsado se encontraba precisamente en Francia.

—No hay mejor lugar en el mundo para dedicarse al arte —continuó él—. Incluso en el caso de que las musas decidan abandonarla en algún momento, allí resulta tan sencillo volver a encontrarlas que no podrá dejar de pintar aunque lo pretenda. La ciudad es tan bella como misteriosa, con rincones llenos de magia y con personas capaces de entenderla y apoyarla.

—Y usted sería una de esas personas… —comentó con cierta sorna.

—No lo dude —corroboró con un guiño.

La intensidad de la mirada de Leopold Blum acentuó el sentido de sus palabras y Rebecca dio al fin ese sorbo a su copa, más largo de lo que pretendía y con la mirada baja. Siempre se había considerado una mujer de carácter, casi indómita, como diría su padre, pero en ese momento se sentía completamente fuera de su elemento. El hombre sentado frente a ella no se parecía en nada a los jóvenes con los que había confraternizado en los últimos tiempos, y no se debía exclusivamente a su edad y profesión. Era algo más. Algo intangible e inasible, casi como un aura que emanara de su persona y atrajera todo lo que hubiera a su alrededor. De hecho, le extrañaba que en el restaurante, donde no había ni una sola mesa libre, la gente no estuviera tan pendiente de él como lo estaba ella.

Ajeno a las sensaciones que bailaban alrededor del estómago de la joven, Leopold Blum continuó contando cosas sobre París, sobre los cafés que frecuentaban los artistas, sobre las reuniones en casa de André Breton o de Pablo Picasso, sobre las discusiones entre Breton y Paul Éluard, otra de las almas del movimiento, sobre las exposiciones, las tertulias, las lecturas nocturnas, las fiestas... Rebecca no podía evitar imaginarse a sí misma en medio de aquella vida bohemia y poco convencional, con los dedos manchados de pintura, recostada en un diván y con una copa de ajenjo entre los dedos, mientras escuchaba poemas que hablaban sobre el amor y la muerte recitados a la luz de las velas.

—El surrealismo no es solo una corriente artística —decía en ese momento el pintor—, es una forma de vida. Una ruptura con lo establecido, una nueva forma de ver el mundo y de verse a sí mismo en él.

—Una especie de anarquía.

—Sí, exacto —asintió—. ¿Sabía que Breton, Élouard e Yves Tanguy, por mencionar solo algunos, lucharon en la Gran Guerra?

—No, yo... no tenía ni idea —contestó ella, que no se atrevió a mencionar que su padre había aumentado considerablemente su fortuna gracias a ese conflicto.

—Para ellos, los valores burgueses representan una de las principales causas de esa guerra, y el espíritu del surrealismo es precisamente romper con esos valores, dar más importancia al subconsciente que al pensamiento racional.

—Una forma más elevada de libertad, sin estar sujeto a las normas sociales, ¿me equivoco?

—En absoluto. —Leopold sonrió de forma abierta—. Estaba convencido de que lo comprendería de inmediato.

—¿En serio?

—Totalmente.

—¿Por qué motivo? —inquirió, curiosa.

—Ninguna joven convencional habría aceptado una invitación a cenar a solas conmigo, cuando apenas acabamos de conocernos. Creo que es usted una mujer singular.

—No sé si mi padre estaría conforme con esa definición. —Ella sonrió, halagada.

—Probablemente porque él no la conoce tan bien como supone. ¿Estoy en lo cierto?

Rebecca asintió. Leopold Blum tenía razón. Su padre no la conocía tanto como creía, ni su madre o sus hermanos. Para ellos era casi una desconocida, una joven alocada, indescifrable y caótica que se cansaba de todo con facilidad y cuya única misión en la vida parecía ser la de fastidiarlos. No lograban entender que estaba llena de dudas, de curiosidad, de inquietudes que trataba de asir con desesperación, de preguntas que no tenían respuesta y que ella intentaba comprender. No conseguían vislumbrar que lo único que deseaba era encontrarse a sí misma.

La cena transcurrió con exquisita fluidez. Leopold, que le había pedido que lo tuteara justo antes de los postres, era un gran conversador, con una vida llena de anécdotas y de experiencias que no dudó en compartir con ella. A su lado, se sentía como una chiquilla. ¿Qué había hecho ella en realidad a lo largo de sus veinte años de vida? Excepto ser expulsada de unos cuantos colegios durante su infancia y su juventud, poco más tenía que relatar sobre sí misma fuera de las fiestas y los eventos sociales a los que acudía con regularidad.

Tras la cena, él sugirió un paseo por la ciudad. La noche veraniega era agradable y aceptó de buen grado, porque en ese instante lo único que deseaba era que todos los relojes se detuvieran y que esa velada se alargara de forma indefinida. Aceptó el brazo que él le ofrecía, aunque mantuvo una distancia prudente con su cuerpo, que parecía querer atraerla como un imán. Durante más de una hora deambularon por las calles hasta llegar al Támesis, que reflejaba la luz de una luna a medio llenar.

—Es una vista magnífica —comentó él, que se había detenido cerca del agua. A lo lejos se veía el puente de Londres iluminado.

—¿Más que París? —preguntó ella.

—No hay nada más hermoso que París —repuso él, y luego la miró—. O eso creía hasta esta noche.

Rebecca sintió que todo el aire de sus pulmones se concentraba en un solo punto en el centro de su pecho, pero mantuvo la vista fija en aquellos ojos en los que podía vislumbrar las luces de la ciudad. Y entonces él inclinó la cabeza y ella salió al encuentro de sus labios como si en ellos se encerraran todas las respuestas.

O todas las preguntas.

4

Los Evans habían organizado una visita de Leopold Blum a la escuela y los alumnos andaban revolucionados. Habían improvisado una pequeña exposición con sus mejores trabajos y algunos no terminaban de decidir qué obra querían colocar en sus caballetes. Rebecca era sin duda la que más nerviosa se sentía: había cambiado de opinión cuatro veces hasta optar por la que había sido su primera elección.

Después de su primera cita, que había acabado con un profuso intercambio de besos y caricias, apenas logró pegar ojo una vez regresó a su casa, ya que se metió en la cama con el cuerpo encendido y la mente llena de imágenes de aquella noche y de un millar de futuras noches. Desde entonces habían pasado mucho tiempo juntos. Habían visitado el Museo Británico y paseado por Hyde Park. Habían ido al cine, a alguno de los cafés de moda y a la National Gallery. Aunque no habían ido más allá de los besos y de alguna caricia furtiva, se sentía más ligada a ese hombre de lo que había estado nunca a nadie, con un nivel de intimidad que jamás habría creído posible.

Mientras aguardaba, Diane, a su lado, la observaba con mirada pícara. Apenas le había contado nada, pero su amiga era diestra a la hora de rellenar los huecos y había adivinado casi todo lo ocurrido durante los días anteriores.

—Deja de mirarme así —le murmuró.

—Nunca te había visto tan alterada. —Diane soltó una risita.

—No estoy alterada —mintió—, es solo que se trata de un pintor famoso.

—Al que le importan un bledo nuestros cuadros, te lo aseguro.

—Pero los Evans...

—Los Evans han organizado su exposición, así que Blum debe sentirse en deuda con ellos y por eso ha aceptado montar este paripé. Eso dará prestigio a la escuela. Nadie hace nada gratis, Rebecca.

—Lo sé —aceptó, con los labios apretados.

La puerta de la sala se abrió en ese instante y Leopold apareció, sonriente y encantador, junto a Thomas Evans. Los alumnos comenzaron a aplaudir y creyó apreciar cierto grado de incomodidad en el artista, casi como un atisbo de timidez. Le pareció curioso que, dado el poco tiempo que hacía que se conocían, ya fuese capaz de interpretar sus pequeñas expresiones.

Con gran profesionalidad y un interés que no parecía fingido, el artista recorrió la sala junto al profesor, charlando con los alumnos y, en líneas generales, alabando el trabajo de unos y otros. Cuando le llegó el turno a Rebecca, de nuevo contuvo el aliento, atenta a sus palabras.

—Una obra muy bien ejecutada —comentó él, que se inclinó ligeramente hacia el cuadro—, aunque un poco contenida. La técnica, empero, es excelente.

—¿Un poco contenida? —Fue incapaz de mantener la boca cerrada.

—Es un bonito paisaje —reconoció, y la miró con amabilidad, casi con condescendencia—, no muy distinto a otros cientos. Debe atreverse a ir más allá, señorita Heyworth.

Ella volvió la cabeza y contempló su cuadro, del que tan orgullosa se había sentido hasta hacía unos minutos. Y entonces vio lo que él había visto antes que ella. Tenía razón. Era un paisaje agradable de mirar, el tipo de cuadro que cualquiera colgaría en el recibidor de su casa, incluso en la habitación de invitados. Nada más. No había fuerza en él, nada que lo distinguiera de los miles de paisajes que otros habían pintado antes que ella, con distintas técnicas, colores o temas. De pronto, se le antojó un trabajo mediocre y se le hizo un nudo en el estómago. Percibió que él se aproximaba un poco más a ella y a continuación sintió que le tomaba la mano.

—No desespere —murmuró—, todos hemos comenzado subiendo el primer escalón. El que cuenta siempre es el último.

Rebecca lo miró con los ojos empañados, incapaz de articular palabra.

—No pretendía humillarla, pero creo que posee un extraordinario talento, solo debe dejarlo salir —insistió él—. Dejarlo respirar.

Apretó su mano con delicadeza y ella hizo lo mismo. Estaban tan cerca el uno del otro que apenas quedaba espacio para un soplo de aire. Thomas Evans carraspeó a un par de pasos de distancia y Leopold la soltó de inmediato.

—La señorita Heyworth es una de nuestras alumnas más aventajadas —comentó el profesor—. Posee una técnica envidiable.

—Estoy totalmente de acuerdo con usted —asintió el artista, que se dejó conducir hasta el siguiente alumno, sin volver la vista atrás.

Habían quedado en encontrarse en un café cercano más tarde, y Rebecca, que de repente se sentía abochornada, valoró la idea de regresar a su casa y olvidarse de la cita. «No seas cría», se reprochó mentalmente, mientras se volvía de nuevo hacia su pintura. Él tenía razón y debería sentirse agradecida de que alguien fuera capaz de decirle que podía mejorar, en lugar de alabar lo que ya hacía bien.

La señora Evans se aproximó entonces hasta ella y se colocó a su lado.

—Su cuadro es magnífico, señorita Heyworth —la consoló—, y recuerde que este es su primer año en la escuela. Aún puede aprender mucho.

—Lo sé —sonrió, cordial.

—Parece que el señor Blum y usted han congeniado muy bien.

—Solo ha sido amable —disimuló ella. ¿Habría visto la maestra cómo él le cogía la mano con disimulo?

—Ambas sabemos que eso no ha sido todo —murmuró la mujer.

—No sé a qué se refiere.

—Imagino que sabe que el señor Blum es un hombre casado y con hijos —le dijo, sin apartar la vista de la pintura, como si fuese la obra más interesante que hubiera contemplado jamás—, que abandonó a su familia y que tiene fama de conquistador.

—Desde luego —mintió ella, con un hilo de voz.

—De acuerdo, solo quería asegurarme. —La señora Evans le tocó el brazo con afecto—. Es usted una buena chica y no me gustaría que la lastimaran.

—Estaré bien, aunque gracias por su preocupación.

—Oh, querida, no se merecen —le dijo antes de alejarse.

Rebecca apretó la mandíbula y echó un vistazo de reojo hacia el fondo de la sala, donde Leopold parecía haber llegado al final de su recorrido.

¿Cuántas cosas más ocultaría aquel hombre que había irrumpido en su vida como un huracán?

¿Y cuántas estaba dispuesta ella a aguantar?

—Esta noche estás muy callada —comentó Leopold, a su lado.

En ese momento paseaban por Piccadilly y las luces de las farolas conferían a su cabello un aura dorada que Rebecca se negaba a contemplar. No sabía si debía sentirse furiosa o decepcionada, o ambas cosas a la vez. Tampoco podía explicarse por qué el estado civil del pintor la molestaba tanto, cuando solo habían intercambiado unos cuantos besos y era evidente que, para ambos, lo suyo se trataba únicamente de un pasatiempo, de un romance pasajero que tocaría a su fin en cuanto él regresara a su vida. Ella lo había sabido desde el principio y aun así...

—No tengo nada que decir —dijo al fin.

—¿Todavía estás molesta por mi comentario sobre tu pintura? —aventuró, tomándola del brazo con suavidad.

—Ya te he dicho que no tenía importancia.

—¿Entonces qué es lo que te ocurre? —insistió.

—Solo estoy cansada.

—Claro. —La voz de Leopold sonó un tanto triste—. Puedo acompañarte a casa si lo deseas.

—Tal vez sea lo mejor.

—O podríamos buscar un lugar tranquilo y cenar algo.

—No tengo hambre —farfulló.

—Sí, ya me lo habías dicho… —De reojo, Rebecca vio cómo se pasaba la mano por el cabello—. Pero me voy dentro de tres días.

Tres días. Aquello era todo lo que le quedaba a aquel interludio de sus respectivas vidas. De repente, sintió que no podía contenerse, que le resultaba imposible guardarse dentro lo que la estaba quemando.

—¿Es cierto que estás casado? —le espetó, a bocajarro.

Leopold se detuvo y volvió la cabeza en su dirección. En su mirada azul había un océano de emociones.

—La señora Evans me lo ha dicho —continuó ella.

—La prensa no lo sabe o al menos nunca han publicado nada al respecto, pero no es ningún secreto, al menos en nuestro círculo. Creí que… que tú también lo sabías.

—No.

—Comprendo. —De nuevo se pasó la mano por las ondas de su cabello y bajó la mirada—. Nunca he pretendido engañarte.

—¿Tu mujer te espera en París?

—¿Qué? —La miró con las cejas alzadas—. No, claro que no.

—¿Entonces?

—Es… complicado.

—Pues más vale que lo descompliques —replicó ella, cortante—, porque yo no soy una de tus estúpidas amantes y creo que me debes una explicación.

Leopold observó la concurrida calle. Docenas de personas

paseaban como ellos, algunas con prisa, como si temieran llegar tarde a alguna cita importante, muchas charlando de forma animada. Los numerosos vehículos que circulaban por la calzada aumentaban la cacofonía de sonidos que los envolvía.

—No creo que este sea un buen lugar —le dijo él.

—Estoy de acuerdo —convino Rebecca—. ¿Está muy lejos tu hotel?

—Eh… no —respondió, con el ceño fruncido—. Pero no sé si sería apropiado que me vieran entrar en él contigo.

—De mi reputación ya me ocuparé yo —refutó ella.

—Claro.

La distancia que los separaba de su alojamiento apenas alcanzaba los cinco minutos, que a Rebecca se le hicieron interminables. ¿Por qué diablos había tenido que sugerir su habitación para aquella charla? El peligro de que alguien la viera entrando del brazo de un hombre era considerable, y no se atrevía ni a imaginar lo que opinaría su padre si llegaba a enterarse. Sin embargo, era el entorno apropiado para una conversación de esa índole, porque su casa estaba descartada por completo, y cualquier lugar público era arriesgado. Aún no conocía la historia de ese hombre y no sabía cómo iba a reaccionar cuando se la contara. Montar una escena en mitad de un café o de la calle sería casi incluso peor que ser descubierta entrando en ese hotel.

Cruzaron las puertas unos minutos después, envueltos en el silencio que los había acompañado en los últimos minutos. Leopold saludó con la cabeza al recepcionista, que no hizo comentario alguno al verlo acompañado ni le dirigió a Rebecca más atención que un vistazo de cortesía. Compartieron el ascensor con una pareja mayor que aguardaba frente a las puertas y que se bajó un piso antes que ellos. Una vez frente a la puerta de la habitación, la asaltaron las dudas. Resistió el impulso de darse la vuelta y marcharse por donde había venido, y se mantuvo firme mientras él introducía la llave en la cerradura.

La estancia no era muy espaciosa, aunque sí bastante coqueta, presidida por una enorme cama cubierta con una colcha azul

—que evitó mirar— a juego con las cortinas. De repente, se sentía cohibida y totalmente fuera de lugar.

En una esquina había dos butacas y una pequeña mesa de centro redonda, y hacia allí se dirigió Leopold. Movió uno de los asientos, para que quedara frente al otro, con la mesa entre ambos. Luego se volvió hacia ella y, con un ademán, la invitó a sentarse. Rebecca sujetó con fuerza las asas de su bolso y ocupó el borde de la silla, con la espalda rígida y las piernas apretadas con firmeza.

—¿Quieres beber algo? —Le ofreció—. Puedo llamar al servicio de habitaciones.

—Estoy bien.

—Tengo agua. —Señaló la cómoda situada junto a la pared opuesta a la cama, donde reposaba una bandeja con dos botellas de cristal y un par de vasos.

Rebecca negó con la cabeza, ansiosa por que él comenzara a hablar cuanto antes.

Leopold tomó asiento frente a ella.

—Lo que voy a contarte no me resulta fácil, espero que lo entiendas —comenzó.

—Seguro que tampoco será fácil para mí escucharlo —replicó ella.

—Nunca le he contado esto a ninguna de mis «estúpidas amantes», como tú las has llamado. —Sonrió.

—Vaya, ¿debo sentirme especial porque quieras contarme la verdad después de haberme besado de la forma en que lo has estado haciendo? —Su voz sonó burlona, justo como pretendía.

—Podría haberme negado a contártela y haberme despedido de ti hace un rato, en mitad de la calle, y no habría pasado absolutamente nada.

—¿Y por qué no lo has hecho? —preguntó, mordaz.

—Lo sabes tan bien como yo —contestó con suavidad—. Hay algo entre los dos, algo precioso y único, y sé que tú también puedes sentirlo, no lo niegues.

—Eso no viene al caso —repuso, con la boca seca.

La mirada de Leopold recorrió su rostro, como si quisiera

grabarse su imagen para siempre, y ella se sintió expuesta: expuesta y vulnerable.

—Por favor... —le rogó, al tiempo que bajaba la mirada, incapaz de enfrentarse a aquel escrutinio.

—No sé por dónde empezar. —Se pasó de nuevo la mano por el pelo en un gesto que ella había ya asociado a un estado de ánimo confuso.

—¿Dónde está tu esposa? —preguntó, sin ambages.

—En Alemania —respondió él—. O eso creo.

—¿Eso crees? —Abrió más los ojos, sorprendida.

—Hace casi quince años que no la veo.

—¿Quince... años? —balbuceó.

—Los mismos que hace que no veo a mi familia.

Rebecca se dejó caer contra el respaldo de la butaca, atónita.

—Entonces es cierto que la abandonaste —masculló.

—Sí, aunque no es lo que piensas.

—No sabes lo que pienso —replicó, molesta.

—Puedo imaginarlo. —La miró con una sombra de tristeza colgando sobre su frente.

—¿Acaso no es cierto?

—Más o menos.

—Esa no es una respuesta válida.

—Ya te he dicho que es complicado...

—Y por eso estamos aquí.

Leopold se levantó, fue hasta la cómoda, se sirvió un vaso de agua y se lo bebió de un trago. Apoyó ambas manos sobre la lustrosa madera e inclinó la cabeza, como si la historia de su propia vida se le hubiera subido de repente a los hombros y fuera incapaz de cargar con ella.

—Yo tenía un hermano mayor, ¿sabes? —comenzó a hablar, sin mirarla—. Se llamaba Joseph y nos llevábamos seis años. Yo lo admiraba, de pequeño siempre andaba correteando tras él, tratando de imitarlo. Le quería más de lo que nunca he querido a nadie. —Alzó la cabeza y se quedó contemplando su reflejo en el espejo situado sobre la cómoda—. Mi padre es un hombre muy estricto, un buen hombre, pero poco dado a las muestras de cariño. Joseph era mi ejemplo, mi modelo a seguir, y casi siempre tenía tiempo para mí, aunque fuese para darme un pescozón cuando me entrometía demasiado en sus cosas.

»Mi padre tenía un socio, Ira Adelmann, y ambos habían acordado que Joseph se casaría con la hija de Adelmann, que era solo dos años mayor que yo, en cuanto ella tuviera edad suficiente. Y entonces Joseph se fue a la guerra.

—Y no volvió —musitó Rebecca, petrificada en su asiento.

—No, no volvió. —Giró la cabeza hacia ella, con el azul de sus ojos temblando.

—Leopold… —Sintió el impulso de levantarse y aproximarse hasta él, con el deseo de abrazarlo quemándole la piel y los huesos.

—Adelmann no quiso renunciar al trato que tenía con mi padre. Creo que había por medio algún tipo de deuda anterior, nunca conocí los detalles. Así que ambos establecieron que yo ocuparía el lugar de mi hermano en cuanto tuviera edad suficiente.

—Oh, Dios.

—Así que cuando cumplí los dieciocho me obligaron a casarme con Esther Adelmann.

—Y por eso la abandonaste…

—No, en absoluto. —Frunció el ceño—. Estaba dispuesto a ocupar el lugar de Joseph. Para mí era un modo de honrar su memoria, aunque no estuviera enamorado de Esther y supiera que jamás podría llegar a quererla. Por aquel entonces, yo solo soñaba con pintar, con recorrer el mundo y vivir de mi arte, aunque fuese de forma precaria. Para mi padre eso no era más que un sueño estúpido e insistía en que mi deber era quedarme allí y ocupar su lugar en la empresa cuando él faltara. Y yo…, yo no sabía cómo negarme, no sabía cómo hacerle entender que la vida que él quería para mí me mataría. Y aun así, acepté.

—Por tu hermano.

—Por Joseph, sí. Lo que yo no sabía en ese momento era que Esther sentía tan pocos deseos de casarse conmigo como yo con ella. Había conocido a alguien mientras mi hermano estaba en el frente, pero tampoco había conseguido que su padre transigiera en romper el compromiso. Así que nos casamos en 1922, yo con dieciocho años y ella con veinte. Ambos tan desgraciados que daba pena vernos. —Rio con desgana y luego volvió a mirarla—. Me propuse que funcionara, de verdad. Tienes que creerme.

—Lo hago —musitó ella, sincera.

—Yo era tan joven que tardamos más de una semana en... —carraspeó—, en consumar el matrimonio, porque yo no..., no era capaz de..., ya me entiendes. Ni siquiera me di cuenta de que Esther poseía mucha más experiencia que yo, y fue ella la que al final consiguió que..., en fin, que todo funcionara como debía. Para mí fue algo casi mecánico, como un deber cumplido, pero imaginé que podría acostumbrarme a eso, porque también resultaba placentero. Hasta que, casi dos meses después de nuestra boda, regresé a casa temprano y la encontré en la cama con su amante.

—Oh, Dios.

—El caso es que apenas me dolió, ¿sabes? Tal vez algo en el orgullo, claro, pero por dentro no sentí nada. Me fui a casa de mi padre, le expliqué la situación y le anuncié que quería anular el matrimonio. Y me dijo que no.

—¡¿Qué?!

—Que mi deber como marido era reconducir a mi esposa, llevarla de regreso al buen camino, que era lo que mi hermano habría hecho. Pero yo conocía a Joseph mucho mejor de lo que lo conocía él, y sabía que mi hermano jamás habría aceptado una situación así. No sabía cuánto tiempo hacía que Esther se acostaba con ese hombre ni cuántas veces más lo haría en el futuro. ¿Quién podría asegurarme que los hijos, si llegaban, serían míos? Así que le dije a mi padre que no, que no volvería con ella. Pensé que lo entendía, pero entonces repuso que aquella ya no era mi casa y que, si no regresaba con mi esposa, podía vivir en la calle.

Leopold se sirvió otro vaso de agua mientras Rebecca tragaba saliva a duras penas. Quiso pedirle un poco, pero no se atrevió a romper el momento.

—Recogí mis cosas y me marché, sin mirar atrás —continuó tras tomar un par de sorbos—. Primero estuve en Berlín y luego me instalé en París, y allí he vivido desde entonces. Mi padre no ha querido volver a verme y solo sé de ellos por alguna carta esporádica que me escribe mi hermana Hannah. De Esther solo supe que se marchó con ese hombre y que volvió cinco años más tarde, con dos niños pequeños pero sin él. Dos niños a los que han dado mi apellido, para cubrir las apariencias.

—Pero… eso es terrible.

—Lo es. —Asintió, abatido.

—Yo… lo siento mucho. No tenía ni idea…

—Bueno, nadie la tiene, en realidad, porque nadie conoce la historia completa —le dijo—. Todo el mundo sabe que estoy casado y que abandoné a mi esposa, ya está.

—Pero…

—Es mejor así, créeme —le aseguró—. Es preferible que te consideren un desaprensivo que un cornudo. Es lamentable, pero es así.

—¿Y por qué me lo has contado a mí?

Leopold la bañó con su mirada azul y ella sintió todos sus huesos convertirse en astillas.

—Ya te lo he dicho. Hay algo entre nosotros, algo especial, algo que jamás pensé que sentiría por nadie.

Rebecca se levantó de su asiento, se aproximó a él y dejó que la envolviera con sus brazos y la besara con aquellos labios que acababan de abrirle la puerta de su corazón.

Y, cuando ella comenzó a desabrocharle los botones de la camisa, supo que, pasara lo que pasase, su alma había quedado ligada a la de ese hombre para siempre.

5

Rebecca Heyworth nunca se había sentido tan triste como esa veraniega mañana de 1937. Como si Dios se riera de ella, el día era perfecto, luminoso y seco, tan resplandeciente como una sábana tendida al sol. Después de tres días con sus noches sin separarse de Leopold, él había partido esa misma mañana de regreso a París. Y le había pedido que lo acompañara.

Pero ¿cómo podía desbaratar su vida por un hombre al que apenas conocía? Era una locura, un disparate. Sin embargo, eso no impedía que en el centro de su pecho se hubiera abierto una especie de abismo que amenazaba con engullirla entera. «Solo necesito algo de tiempo para olvidar», se dijo a modo de consuelo. Leopold Blum y ella habían vivido un intenso romance que, como en muchas de las novelas que había leído, tenía los días contados. Poco importaba que su piel aún llevara grabadas las huellas del hombre que le había descubierto todos los secretos del universo. Con el tiempo, estas también se borrarían. «El tiempo lo borra todo», se dijo. Las civilizaciones, los rencores, los amores…

Sentada en un banco del parque, esperaba a Diane. Había sido su coartada durante esos días y encontrarse con ella era lo mínimo que le debía, aunque solo sintiera deseos de encerrarse en su casa y llorar hasta desfallecer.

Como siempre, su amiga llegó con retraso y a la carrera, contoneándose sobre aquellos zapatos Oxford que tanto le gustaban. Le dio un rápido abrazo al tiempo que se disculpaba por la tardanza.

—¿Qué tal estás? —le preguntó mientras la sujetaba por los brazos y contemplaba su rostro.

—Bien. —Rebecca forzó una sonrisa.

—No lo parece. —Hizo una mueca—. No habrás llorado por ese hombre, ¿verdad?

—¡Por supuesto que no! —mintió.

—Mejor, porque ningún hombre merece las lágrimas de una mujer.

En ese momento, Rebecca no podía estar más en desacuerdo con esa afirmación, pero no se encontraba con ánimos de iniciar una discusión al respecto.

—¿Has desayunado? —se interesó su amiga.

—Sí, gracias —volvió a mentir. Era incapaz de ingerir nada.

—Pues entonces acompáñame, porque yo no llevo en el cuerpo más que una taza de té.

La tomó del brazo y comenzaron a moverse. Rebecca se sentía agotada. La noche anterior no había dormido. Tras la cena, que tomaron en la habitación del hotel, Leopold y ella habían hecho el amor, luego habían charlado hasta la madrugada y, finalmente, habían vuelto a fundirse el uno con el otro por última vez. El recuerdo de sus ojos azules contemplándola mientras se introducía en ella se le clavó entre las costillas y no pudo evitar emitir un gemido.

—Oh, ¿voy demasiado deprisa? —preguntó Diane, que redujo el paso al instante.

—Un poco.

O su amiga era una maestra del disimulo o realmente no se había dado cuenta de lo afectada que estaba. Y, de hecho, prefería, con mucho, la segunda opción, porque ese fin de semana tenía que acudir a casa para asistir a una de las interminables cenas de su padre, y confiaba en que no se le notara nada de lo que le había sucedido durante las últimas dos semanas.

¿Cómo podía ser que su vida hubiera cambiado de forma tan drástica en tan breve lapso de tiempo?

Por suerte, la cafetería a la que se dirigían no caía lejos y, unos minutos después, ambas estaban sentadas frente a sendas tazas de té y algunos pastelillos, sobre los que Diane se había lanzado sin disimulo.

—Y ahora cuéntamelo todo —le pidió una vez se limpió con la esquina de la servilleta los labios perfectamente maquillados.

—Me ha pedido que me vaya a París con él —dijo Rebecca, que no tenía intención de extenderse en relatos pormenorizados sobre su relación.

—Vaya, qué romántico —suspiró su amiga.

—Sí. —Volvió a forzar una sonrisa.

El llanto llegó tan de repente que no tuvo ni tiempo de contenerlo. Las lágrimas y los sollozos le atenazaron el pecho de tal forma que pensó que iba a ahogarse. Por suerte, habían ocupado un reservado en una de las esquinas del café y Diane se levantó de su asiento para sentarse junto a ella y evitar que diera un espectáculo, aunque algunas cabezas ya se habían girado en su dirección.

Su amiga le pasó un brazo por los hombros y la atrajo hacia sí.

—Oh, querida —le susurró mientras le acariciaba el cabello y le ofrecía una servilleta limpia—. Lo siento, lo siento tanto…

Había transcurrido más de un mes desde la marcha de Leopold y la idea de viajar a Francia no la había abandonado ni un instante. Y no se trataba solo de que lo echara de menos. Estaba convencida de que una temporada en París sería muy beneficiosa para su formación artística. Un mes, tal vez dos.

Ese sábado solo estaban a la mesa sus padres, su hermano pequeño Jamie y ella. Robert y Charlie, que ya estudiaban en la universidad, disponían de libertad para acudir cuando les pareciera oportuno. Se le antojó un momento apropiado para plantear el asunto.

—Me gustaría ir a París —anunció durante la comida.

—¿A París? —Su madre alzó la vista del plato—. ¿Qué hay en París que no puedas encontrar aquí?

—Arte, madre —repuso ella.

—¿Aún continúas con esa tontería? —inquirió Walter Heyworth desde la cabecera de la mesa—. El curso ya ha terminado, ya va siendo hora de que te centres en las cosas verdaderamente importantes.

—La pintura es importante para mí —replicó—. Y solo he terminado el primer curso en la escuela, en otoño volveré.

—De eso nada —sentenció el patriarca.

—¿Cómo? —Dejó de remover la comida con el tenedor y fijó la mirada en su padre.

—Ya me has oído. No pienso continuar costeando tus caprichos. El trato era un curso en la escuela y que luego te dedicarías a la búsqueda de un esposo adecuado.

—¡Si yo no quiero casarme! —exclamó.

—¡Lo que tú quieras carece de relevancia! —Su padre había aumentado el volumen de su voz, que retumbaba entre las paredes del comedor—. Ni siquiera sabes lo que quieres. ¿De cuántas escuelas te han expulsado? ¿Cuántos nuevos proyectos has iniciado antes de aburrirte y abandonarlos?

—¡Pero esto es diferente!

—Siempre es diferente y ya estoy cansado. Eres un constante dolor de cabeza y una continua decepción. Eres egoísta y caprichosa, y...

—Walter, por favor, no te alteres —intervino la madre, que colocó la mano con suavidad sobre la de su esposo.

—Tú tienes parte de culpa, Nora. —Se volvió contra su mujer—. La has consentido demasiado.

Nora Heyworth apretó los labios y bajó la cabeza. No deseaba iniciar una discusión delante de sus hijos, pero su marido estaba equivocado. Rebecca era un ser indómito, y había sido así desde siempre, sin que ella hubiera alentado ese carácter en ningún momento.

—Pues iré a París, con o sin tu permiso —insistió su hija.

—¿De verdad? —Su padre la miró, burlón—. ¿Y cómo piensas pagarlo? Porque París no es precisamente una ciudad barata, y yo no pienso darte ni un penique.

—Tengo mi propio dinero —contestó ella, con las aletas de la nariz temblando.

—Si te refieres al fideicomiso que te dejó tu abuela, te recuerdo que no puedes tocarlo hasta que cumplas los veinticinco.

—Solo necesitaría una parte.

—¿Es que no entiendes lo que es un fideicomiso? —preguntó, mordaz—. Bajo ningún concepto puedes acceder a él hasta que no se hayan cumplido las condiciones con las que fue establecido. Es lo que dicta la ley.

—Pues ahorraré mi asignación —propuso.

De repente, la posibilidad de marcharse había pasado de una simple idea a un proyecto en firme.

—¿Esa asignación que yo costeo para tus gastos? —La mirada de su padre estaba llena de desdén—. Pues lamento comunicarte que a partir de este momento ya no dispondrás de ella.

—¿Qué? —Rebecca se echó hacia atrás, como si la hubiera golpeado.

—Y se acabó tu estancia en Londres, es un cúmulo de costes innecesarios —continuó él—. Tendrás que volver a vivir aquí, que, a fin de cuentas, es tu hogar.

—Pero…

—Si necesitas vestidos o cualquier otra fruslería para asistir a las veladas que vamos a organizar a partir de ahora, tu madre te acompañará a las modistas y a las tiendas, y se hará cargo de las facturas.

—Pero necesito dinero… Yo…

—¿Para qué? Aquí tienes todo lo que puedas necesitar. —Walter Heyworth hizo un gesto con el brazo que abarcaba toda la estancia, toda la casa en realidad.

—Libros, pinturas… —balbuceó.

—Hay muchos libros en la biblioteca, seguro que no has leído ni un tercio de ellos. Y en cuanto a las pinturas, ya va siendo hora de que abandones ese pasatiempo por cosas más importantes.

Rebecca sintió la rabia ascenderle por la garganta, en forma de lágrimas calientes y amargas. No quería darle la satisfacción de verla llorar, así que se levantó de la silla con tanto ímpetu que esta cayó al suelo. Se dirigió a la puerta, sin detenerse cuando su padre pronunció su nombre ni cuando lo gritó a continuación. Solo quería refugiarse en su cuarto para dar rienda suelta a su congoja.

Y para trazar un plan.

Cualquier plan que fuera a llevarla a París necesitaba dinero, en eso su padre tenía razón. Ya fuera para dos meses o para una larga temporada, no solo debía costearse el viaje, que no sería precisamente económico, sino que luego tendría que vivir allí hasta que lograse vender alguno de los cuadros que pintara o encontrase un trabajo con el que mantenerse. Porque ahora le resultaba evidente que Leopold no era una opción. Estaba convencida de que la acogería en su casa, al menos al principio, hasta que se cansase de ella, o Rebecca de él. Además, no podía cargarlo con la responsabilidad de mantenerla. No, debía sustentarse por sí misma el tiempo que permaneciera allí.

Hizo acopio de todos sus ahorros y descubrió con pesar que no poseía casi nada. ¿Por qué diantres no había guardado parte de su asignación mensual para gastos inesperados? Su falta de previsión la abochornó. Contar con el respaldo de sus padres para hacer frente a cualquier eventualidad había sido una constante en su vida. Ni en sus más locas fantasías habría imaginado que un día tendría que prescindir de ellos.

De acuerdo, no poseía mucho dinero en metálico. Sin embargo, tenía muchas cosas, muchísimas. Comenzando por docenas de preciosos vestidos, zapatos, abrigos, bolsos y todo tipo de complementos. ¿Cuánto le darían por todas esas cosas? Luego estaban las joyas, al menos las sencillas, porque su padre guardaba en la caja fuerte las más valiosas, y en sus planes no entraba robar en su propia casa. Una fina pulsera de oro, tres pares de pendientes, un par de sortijas, una gargantilla..., todo lo que usaba con más frecuencia y cuyo valor monetario no debía ser muy elevado. Aun así, sabía que lograría un buen pellizco por esas piezas. ¿Bastaría con eso?

Sufrió un repentino ataque de vértigo ante lo que estaba a punto de hacer. Estaba planteándose vender sus posesiones para abandonar su hogar y a su familia, seguramente tras una fuerte discusión con su padre. Había tantas cosas que podían salir mal que el vértigo se convirtió en náuseas y acabó vomitando lo poco que había comido. Con el estómago aún revuelto, se tendió sobre la cama y cerró los ojos. Una siesta le sentaría bien, se dijo. Quizá, al despertar, la solución estuviera ahí, esperándola.

Las soluciones, sin embargo, no aparecen de la nada. Rebecca regresó a Londres con la maleta llena de prendas, por las que obtuvo algo menos de lo esperado. Su padre le había dado un mes para que arreglara sus asuntos en la ciudad y ella pensaba aprovecharlo al máximo. Hizo varios viajes, rogando para que su madre no descubriera los huecos en su armario demasiado pronto. Y si a los Heyworth les extrañó el ir y venir de su hija, no mencionaron nada al respecto.

El incipiente otoño había comenzado a dorar las hojas de los árboles, como una metáfora de su propia vida. Se despidió interiormente de sus amigos, porque no le había contado sus planes a nadie, ni siquiera a Diane. Le dejaría una carta a su partida, con la dirección de Leopold en París, pero no podía arriesgarse a que ella se lo mencionara a nadie y sus planes fracasaran antes de haberlos puesto en marcha.

Las joyas le proporcionaron un buen montante de dinero, y lo primero que hizo fue comprar un pasaje a Francia en un barco que zarparía del puerto de Londres en una semana. Ese era el tiempo del que disponía. Con aquel papel en el bolsillo, tuvo la sensación de que su nueva vida acababa de comenzar. Ya solo le quedaba dar el último paso, el más difícil de todos.

El despacho de Walter Heyworth era una estancia espaciosa, forrada de maderas nobles, con abundancia de estanterías repletas de libros, una mesa mastodóntica y un par de buenas butacas frente a la chimenea. Siempre había sido una habitación prohibida para sus hijos, a no ser que él los invitara a entrar, y poseía cierto aire de antigua grandeza que lograba intimidar a cualquiera. Rebecca tuvo que tragar saliva varias veces antes de comunicarle a su padre que se marchaba. Cuando él pareció no comprender el alcance de sus palabras, se las repitió:

—Me voy a París, padre.

La contempló con tanta intensidad que el estómago se le revolvió. Durante un instante pareció valorar las palabras de su hija, tratando de asimilarlas.

—¿Pero es que piensas convertirte en el hazmerreír de la familia, corriendo tras ese pintor de pacotilla? —le espetó, mordaz.

—¿Qué? —Sintió que sus piernas comenzaban a temblarle.

—Lo sé todo.

—¿Qué es...? ¿Qué es lo que sabe?

—He contratado a un detective.

—¿Me ha estado espiando?

—Solo le pedí que averiguara el motivo de tu reciente interés por viajar al continente, y debí haberme imaginado que se trataba de un hombre.

Su padre mantenía un tono sereno que la tenía descolocada.

—No es solo eso —se atrevió a decir.

—Eres una niña estúpida, Rebecca. ¿Qué piensas que va a suceder? Yo te lo diré. Te recibirá con los brazos abiertos, por supuesto, y antes de un mes se habrá cansado de ti. Aquí para él eras alguien, allí no serás más que una de muchas y, sin el respaldo económico de tu familia protegiéndote, su interés por ti se esfumará.

—Eso no es cierto... —balbuceó, aunque ella misma se había planteado esa misma situación unas cuantas veces.

—Es un hombre casado, por el amor de Dios. ¿Qué futuro te aguarda junto a un hombre como él? Eso sin contar con que es mucho mayor que tú.

—Doce años... no son tantos. Usted es una década mayor que madre.

—Eso no viene al caso. Tu madre y yo proveníamos de un entorno similar, teníamos intereses comunes, nuestras familias se conocían... y yo no estaba casado con otra.

—Él no es la única razón por la que deseo marcharme.

—Oh, claro que sí. ¿A quién pretendes engañar? —La miró con una ceja alzada y con cierto aire de desdén—. Solo es un capricho de juventud, se te pasará, créeme. En unas semanas, un par de meses a lo sumo, ese hombre será solo un vago recuerdo.

Sus palabras consiguieron enervarla aún más y se obligó a mantener la compostura.

—Aun así, he decidido marcharme —insistió—. Creo que París tiene mucho que ofrecerme. Aquí me agostaré.

—¿Es que no has oído nada de lo que te he dicho? —Walter Heyworth comenzaba a perder la paciencia. Rebecca podía verlo en el modo en que crispaba los labios y los puños. Allí sentado, tras su enorme mesa, parecía un banquero a punto de irse a la quiebra—. Eres tan testaruda como..., como...

—¿Como usted, padre? —inquirió con sorna.

—¿Y todavía te atreves a burlarte? —Walter se levantó y su enorme envergadura tapó casi toda la luz que entraba por la ventana situada a su espalda—. Será mejor que subas a tu cuarto antes de que diga algo de lo que pueda arrepentirme.

Miró un instante la mano extendida en dirección a la puerta y estuvo a punto de obedecer, como había hecho tantas veces en el pasado.

—Subiré a mi habitación, pero solo a recoger mi equipaje. Mi barco zarpa mañana.

—¿Tu barco? —Sus ojos se abrieron con asombro—. Has perdido por completo la cabeza, Rebecca Heyworth. ¡Te prohíbo terminantemente que abandones esta casa!

Sus últimas palabras retumbaron en la estancia y Rebecca casi habría jurado que algunos libros se estremecieron en sus anaqueles.

—Está decidido, y no hay vuelta atrás —le aseguró, con la voz menos firme de lo que pretendía.

Su padre clavó en ella sus furibundos ojos, como si estuviera valorando la fuerza de su convicción.

—Si te marchas, no podrás volver. Nunca —la amenazó, en un tono más bajo pero igual de intimidatorio.

—Pero…

—Nunca, Rebecca. ¡Y no esperes ni una sola libra por nuestra parte!

—¡No necesito su dichoso dinero! —le espetó ella, furiosa.

—Bien, porque no verás ni un penique. Si te marchas por esa puerta, habrás muerto para nosotros. ¿Lo has entendido?

Rebecca se mordió los labios. Ya había esperado algún tipo de exabrupto por su parte, pero no una sentencia de esa magnitud. ¿De verdad mantendría su palabra? Lo conocía lo bastante como para asegurarlo. Por fortuna, contaba con que su madre acabara mitigando la situación. Nora Heyworth, a la que le había contado sus planes solo unos minutos atrás, aún debía estar en estado de shock en el salón. Para su sorpresa, no había derramado ni una sola lágrima, aunque había tratado de convencerla para que abandonara su descabellado plan, si bien con idéntico resultado al de su esposo.

—Lo siento mucho, padre. Le quiero, y quiero mucho también a madre, pero, aunque no lo comprenda, esto es algo que debo hacer —logró articular al fin, luchando contra sus propias emociones.

Walter Heyworth no dijo nada, se limitó a mantener sobre ella su colérica mirada, y Rebecca abandonó el despacho con el alma resquebrajada.

Ya no había vuelta atrás.

6

No era la primera vez que Rebecca visitaba París; su madre la había llevado allí al cumplir los catorce, antes de ingresar en su penúltima escuela, pero entonces no le había parecido ni la mitad de hermoso de lo que se le antojaba en ese instante. En aquel entonces se habían alojado en un lujoso hotel cercano a los Campos Elíseos, habían visitado algunas de las más exclusivas boutiques de la ciudad y habían cenado en los mejores restaurantes. La ciudad le había parecido majestuosa, fastuosa incluso. Sin embargo, como cualquier diamante que se precie, París tenía varias caras, distintas facetas igualmente bellas y plenas de encanto, y el barrio de Saint Germain era sin duda una de ellas. Con sus elegantes edificios y sus calles espaciosas, no iba a tardar en convertirse en uno de los más caros y solicitados.

A pesar de sus iniciales reticencias a un viaje tan repentino, su profesora Emily Evans había resultado de gran ayuda al recomendarle un hotelito en la zona, limpio y económico, donde se alojaban muchachas jóvenes y solteras, casi todas relacionadas con el mundo del arte, desde poetisas y pintoras hasta cantantes, escultoras y fotógrafas, todas ellas deseosas de encontrar su propio hueco. La profesora Evans, una vez hubo comprendido que no iba a hacerle cambiar de idea, trató de proporcionarle consejos útiles, como comprar los ingredientes para cenar en su habitación en lugar de en un restaurante (aunque fuese pan con mantequilla) o evitar las zonas poco recomendables de la ciudad.

También conversaron sobre el surrealismo del que Leopold Blum le había hablado tanto, y le dijo que, a pesar de sus aires de libertad, lo que en los varones era atrevimiento y ruptura de las reglas establecidas, en las artistas era visto como algo similar a la histeria o la locura, incluso por los mismos hombres que formaban parte del movimiento. El papel de las mujeres, al parecer, era principalmente servir de musas o de inspiración, poco más. Rebecca no sabía si la profesora trataba de disuadirla con otro tipo de argumentos o si sus palabras eran ciertas, pero estaba dispuesta a descubrirlo. De todos modos, ¿no eran los hombres los protagonistas de todas las disciplinas, artísticas o no? Desde la medicina y la política hasta la literatura y el arte, los hombres dominaban el mundo desde hacía miles de años. Por fortuna para ella, los tiempos habían cambiado lo suficiente como para que una mujer pudiera ocupar un espacio en el engranaje de las cosas, y estaba segura de que poco a poco hallarían el modo de ampliar esa presencia. Al menos ella iba a intentar poner su granito de arena para que así fuera.

El viaje, primero en barco y luego en tren, le había resultado agotador. Agotador y sombrío. Nadie había acudido a despedirla, ni siquiera su hermano Charles, a quien había enviado una larga carta a la universidad explicándole su decisión. Quería pensar que no había logrado llegar a tiempo, al habérsela enviado con tan poca antelación; eso era mucho mejor que imaginar que él tampoco aprobaba su decisión. Su único consuelo fue que su madre, después de todo, le había hecho entrega de una sustancial cantidad de libras para que pudiera mantenerse hasta que decidiera regresar a casa, algo de lo que parecía estar absolutamente convencida que acabaría ocurriendo. «Ya me ocuparé yo de arreglar las cosas con tu padre», le había dicho.

Cuando Rebecca llegó al modesto hotelito apenas podía mantener los ojos abiertos, así que se instaló en la pequeña habitación que había alquilado y se echó sobre la cama sin desvestirse ni deshacer siquiera el equipaje. Intuía que su estancia en ese alojamiento no se iba a prolongar demasiado.

Cuando el sol asomaba por encima de los tejados, se aseó

en el baño del pasillo, en cuanto oyó que las otras huéspedes se marchaban, y se puso uno de sus vestidos más bonitos. Se cepilló el pelo a conciencia, se maquilló con moderación y salió a la fría mañana envuelta en su abrigo más discreto, el único que no había cambiado por un puñado de libras. Había comprado un plano de la ciudad al llegar a la estación y, con este en la mano, trazó el recorrido hasta la rue Jacob, donde vivía Leopold. Apenas cinco manzanas los separaban y, cerca ya de su destino, avivó el paso con la ansiedad trepándole por el pecho.

El inmueble resultó ser un edificio estrecho de cuatro pisos de piedra clara y altos ventanales. La puerta principal daba acceso a un pequeño vestíbulo con una escalera pegada al costado. Al parecer, no tenía ascensor. Los escalones, gastados por el uso, hacían juego con la barandilla de hierro forjado, que se movía ligeramente al apoyarse en ella. Las paredes, pintadas de un blanco desvaído, presentaban algunos desconchones y manchas de humedad a la altura de los tobillos. Era evidente que era un edificio antiguo y que no había recibido los cuidados adecuados durante los últimos años, pero no le importó.

Subió hasta el último piso y, con el corazón desbocado, se detuvo frente a la puerta situada a su derecha. Se tomó unos segundos para recuperar la respiración, que aprovechó también para retocarse el peinado. El día antes de abandonar Londres había ido a cortarse el pelo y ahora lo llevaba a la altura de la nuca, muy a la moda. El tono oscuro enmarcaba su cara de porcelana como un halo, y el resultado no podía ser más favorecedor. Entonces presionó el pequeño botón que había junto a la puerta y oyó a través de la madera el sonido del timbre en el interior. Sabía que era temprano y que a Leopold le gustaba pintar hasta tarde, pero estaba convencida de que no le importaría que lo despertara. Presionó una segunda vez, y una tercera. Iba a hacerlo por cuarta vez cuando la puerta se abrió con cierta brusquedad y una mujer apareció en el umbral. Llevaba el cabello rubio despeinado y se cubría el cuerpo con una bata tan escueta que Rebecca pudo apreciar la belleza de sus largas piernas y parte del nacimiento de sus protuberantes senos. Era guapa, con unos ojos grandes y verdes, y los pómulos marcados.

—¿Sabe la hora que es? —le preguntó, malhumorada.

Rebecca dio un paso atrás y comprobó que, en efecto, se encontraba en el último piso. ¿Se habría equivocado de casa?

—He venido... —carraspeó—. He venido a ver a Leopold Blum.

—Está durmiendo. —La mujer entrecerró los ojos con cierta desconfianza—. ¿Es usted alguna de esas admiradoras que buscan un autógrafo?

—Eh, no, yo... —Rebecca la miró con atención—. ¿Puedo saber quién es usted?

—Soy su mujer —contestó—. ¿Y quién es usted, si puede saberse?

La rubia colocó una mano sobre la cadera, en un gesto a todas luces desafiante. La garganta se le secó de golpe. ¿Su mujer? De repente, allí parada, frente a la esposa del hombre del que se había enamorado, se sintió ridícula. Ridícula y humillada hasta lo indecible. Sin mediar palabra, comenzó a bajar las escaleras a toda prisa, con la vista nublada.

—¡Eh, oiga! —La mujer había salido al rellano y le gritaba por encima de la barandilla—. ¿Es que se ha vuelto loca?

Rebecca ni siquiera volvió la cabeza y salió al aire frío de París con el corazón a punto de reventarle en el pecho.

Había sido una ingenua. Una ingenua y una estúpida. Y estuvo repitiéndoselo sin cesar mientras se limpiaba las lágrimas en el camino de regreso al hotel.

Se pasó encerrada las siguientes treinta horas en su pequeña habitación, alternando episodios de llanto con otros de una rabia tan devastadora que tuvo que morderse los nudillos para no arremeter contra el escaso mobiliario. Ella, que se preciaba de ser una mujer de una inteligencia superior a la media, había caído en una de las trampas más viejas del mundo. ¿Por qué Leopold la habría engatusado con aquellas mentiras tan bien elaboradas, tan verosímiles? ¿Y cuántas veces habría utilizado ese mismo ardid para seducir a otras como ella? A buen seguro, su invitación a acompañarlo a París también había formado parte del juego, sin duda alguna convencido de que ella no abandonaría ni su hogar ni su país por una aventura tan incierta. De hecho, estaba convencida de que ninguna persona en su sano juicio le habría tomado la palabra y habría empaquetado sus cosas para dejar atrás todo lo que conocía. Solo que ella no era como los demás, nunca lo había sido, y las palabras de su padre acerca de su atolondramiento y su carácter caprichoso le hacían hervir la sangre. Por mucho que le dolieran, tenía razón.

Sin embargo, imaginarse regresando a su casa, humillada y vencida, se le antojaba aún peor. Se veía incapaz de realizar el viaje de vuelta, porque eso supondría retornar a su antigua vida, y ya sabía lo que le esperaba en ella. Y no le gustaba.

Sin apenas dormir y con el estómago vacío, comenzó a hacer planes. Se encontraba en París, rodeada de cultura y de oportunidades, y, ya que había llegado hasta allí, las aprovecharía al máximo. Ahora que sabía la verdad sobre Leopold no tardaría en olvidarlo para concentrarse en el otro motivo que la había llevado hasta la capital francesa: aprender. Aprender cuanto pudiera. Buscaría una escuela de arte, o a algún pintor dispuesto a darle algunas clases. Solo un par de meses, hasta Navidad tal vez. Entonces podría volver a casa con cierta sensación de triunfo, y ni su padre podría negarle el regreso a su hija en unas fechas tan señaladas. Su madre la ayudaría, no albergaba ninguna duda.

Se pasó toda la noche calibrando todas sus opciones y, cuanto más pensaba en su plan, más se convencía de que eso era precisamente lo que debía hacer, y no iba a consentir que ningún hombre se interpusiera en su camino. Con el sol ya asomando por encima de los tejados, pudo al fin conciliar el sueño y hallar un poco de descanso para su maltratado corazón.

Rebecca visitó varias escuelas de arte en los días siguientes —algunas realmente diminutas— y comprobó que podía sufragar los costes de un par de ellas, de tres si renunciaba a varias cenas a la semana. Si administraba bien el dinero que había llevado consigo, le duraría hasta finales de año. Eso sí, no podría hacer frente a ningún gasto extraordinario, como alguno de esos maravillosos sombreros que lucían las parisinas ni, desde luego, esas prendas de ropa igualmente sofisticadas. Se apañaría con las prendas que había llevado en su equipaje, que para cualquier mujer de clase media habrían resultado más que suficientes.

Encontró también un par de lugares donde podía comer decentemente por un puñado de francos. Eran locales pequeños y familiares, frecuentados por habitantes del barrio, obreros o artesanos, a quienes no extrañó ver a una chica comer sola. Rebecca se resistía a entablar conversación con nadie de su entorno y ni siquiera había aceptado la invitación de una joven del hotel para que se uniera a su grupo de compañeras y salir a recorrer la ciudad. Todavía no se sentía preparada para intimar con desconocidos ni para añadir nuevas amistades a su escueta lista.

Había escrito a su madre con los datos del hotel y le había enviado una nueva carta a su hermano Charles. A ninguno le explicó su verdadera situación y llenó ambas misivas con una larga ristra de mentiras y medias verdades, para no preocuparlos.

En ninguna de ellas mencionó a Leopold Blum.

En la semana que había transcurrido desde su visita a casa del pintor, Rebecca había evitado las calles más próximas a su domicilio, por si casualmente se encontraba con él. Siempre que salía del hotel, giraba en dirección opuesta y, en una ocasión, incluso le había parecido verlo en la acera contraria. Su reacción, que la avergonzó hasta lo indecible, fue meterse en la primera tienda que encontró en su camino, que resultó ser una *boulangerie*, donde el aroma del pan recién horneado la envolvió como una manta. Desde allí, mientras hacía cola para comprar una *baguette* —una barra de pan estrecha y tierna absolutamente deliciosa—, atisbó a través del ventanal y comprobó que se había equivocado. El hombre que había confundido con Leopold no era más que un joven con su misma envergadura y una forma de caminar muy similar, también con el cabello claro. Las similitudes, no obstante, se acababan ahí. Ni siquiera podía explicarse cómo podía haberlos confundido, y luego, ya de vuelta en la calle con el pan caliente bajo el brazo, se reprochó a sí misma su comportamiento. ¿Acaso tenía ella algo de lo que avergonzarse? En todo caso, debería ser al revés. Leopold Blum era el hombre que la había engañado, que se había burlado de ella. Rebecca Heyworth no tenía nada que reprocharse.

Con ese pensamiento afianzándose en su mente, tomó la decisión de acudir a alguno de los cafés que el pintor le había mencionado. Esos lugares en los que los artistas se reunían para hablar sobre sus obras, para debatir nuevas ideas, para conocerse mejor. ¿Por qué no iba ella a formar parte de eso también? ¿No había viajado a París precisamente para ello? Desde luego que sí, y si eso significaba encontrarse con Leopold, pues que así fuera. Estaba preparada para hacerle frente, aunque no le iba a proporcionar la satisfacción de montar ningún escándalo. Rebecca tenía mucha más clase que él, e iba a demostrarlo.

Así que esa noche se vistió con especial esmero y se presentó en el Café de Flore, en el mismo boulevard Saint-Germain. El local ocupaba toda una esquina y un gran toldo protegía las pequeñas mesas situadas en el exterior, todas ellas ocupadas. El interior era amplio y estaba iluminado sin estridencias, con una luz cálida que invitaba a permanecer allí durante horas. Al fondo, un nutrido grupo de personas se hallaban reunidas alrededor de las cuatro últimas mesas. Al menos habría una docena de hombres y tres o cuatro mujeres. Reconoció a una de ellas al primer vistazo. Se trataba de la fotógrafa americana

Lee Miller, una preciosa mujer de cabello rubio que había comenzado su carrera como modelo antes de pasarse al otro lado de la cámara. Recorrió a los presentes con la mirada y soltó un suspiro de alivio al comprobar que ni Leopold ni su esposa se encontraban allí. Pese a sus propósitos de esa misma mañana, todavía no estaba preparada para toparse con él. Sí reconoció, en cambio, a André Breton, considerado uno de los fundadores del movimiento surrealista, sobre el cual había escrito incluso un manual. Con su abundante melena castaña, estaba de pie frente a los demás, hablando en un tono de voz lo bastante alto como para que ella, que había ocupado un taburete en una mesita alta no demasiado alejada del grupo, no se perdiera ni una sola palabra.

Cuando el camarero se aproximó, Rebecca pidió una copa de vino y se dispuso a escuchar desde la distancia, con la intención de empaparse de todo. Por desgracia, no todos poseían ni el volumen de voz ni la intensidad de Breton, así que apenas fue capaz de captar nada de interés por parte de los demás oradores. Comenzaba a pensar que aquello era una pérdida de tiempo cuando una voz a su costado la sobresaltó.

—Puede acercarse un poco más si lo desea —dijo alguien a su vera.

Ladeó la cabeza con brusquedad y se encontró con unos ojos grises de mirada amable en un rostro atractivo, coronado por un cabello castaño y ondulado. Era uno de los integrantes de ese grupo, que debía haberse levantado sin que ella se percatara.

—Estoy bien aquí, gracias —le contestó con sequedad.

—Entonces permítame que la invite a un *pastis*.

—No tengo hambre, pero gracias de nuevo —declinó, una vez más.

—Oh, el *pastis* es una bebida muy habitual aquí. Una especie de anís muy apreciado.

Rebecca enrojeció y apretó los labios.

—Deduzco que no es francesa —comentó el desconocido en inglés.

—¿Usted tampoco? —preguntó ella, que agradeció volver a escuchar su lengua materna.

—Estados Unidos —contestó.

—Inglaterra —añadió ella.

—¿Y tiene usted nombre, bella inglesa? —preguntó él, con una sonrisa franca y honesta.

—Rebecca.

—Rebecca…

—Rebecca a secas.

—De acuerdo —concedió con una sonrisa, y le tendió la mano—. Soy Frank, a secas también.

Ella le estrechó la mano, grande y un poco áspera. Él acompañó el apretón con la calidez de su sonrisa, que encontró reconfortante.

—¿Es usted artista? —inquirió Frank.

—¿Qué le hace pensar eso?

—Parece muy interesada en el grupo de Breton.

—¿Me ha estado observando?

—¿Acaso había algo más interesante que observar?

—Lee Miller es sin duda la mujer más hermosa de todo el café —comentó ella, que echó un rápido vistazo a la famosa fotógrafa.

—Lee Miller es una compatriota y una amiga —concedió él—, pero ya hace mucho tiempo que la conozco.

—¿Es usted artista?

—Fotógrafo, como ella.

—Ah. —Lo contempló con renovado interés—. ¿Surrealista también?

—Surrealista, realista, expresionista…, lo que se tercie y lo que más me interese en un momento dado.

—No sé si Breton estaría muy conforme con sus indefiniciones artísticas —comentó ella con media sonrisa.

—Probablemente no. —Frank mostró su conformidad al comentario con un guiño pícaro.

En los días previos a su viaje, y especialmente desde que había llegado a París, Rebecca había leído casi todo lo que había encontrado sobre el movimiento surrealista, la mayoría en la Biblioteca Americana, donde todo o casi todo estaba en inglés. Breton parecía un hombre totalmente entregado al movimiento, y al parecer no soportaba las medias tintas entre sus integrantes. De hecho, había descubierto que unos pocos años antes había formado parte de un juicio que habían orquestado contra Salvador Dalí, a quien acusaban de ser un simpatizante demasiado entusiasta de los regímenes fascistas y de sentir un apego desmedido por el dinero. El simulacro de juicio había acabado con Dalí alejándose del grupo tras pronunciar una frase que a Rebecca se le había quedado grabada. «El surrealismo soy yo», había dicho el pintor español antes de abandonar aquella pantomima.

—¿Entonces? —volvió a preguntar Frank.

—¿Qué? —Rebecca lo miró sin comprender.

—¿Es usted artista?

—Pintora.

—Oh, excelente. Quizá haya tenido la suerte de ver alguno de sus trabajos.

—Lo dudo mucho, aún no he tenido la oportunidad de exponer.

—Pues está en el lugar indicado.

—¿El Café de Flore? —Miró a su alrededor, algo confusa.

—París.

Ella asintió casi de forma imperceptible. Leopold le había dicho exactamente lo mismo. Aquellos ojos azules que tan bien recordaba se superpusieron a los de Frank, y la forma de sus labios cubrió en un instante la del hombre que tenía ante sí. Rebecca sufrió un leve mareo y cerró los ojos con fuerza.

—¿Se encuentra bien? —Frank tendió una mano hacia ella.

—Sí, gracias. —Ella se recompuso con rapidez—. Se me ha hecho tarde, debo marcharme ya.

—Claro. —Él asintió, a todas luces un tanto decepcionado—. Espero que nuestros caminos vuelvan a cruzarse. París no es una ciudad tan grande si uno se dedica a lo que nos dedicamos nosotros.

—Seguro que será así.

Frank inclinó la cabeza a modo de despedida y retornó a su grupo, con la mirada de ella prendida de sus anchas espaldas.

Si Rebecca hubiera llegado a intuir siquiera lo que ese hombre iba a significar en su futuro, se habría caído sin duda del taburete.

7

Aquel desconocido tenía razón. París no era una ciudad tan grande si uno frecuentaba los mismos círculos a diario, al menos eso pensó Rebecca solo dos días más tarde, tras atravesar las puertas del café Les Deux Magots, un local elegante que ocupaba toda la esquina de un bello edificio. En su interior, en el pilar central, dos figuras asiáticas sentadas daban nombre al lugar, cuyas paredes estaban decoradas con falsas columnas de yeso que contrastaban con el cuero rojo que cubría los asientos. En un lateral se encontraba un concurrido y vociferante grupo, y allí, sentado entre dos hombres a los que no reconoció, estaba Leopold Blum. Rebecca sintió que sus músculos se ponían rígidos de inmediato. No muy lejos, su esposa flirteaba con un joven de grandes y tristes ojos. El muchacho parecía encontrarse un tanto incómodo, a juzgar por cómo miraba a otra mujer sentada en diagonal a él.

Estuvo tentada de dar media vuelta y abandonar el café. Durante unos segundos valoró seriamente la posibilidad de desaparecer, aunque se le antojara totalmente absurdo. Sabía que ese momento iba a llegar más pronto que tarde, así que era inútil retrasarlo por más tiempo. Su mirada se cruzó entonces con la de Leopold. Primero advirtió en ella confusión, como si le costara creer lo que veían sus ojos; luego, una mueca de asombro perfiló sus facciones y, finalmente, una expresión de júbilo le iluminó el rostro mientras se levantaba y pronunciaba su nombre en voz alta.

—¡Rebecca!

Leopold se abrió paso casi a codazos entre sus compañeros para ir a su encuentro, con una sonrisa tan franca y radiante que estuvo a punto de corresponderla. La alzó en brazos y dio un par de vueltas con ella en volandas, que aún permanecía rígida. Cuando volvió a dejarla en el suelo, rodeó su rostro con ambas manos y comenzó a besarla, primero en las mejillas y en la frente, y luego en los labios. Rebecca no reaccionó y con el rabillo del ojo comprobó que se habían convertido en el centro de atención de todo el café.

—¡No puedo creerlo! —decía él, al tiempo que la miraba con una intensidad que la atravesó de parte a parte—. ¡Has venido! ¡Estás aquí!

—Deberías… avergonzarte —masculló ella, que con un gesto de la cabeza se desasió de él.

Leopold miró en dirección a sus amigos y soltó una carcajada.

—Créeme, seguro que no les importa —aseguró, risueño.

—¿Ni siquiera a tu esposa? —inquirió ella, cortante.

—¿Mi… qué? —Él dio un paso atrás y la observó, desconcertado.

Rebecca volvió la cabeza y miró en dirección a la deslumbrante rubia, que había cesado de atosigar al joven de mirada triste y la contemplaba con el ceño fruncido. Leopold siguió la dirección de sus ojos.

—¿Yvette? —preguntó él, aún extrañado.

—No…, no sé cómo se llama.

Leopold volvió a reír, aún más fuerte si cabe.

—Pero ¿cómo se te ha ocurrido una idea tan ridícula? —Hizo ademán de acariciarle la mejilla, pero Rebecca se apartó.

—Ella me lo dijo.

—¿Yvette…? —Leopold centró de nuevo su atención en la rubia, que parecía haber perdido el interés en ellos, o al menos trataba de disimular—. ¿De qué la conoces? ¿Cómo…?

—Estuve en tu casa —lo interrumpió.

—¿En mi casa? ¿Pero cuándo…?

—Hace algo más de una semana —volvió a cortarlo.

—¿Hace una semana que estás en París?

—Más o menos. Ella me abrió la puerta y me dijo que era tu mujer.

—¡Oh, por todos los dioses! —Leopold se pasó la mano por el cabello, un gesto que ella había extrañado tanto que le dolió físicamente—. Yvette solo es una corista que de tanto en tanto se une a nuestro grupo.

—Y te acuestas con ella.

—A veces —reconoció con franqueza—, aunque te aseguro que no soy el único. Te lo juro, Rebecca, es solo una amiga.

—¿Una... amiga? —preguntó, recelosa.

Leopold volvió a tomar su rostro entre las manos y a clavar en ella aquellos dos abismos azules que tenía por ojos.

—Nunca te he mentido, Rebecca —le aseguró, con la voz contenida—. Jamás.

Y ella supo, con absoluta certeza, que era sincero. Solo entonces se atrevió a sonreír con timidez y, cuando él volvió a aproximar sus labios a los suyos, respondió con ímpetu.

—Vámonos de aquí —le susurró él tan pronto como sus bocas se separaron.

—Pero tus amigos...

—No existe nada en París más importante que tú.

Aunque apenas dos manzanas los distanciaban del apartamento de Leopold, tardaron casi media hora en realizar un trayecto que no debería haberles llevado más de cinco o diez minutos. Cada tres pasos, él se detenía, unas veces para contemplarla con una mezcla de extrañeza y adoración, y las más, para besarla bajo los soportales que hallaron en su camino, hasta que un transeúnte les llamó la atención y finalizaron el trayecto a la carrera, cogidos de la mano como dos colegiales.

Una vez en el vestíbulo del edificio, a salvo de miradas indiscretas, la pegó a la pared y comenzó a besarla como si ella fuera a desvanecerse de un momento a otro. Rebecca sentía el cuerpo en llamas y las manos no le alcanzaban para sujetarlo del pelo, o abrazarse a su cuello o a su torso.

—¡No te imaginas cuánto te he echado de menos! —le decía él entre beso y beso—. Creí que nunca volvería a verte...

Ella sentía que la cabeza se le iba por momentos y no era capaz siquiera de articular palabra, hasta que el ruido de un portazo, uno o dos pisos más arriba, rompió la burbuja en la que se habían refugiado. El sonido de unos pasos bajando las escaleras los obligó a separarse. Leopold la tomó de la mano y comenzaron a subir. Se cruzaron con un hombre de mediana edad, a todas luces ofuscado, que ni siquiera los saludó al pasar. En el último piso, Leopold extrajo las llaves y le costó dos intentos introducir la adecuada en la cerradura. Rebecca sonrió de forma imperceptible, satisfecha al comprobar que estaba tan nervioso como ella.

Apenas tuvo tiempo de contemplar el enorme salón, porque él la tomó en brazos y, a grandes zancadas, la condujo a través de un pasillo hasta el dormitorio, presidido por una cama de matrimonio y un armario en el que podrían haberse ocultado los dos de ser preciso. La dejó en el suelo un instante, el tiempo suficiente para encender la lamparita que descansaba sobre una de las mesitas de noche, y un resplandor anaranjado inundó la habitación, tenue y cálido.

Por un breve instante, la imagen de la mujer rubia, que ahora sabía que se llamaba Yvette, se materializó sobre aquellas sábanas revueltas, y su cuerpo, sin poder evitarlo, se puso rígido de nuevo.

—Te juro que me muero por besarte —le susurró él, con los labios pegados a su sien—, me muero por hundirme en ti hasta el fin de los tiempos, hasta que todos los colores del mundo se hayan desvanecido para siempre.

—Yo... —Rebecca no era capaz de encontrar sus propias palabras.

—Pero antes creo que hay algo que debo hacer: por ti, por los dos.

Leopold le dio un beso en la frente y luego se separó de ella. Con gran destreza, prácticamente arrancó aquellas sábanas de la cama, y con ellas la manta que las cubría, y las tiró a un rincón. Luego se aproximó al armario y sacó un nuevo juego, un tanto arrugado pero limpio, y comenzó a hacer la cama, como si ella no estuviera allí. Rebecca lo observó un instante, más emocionada con su gesto de lo que esperaba, y se apresuró a ayudarlo con la tarea. Cuando finalizaron, él sacó del armario una gruesa manta y la echó por encima.

—Por las noches hace frío —le dijo, a modo de explicación—, aunque sospecho que no la vamos a necesitar.

Intuyó que no se refería a lo caldeado que se encontraba el apartamento gracias a la calefacción central, y sus mejillas se tiñeron de rosa. Él rodeó la cama con lentitud y se colocó frente a ella, que apoyó la mano en aquel torso y sintió el latir desbocado de su corazón bajo las yemas de los dedos, mientras él le acariciaba el rostro con devoción.

—Bienvenida a París, *mon amour* —susurró.

Sus labios eran suaves y cálidos, y sus besos se fueron tornando apremiantes, al tiempo que ella comenzaba a sentir un ligero temblor en las rodillas, arrollada por la pasión que se estaba desatando en sus entrañas. Cuando él comenzó a desvestirla, apenas fue capaz de contener los gemidos que pugnaban por salir de su boca. La tendió sobre el lecho con delicadeza y se desnudó con rapidez para tumbarse a su lado. El roce de la piel de Leopold contra la suya le provocó una especie de corriente eléctrica que la recorrió por entero.

Y Rebecca supo, sin ningún género de duda, que se encontraba justo donde debía estar.

En París.

Junto al hombre al que amaba.

Percibió la calidez del sol en el rostro antes de abrir siquiera los ojos. Durante unos instantes, se permitió permanecer así, bañándose en aquella luz otoñal que se colaba por la ventana de la habitación, sin moverse. Sonrió, satisfecha y colmada como nunca antes en su vida.

—Estás preciosa cuando sonríes, incluso dormida.

La voz de Leopold sonó justo frente a ella y abrió los párpados con cierto sobresalto. Se encontraba sentado en un butacón, de espaldas a la ventana, vestido solo con unos pantalones y el cabello aún revuelto. Mantenía las piernas estiradas y los pies cruzados, descalzos. Apoyado en el brazo de la poltrona, sostenía un bloc de dibujo, en el que garabateaba con un carboncillo.

—¿Qué haces? —le preguntó, un tanto extrañada.

—Dibujarte.

—¿A mí? —Alzó las cejas.

—Créeme, no existe nada más hermoso sobre la faz de la tierra.

—Supongo que eso se lo dirás a todas —replicó, sin acritud.

—Jamás había dibujado a una mujer dormida —le aseguró.

Rebecca, azorada, esquivó su mirada y se desperezó. Todos los músculos de su cuerpo, incluidos algunos que no conocía, protestaron, y no pudo evitar un quejido.

—¿Dolorida? —preguntó él, risueño.

—¿Tú no? —Rebecca recordaba a la perfección su apasionada noche, que se había alargado casi hasta la madrugada.

—Reconozco que me ha costado levantarme, y que me he quejado mucho más fuerte que tú —rio—, aunque ahora ya no me duele nada.

—¿Hace mucho que te levantaste?

—Un par de horas.

—Oh, pero entonces ¿no has dormido nada? —Se incorporó sobre un codo, ignorando las protestas de sus agotados músculos.

—Claro que sí, lo suficiente.

—¿Lo... suficiente? —Elevó las cejas—. ¿Qué hora es?

—Poco más de las doce y media.

—¿He dormido toda la mañana? —Se incorporó de golpe y se sentó, con la espalda apoyada contra los almohadones—. ¿Por qué no me has despertado?

—¿Para qué? —La miró, desconcertado—. Parecías cansada. ¿Tenías algo que hacer hoy?

—Eh, no, en realidad no —reconoció.

—¿Entonces?

Rebecca no encontró argumentos con los que rebatirlo, así que permaneció en silencio. Durante unos segundos, contempló a Leopold, que parecía haberse abstraído de todo y trabajaba con los dedos sobre el papel, seguramente suavizando las líneas.

—¿Puedo? —preguntó ella, estirando el brazo.

Leopold la miró y luego bajó la cabeza hasta el bloc de dibujo antes de volver sus ojos hacia ella.

—Claro —le dijo, al tiempo que le tendía el cuaderno.

Rebecca lo tomó casi con reverencia y se atragantó al contemplar el boceto. Era ella, plasmada con tal realismo que casi parecía una fotografía. Tendida de lado, mantenía una mano bajo la mejilla, y su rostro reflejaba una paz y una armonía que la sacudieron por completo. Era un retrato de su rostro y parte de sus hombros desnudos, suavemente redondeados, y era tan delicado que sintió que la emoción le trepaba por la garganta.

Carraspeó y volvió la página. Encontró varios más: su mano, de largos y estilizados dedos, sus labios y su mentón, sus ojos cerrados, con las pestañas negras y abundantes sombreando sus mejillas… Eran magníficos.

—Creí… —Carraspeó de nuevo—. Creí que solo te dedicabas al surrealismo.

—Que haya elegido esa opción no significa que no conozca otras técnicas —le aclaró—. Me habría encantado hacerte una fotografía, o un millar, pero no dispongo de ninguna cámara y quería inmortalizar este momento de la manera más realista posible.

—Son… maravillosos.

—No es mérito mío —le sonrió mientras volvía a tomar el bloc y contemplaba su propia obra—. La modelo era exquisita.

La miró de esa forma que la hacía sentir tan vulnerable y Rebecca se estremeció a su pesar.

—Yo… debería volver al hotel —dijo al fin.

—¿Qué? —Leopold se incorporó en su asiento.

—Podemos vernos más tarde, si quieres y no estás ocupado.

Él abrió los labios como si fuese a decir algo y luego los cerró, de golpe, antes de levantarse y sacudirse los pantalones.

—Claro, como desees. —Se pasó una mano por el desordenado cabello—. Te acompañaré.

—No es necesario que…

—Si quieres ducharte, te traeré toallas limpias.

Se mostraba cortante y ella se sintió dolida, y rechazada.

—¿Qué sucede? —le preguntó.

—Nada —contestó él.

Rebecca se levantó como un resorte y lo sujetó por la muñeca antes de que abandonara la habitación.

—Leopold…

—Será mejor que te vistas si prefieres ducharte en el hotel.

—¿Por qué estás enfadado? —le preguntó, pero él ni siquiera volvió la cabeza—. Maldita sea, ¡háblame!

Había alzado la voz y Leopold reaccionó, mirándola con cierta sorpresa.

—Quieres marcharte —le dijo, con una mueca de disgusto.

—No quiero interrumpirte ni convertirme en un estorbo —le aseguró.

—¿Qué? ¿De qué estás hablando?

—Tienes que pintar, es tu trabajo —respondió—. Yo solo sería una distracción.

La expresión de Leopold se transformó de inmediato y soltó una risotada.

—Estás completamente loca, ¿lo sabías? —Y a continuación se inclinó y la besó, la besó con tal fervor que el cuerpo de Rebecca comenzó a arder de nuevo—. Eres mi musa, mi inspiración. Y no quiero estar separado de ti ni un minuto de más.

—¿Estás seguro? —preguntó ella, suspicaz.

—Tan seguro como que respiro. —Se sentó junto a ella—. ¿Tú no quieres quedarte aquí, conmigo?

—¡Por supuesto que sí! —contestó, sin atreverse a confesar que no había soñado con otra cosa desde que él había dejado Londres.

—Entonces no se hable más. Iremos a tu hotel, recogeremos tus cosas y te instalarás aquí.

—De acuerdo... —Rebecca sonrió, con el corazón martilleando en su pecho—. Y de camino... ¿podríamos comer algo? Estoy famélica.

Leopold rio y ella pensó que aquella risa era uno de los sonidos más bonitos del mundo.

—Si eres capaz de esperar un rato más... —le dijo, al tiempo que ladeaba un poco la cabeza.

—Hummm, ¿mucho más?

Él le dedicó un guiño cómplice.

—Creo que podré esperar —le aseguró Rebecca mientras le pasaba las manos por detrás del cuello y lo atraía hacia ella.

8

Cuatro días, diecisiete horas y once minutos pueden convertirse en una eternidad o en un suspiro, y para Rebecca Heyworth fueron apenas un instante. Ese fue el tiempo que permanecieron encerrados en el apartamento de la rue Jacob, tras pasar por el hotel y aprovisionarse de comida suficiente como para un largo asedio. Leopold ni siquiera abrió la puerta cuando alguien comenzó a aporrearla, y solo respondió a la voz masculina del otro lado que todo iba bien y que ya se verían.

El apartamento era bastante grande y contaba con un enorme salón desde cuyas ventanas podían verse los tejados de París y, si uno asomaba un poco la cabeza, incluso la torre Eiffel. En un rincón había tres sofás formando una especie de U, y el resto era un espacio dedicado exclusivamente al arte. Mesas cubiertas de pinturas, pinceles y materiales diversos, caballetes distribuidos por doquier con lienzos a medio terminar y el suelo lleno de restos coloridos que hacían pensar en un arcoíris derramado sobre la tarima.

Leopold acondicionó un lugar para ella, junto a uno de los dos ventanales, y la animó a pintar mientras él hacía lo propio a pocos pasos. Rebecca, que se sentía pletórica y llena de energía, no era capaz de concentrarse ni de pensar en un tema que quisiera plasmar sobre el lienzo. Su mente era un atropello de imágenes inconexas y el primer día permaneció largo rato sentada frente al caballete, con un pincel inerte entre los dedos.

—Creo que tu problema es la ropa —le dijo él desde su rincón.

—¿Qué le pasa a mi ropa? —Rebecca miró hacia abajo y contempló la sencilla falda y la blusa que llevaba. No eran modelos de Chanel o Schiaparelli, pero eran confortables.

—Ven conmigo.

Leopold dejó los utensilios sobre una de las mesas y se dirigió hacia el dormitorio, y ella lo siguió, más intrigada que otra cosa. Lo vio trastear en uno de los armarios, de donde extrajo un viejo pantalón y una camisa blanca.

—Con esto estarás más cómoda, más libre.

—No pienso ponerme tu ropa —rechazó ella, negando con la cabeza.

—Bueno, te quedará un poco grande, pero puedes usar un cinturón para sujetarte el pantalón. Y podrás prescindir de las medias y el liguero, y del sujetador si lo deseas.

Contempló las prendas que le tendía, aún dubitativa, y finalmente extendió el brazo y las tomó. Durante unos segundos sus dedos acariciaron la tela, sin atreverse aún a realizar ningún movimiento.

—Es solo una sugerencia —le dijo al tiempo que le daba un beso en la mejilla y salía de la habitación.

Durante unos segundos permaneció inmóvil y luego, tras cerciorarse de que él realmente se había marchado, decidió probar. Unos minutos después salió del dormitorio. Se había ajustado el pantalón con uno de sus cinturones y les había dado varias vueltas a los bajos hasta más arriba de los tobillos. La camisa, que también le venía bastante grande, corrió la misma suerte: se la ató con un gran nudo a la cintura y se remangó las mangas. Con los pies descalzos y ataviada de esa guisa, se sentía extraña y al mismo tiempo liberada de una forma que no habría creído posible. Se quedó parada en medio del salón hasta que Leopold reparó en su presencia y se la quedó mirando, atónito.

—Oh, Dios, ¿estoy muy ridícula? —Trató de subirse un poco más el pantalón.

—No, estás… estás magnífica.

—¿De verdad?

—*Superbe!*

Leopold dejó el pincel y se aproximó a ella.

—Es una pena que tengas que quitártelo todo tan pronto.

Rebecca rio mientras él la tomaba en brazos y regresaba con ella al dormitorio sin dejar de besarla.

Desde que había abandonado Inglaterra, Rebecca se encontraba a menudo pensando en Sally Donahue, la mujer que había sido su niñera durante toda su infancia. Gracias a ella conoció las leyendas irlandesas y desarrolló un gusto especial por la naturaleza y los animales, sobre todo por los caballos. Los duendes, las hadas y los *leprechauns* fueron sus primeros compañeros de juegos, cuando los imaginaba viviendo en los rincones más sombríos del jardín, trepando a las ramas de los robles y conjurando hechizos bajo la luz plateada de la luna. El mundo que existía más allá del velo que separa la vida de la muerte siempre le había resultado fascinante, y las novelas góticas eran sus favoritas. Con todo ese bagaje bullendo en su interior, sus dedos comenzaron a moverse solos sobre el lienzo mientras su mente evocaba la imagen que deseaba plasmar, la de una mujer vestida de blanco y con cabeza de ave que emergía de una torre envuelta en sombras para encontrarse con un Pegaso de enormes alas y patas de león, mientras a su alrededor las estrellas caían del cielo como eslabones rotos de una larga cadena.

Durante esos primeros días, todas las horas que no pasaba con Leopold haciendo el amor o charlando, las dedicaba a la pintura, como si tuviera prisa por plasmar esa imagen de su propia libertad. Él había bromeado con el supuesto de que ese Pegaso era una representación de sí mismo, aunque ella sabía que no era cierto. Tampoco le había corregido, temiendo herir su autoestima. En su fuero interno, ese caballo alado era ella misma, o su otra mitad. Ambas figuras, la de la mujer y la del animal, eran Rebecca Heyworth, o al menos así lo sentía. A pesar de los fuertes sentimientos que él le inspiraba, Leopold no había sido más que el detonante que había logrado unir las dos partes de su alma. Estaba convencida de que, si él no hubiera aparecido, el proceso habría llegado a completarse de algún otro modo, porque ella, y solo ella, era la dueña de su destino.

El otoño parecía haber desplegado todos sus colores en el tiempo que habían permanecido encerrados en el piso de la rue Jacob, o eso fue lo que pensó Leopold cuando propuso a Rebecca salir a dar un paseo y a comer algo. No pretendía ir demasiado lejos, solo que les diera un poco el aire. Tenía la sensación de que ella se estaba obsesionando un tanto con el cuadro que había comenzado a pintar y, aunque entendía que representaba una especie de liberación, no quería que se convirtiera en uno de esos artistas excéntricos que terminaban viviendo rodeados de basura y ajenos por completo al mundo exterior. Excepto para escribir unas breves cartas a su familia y amigos comunicándoles sus nuevas señas y su nueva situación, no la había visto dedicarse a nada más. Y no era que no le gustara verla pintar, a pocos pasos de él. Debía reconocer que resultaba una agradable distracción. Sin que Rebecca se apercibiera, él la observaba; observaba el paso de la luz sobre su cabello azabache, las sombras trazando figuras sobre sus mejillas y el brillo de sus ojos, como si encerraran todas las historias del universo. Quiso pintarla una y mil veces, pero sabía que ni siquiera él poseía ni la capacidad ni el talento para plasmar aquella etérea sensación. Se limitaba entonces a contemplarla, aún azorado ante la idea de que esa mujer hubiese llegado a su vida para quedarse.

Tras abandonar Londres, Leopold se había sumido en una especie de letargo del que le había costado mucho desprenderse. Le resultaba curioso, porque no habían pasado juntos el tiempo suficiente como para que su ausencia le pesara con tanta intensidad. Ya se había enamorado otras veces, e intuía que todo era distinto en esta ocasión, como si sus relaciones anteriores hubieran sido solo una suerte de ensayos antes del estreno de un espectáculo. De hecho, se había planteado incluso trasladar su domicilio a la capital británica solo por disfrutar del placer de verla con frecuencia, aunque ella no correspondiera a sus sentimientos. Al final, sin embargo, había descartado la idea. Su mundo era París. Allí estaban sus amigos, sus colegas, su casa, sus cuadros... y las personas que los compraban. Las personas que le permitían vivir de su arte. ¿De qué iba a alimentarse en Londres? ¿Cómo iba a mantener, llegado el caso, a una mujer como Rebecca, acostumbrada a los lujos desde la infancia? ¿Cómo iba a desprenderse de todo por alguien a quien solo había tratado unos cuantos días? Y entonces, cuando ya había renunciado a ella, había reaparecido en su vida y en unas pocas horas había barrido toda la nostalgia, todo el letargo, toda la melancolía. Ahora se sentía como un volcán en erupción, lleno de vitalidad y energía, capaz incluso de repintar la capilla Sixtina con un mondadientes y un frasco de tinta. Esa mujer había devuelto la luz a su vida.

Mientras paseaban por la rue Mazarine, la miraba de soslayo, con la sensación de que iba a evaporarse de un momento a otro, y, cuando llegaron al café, ocupó la silla situada frente a ella para intentar atraparla si finalmente se desvanecía en el aire. Estaba tan concentrado que ni siquiera se dio cuenta de que alguien se aproximaba a su mesa y tomaba asiento a su lado.

—Creí que te habían secuestrado —bromeó el recién llegado.

—Hola, Louis.

Leopold sonrió con afecto al joven artista, cuyas gafitas redondas le conferían un aspecto casi infantil, y a ello contribuía la manía de empujarlas constantemente hacia arriba con la punta del dedo índice, como si temiera que fueran a resbalar por su nariz hasta caer al suelo. Louis Roche, pintor, músico, escritor y escultor, era uno de los miembros de su pequeño grupo de amigos en París, así que hizo las presentaciones pertinentes.

—Lo siento, yo... no pretendía molestar —dijo su amigo, algo cohibido, al tiempo que volvía a levantarse.

—No lo hace —replicó una Rebecca de lo más cordial—. Puede acompañarnos si lo desea.

—Eh, no, no... Tengo la mala costumbre de encontrarme siempre en los lugares más inoportunos —se disculpó con una sonrisa—. Solo me había acercado para preguntarle a Leopold si le vería esta noche en casa de Armand.

—No lo creo probable —respondió el pintor.

—Claro, claro, es comprensible.

Intercambiaron un par de frases más y luego Louis se marchó, dejándolos de nuevo a solas.

—Parece bastante tímido tu amigo —comentó ella.

—Lo es. Y una excelente persona también.

—¿Y quién es Armand, por cierto?

—Armand de La Cour —contestó.

—¿El escultor? —Alzó las cejas, un tanto impresionada.

—Ese mismo.

—¿Y no vas a ir a su casa?

—Nos reunimos allí de tanto en tanto, pero la asistencia no es obligatoria —bromeó y, cuando vio que ella fruncía el ceño, se apresuró a añadir—: A no ser que te interese conocer a mis amigos.

—¡Por supuesto que sí! —replicó ella, que echó el cuerpo hacia atrás—. ¿Pensabas mantenerme encerrada en tu piso para siempre?

—¿Podría? —Rio.

—Inténtalo si te atreves. —Rebecca continuó con la chanza.

—De acuerdo entonces —accedió—. Esta noche salimos.

El apartamento de Armand de La Cour estaba situado en el tercer piso de un edificio de piedra caliza en una ancha travesía jalonada de árboles, elegante y discreta. Rebecca no se fijó en el nombre de la calle, pero no le hizo falta para comprender que el escultor se ganaba la vida de manera holgada.

El interior era espacioso, con las paredes forradas de tela, molduras de yeso en los techos y muebles escasos y de buena calidad. Casi todas las superficies estaban llenas de esculturas de distintos tamaños y materiales, algunas tan enrevesadas o crípticas que le resultó imposible discernir qué representaban.

El mismo joven que se había acercado a ellos en el café fue quien les abrió la puerta y los condujo al interior del salón, donde los aguardaban al menos media docena de personas. Rebecca no tuvo tiempo de observarlos, porque el anfitrión se aproximó con presteza a saludarlos. Se trataba de un hombre de unos cincuenta años, casi tan alto como Leopold e igual de delgado. Su cabello, algo ralo y entrecano, dejaba al descubierto una ancha frente que moría sobre unas cejas pobladas y bien delineadas, a juego con el bigotito que nacía bajo su bulbosa nariz. Sus ojos castaños y brillantes la recorrieron con la mirada de forma libidinosa mientras los saludaba.

—Veo que has traído a tu nueva musa contigo —le dijo, a todas luces satisfecho al tiempo que le tendía a ella la mano—. Bienvenida a mi casa, señorita…

—Rebecca —dijo ella antes de que Leopold abriera la boca—. Rebecca Heyworth. Y no soy la musa de nadie —añadió con cierta sequedad.

—¿No? —inquirió el anfitrión, divertido al parecer con su exabrupto.

—Soy pintora, igual que Blum.

—Ah, estupendo, estupendo. —Armand de La Cour dejó al descubierto sus dientes blancos y algo desalineados en una sonrisa que a ella se le antojó condescendiente. Sintió una inmediata animadversión hacia él, aunque se obligó a devolverle la sonrisa. A fin de cuentas, pensó, estaba en su casa.

Solo entonces el escultor se hizo a un lado y Rebecca pudo ver al fin al resto de los asistentes. Su mirada se dirigió de inmediato hacia un hombre moreno y atractivo, sentado en un butacón, con las piernas estiradas y los tobillos apoyados sobre el brazo de uno de los sofás. Mantenía los brazos cruzados sobre su impoluta camisa blanca y los observaba con suma atención. Conocía a ese hombre y supo que él también la había reconocido en cuanto se puso en pie y, con un gesto entre alegre y desconcertado, se dirigió hacia ellos.

—¿Rebecca? —preguntó con ambas cejas alzadas.

—Hola, Frank —lo saludó ella, contenta de conocer a alguien más en el grupo, aunque fuese de forma superficial. Con el rabillo del ojo vio que Leopold mostraba cierta sorpresa, así que se apresuró a añadir una explicación—: Nos conocimos brevemente en el Café de Flore hace unas noches.

—Así que tú eres la inglesa de Leopold —comentó el fotógrafo con media sonrisa, mirándolos de forma alternativa.

—¿Cómo? —Rebecca no comprendía bien el sentido de aquel comentario.

—No dejaba de hablar de ti cuando regresó de Londres —rio Frank.

Ella se volvió hacia su acompañante y comprendió que aquel comentario lo había hecho sentir un tanto incómodo, aunque a ella le había halagado conocer esa información.

—Veo que ya conoces a Frank Stapleton —intervino el anfitrión, tomándola del brazo sin ningún miramiento—, y creo que también a Louis Roche, nuestro hombre del Renacimiento —añadió, señalando al joven que se había acercado a ellos en el café.

—No creo que sea para tanto —contestó el aludido con una sonrisa algo temblorosa.

—A juzgar por tu último poema, estaría de acuerdo contigo —bromeó De La Cour.

—No todos podemos ser Baudelaire —ironizó Louis Roche, cuyo comentario provocó las risas de los demás.

Rebecca estrechó la mano de Louis mientras trataba de mantener la distancia con el cuerpo de Armand, que se había pegado a ella en exceso y que en ese momento se volvía hacia las dos únicas mujeres del grupo, ambas en la treintena. Estaban sentadas en el suelo, sobre mullidos cojines, y alzaron las manos para saludarla, pero sin abandonar sus improvisados asientos. Una era menuda y tenía el cabello rubio oscuro y la mirada color miel. La otra era una morena de cuerpo voluptuoso, con el cabello recogido en una trenza que le llegaba hasta la cintura.

—Ellas son Camille Fournier —dijo el anfitrión señalando

primero a la rubia— y Blanche Aubert, ambas pintoras, aunque Blanche ha comenzado a iniciarse también en la escultura.

—He decidido hacerle un poco la competencia a Armand —terció la morena, con un guiño hacia Rebecca.

—Te deseo suerte en el empeño —rio el anfitrión, que volvió su rostro hacia su nueva invitada—. Estás en tu casa, querida.

Ella le agradeció sus palabras y buscó a Leopold con la mirada. Apenas se había movido de su sitio y junto a él se encontraba Frank Stapleton, que la observaba con interés. Durante un breve instante pensó en lo atractivos que eran ambos, a pesar de las diferencias físicas. Casi de la misma estatura, el cabello rubio de Leopold contrastaba con el castaño de Frank, y, aunque ambos tenían los ojos claros, el azul de Blum destacaba como un estanque en mitad de un bosque. Sus rasgos eran más suaves que los de Frank, cuya mandíbula cuadrada confería algo más de carácter a su rostro.

Leopold se acercó y pasó un brazo por la espalda de Rebecca, atrayéndola hacia él y separándola irremediablemente de Armand de La Cour, un gesto que ella agradeció.

—A nuestro anfitrión le gustan mucho las mujeres —le siseó al oído unos segundos después—, sobre todo las recién llegadas.

—Ya me he dado cuenta —le susurró ella con disimulo. De La Cour había ocupado la que parecía ser la butaca principal, entre los dos sofás y frente a varias sillas de aspecto más sencillo, como si fuera un rey entre sus súbditos.

—¿Te sirvo una bebida?

—Un vino estaría bien, gracias.

Leopold se dirigió hacia un extremo del largo salón, a una larga mesa bien provista de bebidas y aperitivos.

—Ha sido un inesperado placer encontrarte aquí. —Frank Stapleton, el fotógrafo americano, se había acercado a ella.

—Lo mismo digo. —Le sonrió con calidez—. No conozco a nadie en la ciudad y descubrir una cara amiga ha resultado agradable.

—Así que aquella noche buscabas a Leopold.

—No exactamente —le dijo, sin extenderse.

—No importa, es solo que me habría resultado útil conocer esa información.

—¿Útil? —Lo miró, un tanto sorprendida por el tono de velado reproche que había detectado en su voz.

—Me habría ahorrado muchas noches de búsqueda infructuosa por todos los cafés de Saint Germain —respondió, con una mueca de resignación.

—¿Me buscaste? —Alzó las cejas, asombrada.

—Me pareció que necesitabas un amigo en la ciudad. —Frank miró hacia Leopold, que regresaba con dos copas de vino blanco en las manos—. Aunque ya veo que me equivocaba.

—Yo...

—No pasa nada —la interrumpió—. Seguiré por aquí si me necesitas.

Y, sin más, se alejó de ella para ocupar la misma silla que había abandonado unos minutos antes, con aire ausente y sin volver a mirarla.

—¿Estás bien? —Leopold había llegado a su lado y le tendía una de las copas.

—Sí, estoy bien —respondió, aunque no estaba muy segura de si eso era cierto.

Las palabras de Frank Stapleton la habían turbado de forma inesperada.

9

Rebecca y Leopold parecían haber establecido una dulce rutina. Se levantaban tarde, salían a dar un paseo y a tomar un desayuno tardío o un almuerzo temprano, y se refugiaban en el apartamento para pintar. Al atardecer, variaban entre acudir a alguno de los cafés para encontrarse con otros artistas o quedarse en casa escuchando música, charlando o haciendo el amor. Y, si la inspiración se presentaba, pintaban de nuevo hasta altas horas de la noche. Rebecca disfrutaba enormemente de su nueva vida. Estaba haciendo justo lo que deseaba, y justo con la persona que quería a su lado. Leopold era un hombre notable en muchos aspectos y no podía sentirse más satisfecha con la decisión que había tomado. Los dos meses que se había dado de plazo para permanecer en París se habían transformado de repente en una estancia de carácter indefinido.

No todo era perfecto, sin embargo. Su madre, su hermano Charles e incluso sus amigas Margaret y Diane le habían escrito sendas cartas en las que expresaban su desconcierto por el hecho de que se hubiera ido a vivir con un hombre que no era su marido. Su madre, además, le había comentado que aún no era tarde para remediarlo y que, si regresaba a Londres, el desliz podría ocultarse sin esfuerzo. Así lo había llamado: «desliz». Como si todo aquello no fuese más que uno de sus caprichos. Las misivas de Charles, Margaret y Diane, aunque algo más magnánimas, mostraban también cierta preocupación por su nuevo estilo de vida. Ni siquiera ellos eran capaces de comprender lo viva que se sentía desde que había llegado a París, y le extrañaba sobre todo que Diane se mostrara tan contrariada, dado el tipo de vida casi libertina que llevaba en Londres.

Las conversaciones y el trato que Rebecca había mantenido tanto con Leopold como con los integrantes de su grupo de amigos y otros artistas afincados allí le habían abierto un mundo nuevo. Como si hasta entonces hubiera llevado una venda sobre los ojos y esta hubiera caído de repente para mostrarle un universo lleno de luz, colores y posibilidades.

No le había comentado nada sobre ese tema a Leopold, aunque sí le había contado muchas cosas sobre ella y su familia. En ese momento, con un disco de Édith Piaf sonando en el gramófono, le relataba su presentación en sociedad dos años atrás.

—Llevaba una tiara que se me clavaba en el cráneo —le decía entre risas—, y estaba deseando que todo acabara para poder volver a casa.

—Podrías escribir algo sobre eso —le propuso. Estaban sentados en el suelo, él con las piernas abiertas y ella de espaldas, recostada contra su pecho.

—¿Escribir? —Volvió la cabeza para mirarlo.

—Claro, ¿por qué no? —La besó en la frente—. No tienes por qué circunscribirte solo a pintar. Puedes hacer muchas otras cosas. Fíjate en Louis: pinta, escribe, esculpe, compone…

—Y nada demasiado bien, por lo que parece —comentó ella sin intención de burla. Louis Roche le parecía un hombre interesante, inteligente y voluntarioso, aunque de mermado talento.

—Ese no tiene por qué ser tu caso.

—No sé…

—Pruébalo. No tienes nada que perder.

—¿Y si no sé hacerlo?

—Entonces nadie lo sabrá nunca —le sonrió y la besó de nuevo, esta vez en la punta de la nariz—. Será nuestro secreto.

Leopold tenía razón, por supuesto. Rebecca había escrito algunos relatos en el pasado, nada extraordinario a su parecer, pero habían transcurrido mucho tiempo y muchas lecturas desde entonces. Quizá solo era cuestión de que volviera a intentarlo.

El Café de Flore estaba más concurrido que de costumbre, o esa fue la impresión que tuvo cuando Leopold y ella entraron en él. Allí estaba de nuevo André Breton, que parecía congregar a su alrededor a todos los artistas de París. Y allí estaba también Yvette, cogida del brazo de un joven algo bajito, con escaso cabello y los ojos grandes y oscuros. Sabía que tarde o temprano era inevitable volver a cruzarse con ella, ya que ambas se movían en los mismos círculos, aunque hubiera preferido que fuese mucho más tarde, o nunca a poder ser.

Apenas le dirigió una mirada mientras Leopold y ella ocupaban dos sillas en un extremo del grupo, después de que la hubiera presentado debidamente; le dedicó a Yvette un ligero cabeceo a modo de saludo, sin cruzar una sola palabra. Durante los siguientes minutos, permanecieron atentos a las palabras de Breton. Al parecer, iba a celebrarse una gran exposición surrealista en enero, en París, y se esperaba una gran participación de los artistas locales y de muchos otros que llegarían en las siguientes semanas. La organización había recaído en Breton, que pensaba en algo grande, subversivo e inolvidable. Rebecca sentía vibrar la energía de todos los presentes, algunos de los cuales lanzaban ideas y propuestas de lo más extravagantes.

Una hora más tarde, estaba agotada de escuchar una proposición tras otra, algunas tan descabelladas que había necesitado echar mano de toda su fuerza de voluntad para no reírse a carcajadas. El entusiasmo fue menguando y no tardó en encontrarse junto a Camille y Blanche mientras Leopold charlaba con Breton, que lo había llamado a un aparte.

—Espero que cuenten también con nosotras —comentó Camille.

—¿Y por qué no iban a hacerlo? —se interesó. Había tenido la oportunidad de ver algunas obras de ambas y le parecía que tenían talento.

—Oh, querida, este mundo es tan masculino como todo lo demás —bufó Blanche, acariciando su gruesa trenza—. Para muchos de estos hombres no somos más que un entretenimiento, y la mayoría no nos toma en serio.

—Como si el hecho de ser mujeres nos imposibilitara para ser tan buenas pintoras como ellos —añadió Camille.

—Eso es absurdo —se quejó Rebecca.

—Toda la libertad y la ruptura de las reglas de las que tanto presumen parecen ser solo aplicables a los humanos que tienen pene. —Blanche bufó de nuevo.

—Y hay excelentes pintoras entre sus filas —continuó Camille Fournier.

—Desde luego —afirmó su compañera—. La española Remedios Varo es mágica y Meret Oppenheim, muy original. Y eso por mencionar solo a dos de ellas, tan válidas e incluso mejores que muchos de los aquí presentes.

—Es imposible que no os incluyan. —Rebecca frunció los labios, contrariada.

—«Nos» incluyan —rectificó Blanche—. Tú también formas parte ya de ese grupo.

—Bueno, aún no he terminado mi cuadro —confesó, cohibida.

—Quedan más de dos meses para esa exposición. Seguro que lo estará para entonces, y tal vez algún otro también. —Camille miró en dirección a su amiga, que afirmó con la cabeza, dándole la razón.

—Esta va a ser la exposición surrealista más grande de todos los tiempos —explicó Blanche, que miró en dirección a André Breton—, y aquí en París. Si deciden no tenernos en cuenta, lo van a lamentar.

Durante un instante, Rebecca se imaginó a Blanche blandiendo una espada de guerra, con el cabello al viento y una coraza cubriendo su voluminoso pecho, y supo que esa mujer no se rendiría y que lucharía por ella misma y por todas las demás.

Y decidió que, llegado el caso, iba a luchar a su lado.

Había transcurrido otra hora y Rebecca tenía ganas de marcharse ya. Blanche y Camille se habían despedido unos minutos antes y Leopold parecía muy concentrado en su charla con Breton y con dos hombres más a los que aún no conocía. De tanto en tanto le lanzaba una mirada mezcla de disculpa y emoción y ella intuyó que él lamentaba haberla dejado sola y, al mismo tiempo, se encontraba feliz de que lo hubieran incluido en aquel pequeño y exclusivo grupo.

Louis Roche se había sentado junto a ella y se había pasado los últimos diez minutos contándole el argumento de un relato que estaba escribiendo y cuyo enfoque se le antojaba un tanto pueril. Era el único otro miembro del grupo que se encontraba allí, y Rebecca se preguntó dónde estarían los demás. Aquella parecía una reunión importante y le extrañaba no ver a Armand de La Cour y Frank Stapleton entre los presentes. Por otro lado, también parecía poco probable que todos los artistas parisinos se hubieran congregado en el mismo lugar, así que era más que posible que no fuesen las únicas ausencias de la velada.

Tras su perorata, Louis se mostraba algo tímido y no parecía encontrar un tema de conversación que fluyera de forma natural, así que decidió darle un respiro y le dijo que iba al baño. Sorteó las mesas y se internó en la parte trasera del local. Después de orinar, se lavó las manos y decidió retocarse un poco el maquillaje. En ello estaba cuando Yvette entró en los servicios, vacíos a excepción de ellas dos. Optó por ignorarla, incluso cuando la otra se situó a su lado para retocarse también el carmín rojo encendido que llevaba sobre los labios. Yvette la miró a través del espejo un instante.

—Eres guapa —le dijo. Rebecca se sorprendió ante el inesperado halago.

—Eh…, gracias —fue lo único que se le ocurrió decir.

—Pero no será suficiente.

—¿Suficiente para qué? —Volvió la cabeza hacia la despampanante rubia.

—Para retenerlo.

—No entiendo qué quieres decir —le dijo, aunque la había entendido a la perfección...

—Leopold —le aclaró la otra—. Tiene la costumbre de cambiar de musa con frecuencia, así que no tardará en cansarse de ti. Ya sabes, la novedad deja de ser interesante cuando se convierte en costumbre...

Pronunció las últimas palabras con un encogimiento de hombros, como si fuese una verdad elemental que no mereciera ninguna aclaración añadida.

—Es posible —reconoció—, solo que yo no soy su nueva musa.

Rebecca comenzaba a estar cansada de que todo el mundo diera por hecho que ella no era más que la inspiración para el conocido pintor, como si no tuviera nada más que ofrecer que su bonito cuerpo.

—Ah, ¿no? —La rubia la miró de arriba abajo con una mueca de desdén.

—En realidad, es justo lo contrario —le dijo con retintín—. Yo soy la pintora y él es mi muso. Al menos de momento. Y, cuando me canse de él, ya te lo haré saber...

Rebecca agarró con fuerza su pequeño bolso y abandonó los servicios con la espalda muy recta y la cabeza bien alta. Emily Evans, su profesora en Londres, ya le había mencionado el carácter díscolo de Leopold. También Frank Stapleton le había hecho un comentario bastante críptico que bien podría hacer referencia al mismo hecho. Y ahora, Yvette volvía a mencionar el asunto.

Mientras regresaba a su asiento, se preguntó si su relación con Leopold Blum tendría los días contados.

Leopold estaba de un humor excelente. Mientras regresaban a su apartamento desde el café, le iba contando a Rebecca los pormenores del encuentro.

—Y Salvador Dalí y yo seremos los asesores técnicos —le

decía en ese instante, finalizado ya el grueso de la explicación.

—Eso es estupendo. —La voz de Rebecca no parecía reflejar el entusiasmo de sus palabras.

—¿Qué sucede? —se interesó—. ¿Te he dejado sola mucho tiempo?

—Ah, no, no es eso.

—¿Entonces?

—¿Cuántas pintoras participarán?

—¿Qué?

—¿Cuántas mujeres?

—No lo sé.

—Deberían ser la mitad, ¿no te parece? —Lo miró con una ceja alzada—. Sería lo justo.

—Eso es absurdo. —Leopold se detuvo a observarla, un tanto desconcertado.

—¿Absurdo? —Ella elevó la voz y colocó los brazos en jarras—. ¿Acaso no tenemos los mismos derechos?

—No he dicho lo contrario —se defendió él, que no lograba comprender por qué ella se mostraba de repente tan belicosa—. Es solo que hay muchos más pintores que pintoras. Aunque quisiéramos montar una exposición equitativa, no habría suficientes cuadros.

—Hummm, parece razonable. —Dio muestras de dar su brazo a torcer y comenzó a caminar de nuevo, dejándolo atrás.

—¿Eso es todo lo que te sucede?

—¿Cómo?

—Estás… extraña.

—En absoluto.

Leopold no la creyó, pero decidió no insistir. De repente, el buen sabor de boca que le había dejado la velada adquirió cierto tono amargo. Hicieron el resto del camino en silencio y, cuando llegaron al apartamento, su buen humor se había agriado por completo.

Ella lo ignoró de forma deliberada y se dirigió al dormitorio, de donde salió unos minutos después ataviada con sus pantalones y su camisa. Encendió las luces y se colocó frente a su cuadro, que ya estaba muy avanzado. Leopold se sentó en una butaca cerca de la ventana a contemplar las estrellas y, con el rabillo del ojo, a observarla. La vio dar pinceladas furiosas y la escuchó bufar en un par de ocasiones. Presentía que dentro de su pecho se estaba formando una tormenta que estallaría de un momento a otro, aunque no supiese muy bien cómo iba a capearla.

—¿Qué soy para ti? —le preguntó ella al cabo de quince minutos de tensa espera.

—¿Eh? —La miró, confundido.

—¿Soy una de tus muchas musas, a la que abandonarás cuando ya no te resulte útil?

Leopold se levantó, pero no se acercó. Aún no. La furia relampagueaba en su mirada e intuyó que una aproximación por su parte no provocaría más que rechazo.

—Pero ¿qué te pasa?

—Responde a la pregunta —insistió Rebecca, con los labios apretados.

—No puedo negar que eres inspiración pura —reconoció—. Tu coraje, tu pureza, tu belleza salvaje… Nunca había trabajado con tanto fervor como desde que te instalaste aquí.

—O sea que sí. —Hundió los hombros.

—No he terminado. —Dio un solo paso en su dirección—. Eres mucho más que eso. Eres mi compañera.

Los ojos de Rebecca brillaban con intensidad, pero aún mantenía aquella postura rígida.

—¿Quién te ha metido esas ideas en la cabeza? —le preguntó, aunque de inmediato sospechó la respuesta—. Ha sido Yvette, ¿verdad?

—Eso no tiene importancia.

—Por supuesto que la tiene. Solo está celosa. —Dio otro pasó más—. No voy a negar que en estos años he estado con varias mujeres, aunque ninguna haya significado nada especial. Solo eran un entretenimiento, un rato de inspiración.

—¿Y cómo puedes estar seguro de que conmigo es diferente? —Ladeó la cabeza.

—Porque lo siento aquí. —Leopold se llevó la mano al pecho y la colocó sobre su corazón—. Donde nunca antes lo había sentido.

Rebecca dejó el pincel y se acercó hasta él para depositar su propia mano sobre la suya. Él percibió el contacto cálido de su piel y se perdió en el abismo de sus ojos, y luego inclinó la cabeza para besarla, primero con dulzura y luego con un ansia que lo devoraba por dentro.

La alzó en brazos y la llevó al dormitorio.

Dedicó toda la noche a demostrarle lo mucho que ella significaba para él.

10

La organización de la exposición surrealista mantuvo a Leopold varias tardes fuera de casa, tardes que Rebecca aprovechó para finalizar su primer relato y su primer cuadro desde su llegada a París, y de ambos se sentía muy satisfecha. Ni siquiera dejó que la pintura se secara antes de colocar otro lienzo sobre el caballete y sumergirse en una nueva imagen. Todos los cuentos y las historias que su niñera irlandesa le había relatado de niña confluían en sus manos en una explosión de formas y colores.

Las largas ausencias de Leopold, sin embargo, la sumían en ocasiones en una especie de letargo creativo, y una de esas tardes decidió visitar a Camille y Blanche en su estudio. Compró unos dulces de camino y pensó que su madre se habría sentido muy orgullosa de sus modales. Solo dos días antes había recibido una nueva carta, en la que le insistía de nuevo en que regresara a Londres, aunque con menos entusiasmo que la primera vez, como si aceptara ya que sus palabras iban a caer en saco roto.

El estudio de sus dos amigas era un espacio amplio y diáfano que contaba con una iluminación extraordinaria a través de las ventanas del techo abuhardillado. El último tramo de escaleras era un tanto intrincado, un acceso estrecho y sinuoso, pero ese postrer esfuerzo merecía la pena cuando se llegaba a lo alto. El estudio ocupaba toda la planta superior de un estrecho edificio y supuso que, en otro tiempo, habría albergado las dependencias de los criados, antes de que el inmueble se dividiera en apartamentos independientes.

Las dos pintoras la recibieron con entusiasmo, y a Rebecca no le sorprendió encontrar allí a Louis Roche. Había visto el modo en que miraba a Camille y no dudaba de que el joven sentía una profunda admiración por su compañera, aunque esta no lo tratara de forma distinta a los demás.

Los cuatro tomaron asiento en los sofás dispuestos en un rincón y dieron cuenta de los dulces que ella había traído y de sendas tazas de té fuerte y oscuro que, durante un instante, la transportaron a su tierra natal.

Rebecca no disponía de nueva información relativa a la inclusión de una representación femenina en la exposición, aunque Leopold había vuelto a asegurarle que sin duda los organizadores principales lo habían previsto. En una conversación previa con Blanche, esta le había dicho que, si no era así, ella misma acudiría a Breton y a Éluard, y Rebecca había prometido acompañarla.

Durante varios minutos, la conversación versó sobre la guerra que se libraba en España, que ya llevaba más de un año inmersa en un conflicto que parecía no tener fin. Blanche había vivido en Madrid una temporada y había regresado a Francia pocos días antes del inicio de las hostilidades. Allí, según relató con tristeza, había dejado a muchos amigos y a un antiguo amor, y hacía semanas que no recibía noticias de ninguno de ellos.

Cuando la tarde se convirtió en noche, Rebecca decidió volver a su casa. Poco a poco, el ánimo de los cuatro se había tornado sombrío y Louis se ofreció a acompañarla, dejando a las amigas a solas.

—Blanche necesita ahora el consuelo de Camille —le dijo el joven una vez salieron al aire frío de París.

—Camille la cuidará bien —convino Rebecca.

—Camille es extraordinaria.

Rebecca lo miró de reojo y se mordió el labio, indecisa sobre si debía o no hablar con él.

—¿Sabe Camille...? —comenzó—. En fin...

—¿Qué? —La miró como si no comprendiera hacia dónde quería ir.

—Que la amas.

Louis desvió la vista y la fijó en sus zapatos, que de repente parecían haber despertado un gran interés.

—Lo que yo sienta carece de relevancia —dijo al fin, sin alzar la mirada—, para ella solo soy uno más de sus amigos... y de sus amantes.

—Louis... —Rebecca apoyó la mano sobre su antebrazo.

—No importa —le aseguró con una sonrisa afligida—, me conformo con eso si es todo lo que puede darme. Yo la amo por los dos, y de momento es suficiente.

Rebecca sintió una oleada de ternura por el joven, no mucho mayor que ella, y comprendió que el amor correspondido era una extraordinaria rareza solo al alcance de unos pocos.

Y que ella era una mujer afortunada.

Leopold dejó las páginas sobre su regazo y la miró con una sonrisa.

—Es extraordinario, *chérie* —le dijo.

—¿De verdad te lo parece? —Rebecca, arrellanada en el sillón frente a él, había asistido a la lectura de su relato con el nerviosismo de una colegiala.

—¡Por supuesto! —insistió—. Una joven debutante que, para evitar su presentación en sociedad, convence a una hiena para que se haga pasar por ella. ¡Es brillante!

—Dudo mucho que a mis padres se lo parezca —replicó ella con una mueca.

—¿Y qué? —Dejó las páginas sobre la mesita auxiliar que había entre ambos—. A estas alturas creo que tus padres no estarán muy conformes con nada de lo que hayas hecho en estos últimos meses.

—Ni en los últimos años, créeme.

—¿Cómo te has sentido al escribirlo?

Se tomó unos segundos para pensarlo.

—Liberada. —Hizo una pausa—. Resarcida.

—Bien.

—Odié cada minuto de aquella época de mi vida. Y odié a mi padre por obligarme a formar parte de aquella pantomima.

—Escribir es terapéutico —le aseguró—. Nos permite afrontar nuestra oscuridad y expulsarla de nuestra vida. Tú acabas de hacer justo eso con un capítulo de tu vida.

—Supongo que sí.

—Y creo que tienes talento también para la prosa, no solo para la pintura. —Miró hacia las páginas desperdigadas sobre la mesa—. Si escribieses unos cuantos relatos más podrías publicarlos en forma de libro.

—Lo cierto es que, mientras lo escribía, se me iban ocurriendo nuevas ideas para otros cuentos —reconoció.

—¿Ves cómo estoy en lo cierto? —rio él—. Llevas el arte dentro de ti, en todas sus formas.

—Quizá eso sea exagerar un poco… —Rebecca acompañó su risa.

—Oh, eso es porque aún no has probado las demás expresiones artísticas.

—Me temo que ahora mismo solo soy capaz de concentrarme en estas dos.

—Hay tiempo, Rebecca. —Leopold se levantó y se aproximó hasta ella—. Tenemos todo el tiempo del mundo.

Ninguno de los dos podía sospechar en ese momento que, en realidad, el tiempo había comenzado a agotarse para ambos.

Además de la exposición que iba a celebrarse en enero, otros dos temas parecían acaparar casi todas las conversaciones en las reuniones a las que Rebecca había asistido: la guerra en España y la situación en Alemania. Entre los artistas habituales se contaban varios españoles que habían optado por abandonar su país, algunos de los cuales narraban con gran pesar sus experiencias y las de otros muchos a los que conocían. Esos relatos, de forma inexorable, siempre acababan ensombreciendo el ánimo de los presentes. El tema de Alemania, por el contrario, los exaltaba hasta límites insospechados. La persecución a la que el nacionalsocialismo estaba sometiendo a los judíos, privándolos de trabajo e incluso de vivienda, resultaba tan aterradora como premonitoria.

—Lo que no logro entender es por qué los alemanes consienten ese tipo de cosas —decía en ese instante Louis Roche, apoltronado en una de las butacas del salón de Armand de La Cour—. Y me refiero a la población en general.

—No creo que se trate de un solo motivo —intervino el anfitrión—. Imagino que es una suma de varios, y el miedo no debe ser el menor de ellos.

—La idea de una superioridad racial tampoco —añadió Leopold, con una mueca de fastidio—. Los alemanes creen formar una especie de raza superior, y en ella no tienen cabida judíos, gitanos, homosexuales o comunistas.

—¿Una raza de personas altas, atléticas, rubias y de ojos azules? —preguntó Frank Stapleton.

—Eso mismo.

—Es decir, igualitos que tú —sonrió con complicidad.

—Solo que mi sangre no es pura según sus leyes.

Rebecca sabía que Leopold se refería a las llamadas leyes de Núremberg, que se habían aprobado un par de años atrás para distinguir a los ciudadanos «puros» de los que no lo eran, y que tenían en cuenta a los antepasados de las distintas familias. Así, las personas que tuvieran tres o cuatro abuelos judíos eran consideradas judías a ojos de la ley, y por lo tanto tenían prohibido el matrimonio con alemanes, así como desempeñar determinados trabajos y oficios, y ni siquiera conservaban la nacionalidad alemana, aunque llevaran varias generaciones viviendo en el país. Los grados, dependiendo del número de abuelos judíos, iban ascendiendo hasta los alemanes de pleno derecho.

—Pero yo creía que tú eras un judío no practicante —señaló Louis Roche.

—Así es —respondió Leopold—. La religión nunca me ha

interesado y hace años que no visito una sinagoga ni sigo los preceptos de la fe en la que nací, aunque eso carezca de importancia para las autoridades alemanas. A sus ojos, soy tan judío como lo pueda ser un rabino en ejercicio.

—Me temo que ese antisemitismo no es una prerrogativa de los alemanes —apuntó Blanche desde la esquina de uno de los sofás—. Me consta que existen grupos importantes con esa ideología en todas partes, y la Italia de Mussolini seguro que no va a tardar en promulgar algo muy parecido.

—Aquí también existen organizaciones con esa ideología, así como en Inglaterra, ¿verdad? —Louis miró directamente a Rebecca.

—Por desgracia —contestó ella—. Allí tenemos la Unión Británica de Fascistas, dirigida por Oswald Mosley, un antiguo miembro del Parlamento. Creó incluso una organización paramilitar compuesta sobre todo por jóvenes impresionables, a los que llaman los «camisas negras» porque así es como se visten. Y se han enfrentado en varias ocasiones, y de forma violenta, a comunistas, judíos o simpatizantes de estas causas. Lo peor, sin embargo, es que cuenta con decenas de miles de militantes.

Rebecca prefirió omitir que incluso su mismo padre había mostrado cierta inclinación por las ideas ultraconservadoras de ese tipo de grupos, si bien había preferido mantenerse al margen de los asuntos políticos. Y le constaba que no era el único, sobre todo con respecto a los comunistas. Todos aquellos que formaban parte del círculo de los Heyworth habían manifestado en una u otra ocasión el temor a que la izquierda más radical acabara por hacerse con el poder. Las simpatías por organizaciones de extrema derecha estaban todavía mucho más extendidas que lo que hacían pensar el número de afiliados a la UBF.

—Estamos de acuerdo en que el mundo es una gran mierda —sentenció Camille.

—Al menos, nos queda el arte —replicó Armand de La Cour con cierta ironía—. Y las mujeres bonitas.

Dijo eso mirando en dirección a Rebecca, quien, como siempre, había optado por ocupar el asiento más alejado del anfitrión. Los ojos acuosos del escultor la examinaron de arriba abajo, y ella tuvo que reprimir el escalofrío que le recorrió la espina dorsal. Pese a su fama y sus exquisitos modales, Armand le parecía un hombre repulsivo y tan pagado de sí mismo que no comprendía cómo los demás se avenían a formar parte de su camarilla. Leopold le había comentado hacía unos días que, pese a todos sus defectos, De La Cour era un artista comprometido con el movimiento que no dudaba en apoyar a sus compañeros, ya fuera poniéndolos en contacto con marchantes de arte, ayudándolos a organizar una exposición o la publicación de algún escrito, e incluso patrocinando a varios de ellos. Eso había mejorado un poco la imagen que Rebecca tenía de Armand, pero que aprovechara cualquier oportunidad para tocarla o rozarla no hacía sino aumentar esa sensación de rechazo.

El problema radicaba en que aquella era su casa, y evitar al anfitrión durante toda una velada no resultaba siempre una tarea sencilla. Así que, algo más de una hora después, se encontró sentada precisamente junto a él, donde hasta hacía un instante Camille había estado charlando con ella. No había hecho más que levantarse para ir al baño cuando Armand ocupó el espacio vacío, como si hubiera estado aguardando la oportunidad.

—Estás particularmente encantadora esta noche, querida —le dijo, con su voz gutural y bien modulada.

—Eres muy amable —contestó mientras cruzaba los brazos en un fútil intento de protegerse de su proximidad. Ni siquiera el agradable aroma que desprendía Armand, y que sin duda provendría de alguna colonia muy cara, logró relajar sus músculos.

—He pensado que podríamos divertirnos un poco. —Se inclinó hacia ella al tiempo que le colocaba una mano sobre la rodilla. Rebecca sintió el calor de su palma atravesar el tejido de las medias y, aunque no hizo nada por retirarla, sí se alejó de él unos centímetros.

—Gracias, pero no estoy interesada —contestó, cortante.

—Seguro que yo podría enseñarte muchas más cosas que ese muchacho tuyo. —La mano le apretó un poco más la parte inferior del muslo y ella decidió descruzar las piernas y volver a cruzarlas. El gesto provocó que Armand retirara la mano, al menos durante unos instantes, porque enseguida volvió a colocarla en el mismo lugar, solo que esta vez en la pierna contraria y un poco más arriba.

—Le he dicho que no. —Lo miró a los ojos, con las mandíbulas apretadas y las aletas de la nariz temblando de rabia contenida.

Armand se dio por aludido, finalizó el contacto y alzó ambas manos, como si ella lo estuviera apuntando con un arma imaginaria. Acto seguido se levantó y se dirigió hacia la mesa de las bebidas. Rebecca creyó que todo había terminado ahí, pero estaba muy equivocada.

—Blum, me temo que tu chica no ha captado todavía el espíritu del movimiento —dijo en tono de burla al tiempo que se servía una generosa ración de whisky.

Leopold, que se encontraba en la otra esquina charlando animadamente con Frank Stapleton, lo miró sin comprender. A continuación, dirigió la vista hacia Rebecca, con una pregunta muda en el fondo de sus ojos azules. De repente, se había hecho un silencio denso y casi oprimente.

—Oh, «su chica» lo ha entendido perfectamente. —Rebecca alzó ligeramente la voz.

—¿En serio? —Armand le dedicó una sonrisa sardónica antes de dar un buen sorbo a su copa.

—Puede apostar su pellejo —contestó ella, mordaz.

—El surrealismo no es solo una corriente artística, querida —continuó el escultor, condescendiente—, creía que a estas alturas Leopold ya te lo habría contado. Es mucho más que eso. Es la ruptura con las convenciones, con las normas… Es la libertad en su estado más puro.

—Soy consciente. —Rebecca se arrellanó en el asiento, dispuesta a presentar batalla. Su aspecto relajado y despreocupado no era más que una pose—. Según esa «libertad», estoy en mi derecho de acostarme con quien desee sin que ello signifique otra cosa que hacer uso de mi propio cuerpo para obtener un placer inmediato. ¿Estoy en lo cierto?

—Así es, en efecto, aunque…

—Así que, según esa misma libertad —cortó la réplica de Armand—, también estoy en mi derecho de negarme a acostarme con alguien que no sea de mi agrado. Es decir, también puedo decir que no.

—Claro que sí, pero…

—Entonces mi respuesta es no —volvió a interrumpirle—. Un no rotundo.

Desde el otro lado del salón, sonó la risa de Frank Stapleton, y eso hizo que Rebecca apartara la vista de Armand, con quien había mantenido un duelo de miradas. A su lado, Leopold la contemplaba con una sonrisa de satisfacción y comprobó que los demás mostraban distintos grados de hilaridad.

—Armand, esta vez te han cogido por los huevos —rio Stapleton—. Bien hecho, Rebecca.

Lo hizo alzando su copa en dirección a ella, que devolvió el gesto con un leve asentimiento de cabeza.

—Veo que, después de todo, Blum sí que te ha enseñado bien —comentó Armand, sin rastro de acritud y con una franca sonrisa—. Mis disculpas si te he ofendido.

—Aceptadas —dijo ella, ansiosa por que aquel episodio finalizase cuanto antes.

11

Rebecca había vendido su primer cuadro. Todo había sucedido tan deprisa que, unas horas después, Leopold comprendió que todavía no lo había asimilado. Era el segundo de los tres que había pintado ya desde su llegada a París, y representaba a un conjunto de caballos de rasgos y formas distorsionadas y de distintos colores, para el que se había inspirado en las cuadras que su familia poseía en Yorkshire, mezcladas con el folclore irlandés que su niñera le había inculcado.

Esa misma tarde ventosa de diciembre, mientras ambos pintaban acompañados por los acordes del *Claro de luna* de Debussy, alguien había llamado a la puerta. Leopold había intercambiado con Rebecca una mueca de fastidio, molesto por la interrupción, y había acudido a abrir.

Leopold había conocido a Peggy Guggenheim, la famosa mecenas estadounidense, un par de años atrás. Decían que poseía un apetito por el arte solo comparable a su apetito por los hombres, y que rara vez dormía sin compañía. Alguna de esas noches, esa compañía había sido él mismo.

Alta, delgada, elegante, rica y bastante atractiva, tenía por costumbre presentarse en los estudios de los artistas a los que admiraba, sin previo aviso, para adquirir alguna de sus obras. Y lo hacía siempre en compañía de aquellas cuatro bolas peludas que entraron corriendo en el estudio y que se abalanzaron sobre las piernas de Rebecca.

—¡Qué frío hace en esta ciudad! —exclamó Peggy Guggenheim al tiempo que dejaba caer el abrigo sobre la primera silla que encontró a su paso. Solo entonces se dio cuenta de que había alguien más en el salón—. Ah, hola, querida.

—Hola —saludó Rebecca, que se había agachado para acariciar a los cuatro malteses sin despegar la vista de aquella mujer que parecía encontrarse como en su propia casa.

—Leopold, ¿no va a presentarnos? —Peggy se volvió hacia el pintor, que la había seguido desde la puerta.

Él las presentó y vio cómo Rebecca alzaba sus bien delineadas cejas al reconocer el nombre de la conocida mecenas. Sin embargo, esta pareció perder pronto el interés en Rebecca y se dirigió hacia el fondo de la sala, donde varios cuadros descansaban apoyados contra el muro. Observó con ojo crítico la primera fila y se detuvo frente a uno de ellos.

—Este —dijo, señalando con el dedo enguantado una de las pinturas.

—Ese no es mío —respondió él con una mueca burlona.

—¿Ahora también te dedicas a hacer de marchante para tus amigos? —preguntó la mujer, en tono distendido.

—Ese es de Rebecca.

Peggy se volvió hacia su compañera, que se había arrodillado en el suelo para jugar con los perros.

—Hummm, es usted muy joven —le dijo, como si se tratase de una especie de tara.

—¿Muy joven para qué? —preguntó Rebecca, desconcertada y un tanto molesta.

—Para todo, imagino. —La mecenas rio—. Pero no hay duda de que tiene usted talento.

—Gracias —repuso en un tono algo seco.

—No pretendía ofenderla. —Volvió a reír—. Es solo que trato de imaginarme su arte dentro de una década, o de dos... Me temo que el surrealismo tiene ya los días contados.

—Estamos organizando una exposición para enero —intervino Leopold.

—Estoy al tanto, querido —dijo la mujer, con un aspaviento—. Aun así, el mundo está cambiando, a marchas forzadas me temo. Lo que hoy se considera trasgresor dentro de nada será considerado ridículo. Así ocurre siempre.

—De todos modos, yo no me considero surrealista —añadió Rebecca, desde su posición.

—Cualquiera lo diría viendo su trabajo. —Peggy volvió a contemplar el cuadro que le había interesado.

—Pinto lo que imagino, lo que siento —continuó—. Y continuaré haciéndolo, se considere surrealista o no.

—Pues estaré encantada de ver su progresión en el futuro —añadió Peggy Guggenheim ladeando la cabeza—. Y ahora, ¿sería tan amable de enseñarme qué más ha pintado?

Rebecca se levantó y, seguida por los perros, se aproximó hasta la pared. Al llegar a la altura de Leopold, él la tomó con disimulo de la mano, solo unos instantes, para transmitirle un poco de calma, porque era evidente que, tras la fachada autoimpuesta, intuía que la presencia de la mecenas había logrado intimidarla. O, para hablar con mayor precisión, la posibilidad de que una mujer como ella quisiera adquirir uno de sus trabajos. Rebecca era consciente de que esa oportunidad estaba solo al alcance de unos pocos.

Leopold dio unos pasos atrás y llamó a los perros, que habían comenzado a corretear entre los lienzos sin que su dueña hiciera gesto alguno por contenerlos. Desde allí observó a las dos mujeres, con cierta sensación de orgullo por Rebecca, cuyos ojos brillaban con una luz que jamás había visto. Era una pena, pensó, que no hubiera tenido tiempo de pintar más, porque estaba convencido de que Peggy se habría marchado de allí con más obras y no solo con aquella pintura ecuestre.

Sin embargo, una vez que la mujer abandonó el apartamento con los animales de nuevo sujetos a sus correas, en dirección al vehículo que sin duda la esperaba en la calle, Rebecca se volvió hacia él, primero con una sonrisa tímida y luego con un grito de júbilo que trató de acallar cubriéndose la boca con las manos, al tiempo que daba saltitos sobre sus pies desnudos.

Se aproximó a ella y la tomó en brazos. Reía y lloraba al mismo tiempo, convertida en una luz brillante, cegadora y tan caliente que Leopold percibió su energía traspasándole la piel.

Lo había conseguido. Rebecca Heyworth ya era una artista reconocida.

Y él había estado allí para verlo.

La llegada de la Navidad puso a Rebecca un poco triste. Inexplicablemente, echaba de menos a su familia, sobre todo a sus dos hermanos menores, Charles y Jamie, y también a su madre. Esta le había escrito para felicitarle las fiestas sin mencionar la posibilidad de que viajara a Inglaterra para celebrarlas con ellos, y supuso que su padre habría tenido algo que ver con ello. Rebecca dudaba mucho que la hubiera perdonado y estaba convencida de que pensaba que pasar aquellos días tan señalados lejos de su hogar la haría recapacitar sobre la decisión que había tomado.

Sin embargo, esa tristeza solo fue pasajera. París en Navidad era una ciudad todavía más hermosa, con miles de luces refulgiendo sobre la fina capa de nieve que cubría las calles. Y tenía a Leopold con ella, al menos todo el tiempo que los preparativos del gran evento le permitían, y que esos días fue algo más del acostumbrado. Pasaron el día de Navidad con sus amigos, y el resto de las fiestas pintando como posesos. La visita de Peggy Guggenheim parecía haberle abierto una escotilla en el pecho por la que fluía la creatividad como una inundación. Que André Breton y el resto de los organizadores hubieran decidido incluir uno de sus cuadros en la exposición era otro sueño cumplido y en un tiempo tan breve que parecía casi irreal. Finalmente, Blanche no necesitó recurrir a medidas drásticas para que tuvieran en cuenta a las mujeres. No eran muchas, cierto, pero sí bien representadas, entre ellas su compatriota Eileen Agar, la noruega Elsa Thoresen, la española Remedios Varo y la alemana Meret Oppenheim.

La noche antes de la exposición, que abría sus puertas el 17 de enero, Rebecca apenas fue capaz de pegar ojo. Leopold había llegado muy tarde, atareado con los últimos detalles, y ella estaba ansiosa por conocer el resultado. Aunque los trabajos se habían realizado con cierto secretismo, tuvo la oportunidad de ver algunos esbozos y notas, además de estar presente en una de las reuniones celebradas en el apartamento de Breton en la rue Fontaine, donde lo que más le había llamado la atención fue la extraordinaria colección de arte africano y oceánico distribuida por la vivienda del escritor. Tampoco quiso interrogar a Leopold para no ponerlo en un compromiso, así que la noche de la inauguración iba casi tan a ciegas como los cientos de personas que aguardaban frente a la Galérie Beaux-Arts, en el 140 de la rue Faubourg Saint-Honoré, y que se componía en su mayor parte por la élite parisina.

Todos los componentes del pequeño grupo de amigos de Leopold estaban también allí, ataviados con suma elegancia. Rebecca se había puesto un vestido de seda verde menta que le llegaba a los pies, y un abrigo negro encima. Desde su llegada a París no había vuelto a engalanarse como si fuera a asistir a una de las fiestas que organizaban sus padres, pero aquella ocasión lo merecía. Junto a ella, Frank Stapleton llevaba un frac de impecable factura y que le quedaba como un guante, y se preguntó si estaría hecho a medida. Frank era un hombre difícil de descifrar. Unas veces parecía estar en consonancia con sus compañeros y otras, en cambio, parecía distanciarse de ellos, como si todo aquello no fuese más que un pasatiempo para él. Apenas contaba nada de su vida ni mencionaba qué planes tenía para el futuro, y nadie parecía tener muy claro dónde vivía. Unas veces mencionaba que estaba pasando una temporada en casa de unos amigos, otras que se alojaba temporalmente en un hotel y las demás que había alquilado un pequeño estudio en el que apenas cabían sus cámaras de fotos, como si se tratase de un ser itinerante que se movía según las corrientes que lo sacudían. Sin duda parecía ser el que mejor representaba el carácter bohemio de los artistas parisinos, incluso con su indumentaria habitual, una mezcla de prendas gastadas pero con estilo que lucía en todas las ocasiones. Rebecca no tenía muy claro si Stapleton tenía problemas económicos, aunque, desde luego, esa noche no lo parecía.

—¿Estás nerviosa? —le preguntó, mientras aguardaban.

—Como una colegiala —rio ella—. Me extraña que no estés dentro, haciendo fotos.

—La exclusiva la tiene Man Ray —comentó, refiriéndose al famoso fotógrafo estadounidense que, además, se había ocupado de la iluminación—. Aunque espero tener mi oportunidad en los próximos días. Tengo la sensación de que se hablará de esta exposición durante años.

—¿Tú crees?

—¿Con obras de más de sesenta artistas? Estoy convencido —respondió—. Probablemente estamos ante la mayor exposición de surrealismo de la historia.

—Y espero que no la última.

Frank no contestó, aunque hizo una mueca que bien podía significar que no lo creía probable.

Camille y Blanche, cogidas del brazo, se volvieron hacia ellos, y la morena le guiñó un ojo a Rebecca. Llevaba un vestido color crema que acentuaba sus generosas curvas y un recogido que había adornado con toda clase de fruslerías, como si fuese el tenderete de algún mercadillo de baratijas. Tras ellos, Armand de La Cour —el único capaz de competir en elegancia con Stapleton— y Louis Roche trataban de aventurar qué iban a encontrarse al cruzar las puertas. Ni siquiera Rebecca estaba preparada para lo que los aguardaba en el interior.

En el patio de acceso, junto a la entrada, Salvador Dalí recibía a los asistentes junto a un viejo taxi cubierto de hiedra en cuyo interior caía el agua como si fuese lluvia. El conductor era un muñeco con cabeza de tiburón y gafas oscuras, y el pasajero un maniquí de mujer con traje de noche y peluca rubia, sentado junto a lo que parecía una máquina de coser, rodeado de lechugas y con varios caracoles vivos moviéndose por su cuello de plástico. Rebecca reprimió una mueca de asco ante el espectáculo, aunque otros no fueron tan comedidos e incluso escuchó a una oronda señora decirle a su acompañante que quizá aquel no era tan buen plan para un lunes por la noche como había creído.

Una vez cruzaron las puertas de acceso, les hicieron entrega de unas linternas y recorrieron un largo pasillo llamado «Las calles más bellas de París». Más de una docena de maniquíes habían sido colocados junto a varios carteles con nombres de calles, algunos reales y otros ficticios. Así, la rue Nicolas Flamel, dedicada al alquimista medieval, alternaba con la rue Transfusion (calle Transfusión de Sangre) y la rue Vieille-Lanterne, donde se había suicidado el poeta Gérard de Nerval el siglo anterior, con la rue Tous les Diables (Todos los Diablos).

Pero fueron los maniquíes los que más llamaron la atención, la de Rebecca incluida. Todos representaban figuras femeninas en distintas composiciones. Una llevaba la cabeza cubierta por una jaula y una gruesa tira de terciopelo cubría su boca, adornada con un pensamiento en flor. Otra estaba desnuda de cintura para abajo, pero la parte superior se cubría con una chaqueta de hombre, camisa, corbata y sombrero, y una bombilla roja parpadeaba en el bolsillo de la pechera. Y allí estaba la creación de Leopold, a cuyos pies había colocado a un hombre con cabeza de león y salpicado de pintura, y que ella sabía que había titulado «Viuda Negra».

Tras atravesar el pasillo, entraron en la enorme sala principal, que se había transformado para la ocasión en una especie de gruta oscura. Del techo colgaban cientos de goteantes bolsas de carbón, y el suelo se había cubierto con una amalgama de hojas muertas y barro. La única luz provenía de unos plafones que apenas alcanzaban para orientarse en la semioscuridad, así que todo el mundo tuvo que hacer uso de las linternas para poder apreciar lo que había alrededor. Con el rabillo del ojo, Rebecca vio que muchos de los que habían entrado con ella las utilizaban para observarse unos a otros, y más de uno sufrió un sobresalto al enfocar alguno de los objetos que se habían distribuido por la estancia.

En el ambiente flotaba el inconfundible aroma del café tostado porque, según le había comentado Leopold, querían que aquella fuera una experiencia inmersiva, y sonaban gritos, risas y música militar alemana por los altavoces. Por debajo de todo ello, no obstante, Rebecca percibía el aroma insalubre del agua y el barro sobre el que se desplazaba, y que a esas alturas habría arruinado sin duda los bajos de su vestido.

Por todas partes había pedestales que sostenían distintos artículos, incluidos algunos manuscritos, y otros objetos adornaban los suelos, como un taburete cuyas patas eran piernas de mujer y que provocó más de una exclamación entre el asco y el asombro. Los cuadros adornaban las paredes y los plafones que se habían distribuido por todas partes, aunque había que acercarse y apuntar con la linterna para averiguar de qué piezas se trataba. A Rebecca le costó localizar el suyo, junto a una cama rodeada de vegetación, sobre la cual la actriz Hélène Vanel —a quien había conocido unos días atrás— realizó una especie de performance, bailando y simulando un ataque de histeria, cuyos gritos provocaron el sobresalto entre los asistentes. La falta de iluminación contribuía a aumentar la sensación de claustrofobia y Rebecca vio que algunas personas abandonaban la exposición a toda prisa.

Buscó con la mirada a Leopold o a alguno de los organizadores, pero apenas era capaz de vislumbrar a Frank a su lado, así que se le antojó una tarea inútil. Cuando, un rato después, salieron al exterior, casi agradeció el aire frío en el rostro y aspiró un par de bocanadas que le quemaron los pulmones. Se alejaron unos pasos y los hombres encendieron un pitillo. Blanche aceptó el que Armand le ofrecía, pero Camille y ella declinaron con un leve gesto de la cabeza.

—¿Qué os ha parecido? —preguntó Camille, arrebujándose en su abrigo.

—Extraordinario —respondió al punto Louis Roche, visiblemente emocionado—. Una exposición totalmente innovadora.

—El detalle de las linternas ha sido original —comentó Blanche, que aún sostenía la suya entre las manos. Rebecca y los demás las habían dejado en la salida, pero ella parecía no haberse dado cuenta de que aún llevaba la suya.

Durante varios minutos, intercambiaron comentarios positivos sobre la experiencia, a excepción de Rebecca y de Frank.

—¿Y tú qué piensas, Stapleton? —preguntó entonces Louis. Rebecca sabía que el joven admiraba al fotógrafo y que siempre buscaba conocer su opinión hasta sobre los asuntos más banales.

—A riesgo de ser impopular, a mí me ha resultado excesiva —dijo el estadounidense, al tiempo que dejaba caer su cigarrillo y lo pisaba con elegancia.

A Rebecca no le sorprendió su comentario, quizá porque ella era de la misma opinión. Entendía que habían tratado de hacer algo distinto, algo que rompiera con la típica exposición de arte, y, aunque en su conjunto la experiencia había cumplido con su objetivo, tenía la sensación de que el resultado no era del todo convincente. A ella le había molestado que los maniquíes solo representaran figuras femeninas, lo mismo que muchos de los objetos que se habían expuesto, y que las composiciones tuvieran una carga sensual muy acusada, como si el sexo fuera el único modo de romper tabúes.

Optó por guardar silencio y asistió a la discusión que se desarrolló tras el comentario de Frank. Armand de La Cour fue, para su asombro, quien más énfasis puso en defender la exposición, y eso que no habían contado con él a la hora de organizarla, tal y como era su deseo. Pero Frank se mantuvo firme y argumentó su opinión de forma tan categórica que incluso el escultor acabó por desinflarse.

Sin embargo, fue el intenso frío el que acabó por disolver la reunión, y ella declinó la oferta de ir con los demás al apartamento de Armand a tomar unas copas. Solo deseaba volver a casa, quitarse el vestido estropeado y darse una larga y caliente ducha.

Y esperar a Leopold.

12

Más de tres mil personas habían acudido a la inauguración, una multitud que había sorprendido a los organizadores. Leopold no cesaba de preguntarse si tal vez la campaña nazi contra el arte moderno había despertado la curiosidad de la burguesía parisina. El régimen de Adolf Hitler había tratado de desprestigiar el modernismo llevando a cabo una exposición de arte «decadente», para la que habían confiscado varios miles de piezas entre cuadros, esculturas y grabados. Con ellas, habían organizado la exposición «Arte degenerado», en la que se mostraban cuadros auténticos junto a dibujos y trabajos realizados en instituciones mentales con la intención de demostrar la debilidad de carácter y las taras mentales que poseían ese tipo de artistas. Así, las obras de Matisse, Picasso, Chagall y Van Gogh se alternaban en las paredes con grabados realizados por enfermos reales, ilustrados con rótulos de lo más explícito sobre la degeneración del arte moderno, que a partir de ese momento pasó a estar prohibido.

La muestra, que se había inaugurado en Múnich en julio de 1937 para que el público juzgara por sí mismo aquellas «aberraciones», continuaba recorriendo gran parte de Alemania con un asombroso poder de convocatoria. De hecho, la afluencia de público había provocado largas colas, muy al contrario que otra exposición, la «Gran muestra de arte alemán», inaugurada también por esas fechas con la intención de ensalzar la pureza racial, y que había pasado sin pena ni gloria.

Leopold estaba convencido de que, cuando la infausta gira hubiera tocado a su fin, muchos de esos cuadros serían destruidos para siempre: obras irreemplazables arderían sin remedio y sin que nadie pudiera hacer nada por evitarlo.

No le había resultado extraño, pues, que tantas personas hubieran acudido a la Galérie Beaux-Arts de París esa noche. Como si no quisieran perderse algo que tan nerviosos ponía a sus vecinos alemanes. Leopold, junto a Man Ray y André Breton, habían observado parcialmente ocultos el desarrollo de la velada. Había visto a Rebecca entre la gente y se había esforzado por leer las expresiones de su rostro para saber qué le parecía. Había leído en sus ojos y en sus tics faciales que algunas cosas la habían sorprendido, otras la habían dejado indiferente y las demás le habían provocado rechazo. Una mezcla que había identificado en otros muchos semblantes. Por desgracia, él mismo compartía en parte esa opinión. Sospechaba que el público no estaba preparado para una exposición inmersiva de esas características, aunque ni Breton ni Éluard, demasiado excitados y tal vez contagiados por el excéntrico Dalí, habían aceptado sus sugerencias sobre el particular.

A pesar de todo, regresó a casa de buen humor. Su reloj marcaba las tres de la mañana cuando introdujo con sigilo la llave en la cerradura de su apartamento. Comprendió que había sido una precaución innecesaria, porque las luces del salón estaban encendidas y Rebecca se encontraba recostada en el sofá con un libro entre las manos. El volumen quedó abandonado en cuanto se levantó de un salto y fue a su encuentro, con una sonrisa franca y un millar de besos aguardando en sus labios.

—¡Ha sido un éxito, Leopold! —le dijo, orgullosa, al tiempo que le tomaba el rostro entre las manos.

—Lo sé. —Él sonrió—. La afluencia ha sido masiva.

—¡Pero si hasta la policía ha tenido que intervenir para que la gente no se diera codazos para entrar!

—¿De verdad? —Rio.

—Te lo aseguro, yo misma lo he visto.

Leopold volvió a besarla, y la abrazó con fuerza y con el deseo de que ese instante en el tiempo se alargara de forma indefinida.

—¿Estás cansado? —preguntó ella mientras se retiraba un paso.

—Agotado.

Lo tomó de la mano y lo condujo al sofá, de donde quitó el libro que había quedado abierto boca abajo.

—¿Quieres que te prepare algo de cenar? —Rebecca permanecía de pie a su lado—. ¿Algo de beber?

—He cenado con Breton y los demás, pero me encantaría tomar una copa si tú me acompañas.

—¡Claro!

La vio servir dos raciones de whisky en sendos vasos tallados, en el pequeño mueble bar del rincón, y luego ocupar el asiento junto a él.

—Y ahora cuéntamelo todo —le dijo.

—¿Todo? —La miró con una ceja alzada—. ¡Pero si tú has estado allí!

—Sí, pero no conozco los detalles. ¿Cuántas personas han asistido? ¿Y de quién fue la idea de las linternas? Ah, y algo muy importante: ¿a quién se le ocurrió cubrir todo el suelo de hojas y barro?

—¿Por qué te interesa eso en concreto?

—Para saber a quién tengo que enviarle la factura de la tintorería —bromeó ella.

—Quizá eso fue un poco excesivo —reconoció, divertido.

—Bueno, había más cosas excesivas esta noche.

—Ya… —Tomó un sorbo—. Me di cuenta de que no te encontrabas del todo cómoda.

—¿Me viste?

—Casi te adiviné. Había tan poca luz que por poco te pierdo la pista.

Rebecca hizo una mueca y alzó los hombros.

—No estoy versada en estos temas —reconoció—. Vosotros sois los expertos, así que supongo que sabéis lo que hacéis.

—Yo no estaría tan seguro —confesó, risueño—, pero nos hemos divertido. Mucho.

—Hummm, espero que no hayas dado aún la noche por concluida —le susurró junto al oído.

El cansancio que lo había dominado hasta hacía unos minutos se evaporó de repente en cuanto el cuerpo cálido de Rebecca se pegó al suyo. La sangre comenzó a bombear en sus venas con una energía renovada, así que dejó el vaso medio vacío en el suelo y se volvió hacia ella, para rodearla con sus brazos y hacerle el amor allí mismo, sobre aquel sofá.

Mientras le quitaba las pocas prendas que llevaba encima y le dejaba al descubierto la piel nacarada, se dijo que aquella noche era sin duda una noche perfecta.

La afluencia de público en los días que siguieron, hasta la clausura del 24 de febrero, fue constante, con unos cuantos cientos de visitantes cada día. No era una concurrencia masiva, pero sí considerable, lo que demostraba que el público sentía cierto interés por la muestra. La crítica, sin embargo, no se mostró tan magnánima y los periódicos no hablaban precisamente bien sobre la exposición. Unos la tachaban de chiste o de humor negro, otros se referían a incertidumbre e incluso a malestar físico, muchos la tildaban de «locura forzada», una especie de carnaval cómico e inmaduro, y la mayoría de los medios coincidían en que era una «ensalada de exageración y mal gusto».

Si los organizadores del evento —Breton y Éluard en concreto— esperaban que esas críticas cohesionaran más al grupo, el resultado fue justo el contrario. Las discusiones y las viejas rencillas encontraron una nueva rendija por la que colarse y no era extraño asistir a acaloradas disputas en los cafés, ya fuera por la exposición o por la tensa situación política que se vivía en Europa. Gran parte de los surrealistas mostraba una fuerte inclinación hacia la izquierda, y muchos militaban en el Partido Comunista. Otros, más tibios, expresaban su simpatía, pero sin comprometerse con organización alguna, lo que provocaba agrios debates entre unos y otros, mientras que en Alemania el fascismo parecía escalar peldaños a una velocidad alarmante. Cuando el régimen de Adolf Hitler se anexionó Austria en marzo de ese mismo año, sin que la comunidad internacional hiciera nada real por impedirlo, las posturas se radicalizaron. Muchos estaban convencidos de que el único modo de vencer al fascismo era el comunismo, y aquellos que no comulgaban con esa idea, o que albergaban serias dudas, eran mirados con suspicacia. André Breton ya había expresado en alguna ocasión su recelo a la hora de confiar en un partido (el comunista) que pretendía ejercer un control absoluto sobre todos los aspectos de la vida, lo que coartaría la libertad de las expresiones artísticas, algo que Paul Éluard trataba de desmentir, alegando que resultaba en extremo malicioso comparar a la URSS con los regímenes totalitarios de Alemania o Italia. Las discusiones entre ambos eran bien sonadas y Rebecca, que había asistido a más de una, tenía la sensación de que la profunda amistad que ambos se profesaban desde hacía décadas estaba comenzando a resquebrajarse.

Leopold y ella cada vez se prodigaban menos en los cafés y preferían con mucho las reuniones más pequeñas de su grupo de amigos, aunque en ellas el clima del momento también hacía estragos. La noche en la que Armand de La Cour y Louis Roche discutieron a gritos y llegaron casi a las manos fue el instante en que Rebecca supo que necesitaba un cambio.

—Podríamos marcharnos unos días de París —le sugirió a Leopold mientras ambos se desvestían.

—¿Marcharnos? —Él la miró, con el asombro colgando de sus arqueadas cejas—. ¿Por qué?

—¿Por qué? —Ladeó la cabeza—. ¿De verdad no estás harto de tantas discusiones? ¿De tanta amargura?

—Es cierto que no resulta una situación agradable, pero todo volverá a su cauce muy pronto.

—No lo creo. —Se sentó en la cama para quitarse las medias.

—París es nuestra ciudad —aseguró él, sentándose a su lado—. Aquí está… todo.

Alzó las manos, como si con ellas quisiera abarcar no solo aquel dormitorio, sino el edificio al completo, toda la ciudad incluso.

—No es cierto —negó ella—. ¿Cuánto has pintado desde la exposición? ¿Cuántos collages has hecho? ¿Cuántas obras nuevas?

—Bueno...

—Yo tampoco —reconoció ella, abatida—. Vine a París a pintar, a conocer a los grandes artistas del momento, y últimamente tengo la sensación de que solo voy de una discusión a otra. Y, cuando al fin me encuentro frente al caballete, mi espíritu está intranquilo. Me cuesta concentrarme.

Leopold había apoyado los codos sobre las rodillas y en ese momento se contempló las manos, entrelazadas frente a él.

—Podríamos irnos una temporada —concedió al fin, tras volver la vista hacia ella.

—¿Seguro? —Rebecca lo miró y supo que hablaba en serio.

—Totalmente —respondió él al tiempo que le pasaba una mano por el cabello—. Creo que tienes razón y que un descanso de todo esto nos hará bien.

Rebecca sonrió y se aproximó a él para besarlo. En ese momento, París se había transformado en una losa sobre sus hombros, y no estaba dispuesta a dejar que la aplastara.

Leopold había sugerido visitar la zona de Ardèche, próxima a la Provenza, a unos doscientos kilómetros al sur de Lyon, una región dominada por el paso del río Ródano, de asentamientos pequeños y tranquilos, bosques abundantes y buen clima. A Rebecca le pareció bien. Todo lo que se encontrara al sur de París era para ella territorio desconocido y, cuando él comentó que había pasado por allí brevemente unos años atrás y que había tomado nota mental de regresar algún día, se le antojó casi una especie de señal.

Viajaron en tren hasta Lyon y allí alquilaron un automóvil. Hasta ese momento ni siquiera sabía que él supiera conducir, y admiró su destreza al volante mientras los llevaba por las carreteras, algunas estrechas y serpenteantes, sin un atisbo de inseguridad. Ella apenas había tenido oportunidad de practicar con uno de los vehículos de su padre, con su hermano Charles haciendo de instructor. Mientras recorrían aquellos parajes, pensó mucho en su hermano favorito, que habría sabido apreciar las iglesias románicas y góticas desperdigadas por la región, igual que los puentes de piedra, las cuevas semiocultas y las gargantas que partían en dos las montañas para dejar que las aguas del río las atravesaran.

Se alojaron en pueblos tan encantadores como Balazuc o Saint-Montan, pero fue al llegar a la localidad de Saint-Martin d'Ardèche cuando Rebecca experimentó una especie de conexión con el lugar. No se trataba del más bonito que habían visitado, ni tampoco del más pintoresco. En realidad era un asentamiento modesto, desplegado en torno a una iglesia de campanario picudo y con un puente colgante que atravesaba el río Ardèche, afluente del Ródano. Situado al inicio de uno de aquellos cañones que partían el mundo en dos y con abundantes bosques a su alrededor, parecía un enclave ideal para pasar una larga temporada.

Aparcaron el coche a la entrada de la población, en un pequeño descampado junto a la carretera, y decidieron recorrerla a pie. Se internaron por sus estrechas callejuelas, flanqueadas por casas de piedra que parecían tener más años que las montañas que se divisaban al fondo, y, al llegar a una plazoleta dominada por una fuente de tres caños, decidieron almorzar en la taberna situada en uno de los laterales. A pesar de que lucía el sol, hacía fresco fuera, por lo que agradecieron la calidez del interior en cuanto traspasaron el umbral. Era un local acogedor, con una larga barra de madera en la parte frontal y un discreto comedor con una docena de mesas. Al fondo, una gran estufa de hierro había congregado a su alrededor a los únicos parroquianos, tres hombres en la mitad de la cincuentena que daban buena cuenta de un vaso de vino y un plato de lo que parecía ser estofado.

Una mujer algo gruesa, con el cabello castaño recogido en

un moño alto y un delantal inmaculado, se aproximó hasta ellos.

—Bienvenidos a Casa Lagrange —les dijo, jovial—. ¿Mesa para dos?

—Sí, por favor —contestó Leopold.

La mujer los condujo hacia una mesa cerca del calor de la estufa, donde les enumeró los platos del día. No poseían una carta muy extensa, lo que tampoco supuso ningún problema, y ambos optaron por el estofado, que tenía una pinta deliciosa.

Cuando regresó con dos platos humeantes entre las manos iba acompañada del que parecía ser su marido, un hombre fornido y poco más alto que ella que portaba una cesta con pan blanco y una jarra de vino.

—Tienen ustedes un pueblo encantador —les dijo Rebecca.

—Sí, estamos muy orgullosos de él —confesó la mujer, halagada.

—¿Hay algún hotel donde pasar la noche? —se interesó Leopold.

—Arriba tenemos media docena de habitaciones disponibles —informó el hombre al tiempo que dejaba la jarra sobre el mantel a cuadros.

—Ah, eso sería estupendo. —Rebecca miró el contenido de su plato, de un aspecto de lo más apetitoso.

—Yo soy Marguerite —se presentó la mujer—, Marguerite Lagrange. Y este es mi esposo Frédéric.

El hombre saludó con un gesto seco de la cabeza.

—¿Vienen de muy lejos? —se interesó la mujer.

—De París —contestó Leopold.

—¿París? —Los miró con cierta extrañeza—. Por sus acentos habría dicho que venían de mucho más lejos.

Acompañó sus palabras de una risa cantarina.

—Bueno, en realidad yo soy de Inglaterra —la informó Rebecca.

—Y yo alemán —añadió él.

El marido hizo una mueca de desagrado en dirección al artista.

—Pues buena la están liando ustedes en Europa —soltó.

—Querido... —La esposa colocó la mano sobre el antebrazo de su marido y se disculpó con ellos sin abandonar la sonrisa—. Perdonen a Frédéric, a veces es un poco bruto.

—No se inquiete —dijo Leopold—. No podría estar más de acuerdo con él. De hecho, llevo tantos años viviendo en Francia que me considero más francés que otra cosa.

—Ah, eso está muy bien —gorjeó Marguerite—, un francés de adopción.

—Algo así, sí.

—Estupendo... —La tabernera dio un paso atrás y contempló la mesa, como para cerciorarse de que no les faltara de nada—. ¿Les reservo entonces esa habitación?

—Si es tan amable... —intervino Rebecca.

—Claro, denlo por hecho. Y ahora disfruten de la comida, espero que sea de su agrado.

El matrimonio se retiró, no sin que antes el marido lanzara una mirada cargada de desconfianza en dirección a Leopold.

Olvidaron el pequeño incidente casi de inmediato, en cuanto se llevaron la primera cucharada a la boca. Estaba delicioso y el vino era excelente.

Después de comer dieron un largo paseo y llegaron hasta el extremo contrario del pueblo, donde tomaron un sendero que discurría primero entre campos de cultivo y luego entre viñedos. Recorrieron un buen trecho, y estaban por dar media vuelta y regresar al municipio cuando Leopold vio la casa. Una casa de campo del siglo XVIII, rodeada de un muro derruido en varios tramos, y con algunos árboles dándole sombra. El edificio tenía dos plantas y estaba construido en piedra, igual que las casas del pueblo, pero parecía llevar tiempo abandonado. A su alrededor, se extendían los viñedos hasta alcanzar la línea del horizonte, que se desplegaba en una suave curva.

Leopold tomó la mano de Rebecca y se internaron por un camino entre las vides, claramente delimitado por algunos arbolitos, hasta alcanzar el portón de madera incrustado en el muro. Supuso que lo encontrarían cerrado y, aun así, probó suerte. Para su sorpresa, el portón se abrió hacia dentro y se internaron en el jardín, mucho más grande de lo que habían supuesto. De cerca, la casa aún resultaba más majestuosa, y también el evidente estado de abandono.

—Es magnífica —susurró Rebecca.

—Solo necesita una puesta a punto.

—¿Una puesta a punto? —Ella rio—. Es una casa, no un automóvil.

—La analogía es perfecta —insistió—. Un poco de limpieza, una mano de pintura, algunos arreglos...

—¿Para qué? —Lo miró, curiosa.

—Para instalarnos en ella. —Leopold contempló la vivienda con sumo interés—. Creo que es un lugar perfecto para nosotros.

13

No les costó mucho localizar al dueño de la propiedad gracias a Marguerite Lagrange, que parecía conocer a todos los habitantes de Saint-Martin d'Ardèche. Y no solo sus nombres y apellidos, también todas sus historias. En el caso del dueño de la casa y de los viñedos circundantes, Henri Moreau, les contó que era un viudo sexagenario, cuyo único hijo vivía en Lyon y no quería tener nada que ver con las tierras de la familia. Hacía ya casi un lustro que Henri había decidido instalarse en el pueblo, porque la casona estaba demasiado lejos del centro y no quería encontrarse aislado si le sucedía algo. Luego, una vez llegaron a conocerlo, él mismo les comentó que era demasiado grande para un hombre solo. Ahora únicamente se ocupaba de las vides, con cuya uva elaboraba el vino que habían tomado en la taberna y que tanto les había gustado.

—El vino es el principal negocio de esta zona —les dijo, atusándose su poblado bigote, cuyo tono oscuro contrastaba enormemente con las canas de su cabello. De ojillos pequeños y azules, los observaba con curiosidad y una cierta desconfianza—. ¿Y por qué quieren alquilar una casa que está en tan mal estado?

—Somos artistas —le informó Leopold—. Pintores.

—¿Como Leonardo da Vinci? —inquirió, presa de un repentino interés.

—Bueno, no exactamente...

—Mi esposa y yo fuimos a ver el cuadro ese..., ahora no sé cómo se llama. —El hombre se rascó la cabeza, buceando en sus recuerdos.

—¿La *Mona Lisa*? —Rebecca le echó un cable.

—¡Ese! —Henri Moreau dio una sonora palmada que los sobresaltó a ambos—. Fue poco después de que lo robaran, ¿saben? Bueno, quiero decir poco después de que volviera al museo. Debía de ser el año 1912, tal vez 1913. Mi Marie no paraba de pedírmelo, no fuese que lo robaran de nuevo y perdiera la oportunidad para siempre... Ya sabe cómo son las mujeres.

Lo dijo mirando a Leopold, como si el comentario solo pudiera ser entendido por alguien de su mismo sexo.

—Claro... —Leopold decidió seguirle el juego.

—La verdad es que nunca he entendido muy bien a qué vino tanto alboroto —continuó Henri—. El cuadro es más bien pequeño, y la mujer que aparece en él no es que sea ninguna belleza. Había otras pinturas en el museo mucho más grandes, algunas bastante impresionantes; claro que robar un cuadro de esas dimensiones habría resultado mucho más difícil.

—Sin duda alguna... —intervino Leopold de nuevo, que no sabía cómo reconducir la conversación hacia el tema que les interesaba.

—Seguro que a su mujer le encantó que la llevara al Louvre —comentó Rebecca.

Henri pareció recordar de repente que ella también se encontraba en aquella habitación atestada de cosas y su mirada se perdió un instante en algún lugar indeterminado.

—Sí, ya lo creo que sí —confirmó, con una sonrisa cargada de tristeza—. Fue el único viaje que hicimos juntos, ¿saben?

El silencio ocupó el espacio que habían dejado sus palabras y durante varios segundos no se escuchó más que el tictac de un reloj que Rebecca no logró ubicar.

—Entonces quieren alquilar la casa. —Henri Moreau parecía haber regresado del lugar al que se había marchado.

—Exacto —corroboró Leopold.

—Pero no está en muy buenas condiciones.

—Nada que no pueda arreglarse, espero.

—No, claro, he procurado mantenerla en buen funcionamiento, aunque necesita un buen repaso.

—Marguerite Lagrange nos ha recomendado a un par de mujeres para que la limpien, además de un jardinero y un albañil para que arregle lo imprescindible.

—Ah, Marguerite. —Henri soltó un suspiro—. Muy buena mujer, sí señor, muy buena.

—¿Entonces? —preguntó Leopold, que tenía la sensación de estar perdiendo el tiempo.

—No sé yo si...

—Le pagaremos bien —lo interrumpió—. A fin de cuentas, vacía no le renta nada, ¿verdad?

Marguerite Lagrange les había orientado sobre el dinero que Henri podría pedirles por el alquiler. En comparación con París, el importe resultaba tan irrisorio que ambos estaban dispuestos a aumentarlo cuanto fuera necesario para hacerse con ella.

—Verdad. —Henri Moreau asintió, con una mueca que parecía media sonrisa.

Tres días después de esa visita, se instalaron en la villa, cuyo aspecto había mejorado ostensiblemente. El enorme salón, presidido por una magnífica chimenea, se convirtió de inmediato en su estancia favorita, y en el piso de arriba ocuparon el dormitorio principal, con vistas a los viñedos y al bosquecillo junto al río, y con el pueblo a lo lejos.

En honor a Henri y su esposa Marie, bautizaron la casa con un nuevo nombre: La Gioconda.

Dos semanas más tarde, ambos se habían habituado a una dulce rutina. Ahora que no pasaban las noches en los cafés parisinos, se levantaban mucho más temprano, desayunaban juntos —la mayoría de las veces en el porche trasero— y pintaban un rato. Para reducir gastos, habían devuelto el coche alquilado y se habían comprado dos bicicletas, con las que iban al pueblo a almorzar y a por provisiones. No era un trayecto muy largo y el ejercicio les sentaba bien. Casa Lagrange se había convertido en su segundo hogar, y comían allí casi a diario. Marguerite los había acogido bajo el ala y hasta su marido Frédéric parecía haber olvidado su inicial reticencia y los recibía con reservada amabilidad. De tanto en tanto coincidían allí con Henri Moreau, que parecía encantado con el trato y que no paraba de mencionar el hecho de que la casa volvía a estar llena de vida por primera vez en años.

Rebecca nunca había aprendido a cocinar y por las noches se apañaban con cualquier cosa, hasta que decidió ponerle remedio y compró un libro de recetas fáciles en la pequeña librería del pueblo, que hacía también las veces de estanco, papelería y oficina de correos. Con los acertados consejos de Marguerite, logró preparar algunos platos, aunque los primeros intentos acabaron en el cubo de la basura, ante su frustración y el divertimento de Leopold. Incluso él se atrevió a probar con los fogones, con mejores resultados iniciales. A veces, Rebecca tenía la sensación de que llevaban juntos mucho tiempo, casi una vida. La compenetración entre ambos era tan fluida que había noches en las que se despertaba bañada en sudor, con el pálpito de que aquella felicidad podía resquebrajarse en cualquier momento. Entonces se asía con fuerza a Leopold, como si temiera que fuese a evaporarse de un momento a otro, hasta que el sueño volvía a encontrarla y a mecerla en sus algodonosos brazos.

Una calurosa tarde de finales de abril, decidieron acercarse hasta el río, en cuya orilla ya habían pasado algunas horas de asueto, tumbados sobre la hierba fragante. Recorrieron un trecho siguiendo la corriente. Cuando encontraron un recodo a salvo de miradas indiscretas, Rebecca dejó la bici junto a un árbol, sacó la manta del bolso que llevaba en la cesta del manillar y la extendió sobre la hierba. Luego extrajo la novela que había llevado consigo y, en lugar de tumbarse a leer, comenzó a quitarse la ropa.

—¿Qué haces? —Leopold, que todavía estaba colocando su bicicleta junto a la de ella, la miró extrañado.

—Quiero sentir el sol —dijo como única explicación.

En un par de minutos se había desprendido del vestido, las medias y la ropa interior, y daba vueltas sobre sí misma, con el rostro hacia el cielo y riendo con una alegría tan pura que Leopold sintió un pellizco entre las costillas. Estaba tan hermosa así, bañada por la luz del sol, con el viento moviendo su pelo y las briznas de hierba bajo sus pies, que sintió deseos de inmortalizarla sobre un lienzo para recordar por siempre ese momento mágico e irrepetible.

—Eres la novia del viento —musitó al aire.

—¿Qué? —Ella se volvió con los brazos todavía extendidos y aquella mirada que encerraba un millón de mundos fija en él.

—La novia del viento —repitió, conteniendo la emoción del momento—. Fuerte, libre, indómita… Eso eres tú.

Rebecca bajó los brazos, ladeó un poco la cabeza y luego extendió una mano hacia él.

Estaban tumbados en la cama de matrimonio, en su dormitorio. Habían hecho el amor de nuevo tras regresar del río, y por la ventana abierta se colaba la primavera en suaves oleadas que hacían temblar las cortinas de gasa.

—Podría quedarme aquí para siempre —murmuró Rebecca, con la cabeza apoyada sobre el estómago de Leopold.

—También yo —corroboró él.

Y lo decía en serio. Desde que se habían instalado allí, se sentía más vivo que nunca, más auténtico. Y, lo más extraño, no echaba de menos nada de lo que habían dejado en París. Si acaso, y muy de vez en cuando, a sus compañeros, a sus amigos, con los que le habría gustado compartir esa nueva etapa de su vida.

—Podríamos comprar la casa y quedarnos aquí —sugirió ella.

—¿Para siempre? —Alzó la cabeza de la almohada y la miró.

—Siempre es una palabra demasiado trascendental —rio

Rebecca—. Una larga temporada. Y podemos ir a París siempre que queramos, no está tan lejos.

—Cierto.

—¿Entonces? —Volvió la cabeza hacia él, con los ojos chispeantes.

—No creo que Henri esté muy interesado en vender.

—Podríamos preguntarle.

—Tampoco sé si tendré bastante dinero para comprarla.

—Tendremos.

—¿Qué?

—No estoy sugiriendo que la compres tú —respondió Rebecca—. Quiero que sea algo nuestro, de los dos.

—Rebecca...

—Hasta ahora he contribuido con todos los gastos, ¿no es así?

—Nunca te he pedido nada.

—Lo sé, soy yo quien insiste. Quiero, necesito sentir que también aporto algo en esta relación, que no soy tu mantenida.

—¡Jamás se me habría ocurrido pensar tal cosa! —exclamó al tiempo que le acariciaba la mejilla—. Además, las ventas de mis cuadros me han proporcionado dinero suficiente como para que podamos vivir con desahogo.

—Lo sé, pero yo también tengo dinero. —Hizo una mueca—. O podría tenerlo.

—¿Podrías?

—Mi madre me lo daría.

—Creí que no querías recurrir a tu familia.

—Y no quiero..., pero ese dinero es mío. Mi abuela me lo dejó en herencia. Que no pueda tocarlo hasta los veinticinco es absurdo. —Se detuvo unos segundos, como si estuviera valorando sus opciones—. Podría planteárselo como una especie de préstamo. Si ella me da el dinero, yo se lo devolveré cuando acceda a mi fideicomiso.

—¿Estás segura de eso?

—¿No quieres comprar la casa? —Lo miró con el ceño ligeramente fruncido.

—Claro que sí, pero esa no es la cuestión.

—Sí, esa es exactamente la cuestión. —Rebecca volvió a ocupar su posición original, con la vista clavada en el techo—. Tú déjalo en mis manos.

Durante el mes que había transcurrido desde aquella conversación, Rebecca había pintado mucho y sus dotes culinarias habían mejorado ostensiblemente. Necesitaba un nuevo reto que la pusiera a prueba y consideró que ya era el momento de explorar otras disciplinas artísticas. Le pidió a Leopold que la ayudara con su primera escultura y él le aconsejó que utilizara el yeso, un material maleable y fácil de manipular.

—Primero tienes que visualizar la imagen en tu cabeza —le decía al tiempo que mezclaba aquellos polvos blancos con agua— y luego dejar que tus dedos la dibujen por ti. Es como pintar un cuadro, pero en tres dimensiones.

Una vez tuvo la mezcla preparada, tomó las manos de Rebecca y las hundió en la amalgama. Estaba fría y necesitó unos segundos para que sus dedos se acostumbraran a aquel tacto. Leopold se había colocado tras ella, con el pecho pegado a su espalda y las manos hundidas sobre las suyas. El sol bañaba aquel rincón del jardín y el trinar de los pájaros parecía la melodía perfecta para aquella tarde de mayo.

Leopold fue moviendo las manos sobre las de ella para que perdiera el miedo a aquella sustancia desconocida. Comenzó a besarle la nuca y ella se estremeció.

—No me dejas concentrarme. —Rebecca sonrió.

—Ni tú a mí. —Volvió a besarla.

Ella echó la cabeza hacia atrás y la apoyó contra su hombro. Cerró los ojos y dejó que las manos de Leopold la guiaran en aquellos primeros compases, mientras con los labios trazaba senderos en su mentón, sus mejillas y su cuello.

—Si continúas así olvidaré lo que iba a esculpir.

—Ya se te ocurrirá algo nuevo —susurró él junto a su oreja.

—El yeso se secará.

—Le echaremos más agua.

Sacó las manos del barreño y se volvió hacia él. Los ojos azules de Leopold parecían dos estanques y, sin echar mientes a sus manos manchadas de yeso, le acarició la mejilla. Un rastro blanco cruzó su piel broncínea, algo más curtida tras varias semanas disfrutando del sol y del aire libre.

—Eres una mala influencia —le dijo.

—Lo sé. ¿No te encanta? —rio él.

Rebecca se volvió de nuevo y retomó el trabajo, pero terminaron jugando como niños, a ver quién era capaz de manchar más al otro.

—Más vale que nos lavemos antes de que se seque demasiado —propuso Leopold cuando parecía que no les quedaba ni un centímetro de piel por cubrir.

En el dormitorio disponían de un baño completo, donde ambos se asearon entre risas hasta que el suelo acabó completamente empapado. Después, tras cepillarse el cabello, Rebecca se puso un vestido suelto de color azul y manga larga. No tardaría en oscurecer y las noches aún eran frescas. Se asomó al balcón y contempló el barreño que había quedado abandonado. Tras ella, Leopold se abrochaba la camisa y la observaba. Ella casi podía sentir la caricia de su mirada.

Entonces algo llamó su atención. Un automóvil grande recorría el camino principal, y se preguntó a quién pertenecería. Había otras casas de campo por la zona, aunque nunca había visto a nadie con un vehículo de aquellas características. Cuando advirtió que torcía en el camino que conducía hasta su casa, tuvo un mal presentimiento.

El portón permanecía abierto todo el día y, sin atreverse aún a mover un músculo, observó cómo lo atravesaba y recorría la escasa distancia hasta la entrada principal. Aguantó la respiración mientras contemplaba al chófer descender del coche, rodearlo y abrir la puerta de atrás. Una mujer, ataviada con un vestido de seda color burdeos y una estola de astracán, emergió del vehículo con su acostumbrada elegancia. Se detuvo un instante y miró alrededor, quizá buscando a los ocupantes de aquella villa, y solo entonces alzó la cabeza y sus ojos se encontraron con los de Rebecca, que soltó el aire de golpe.

—¡Madre! —exclamó, antes de echar a correr en dirección a las escaleras.

14

A Rebecca y a Leopold les había sorprendido gratamente que Henri Moreau estuviera dispuesto a vender la casa sin ningún tipo de reserva. Al parecer, su hijo había dejado bastante claro que jamás iba a instalarse en ella y que, si algún día optaba por pasar sus vacaciones en la zona, prefería con mucho alojarse en la casa que su padre había adquirido en el pueblo, en lugar de aquel caserón medio en ruinas. El precio, además, les resultó razonable, y Rebecca escribió a su madre sin demora. Jamás habría imaginado que, en lugar de contestar a su carta, decidiera presentarse allí y sin avisar.

Cuando se encontró frente a ella, se detuvo un instante y luego, sin pensarlo, se acercó y la abrazó con fuerza. Mientras aspiraba su aroma a lavanda no pudo evitar que un tropel de recuerdos felices la asaltaran, recuerdos de cuando era niña y su madre se le antojaba una especie de reina de otro mundo, a veces ausente y lejana, otras cariñosa y próxima. Que en los últimos años ambas se hubieran distanciado no borraba las ocasiones de intimidad compartidas, que, aunque escasas, estaban cargadas de gran significado.

Nora Heyworth mostró una sorpresa inicial ante la efusividad de su hija, aunque acabó abrazándola también. Se preguntaba a dónde se habría ido aquella niña que corría por los pasillos de la casa como si montara sobre un Pegaso y que la miraba como si ella fuera la persona más increíble del planeta.

—¿Por qué no ha avisado de que vendría? —Se retiró un paso y contempló a su madre, tan hermosa y distinguida como siempre. Si acaso, con las arrugas que circundaban sus ojos un poco más pronunciadas.

—Quería darte una sorpresa —contestó Nora Heyworth. Echó un vistazo alrededor, deteniéndose aquí y allá, con aquella mirada calculadora que su hija conocía tan bien—. Así que esta es la casa que quieres comprar.

—Sí. —Rebecca se volvió y la contempló a su vez. Era consciente de que no presentaba un aspecto muy halagüeño, pero se había convertido en su hogar—. ¿No es magnífica?

—Es una birria —reconoció la mujer, en tono cortante.

—¡Madre!

—¿Miento acaso? —Clavó en ella sus ojos con una expresión severa—. Aunque reconozco que el precio me pareció razonable, ahora tengo la sensación de que estarías pagando de más.

—No es cierto —se defendió, dolida por el comentario—. La casa es grande y tiene muchas posibilidades.

La madre frunció los labios en una mueca de disconformidad que también le había visto hacer muchas veces, y que prefirió ignorar. Justo en ese momento apareció Leopold frente a ellas, perfectamente vestido y peinado, y hasta el viento que mecía la hierba a sus pies pareció detenerse.

—Así que usted es el señor Blum —dijo su madre con la voz acerada.

—Y usted la señora Heyworth.

Leopold le tendió la mano para saludarla, pero Nora Heyworth decidió ignorar el gesto y se dio la vuelta para caminar por el jardín, bordeando la casa. Rebecca intercambió una mirada con él, cargada de disculpas, y salió tras su madre.

—Eso ha sido muy descortés, madre. —Le señaló una vez llegó a su altura.

—¿Descortés? —Se detuvo y la miró con desdén—. Ese hombre te arrancó de nuestro hogar para llevarte a una vida de vicio y depravación.

—¡¿Qué?! —Rebecca había alzado la voz mucho más de lo que pretendía—. No abandoné Inglaterra únicamente por ese hombre, madre, y usted lo sabe muy bien. Y no consentiré que hable mal de él. Es una persona excelente y un gran artista, reconocido en todo el mundo.

—Sí, sí. —Su madre movió la mano en el aire, restándole importancia a sus palabras.

—Si ha venido a insultarnos, creo que puede decirle a su chófer que la lleve de regreso a París, o a donde sea. —Se dio media vuelta e inició el regreso a la entrada principal.

—Creí que necesitabas el dinero —replicó su madre en tono mordaz.

—No a cualquier precio, madre.

Conteniendo el llanto a duras penas, Rebecca entró en la casa y se abrazó a Leopold, que la aguardaba en el salón.

—No te inquietes, mi ángel —le dijo él al tiempo que le acariciaba el cabello—. Lo arreglaremos, ya verás. Si no quiere ayudarnos, regresaremos a París y venderemos todos los cuadros que podamos hasta que tengamos el dinero suficiente.

Leopold no había escuchado la conversación entre ambas mujeres, pero no le hizo falta para intuir lo que había ocurrido cuando la vio entrar tan alterada. Él sabía muy bien lo que era sentirse defraudado por la propia familia, solo que ella le tendría a él para superarlo. Si Rebecca quería esa casa, haría todo lo posible para conseguirla, aunque fuese pintando retratos para burgueses acomodados, como ya le habían propuesto en alguna ocasión, aunque, espantado, había terminado rechazando la oferta.

—Me gustaría hablar a solas con mi hija.

La voz de Nora Heyworth restalló en el aire. Se encontraba en la entrada del salón, rígida como una estatua. Leopold la miró y Rebecca se dio media vuelta para hacerlo también. Se limpió las lágrimas con el dorso de la mano e irguió la espalda.

—Creo que ya no tenemos nada más que decirnos —le dijo, en un tono mucho más sereno de lo que él esperaba.

—Oh, ya lo creo que sí. No he cruzado medio continente para marcharme a la primera discusión.

Rebecca tensó la mandíbula, pero al fin hizo un gesto con la mano y le ofreció sentarse en una de las dos butacas del salón, mientras ella lo hacía en el sofá. Eran muebles viejos y desgastados, nada que ver con los que su familia poseía en Inglaterra, y vio a su madre hacer un mohín de disgusto mientras ocupaba el borde del asiento.

—Prepararé té —se ofreció Leopold, que abandonó la estancia para dejarlas a solas.

—¿No tienes una chica de servicio? —preguntó Nora a su hija en tono de reproche.

—Aquí solo vivimos Leopold y yo —contestó—. Viene una mujer un par de veces a la semana para ocuparse de la limpieza, pero nada más.

—¡Jesús! —exclamó su madre—. ¿Y quién se ocupa de todo lo demás?

—¿Lo demás? —Rebecca alzó una ceja.

—Cocinar, lavar la ropa, los platos...

—Pues nosotros.

Nora Heyworth soltó una risa aguda.

—Pero, hija, si tú no sabes ni enhebrar una aguja —añadió con burla.

—He aprendido mucho desde que llegué a Francia.

—Ya veo...

La mujer recorrió con la mirada el amplio salón, la enorme chimenea, los grandes ventanales y los escasos y antiguos muebles.

—Esta casa necesita muchas reparaciones —anunció.

—Somos conscientes.

Durante unos segundos ninguna dijo nada. Su madre miraba al suelo, a las paredes, a cualquier otro lugar que no fuese a su hija, mientras esta aguardaba las siguientes palabras hirientes y se armaba con una armadura invisible capaz de repelerlas. Los segundos se transformaron en minutos, hasta que Leopold regresó con una bandeja y dos tazas desparejadas. Sirvió el té como un auténtico mayordomo y luego se marchó al estudio que ambos habían habilitado sobre la cochera.

—Hija, te das cuenta de que todo esto es una locura, ¿verdad?

—Una locura… —repitió ella.

—Podrías volver conmigo a Inglaterra —le ofreció en tono amable y conciliador—. Allí tienes tu vida, a tu familia y a tus amigos.

—Ahora mi vida está aquí, y no quiero estar en ningún otro lugar.

—Con ese hombre…

—Con ese hombre, sí.

—¿Eres consciente de que no te espera ningún futuro a su lado?

—Eso no puede saberlo.

—Oh, ya lo creo que sí. Es un hombre casado, Rebecca, y, a no ser que se divorcie, tú no serás nunca más que una querida, una de tantas.

—Me quiere.

—No lo dudo, pero ¿qué pasará cuando se canse de ti?

—¿Por qué da por hecho que eso sucederá?

—¿No ocurre siempre así con las amantes? —Nora Heyworth la miró, condescendiente—. Ellas pasan, pero solo una esposa permanece.

—¿Como padre y usted?

Sus palabras chasquearon en el aire como las brasas de una hoguera. Nunca habían hablado abiertamente sobre ese asunto, aunque ella sabía bien que su padre había mantenido, al menos, a una amante hacía ya algunos años.

—Tenemos un buen matrimonio, lo sabes bien.

—Un matrimonio sin amor.

—Eres una ingenua, niña. —Sonrió con cierta tristeza—. El amor no lo es todo, aunque eres aún muy joven para entenderlo. Quizá cuando llegues a comprenderlo será ya demasiado tarde.

—¿Tarde para qué?

—Pues para rehacer tu vida, para encontrar a un hombre que te acepte y esté dispuesto a casarse contigo.

—No tengo ningún interés en contraer matrimonio con nadie.

—Eso es un disparate.

—Es lo que siento. Un papel no me convertirá como por arte de magia en una persona feliz y completa.

—Pero te convertirá en una persona que gozará de seguridad en la vida.

Rebecca se calló la réplica, no estaba dispuesta a continuar con aquella conversación que no conducía a ningún lugar.

—Comprendo que no apruebe mi estilo de vida, madre, pero es la vida que yo he decidido, que yo he escogido para mí.

—Aunque estés equivocada.

—Eso solo el tiempo lo dirá. Si no quiere ayudarme, lo entenderé, pero…

—El dinero ya está en una cuenta a tu nombre en un banco de Lyon —la interrumpió—. Lo que hagas con él es cosa tuya.

—¿Pero entonces…?

—¿A qué he venido?

Rebecca asintió. Si había decidido hacerle entrega del dinero incluso antes de aparecer por allí, ¿por qué se había molestado?

—Quería verte. —El labio inferior de Nora Heyworth tembló ligeramente—. Tal vez no esté de acuerdo con tus decisiones ni apruebe tu estilo de vida, pero sigues siendo mi hija. Siempre serás mi hija.

Rebecca sintió el calor de las lágrimas abrasarle las mejillas y vio que los ojos de su madre brillaban, húmedos.

—Por cierto, tu hombre hace un té espantoso —le dijo, con la taza en la mano y una sonrisa que pretendía tender un puente entre ambas.

—Lo sé —rio ella—. Es alemán, madre.

—Un defecto más que añadir a la lista —comentó con un chasquido de la lengua.

El tono, sin embargo, fue distendido, y por primera vez no se lo tomó a mal. Sabía que nunca se pondrían de acuerdo en las cosas importantes, o las que su madre consideraba como tales, pero estaban unidas por un lazo indestructible y eso era en realidad lo único que de verdad importaba.

Su madre no quiso quedarse y prefirió regresar al pueblo, donde había alquilado un par de habitaciones en Casa Lagrange, así que Leopold y ella decidieron acompañarla y cenar en la taberna, porque se marchaba por la mañana y no volverían a tener ocasión de pasar tiempo con ella. Cuando Nora Heyworth vio que tomaban sus bicicletas, se negó en redondo a dejarse ver con su hija subida a una monstruosidad semejante, de modo que los obligó a ir con ella en el coche tras asegurarles que el chófer los traería de vuelta tras la cena.

Marguerite Lagrange jamás había visto a una mujer tan elegante y distinguida como aquella, ni un automóvil tan lujoso como el que conducía aquel hombre uniformado. Nadie en el pueblo había visto jamás nada semejante, y la taberna esa noche estaba a rebosar. Ella había dispuesto una mesa especial por si aquella señora decidía cenar en el local, una mesa que vistió con su mejor mantel, ese que guardaba para las cenas de Navidad. Colocó su mejor vajilla y las únicas copas de cristal que poseía, que llevaban guardadas más de una década en un armario de la cocina. Cuando la vio entrar en compañía de Leopold y Rebecca, comprendió que eran madre e hija. No sabía por qué no se había dado cuenta antes.

Con gran premura, añadió dos servicios más. La pareja se sentó frente a la señora, que observó el delicado mantel y la vajilla con un ligero gesto de aprobación. Marguerite jamás se había sentido tan orgullosa de sí misma como en ese momento y acudió solícita a atenderlos.

Había confeccionado un menú especial para esa noche. Echó mano de un libro de cocina que guardaba con celo desde hacía años, lleno de preparaciones delicadas para paladares exquisitos, ante los refunfuños de su marido Frédéric, que no hacía más que preguntarle a quién quería impresionar.

—Nadie va a apreciar esas cosas, querida —le dijo en cuanto vio cómo rellenaba con delicadeza unos volovanes.

—Lo hará la persona indicada, créeme.

—¿Todo esto es por esa señora que ha venido esta tarde?

—Mismamente.

—Estás loca, mujer.

Pero Marguerite no le escuchaba. Nunca había tenido la oportunidad de cocinar para alguien de la categoría de esa dama y probablemente jamás tendría otra ocasión, así que se empleó a fondo. Se pasó toda la tarde en la cocina, e incluso llegó a preguntarse si todo el trabajo habría sido en balde y si la mujer finalmente no cenaría en casa de Leopold y Rebecca, por cuyas señas había preguntado al llegar. Al verlos entrar, casi suspiró de alivio, y ella misma se ocupó de servir las elaboraciones.

Con el rabillo del ojo, los vio dar buena cuenta de los platos, aunque ninguno lo dejó completamente limpio, como sabía que hacían las personas de postín. Estaba tan centrada en tratar de adivinar si la comida era de su agrado, que apenas se dio cuenta de que no hablaban mucho y de que se palpaba cierta tensión entre ellos.

—Estaba todo exquisito, señora Lagrange —la felicitó la dama, al tiempo que se limpiaba la comisura de la boca con el borde de la servilleta de hilo.

—Delicioso, Marguerite —confirmó Rebecca con su mejor sonrisa.

—Gracias, son muy amables —contestó ella, con las mejillas coloradas y el corazón henchido de orgullo.

Ya lo sabía ella. Siempre había sospechado que poseía una delicadeza especial para los fogones, aunque allí nadie supiera apreciarlo, y regresó a la cocina cargada con los platos sucios y con el alma ligera. Como si tuviera de nuevo quince años.

15

Finalmente, el dinero que había depositado Nora Heyworth en el banco era significativamente superior a la mitad del precio de la villa, así que decidieron aprovecharlo para llevar a cabo unas cuantas reformas en la casa y comprar un automóvil de segunda mano para cuando llegara el invierno e ir en bicicleta hasta el pueblo fuera impracticable.

Mientras los peones llevaban a cabo las mejoras, viajaron a París para traerse el resto de sus cosas. Leopold quería conservar el apartamento de la rue Jacob para tener un lugar en el que quedarse cuando fueran de visita, y a ella le pareció bien. No le gustaban los hoteles y tampoco quería imponer su presencia a ninguno de sus amigos, quienes, además, se mostraron más que sorprendidos por su decisión de mudarse el campo.

—¿Y qué diantres se os ha perdido allí? —inquirió Armand de La Cour, apoltronado en su butaca habitual.

—Más bien qué hemos encontrado —contestó Leopold por ambos—. Es el lugar ideal para trabajar, créeme. Sin distracciones innecesarias.

—Aquí también podrías hacer eso —comentó su amigo.

—Ahora resulta mucho más difícil, lo sabes bien. Además, el paisaje que nos rodea, el encanto del campo…, eso no puede compararse con nada. En las semanas que llevamos allí he terminado más obras que en mis seis últimos meses aquí.

Rebecca, por su parte, observaba la escena apoyada en el

marco de la ventana, abierta a la calurosa noche parisina. Si volvía un poco la mirada, apenas podía vislumbrar un puñado de estrellas, a diferencia del cielo de Saint-Martin d'Ardèche, que parecía agujereado por algún dios del rayo en plena efervescencia. Frank Stapleton se aproximó hasta ella.

—Así que es definitivo —le dijo, con un pesar mal disimulado.

—No hay nada definitivo, lo sabes bien. —Rebecca sonrió—. Pero de momento sí, vamos a instalarnos allí.

—Os vamos a echar de menos.

—También nosotros.

—Yo te voy a echar de menos.

—Frank…

Los ojos grises de su amigo refulgían como dos estrellas caídas del firmamento y Rebecca sintió una emoción difusa ascender desde sus rodillas. Frank alzó una mano y le acarició el antebrazo con el dorso de los dedos. La piel se le puso de gallina.

—Sabes que me importas, ¿verdad? —preguntó él, en un susurro contenido.

—Tú también a mí —confesó ella.

—Quizá… quizá antes de vuestra marcha podríamos vernos.

—¿Vernos? —Rebecca lo miró con el ceño fruncido.

—Bueno, ya sabes…

—Ah, claro, entiendo. —Tragó saliva con dificultad—. Soy consciente de que el amor libre es casi uno de los fundamentos de este grupo tan heterogéneo, pero me temo que en ese aspecto soy mucho más convencional. Amo a Leopold y no quiero estar con otro hombre que no sea él.

—Claro. —Frank se retiró unos centímetros—. Es solo que… Es solo que siempre había creído que entre tú y yo había algo… especial.

—Entre tú y yo hay algo especial, no te equivocas en eso —le confirmó—. Y, si no estuviera con Leopold, créeme que tú serías la persona con la que más desearía estar.

—¿De verdad? —La miró, con la cabeza ladeada y una sonrisa pícara.

—Ni lo dudes.

Rebecca se acercó hasta él y posó sus labios sobre los de Frank, en un beso cargado de cariño pero totalmente inocente, y luego cruzó el salón para sentarse junto a Leopold.

—La casa es grande —le dijo al grupo—, así que esperamos teneros de visita con frecuencia.

—¿Cómo de grande? —se interesó Camille.

—Seis dormitorios.

—No está mal. —Camille movió la cabeza de arriba abajo—. Yo me pido uno para mí sola.

—Y yo otro —señaló Blanche—. Camille ronca toda la noche.

—¡Eso no es cierto! —se quejó su amiga entre risas.

—Oh, ya lo creo que sí. —Blanche volvió la mirada hacia Louis—. ¿Estoy mintiendo?

El joven enrojeció hasta las orejas al tiempo que soltaba una risa alegre.

—En absoluto.

—¡Os odio! —exclamó Camille. Tiró al joven uno de los cojines sobre los que estaba recostada, que él esquivó con destreza.

Rebecca había prácticamente olvidado lo que era encontrarse rodeada de gente alegre, creativa y ruidosa, y, aunque no se arrepentía de la decisión que Leopold y ella habían tomado, supo que iba a echar de menos momentos como ese. Momentos en los que se sentía formar parte de algo grande, de algo único e irrepetible.

Las dos semanas que pasaron en la capital transcurrieron con inusitada velocidad, y eso que apenas fueron capaces de dormir debido al calor de los inicios de aquel verano de 1938. Asistieron a los acostumbrados cafés, donde las discusiones no parecían haber menguado durante su autoimpuesto exilio. Había notables ausencias en los grupos, pero otros artistas parecían no faltar ni una sola noche, como la fotógrafa Lee Miller y su nueva pareja. Ella, fiel a su costumbre, bebía como si tuviera que apagar algún fuego interior y, a pesar de eso, estaba más hermosa y arrebatadora que nunca. Se alegró mucho de verlos y prometió ir a visitarlos alguna vez.

—Seguro que podré hacer unas fotos magníficas —les aseguró.

—¿Ya te has cansado de París? —se interesó Rebecca.

—Creo que aquí ya he fotografiado todo lo fotografiable. —Rio—. Incluso a estos artistas que no cesan de discutir por las cosas más absurdas. Que si Dalí es un vendido, que si Duchamp hizo bien dejando los pinceles por el ajedrez, que si Soupalt no ha escrito nada decente desde *El gran hombre*... ¡Ufff!

—Lo de siempre, entonces.

—Estos hombres nunca parecen estar de acuerdo en nada, todo tiene que ser examinado desde todos los ángulos posibles hasta deconstruirlo por completo... Resulta agotador.

—Pues cuando quieras escapar de todo eso, en el sur tienes una casa a tu disposición —se ofreció. Y lo decía con sinceridad.

—Te tomo la palabra, querida. Y quizá antes de lo que imaginas. Yo también necesito un pequeño cambio. —Acompañó sus palabras con un guiño cómplice.

Lee le dio un beso en la mejilla antes de reunirse con sir Roland Penrose, un artista británico, pero también mecenas y coleccionista, con quien se iba a vivir a Inglaterra en breve. Rebecca los vio salir del café sin sospechar siquiera que menos de tres semanas después ambos se encontrarían alojados en su nuevo hogar.

Los siguientes meses en La Gioconda se caracterizaron por una incesante actividad. Por un lado, Rebecca y Leopold quisieron dejar su impronta en la casa y se dedicaron a pintar en los rincones más insospechados, como en el interior de las puertas de los armarios de la cocina, los fondos de los cajones, los muros de la casa... Leopold fue incluso más allá y comenzó un relieve de cemento en uno de los muros, una serie de figuras de sirenas, faunos y animales que atraía las miradas de las escasas personas que recorrían el camino principal. Más de uno, incluso, se aproximó a observar cómo trabajaba. Rebecca demostró talento también en la escultura, y preparó algunas piezas que se distribuyeron por la casa y el jardín. Por otro lado, el nuevo hogar se convirtió en lugar de peregrinación para muchos de los artistas que habían conocido en París. Lee Miller y sir Roland Penrose, cumpliendo su promesa, fueron los primeros en hacerles una visita, cuyo recuerdo se materializó en un buen puñado de fotografías que luego Rebecca compuso en un precioso collage en uno de los muros del salón. No faltaron tampoco los componentes de su grupo de amigos. Todos excepto Frank Stapleton, que había cancelado su visita pocos días antes alegando un encargo que le habían hecho para una revista norteamericana. Sin embargo, la visita que más placer le produjo fue la de su hermano Charles, que llegó a mediados de octubre. A diferencia de su madre, lo hizo a bordo de un discreto automóvil que había alquilado en Lyon, y no fue hasta que se encontró casi a las puertas de la casa que pudo al fin reconocer al conductor.

Su hermano, su queridísimo hermano, se había transformado en un hombre seguro de sí mismo y con un atractivo indudable. La espalda se le había ensanchado y, aunque ella intuía que aún lo haría más en el futuro, resultaba evidente que su cuerpo de muchacho había quedado definitivamente atrás. Igual que había hecho su madre, tampoco le anunció su visita, y para ella fue una sorpresa casi abrumadora.

—¡Charles! —Lo abrazaba con fuerza, sin atreverse aún a deshacer el contacto—. ¿Cómo has podido arriesgarte tanto?

—¿Arriesgarme? —Charles miró hacia el vehículo, detenido frente a la puerta principal—. El coche no es tan viejo, Rebecca —añadió, riéndose.

—¡No me refería a eso! —Rio con él—. Podríamos haber estado en París…

—Ah, he de confesar que he contado con un cómplice.

Siguió la mirada de su hermano, posada sobre Leopold, unos pasos más atrás.

—¿Tú lo sabías? —le preguntó, atónita.

—Me pidió que le guardara el secreto —respondió él con un encogimiento de hombros—, y que procurara que te encontraras en casa cuando él llegara.

Si no hubiera estado aún sujeta a su hermano, se habría lanzado a sus brazos.

Charles tendió una mano hacia Leopold, que este se apresuró a estrechar.

—No nos conocemos —le dijo—, pero si mi hermana te ha elegido debe ser por buenas razones.

—Eso quiero pensar yo también. —Leopold sonrió con cierta timidez.

—Si ya has terminado de estrujarme, Rebecca, me gustaría tomar un poco de agua —anunció Charles, alegre.

—¿Agua? —Ella echó la cabeza hacia atrás, con una mueca de burla sobre los labios.

—Con cualquier otra cosa que la acompañe, preferiblemente un poco de vino —contestó su hermano, socarrón.

—Sabes que aún no tienes edad para beber, ¿verdad? —inquirió ella, con una ceja alzada. Charles era solo un año menor que Rebecca, había cumplido los veintiuno en abril.

—Ni tú para escaparte de casa y vivir en un país extraño —contratacó Charles.

—*Touchée* —reconoció.

Sin soltarlo de la cintura, Rebecca lo condujo al interior de la casa. Al pasar junto a Leopold, lo tomó brevemente de la mano, agradeciéndole con aquel gesto la maravillosa sorpresa que le había dado.

Leopold había visto en contadas ocasiones a dos hermanos tan unidos como parecían estarlo Rebecca y Charles. Mientras los escuchaba discutir sobre cine, libros o música, o los oía hablar sobre su familia, los últimos eventos sociales o incluso de política, se descubría recordando a Joseph, su hermano mayor, con quien le habría gustado compartir parte de la vida que se había construido. Y pensaba también en Hannah, la pequeña de los hermanos Blum, a quien nunca se había sentido especialmente unido y que apenas era una niña cuando él abandonó Alemania. Se preguntó, por enésima vez en las últimas semanas, cómo se encontrarían todos y cómo les estarían afectando las acciones de Hitler. Incluso a él, a tantos kilómetros de distancia, le afectaban.

Después de que los alemanes hubieran invadido Checoslovaquia, sin oposición y sin una respuesta contundente por parte de ninguna de las grandes potencias, Fréderic Lagrange, el dueño de la taberna, había retomado su actitud hostil hacia él, esa que Leopold ya tenía casi olvidada. ¿Cómo podía hacerle responsable de los actos de personas con las que sentía que no tenía absolutamente nada que ver? Se sentía tan alejado de los nazis como de los habitantes del sur de la China o del corazón de África. Él solo quería pintar, amar a Rebecca todos los días y disfrutar de los pequeños placeres de la vida. Sabía que, con el tiempo, el señor Lagrange suavizaría su carácter y volvería a mostrar esa actitud indiferente hacia ellos. Por suerte, su esposa Marguerite les profesaba el mismo afecto de siempre.

Charles permaneció casi una semana en Saint-Martin d'Ardèche, un periodo que pasó casi en exclusiva con su hermana. Leopold les concedió mucho tiempo para estar a solas, todo el que pudo, porque llevaban mucho separados y necesitaban llenarse el uno del otro. Cuando se hubiera marchado, a él le tocaría recomponer los pedazos de Rebecca, que sin duda se quedaría destrozada. Sabía que echaba de menos algunos aspectos de su vida, no tantas como para regresar a Inglaterra, pero sí como para necesitar cierto proceso de asimilación y aceptación. Leopold recordaba sus primeros años lejos de su casa, cuando había estado a punto de volver en al menos media docena de ocasiones. Y se había hecho la promesa de que, si algún día ella decidía que había llegado el momento de regresar a su antigua vida, no iba a ser él quien se lo impidiera.

A menudo lo asaltaba el temor de que Rebecca despertara una mañana con la sensación de que ya no pertenecía a aquel lugar, de que su sitio no estaba junto a ese hombre que respiraba su mismo aire y que daría cuanto estuviera en su mano por verla feliz. Y que decidiera abandonarlo. La conocía lo suficiente como para saber que, si algún día tomaba esa decisión, no habría vuelta atrás. Una de las cosas que más admiraba de ella era su capacidad para mirar siempre hacia adelante, y, si decidía dejarlo atrás, no existiría una segunda oportunidad. Aun así, estaba dispuesto a llevarla incluso hasta la puerta de la mansión de los Heyworth solo por verla feliz, aunque luego tuviera que desandar el camino a casa recogiendo los pedazos de su propia alma.

La noche antes de partir, Charles le pidió unos minutos a solas, y Leopold se preparó para lo peor.

—Veo a mi hermana muy feliz —lo sorprendió el joven, que bebía a pequeños sorbos de una copa de brandy que él mismo se había servido.

—Este lugar está cargado de magia —replicó él.

—Creo que nunca la había visto tan radiante, tan... auténtica.

Leopold sonrió, con el corazón martilleando en su pecho.

—Supongo que sabes que mi padre te detesta —continuó Charles—. Te culpa de la marcha de Rebecca.

—Lo imagino.

—No entiende que no se marchó solo por ti, aunque fueses la causa principal.

—Ya... —Leopold no sabía muy bien qué debía decir.

—Lo que a mí me gustaría conocer es cuáles son tus intenciones.

Leopold lo miró. Miró a aquel joven al que le sacaba trece años y que de repente se había convertido en el cabeza de la familia Heyworth, al menos en aquel rincón de la Francia rural.

—No puedo ofrecerle más de lo que ya tiene —le dijo al fin—, por más que quisiera dárselo todo. Mi situación es... complicada.

—Mi hermana ya me ha puesto al corriente. No es eso lo que te pregunto.

Leopold volvió a mirarlo, esta vez con más atención. Le resultó enternecedor que un muchacho tan joven se preocupara por la felicidad de su hermana mayor.

—Mi intención es vivir con ella, pintar con ella, morir con ella —afirmó, serio.

Charles frunció los labios y asintió de forma imperceptible.

—Es todo lo que necesitaba oír. —Miró el contenido de su copa y luego alzó la vista de nuevo para clavarla en él—. Solo quiero que sepas que, si le haces daño, te buscaré hasta en el infierno para arrancarte el corazón.

Esa amenaza, proferida por alguien mucho más joven que él y bastante menos corpulento, habría resultado tal vez ridícula si no fuera por el tono vehemente con el que pronunció sus palabras. No le cupo la menor duda de que Charles, llegado el caso, cumpliría su palabra.

—Si algún día le hago daño —le aseguró—, yo mismo me lo arrancaré del pecho.

El chico alzó la copa en su dirección y apuró su contenido de un trago. Luego la dejó sobre la mesa, se levantó y le tendió la mano.

—Bienvenido a la familia Heyworth, señor Blum.

16

Pasaron aquella Navidad en París, con sus amigos, y regresaron el día después de Año Nuevo. Habían pensado quedarse unos días más en la capital, pero ambos se descubrieron echando de menos su hogar. Sin embargo, no retornaron con las manos vacías: Leopold había vendido dos de sus nuevos cuadros y una escultura, y Rebecca una de sus pinturas. Las obras de Leopold estaban muy bien valoradas, pero ella aún debía hacerse un nombre. Con todo, no fue la exigua cantidad que obtuvo por su trabajo lo más importante; era la idea misma de que alguien quisiera una de sus pinturas para exponerla en el salón de su casa, en su despacho o en cualquier otro lugar. Y saber que de ahí en adelante alguien la contemplaría, alguien se detendría de tanto en tanto frente a ella, quizá preguntándose qué artista la habría pintado, quién se ocultaría bajo el nombre de Rebecca Heyworth con el que firmaba en la esquina inferior derecha, si sería un seudónimo o una persona de carne y hueso, en qué habría estado pensando al trazar las líneas o mezclar los colores... Todo eso le producía un extraño y cosquilleante vértigo, y se maravillaba de que Leopold pareciera tan tranquilo después de haber obtenido una buena cantidad por sus obras. Se imaginó que, en sus inicios, también él habría experimentado esa sensación casi mareante que ahora la dominaba y que, con el tiempo, habría aprendido a lidiar con ella.

—En absoluto —confesó él cuando le expuso sus pensamientos—. Es solo que ahora lo disimulo mucho mejor.

Regresaban a la villa después de haber almorzado en Casa Lagrange. Rebecca conducía. Leopold le había enseñado en los últimos meses y había terminado por obtener el permiso de circulación. Ahora le parecía casi tan sencillo como montar en bici, solo que sin padecer los rigores del frío invernal.

—¿Entonces te pones igual de nervioso que yo?

—¡Claro! —contestó él—. Y triste.

—Triste... —repitió ella.

—Cada vez que me desprendo de algo que ha salido de mis manos, de mi corazón, de mi cabeza... es como desprenderme de una parte de mí mismo.

—¡Sí! —afirmó Rebecca—. Yo siento lo mismo, es solo que..., no sé..., me parecía un poco cursi mencionarlo.

—Vaya, así que te parezco cursi... —bromeó.

—¡No! —Ella rio—. Tenía la sensación de que sonaba demasiado sentimental.

—El arte es sentimiento, Rebecca —dijo muy serio—. La música, la pintura, la escultura..., todas las artes llevan un poco de nosotros mismos: nuestra melodía interior, nuestros miedos, sueños, esperanzas o ilusiones. Es una prolongación de lo que somos, una forma especial de ver las cosas, aunque sean pequeñas e insignificantes para los demás.

Rebecca asintió, sin apartar la vista del camino, atenta a la conducción. Sabía que, si giraba aunque solo fuera un poco la cabeza, pisaría el freno y besaría aquella boca que tan bien sabía expresar lo que ella misma sentía. Y no podía hacer eso, porque tras ellos circulaba la camioneta del señor Aubert, que vivía más adelante con su esposa y sus dos hijos adolescentes, que ese día lo acompañaban en el vehículo. Ya hablaban de ellos dos lo suficiente en el pueblo como para proporcionar más munición con la que alimentar el chismorreo. Pero se juró que, en cuanto se hubieran detenido frente a la puerta de La Gioconda, eso era justo lo que iba a hacer. Besar a Leopold hasta que anocheciera.

La primavera trajo más malas noticias desde Centroeuropa, donde los alemanes habían ocupado Praga, pero también llevó de nuevo a Saint-Martin al grupo de amigos, esta vez al completo.

Se respiraba un raro ambiente de alegría y entusiasmo, como si aparcar lo que ocurría más allá de los muros de la casa pudiera hacerlo desaparecer. Hablaron de sus vidas, de arte, de literatura... y se pusieron al corriente de sus últimas creaciones. Como no podía ser de otra manera, Armand aprovechó, una vez más, para lanzarle dardos ácidos a Louis, aludiendo esta vez al «eccehomo alado» que el joven había moldeado en su última escultura.

—No es un eccehomo, es un urogallo de Chartreuse —protestó el joven, levantándose con soltura a pesar de haber bebido bastante vino.

—Le harían falta algunas plumas, este parece listo para ser cocinado —apuntó Blanche, también achispada.

—¡Es que es surrealismo! —lo defendió Camille, contribuyendo todavía más a la hilaridad general.

—Ya, ya... —admitió Roche sin acritud mientras alzaba las manos—, qué le vamos a hacer... El universo me ha dotado de voluntad, pero de escaso talento. Pero moriré intentándolo. Eso tiene que contar para algo, ¿no?

Los miró a todos, como si aguardara su aprobación, o como si la necesitara.

—Eso es todo lo que cuenta, en realidad —comentó Leopold, que advirtió que Camille estiraba el brazo para tomar con ternura la mano del joven.

El ambiente se refrenó un tanto y Armand, que desde su comentario había permanecido en silencio, volvió a hablar, esta vez sin dirigirse a nadie en particular.

—Hay muchos artistas en París, siempre los ha habido, pero sin ti este grupo no sería el mismo, no tendría sentido... Tú eres quien mejor representa el espíritu del movimiento.

—¿Yo? —Louis lo miró, entre sorprendido y halagado.

—Tu espíritu de lucha, tu constancia, tu libertad a la hora de crear... Eres un ejemplo para todos nosotros.

—Ya, claro. —Era evidente que Louis se tomaba el comentario a broma.

—No lo digo en tono de chanza, muchacho —continuó el escultor—. Para mí es un orgullo contarte entre mis amigos.

—Por eso siempre te burlas de sus trabajos —replicó Frank, mordaz.

—Si lo hago es para que no se acomode, para que continúe buceando en su interior. Creo que nuestro joven aún tiene mucho que mostrarnos.

—Eh..., ¿podríamos cambiar de tema? —preguntó Louis, algo abochornado a esas alturas, pero con la mirada más brillante y auténtica que habían contemplado jamás.

Rebecca, que no había intervenido en la charla, se sintió orgullosa de aquellas personas a las que podía considerar sus amigos.

Al día siguiente, la conversación fue muy distinta y el tema, cómo no, acabó versando sobre la tensa situación que se estaba creando alrededor de Alemania.

—Al final habrá otra guerra —sentenció Armand con pesimismo.

—No creo que el mundo esté preparado para otra confrontación a ese nivel —replicó Louis.

—Eres un ingenuo. —Armand lo dijo sin aspereza y con una sonrisa algo triste—. Es lo que tiene la juventud, que aún posee ideales.

—En algún momento Hitler traspasará el límite y Gran Bretaña se verá obligada a intervenir —anunció Frank Stapleton, que había tomado asiento junto a Rebecca.

—Y a ella le seguirá Francia —corroboró Blanche, que se había sentado en el suelo, fiel a su costumbre.

—¿Pero es que Hitler no ha ido ya demasiado lejos? —preguntó Rebecca, inquieta—. Lo que no logro entender es que, después de invadir Austria y anexionarse Checoslovaquia, no haya pasado absolutamente nada. No logro comprenderlo, de verdad.

—Sanciones económicas, conversaciones diplomáticas, amenazas... —dijo Louis Roche—. Supongo que todo el mundo está tratando de evitar una guerra a gran escala.

—Todo el mundo menos Hitler. —Leopold había pronunciado esas palabras sin apartar la vista de su vaso, del que apenas había tomado un par de sorbos.

—Dudo mucho que todos los alemanes estén de acuerdo con su política —comentó Armand.

—Yo soy uno de ellos, te lo aseguro.

—Y seguramente no el único. —Camille apoyó su mano sobre la rodilla de Leopold en un gesto que pretendía confortarlo—. Me temo que la mayoría tiene demasiado miedo como para oponerse a él.

Leopold sabía bien de lo que hablaba. En los últimos meses se había estado escribiendo con su hermana Hannah, tratando de que hiciera entrar en razón a sus padres para que salieran de Alemania. Les había ofrecido cobijo, animado por Rebecca, pero no estaban dispuestos a abandonar ni su casa ni su negocio, ese que tanto esfuerzo les había costado levantar. En esas cartas, su hermana le había comentado la situación que estaban viviendo los judíos en Alemania, apartados de sus trabajos, confinados en barrios, expropiados de viviendas y negocios. Muchos habían sido arrestados y llevados a campos de trabajo, y no se había vuelto a saber de ellos. La situación había alcanzado su clímax el noviembre anterior, en la ya conocida como la Noche de los Cristales Rotos, cuando los camisas pardas habían arremetido contra los judíos, destrozado sus propiedades y detenido a millares de ellos. Las palabras de su hermana, testigo en primera persona de la barbarie, le habían hecho llorar de pura rabia. Por suerte, su familia al completo había logrado esconderse en casa de unos gentiles, viejos amigos de sus padres. No había vuelto a saber nada de ellos desde poco antes de Navidad, y había noches en que esa falta de noticias lo despertaba bañado en sudor y con el miedo trepando por su garganta.

El silencio había seguido a las palabras de Camille, y este se sintió de repente inusitadamente incómodo en su propia casa. Se levantó, dejó el vaso sobre la repisa de la chimenea y salió un rato al jardín. El aire fresco de la noche le alborotó el cabello e hizo ondear los faldones de su camisa, aunque él solo estaba pendiente del cielo, cuajado de estrellas, preguntándose si en algún lugar su hermana pequeña estaría contemplando algo parecido.

En su fuero interno, Leopold maldecía la cabezonería de su padre. Quizá habían logrado salir del país y se encontraban de camino hacia esa tranquila región de Francia, aunque lo dudaba mucho. Lo conocía lo suficiente como para saber que no se rendiría, que se consideraba tan alemán como cualquiera y que enarbolaría con orgullo el hecho de que su hijo mayor hubiera dado la vida por su país durante la Gran Guerra.

Solo que Leopold sospechaba que eso ya no le importaba a nadie.

—Leopold está preocupado.

Frank se había aproximado a Rebecca, que se encontraba junto al ventanal, observando al hombre al que amaba.

—¿No lo estarías tú? —Lo miró con dureza—. Hace meses que no sabe nada de su familia.

—Creí que no mantenía relación con ellos.

—Y no lo hacía, al menos hasta el año pasado, cuando la situación comenzó a complicarse. Entonces escribió a su hermana pequeña y les ofreció incluso nuestra casa como refugio.

—Y no aceptaron.

—No —confirmó, triste—. ¿No te parece absurdo?

—Completamente. —Frank carraspeó—. ¿Tú...? ¿Tú estás bien?

—Sí, muy bien. —Volvió a mirarlo, esta vez con amabilidad, e incluso lo tomó del brazo y recostó su cabeza contra su hombro—. Es solo que me duele verlo así, sin poder hacer nada para aliviarlo.

—Estás a su lado —repuso él—. Creo que eso es todo lo que necesita.

Rebecca continuaba contemplando a Leopold, que mantenía la cabeza elevada hacia el cielo, con las manos en los bolsillos y los hombros ligeramente hundidos.

—¿Qué va a pasar, Frank? —inquirió, presa de la inquietud—. Todo esto…, todo esto no terminará bien.

—Eso mismo sospecho yo, pero nadie puede saber qué nos deparará el futuro.

—Tengo miedo —reconoció, apretando un poco más su musculoso brazo.

—Aquí estáis bien, tranquilos, alejados de todo. Y si me necesitas, vendré en cuanto me llames.

—Eres muy amable.

—Cualquiera de nosotros acudirá si os hace falta.

Rebecca volvió la cabeza y contempló al pequeño grupo, que permanecía casi estático, cada uno sumido en sus pensamientos.

—Lo sé —comentó, al tiempo que le daba unas palmaditas en el antebrazo—. Lo sé.

Para sus adentros, rogó por no tener que acudir nunca a ninguno de ellos.

Charles Heyworth regresó en junio, y lo hizo acompañado de su hermano mayor, Robert. Para Rebecca, tener a sus dos hermanos allí supuso un motivo de alegría, a pesar de que Robert y ella no parecían estar de acuerdo en nada. Durante los primeros días no cesaba de insistir en que regresara con ellos a Inglaterra.

—La situación en Europa se está deteriorando a marchas forzadas —le dijo una de las últimas veces.

—¿Y quieres decir que Inglaterra permanecerá al margen si finalmente estallara un conflicto? —inquirió ella con fingida inocencia.

—Por supuesto que no. Gran Bretaña jamás permanecería al margen.

—Entonces, estoy tan a salvo aquí como podría estarlo allí, ¿no te parece?

Robert refunfuñó a modo de respuesta. Su hermana siempre había sido una mujer inteligente y con carácter, capaz de debatir con el mismísimo diablo.

Sin embargo, no se daba por vencido y aprovechaba para insistir incluso en presencia de Leopold, con quien apenas había intercambiado un puñado de frases desde su llegada. Al contrario que Charles, aquel pintor tan moderno no era santo de su devoción, y tampoco aprobaba que mantuviera a su hermana a su lado como si se tratara de una concubina.

—Si Francia entrara en guerra contra Alemania —comentó a finales de la primera semana, dirigiéndose a Leopold—, vuestra situación se complicaría mucho.

—¿Por qué? —preguntó el artista.

—Eres alemán —contestó, como una obviedad.

—A estas alturas soy más francés que alemán. —Leopold rio.

—Dudo mucho que las autoridades lo vean así —replicó con una mueca—. Quizá convendría que consiguieras la nacionalidad.

—Robert, por favor, déjalo ya —le pidió su hermana.

Su hermano, para su sorpresa, le obedeció. Aunque su madre le había suplicado a Robert que tratara de convencer a Rebecca de volver a casa, era consciente de que eso no iba a suceder, al menos por el momento. Se la veía tan feliz allí, tan dentro de su elemento, que supo que jamás renunciaría a lo que había conseguido para ir a encerrarse en la casa de sus padres y prestarse a los tejemanejes del cabeza de familia. Robert la entendía, por supuesto que sí. Aunque no aprobara el estilo de vida que había escogido, parecía indudable que era más dichosa que ninguno de sus hermanos. A él nunca le había molestado de forma especial que su padre quisiera dirigir su futuro, pero era consciente de que Charles y Jamie no se mostraban tan receptivos como él.

Finalmente, desistió de su empeño y se limitó a disfrutar de los escasos días que aún permanecerían allí. Charles y él tenían pensado pasar un par de semanas en París antes de regresar a Inglaterra y era inútil malgastar el tiempo en una misión abocada al fracaso.

Su madre lo entendería.

—No hagas caso de Robert —le dijo Charles.

Rebecca y él estaban tumbados sobre la hierba, junto al río, tomando el sol después de haberse bañado en las frías aguas del Ardèche. Leopold se había quedado en la villa, trabajando en el muro exterior, y Robert había decidido echarse una siesta y leer un rato.

—Robert es demasiado serio incluso para tratarse de Robert —rio ella.

—Solo está preocupado. Como todos.

—Menos papá —replicó ella con un mohín.

—Incluso él. Tal vez no sea dado a expresar sus emociones, pero estoy convencido de que está inquieto por ti.

—Jamás me aceptaría de regreso.

—Oh, por favor, ya ha pasado mucho tiempo desde que te fuiste.

—Nunca ha sido un hombre inclinado a perdonar las ofensas.

—Eres su hija. —Charles le dirigió una mirada cargada de significado—. ¿Crees de verdad que no terminaría perdonándote?

—Es que no necesito que me perdone —se envaró—. No tengo que pedirle perdón por querer vivir la vida según mis normas.

—Reconoce que no son unas normas muy convencionales.

—Eso no les resta validez —repuso—. Soy feliz, Charles, más de lo que he sido nunca. Se lo dije a madre cuando estuvo aquí, y te lo comenté a ti poco después. ¿Crees que ha cambiado algo desde la última vez que nos vimos?

—La situación ha cambiado.

—No, la situación es exactamente la misma.

—Tal vez no por mucho tiempo.

—Si llega el caso, ya decidiré qué es lo que más me conviene —repuso—, pero no consentiré que nadie me diga cómo he de vivir mi vida.

—¿Ni siquiera Leopold? —preguntó, mordaz.

—Ni siquiera él —respondió, muy seria—. Es el hombre al que amo, pero no es mi dueño. No sé si nuestros caminos se separarán en el futuro, pero, aun así, dudo mucho que regresara a Inglaterra. O, al menos, a nuestra casa.

—Rebecca…

—No, Charles. Si lo hiciera, volvería a someterme a padre, y eso es algo que he dejado atrás. Para siempre. Después de haber llegado tan lejos, no tengo intención de retroceder.

—Sabes que siempre podrás contar conmigo, ¿verdad? —Charles le posó la mano sobre el antebrazo caliente, bañado por el sol.

—Claro que lo sé. —Rebecca apoyó su propia mano sobre la de su hermano—. Siempre lo he sabido.

—Prométeme que tendrás cuidado.

—Charles…

—Prométemelo.

—Está bien. —Le dio un beso en la mejilla—. Prometido.

Charles y Robert se marcharon en los primeros días de julio y Rebecca se despidió de ellos con el corazón encogido y los ojos húmedos. Se abrazó fuerte a Robert y luego a Charles, del que se resistía a separarse. Había algo determinante en el aire, una sensación de fatalidad que no lograba asir y que, sin embargo, se aferraba a sus huesos como una mala hierba.

Ninguno de ellos podía sospechar siquiera que iban a tardar años en volver a verse.

El 1 de septiembre de ese 1939, Alemania invadía Polonia.

El día 3, Gran Bretaña y Francia le declaraban la guerra.

17

Llegaron por la noche, como llegan todas las cosas malas. Los golpes en la puerta exterior, insistentes y violentos, acompañados de voces y gritos pidiendo que abrieran, los sobresaltaron al filo de la medianoche. Apenas hacía diez minutos que se habían acostado y ninguno de los dos había logrado todavía conciliar el sueño. Rebecca había creído oír el paso de un vehículo por el camino principal, pero no podía estar segura. Llegó a pensar en sus vecinos, los Aubert, e incluso se preguntó de dónde regresarían tan tarde, un día entre semana.

Leopold le pidió que se quedara en el dormitorio, pero Rebecca no iba a consentir que él se enfrentara solo a las personas que continuaban aporreando la puerta. Durante un breve instante, se preguntó si habría sucedido algo terrible en el pueblo, quizá a alguno de sus conocidos.

Se puso una bata por encima del delgado camisón y bajó descalza la escalera, cuya barandilla nueva reflejaba la claridad tenue de la luna colándose por la ventana. Leopold, que ya había encendido la luz y abierto la puerta, cruzaba el jardín hacia el portón. Rebecca ahogó una exclamación al ver a dos gendarmes plantados frente a un vehículo aún en marcha.

—¿Es usted Leopold Blum? —escuchó que preguntaba un policía, en un tono que a ella le escarchó la sangre.

—Sí, ¿quién lo pregunta?

—¿Leopold Blum, nacido en Alemania? —El hombre comprobó un trozo de papel que llevaba en la mano y que alumbraba con una pequeña linterna.

—Eh, sí, en efecto, aunque llevo mucho tiempo…

—Queda usted detenido. —El otro gendarme le había sujetado los brazos y en ese momento le colocaba unas esposas.

—¿Qué? —Leopold se revolvió—. ¡Esto debe ser un error!

Rebecca echó a correr hacia ellos. Por el camino sintió la mordedura de algo en el pie derecho y concluyó que se habría clavado alguna de las piedras del jardín, aunque eso no la detuvo. Cojeando, los alcanzó cuando empujaban a Leopold hacia el automóvil.

—Pero ¿qué están haciendo? —les gritó al tiempo que sujetaba a uno de ellos por la chaqueta—. ¡No pueden llevárselo!

—Señorita, no se entrometa. —El hombre se la sacudió como si no fuese más que una pelusa molesta—. Estamos en guerra contra Alemania, por si no se ha enterado.

—Ya lo sé, pero él no es el enemigo. —Rebecca volvió a aferrarse a la tela de su guerrera—. Es Leopold Blum, un conocido pintor. Y es más francés que alemán…

Había utilizado el mismo argumento que semanas atrás Leopold había usado con su hermano Robert, aun sabiendo que no tenía ningún sentido para aquellos hombres.

—¿Y usted es…? —El gendarme se volvió hacia ella, con el ceño fruncido.

—Rebecca. Rebecca Heyworth —balbuceó.

—¿Británica?

—Sí.

—Los británicos son nuestros aliados, así que no tenemos nada contra usted, a no ser que quiera darnos motivos para detenerla también.

Rebecca no aguantó el escrutinio de aquellos ojos acerados y soltó la prenda.

—¡Rebecca! —Leopold, ya dentro del coche, gritaba desaforado—. ¡Rebecca, vuelve a casa! Ya lo aclararé…

—¿A dónde… lo llevan? —preguntó ella al gendarme, con apenas un hilo de voz.

—A Largentière, de momento. Todos los alemanes y los enemigos de Francia de esta zona están siendo recluidos allí y puestos bajo vigilancia.

Estuvo a punto de insistir en que Blum no suponía ninguna amenaza para los franceses, pero intuyó que no iba a servir de nada y prefirió guardar silencio. Tampoco preguntó dónde se encontraba ese lugar, ya lo averiguaría por su cuenta. No iba a abandonar a Leopold ni iba a consentir que pasara más tiempo del necesario recluido como si fuese un criminal.

Dejó caer los brazos en los costados y se quedó inmóvil, viendo como el gendarme subía al vehículo, daba la vuelta y se alejaba por el camino. La luna se reflejó en el cristal trasero y entrevió el rostro del hombre al que amaba recortado en la penumbra, observándola, con una expresión de tristeza tan honda que sintió que todos sus huesos se deshacían como el polvo. Cuando el coche dobló la curva y salió al camino principal, las piernas no la sostuvieron por más tiempo y cayó de rodillas, con un grito ahogado rasgándole la garganta.

No durmió en toda la noche. Preparó las maletas con ropa suya y de Leopold, a quien se habían llevado con lo puesto —por fortuna, se había colocado la chaqueta y las botas antes de acudir a abrir el portón—, y llenó el coche con casi todas las provisiones que guardaban en la despensa. Luego consultó el mapa de la región, que siempre llevaban en el automóvil, comprobó que Largentière se encontraba a unos cincuenta kilómetros de allí y trazó la ruta con cuidado. Una vez lo tuvo todo listo, se vistió con la ropa más cómoda que encontró y, antes de que despuntara el alba, se subió al coche y se puso en marcha. Nunca había conducido de noche, ni poseía tampoco mucha experiencia, pero no podía quedarse en casa de brazos cruzados. Mientras luchaba con las lágrimas que se empeñaban en anegarle los ojos, cruzó el silencioso pueblo, preguntándose qué vecino los había denunciado a los gendarmes. Era la conclusión a la que había llegado tras varias horas dándole vueltas a la cabeza. Apenas hacía una semana del comienzo de la guerra, era imposible que los gendarmes hubieran dado con Leopold ellos solos, y tenía un claro sospechoso. Frédéric Lagrange siempre lo había mirado con malos ojos y nunca había ocultado su malestar ante el hecho de que fuese alemán, así que era el principal candidato. No podía estar segura, por supuesto, ya que era muy probable que otros pensaran como él, y en ese momento tampoco podía hacer nada por arreglarlo. Lo más importante era llegar cuanto antes al destino y hacer lo que estuviera en su mano para obtener su liberación.

Se equivocó de dirección en un par de ocasiones, para su mayor desespero, pero finalmente llegó. Largentière, un pueblo que, en otras circunstancias, le habría parecido encantador. Asentado en un valle de suaves contornos, estaba dominado por un imponente castillo medieval de piedra detrás del cual fluía tranquilo el Ligne, afluente del río Ardèche. Las casas, también de piedra, se desperdigaban especialmente frente al castillo, formando estrechas calles y plazoletas. Rebecca alcanzó la plaza mayor, con sus soportales coronados por arcos de piedra, donde, según le informaron, se celebraba el mercado semanal. Localizó la gendarmería, buscó un sitio donde aparcar el vehículo y se dirigió presurosa a recabar información.

No reconoció a ninguno de los hombres que encontró en el interior del edificio. Se aproximó al primero de ellos, a quien con suma amabilidad le pidió que la condujera hasta su superior. Durante el viaje, había pensado mucho en cómo iba a presentarse y había llegado a la conclusión de que era preferible hacerlo con elegancia, sin aspavientos ni dramas. No quería que la tomaran por una histérica ni por una desequilibrada, y esa imagen era justo la que mostraría si daba rienda suelta a sus emociones, en ese momento en plena ebullición. Agradeció a su madre que la hubiera instruido sobre cómo comportarse en sociedad, aunque por dentro estuviera destrozada, y echó mano de años de práctica para enfrentarse a esa batalla.

Allí fue donde se enteró de que el Ministerio del Interior

había emitido una circular para abrir una serie de campos en los que internar a los extranjeros peligrosos o sospechosos de formar parte de la quinta columna, es decir, del servicio de espionaje nazi, algo que en el caso de Leopold se le antojó totalmente ridículo.

Casi dos horas más tarde, cuando abandonó la gendarmería, lo hizo con la cabeza alta y con paso elegante. Se subió al coche, condujo hacia las afueras y solo allí, una vez detuvo el vehículo, dejó que la tensión de las últimas horas se apoderara de ella. Lloró, golpeó el volante, gritó e insultó como una posesa, hasta que se sintió totalmente vacía. Luego se limpió la cara, se retocó el maquillaje, se arregló el pelo y regresó al pueblo. Necesitaba alquilar una habitación en aquel lugar, porque sacar a Leopold de allí iba a resultar una tarea realmente ardua.

Parecía evidente que aquel emplazamiento era un campamento temporal e improvisado sobre la marcha, o eso pensó Leopold cuando comprobó el estado de los barracones, erigidos a toda prisa, y de la valla metálica que rodeaba el perímetro. Varios gendarmes, a todas luces provenientes de otras zonas de la región, custodiaban a las varias docenas de extranjeros que se hacinaban allí, sobre todo alemanes. A Leopold no le sorprendió encontrar a algunos conocidos de la capital, entre ellos varios artistas, algunos escritores y unos cuantos estudiantes universitarios. Que los franceses pudieran considerarlos enemigos de su país era algo que todavía no le entraba en la cabeza.

No había pegado ojo en toda la noche, primero atento al camino y luego tan asustado que ni siquiera se tumbó en el catre que le asignaron en una de aquellas rudimentarias edificaciones. Se limitó a permanecer sentado, con los codos sobre las rodillas y la cabeza hundida en el hueco de las manos, tratando de encontrarle sentido a lo ocurrido en las últimas horas. La imagen de Rebecca, recortada junto al portón con su querida casa al fondo, le carcomía el alma. Confiaba en que se encontrara bien y en que no le diera por cometer ninguna locura. Era joven, demasiado joven para un mundo que de repente parecía viejo, decrépito incluso, y tan feo como un mal sueño. Además, era indómita e impulsiva, rasgos que adoraba de su carácter y que ahora, sin embargo, le hacían temer por ella.

Cuando el alba comenzó a colarse por las rendijas del barracón, un gendarme mal encarado entró dando voces y ordenándoles que se levantaran. Leopold asistió impertérrito al despertar de aquellos hombres, tan desorientados como él. Se tropezó con algunos rostros conocidos y hubo incluso unos saludos tímidos, casi retraídos, hasta que se unió a la fila que se dirigía hacia el exterior. Sobre un pavimento rudimentario, formaron en columnas para el recuento, y se sobrecogió al comprobar que se había convertido en un simple número, como todos los que se encontraban allí.

La temperatura era agradable, aunque muy pronto comenzaría a hacer calor de verdad. El verano aún no había tocado a su fin y se quedó inmóvil contemplando cómo el cielo se coloreaba de matices, con la imagen de Rebecca revoloteando en su pensamiento.

Los baños eran antiguos, quizá pertenecientes a alguna vieja escuela o una antigua fábrica, y no había agua caliente. Leopold se aseó como pudo y volvió a ponerse la misma ropa, porque no llevaba consigo nada más. Sentía la boca reseca y los dientes rasposos, e hizo lo que pudo para limpiarlos con la yema del dedo hasta que la sensación remitió lo suficiente. Luego siguió a los demás a un comedor con varias mesas alargadas y bancos corridos, y volvió a ocupar un lugar en la fila para el desayuno, de aspecto dudoso. Comprobó que había otros igual de perdidos que él, quizá llegados también esa misma noche.

—Me había parecido que eras tú.

La voz le había llegado desde su derecha y volvió la cabeza para encontrarse con los ojos castaños de Helm Pawlak, un pintor con quien había coincidido meses atrás en París. Diez años mayor que él, acostumbraba a vestir con americanas de tweed con coderas —como un viejo profesor inglés— y siempre lucía un gran y bien cuidado bigote, que en ese instante parecía algo deslucido.

—¡Helm! —Se levantó y le estrechó la mano con cierta efusividad—. ¿Qué haces tú aquí?

—Lo mismo que tú, imagino.

—Pero… creí que eras polaco.

—Soy polaco —afirmó entre risas su compañero—, aunque tengo la mala fortuna de tener una madre berlinesa. Además, mi país ha sido invadido por los alemanes, lo que me convierte en parte integrante del nuevo imperio de Hitler.

Pronunció las últimas palabras con sorna, solo que ambos sabían que no se trataba de ninguna broma.

—Recién llegado, ¿no? —le preguntó Helm.

—Hace unas horas. ¿Y tú?

—Un par de días.

—¿Qué…? —Leopold miró alrededor y bajó la voz—. ¿Qué es lo que está ocurriendo?

—En este momento nos consideran enemigos de Francia, y nos retienen por precaución. —Helm respondió en susurros—. Tengo entendido que van a deportarnos.

—¿A dónde?

—Ni idea. Igual es solo un rumor. —Encogió los hombros—. Lo que sí resulta evidente es que no tienen muy claro qué van a hacer con nosotros.

Leopold dejó vagar la mirada por los rostros contrariados de los hombres que se encontraban allí, cuyo único delito había sido nacer en el país equivocado mucho antes de aquella guerra que había dado ya sus primeros pasos. Se preguntó si el camino de la contienda sería muy largo o si Hitler sería derrotado de forma rápida y eficaz, y rogó para sus adentros por que se tratase de la segunda posibilidad. Continuar encerrado allí o en algún otro enclave similar durante semanas, meses e incluso años le destruiría.

Los destruiría a todos.

Rebecca no encajaba allí. Eso fue lo primero que pensó Leopold cuando la vio de pie, con un bonito vestido floreado, en medio de una oficina cochambrosa. Frente a ella, sobre una mesa de madera con la superficie arañada, había una maleta con todo el interior revuelto, y, junto a esta, útiles de pintura y también provisiones, muchas con los envoltorios destrozados o el contenido hecho migas. Había dos gendarmes en la sala, al lado de las puertas de acceso, por una de las cuales había entrado él en compañía de un tercero, el mismo que los había despertado esa misma mañana.

—¡Rebecca! —exclamó, con el corazón convertido en una piedra helada.

—¡Sin tocarse! —ladró uno de los guardias en cuanto vio que él se disponía a abrazarla.

Leopold frenó en seco y se situó al otro lado de la mesa, con las manos temblorosas por el ansia de alzarlas y tocarla.

—Te he traído ropa y otras cosas —dijo ella, con la voz ronca—. Me han dicho que puedes pintar, si quieres.

—¿Pintar? —Arqueó las cejas ante lo absurdo de la propuesta. Él lo único que deseaba era salir de allí.

—¿Estás bien? —La voz de Rebecca tembló.

Estaba asustada, comprendió. Probablemente tan asustada como él.

—Estoy bien, amor mío. Esto es un error, ya verás como pronto se soluciona.

—¿Cómo? —Las lágrimas se estremecieron sobre sus pestañas.

A Leopold le carcomía el dolor por no poder abrazarla y decirle que todo iba a salir bien, aunque ni él mismo se lo creyera. Tampoco sabía qué respuesta podía darle que la aliviara, que los aliviara a ambos, y quizá ella tampoco la esperaba porque comenzó a hablar de nuevo.

—He hablado con la persona que está al cargo de todo esto y puedo venir a verte dos veces a la semana —le comunicó—. También puedo traerte ropa, comida y cosas para pintar, aunque tendrán que inspeccionarlo todo.

—Rebecca, no es necesario que…

—Vendré dos veces a la semana, cada día si me dejan —lo interrumpió—. No voy a dejarte aquí solo.

Leopold la miró. Distinguió la determinación en su mirada y en su gesto, la fuerza que destilaban sus hombros rectos y su cabeza alta, el desafío de aquel mentón que alzaba con osadía, dispuesta a enfrentarse a todo por él.

—Te amo —le dijo Leopold por primera vez desde que se conocían, y se atrevió a mover un poco la mano, que ella se apresuró a rozar con la suya—. Nunca te he amado más que ahora, más que en este preciso momento.

La vio contener un sollozo y asentir, con los labios apretados, incapaz de decir nada, aunque a él no le hicieran falta palabras para saber que ella sentía exactamente lo mismo que él.

—Hora de despedirse. —La voz del guardia interrumpió el momento, aunque su tono había resultado mucho menos duro que al inicio.

El hombre se acercó hasta Rebecca, la tocó ligeramente en el brazo y ella, que permanecía con los ojos clavados en los de Leopold, dio un pequeño respingo. El guardia repitió la orden y ella, como una niña obediente, lo siguió hasta la puerta del fondo. Antes de cruzar el umbral, se volvió un instante y las miradas de la pareja volvieron a encontrarse.

—Yo también te amo —le dijo, con la voz firme—. Hoy y siempre.

Y la luz clara de la tarde se la tragó.

Leopold bajó la vista hacia la maleta, en un intento por disimular el dolor que lo atenazaba, y contempló aquellas prendas que, de repente, se le antojaron extrañas.

Como si pertenecieran a otra persona.

18

Se sentía agotada, al límite de sus fuerzas. Llevaba casi dos semanas en Largentière y apenas había logrado descansar desde su llegada. Alojada en una habitación humilde, no vivía más que para los escasos momentos que podía pasar con Leopold, separados por una valla o por el ancho de una vieja mesa de madera. Tras intentar encontrar un alojamiento más confortable, había tenido que rendirse a la evidencia: no existían más opciones. Ella no era la única que se había instalado allí para tratar de mediar por un familiar, un esposo o un amigo. Docenas de personas en su misma situación se presentaban a diario en las dependencias de la gendarmería con el ansia de liberar a sus seres queridos, y todos obtenían el mismo resultado. Es decir, ninguno.

Rebecca había logrado sobornar a las suficientes personas como para poder visitar a Leopold a diario, aunque fuesen unos minutos. Otros no tenían tanta suerte, y ella se aferraba a esa brizna de esperanza con todas sus fuerzas. Día a día, veía languidecer al hombre al que amaba, acosado por las chinches, la higiene insuficiente y la alimentación precaria. Ella misma comenzaba a tener problemas para obtener provisiones que llevarle, porque comenzaban a escasear en las tiendas y en los puestos del mercado. Una gran parte de la producción iba a parar a los cuarteles para alimentar a los soldados franceses que defendían las fronteras del país.

Leopold, animado por su amigo Helm, pintaba de tanto en

tanto en el patio; ambos mantenían así vivo el hilo que los unía a su vida anterior. No podían olvidar quiénes eran, no podían dejarse vencer por la adversidad, por más que les costase.

—Tienes que ir a París —le dijo Leopold esa mañana brumosa.

—¿A París? —Ella lo miró desde el otro lado de la valla—. ¡No voy a irme de aquí!

—Debes hacerlo, Rebecca. Yo estaré bien, de verdad.

—Pero...

—Tienes que hablar con nuestros amigos —insistió—. Breton, Éluard, Armand... Todos ellos están bien relacionados y me conocen. Sabrán qué hacer.

—¿Y quién te traerá comida? —inquirió ella, a quien la idea de alejarse de allí se le antojaba en ese momento poco menos que un disparate—. ¿Quién se llevará tu ropa sucia y se ocupará de traerla de vuelta limpia?

—Jamás podré agradecerte todo lo que haces por mí. —Leopold hizo amago de alzar la mano para acariciarla a través de la valla, pero se contuvo. Uno de los gendarmes siempre andaba cerca y no deseaba buscarse más problemas en aquel lugar o, aún peor, buscárselos a ella—. No habría sobrevivido ni un día aquí sin tu ayuda, sin tus ánimos, pero esto podría alargarse, quizá durante meses.

—¿Meses? —Rebecca empalideció—. No, no... eso no es posible. Pronto se darán cuenta de que han cometido un error.

—Creo que lo han cometido con todos nosotros. —Él echó la vista atrás hacia los hombres que caminaban con desgana por el patio o que permanecían sentados, derrengados, en el suelo o en asientos toscos e improvisados—. ¿Piensas que nos liberarán a todos?

Rebecca se mordió el labio inferior. Entendía lo que quería decir. Las autoridades no iban a poner en libertad a aquellas personas que ahora se consideraban enemigos de la nación, por mucho que ella rogara o sobornara. Leopold tenía razón, debía acudir a quien pudiera hacer más fuerza que ella.

Aunque eso significara dejarlo atrás.

París estaba tan hermoso que parecía casi insultante. La atmósfera, en cambio, se había ensombrecido. La guerra, aunque lejana, parecía planear sobre la ciudad, donde la gente caminaba deprisa y con la cabeza gacha, y las terrazas de los cafés permanecían extrañamente vacías.

Rebecca se había tomado su tiempo para llegar. Primero había regresado a La Gioconda, donde había empaquetado con cuidado algunos lienzos de Leopold y un par de los suyos para venderlos a quien estuviera dispuesto a pagarlos. En las semanas que estaban por venir, iba a necesitar cuanto dinero pudiera reunir y, aunque todavía contaba con parte de las reservas que le había hecho llegar su madre, temía que no fuese suficiente. Que no alcanzase para salvarlo.

Condujo hasta el agotamiento y se dirigió a casa de Blanche y Camille, porque carecía de valor para alojarse en el apartamento de la rue Jacob, que imaginó tan triste y tan vacío como ella misma se sentía en ese instante.

Después de subir por aquella empinada escalera y tocar varias veces a la puerta, comprendió que sus amigas no se encontraban allí. «¿Dónde deben de estar?», se preguntó con desánimo al tiempo que se dejaba caer sobre uno de los peldaños. Podía esperarlas allí, solo que sabía que en ocasiones pasaban la noche fuera. Si era el caso, le tocaría esperarlas durante un día completo, tal vez más. Era absurdo.

Extrajo su pequeña agenda del bolso y comprobó las direcciones de los demás miembros del grupo. A dos calles de distancia vivía Frank Stapleton, que al fin parecía haber establecido una residencia fija. Les había escrito media docena de cartas en los últimos meses, siempre con palabras amables para ella. Tendría que valer.

Rebecca cargó con la maleta y los lienzos, guardados en un cilindro de piel de veinte centímetros de diámetro que llevaba colgado al hombro, y bajó de nuevo las escaleras. Salió a la calle arrastrando los pies y con el temor de perder el conocimiento en cualquier portal. La noche había caído sobre la ciudad y la iluminación era tan tenue que debía andar con cuidado de no tropezar con ningún adoquín. Sentía el estómago rugir de hambre y la lengua pastosa pegada al paladar. ¿Cuánto hacía que no ingería alimento alguno? ¿Y que no tomaba un vaso de agua? Ni siquiera podía recordarlo.

Como una autómata, recorrió la distancia hasta el domicilio de Frank y aprovechó que una pareja salía en ese momento para colarse en el zaguán. Miró hacia arriba por el hueco de la escalera y se vio incapaz de ascender los tres pisos hasta su apartamento. Entonces cayó en la cuenta de que aquel edificio disponía de ascensor. El alivio la sacudió con tanta fuerza que las lágrimas afloraron a sus ojos.

Un par de minutos más tarde llamaba a la robusta puerta de madera rogando por que Frank se encontrara en casa. Si no era así, se dejaría caer en el rellano y se quedaría allí hasta que él volviera o hasta que alguien llamara a la policía, porque había agotado todas sus reservas de energía y era incapaz de dar ni un paso más.

Cuando la puerta se abrió y la silueta de Frank se recortó bajo el umbral —ataviado con unos pantalones de paño y una camisa blanca de algodón—, Rebecca se echó a llorar.

La cara de sorpresa del fotógrafo se transformó de inmediato en una de preocupación y, sin preguntarle nada ni mencionar siquiera su nombre, le ofreció el refugio de sus brazos hasta que ella pudo encontrar de nuevo su propia voz.

El apartamento de Frank se le antojó elegante y espacioso, aunque no reunió el ánimo suficiente como para centrarse en los detalles. Él le cogió la maleta y la acompañó al interior, hasta un mullido sofá en el que Rebecca se dejó caer como un fardo, con las mejillas húmedas y una incómoda sensación de suciedad impregnando todo su cuerpo. Con un hilo de voz, le pidió un poco de agua y lo vio reaparecer a los pocos segundos con un vaso de cristal y una jarra llena hasta el borde. Se bebió el primer vaso como si acabara de llegar del desierto y, con mano temblorosa, se sirvió un segundo, que comenzó a apurar de un solo trago. La mano de Frank se posó en su antebrazo.

—Despacio —le dijo, con una sonrisa insegura—. Vomitarás si bebes tan deprisa.

Ella obedeció y cerró los ojos con fuerza antes de devolverle el recipiente medio vacío. Se pasó las manos por el rostro para arrancarse las últimas lágrimas y aspiró un par de bocanadas del aire fresco que entraba por la ventana abierta.

—¿Dónde está Leopold? —inquirió Frank con voz suave.

Rebecca no fue capaz de contestar. Se limitó a mirarlo, mientras trataba de encontrar las palabras precisas para contarle todo lo que había sucedido en las últimas semanas. Ni siquiera sabía por dónde empezar.

—¿Rebecca? —insistió Frank, preocupado.

Y ella comenzó a hablar casi sin tomar aire siquiera, con la voz entrecortada y haciendo verdaderos esfuerzos para no echarse a llorar de nuevo. Frank, que se había sentado frente a ella, sobre una mesa de centro de aspecto robusto y bella factura, no la interrumpió en ningún momento. Escuchó la explicación con la mano apoyada con ternura sobre su rodilla, que apretaba de tanto en tanto para infundirle ánimos.

—De acuerdo —dijo él al final, una vez que ella finalizó su relato—. Esta noche poco podemos hacer, pero mañana nos pondremos manos a la obra. Ahora necesitas descansar, aunque primero te aconsejaría una ducha caliente y algo de cenar.

—Yo… lo siento —se disculpó, echándose un vistazo rápido—. No sabía a dónde acudir.

—No tienes por qué disculparte. —Frank se había levantado y le tendía la mano—. Estás en tu casa. Ahora te enseñaré tu habitación y el baño. Y mientras te arreglas, prepararé algo de cenar.

—Hummm, ¿sabes cocinar? —le preguntó ella, que le sonrió débilmente por primera vez.

—Ni un huevo cocido —contestó él, alegre—, pero hago unas ensaladas estupendas, y en el restaurante del final de la calle me preparan algunos platos que solo necesitan calentarse.

—Estoy famélica —reconoció ella.

—De acuerdo. Me daré prisa entonces.

Rebecca se dejó guiar. Por primera vez desde que habían detenido a Leopold, sentía que no estaba sola frente al mundo. Que había alguien a su lado dispuesto a ayudarla.

Cenó mucho menos de lo esperado, pese al hambre que sentía. La ducha la había relajado de tal forma que apenas fue capaz de mantener los ojos abiertos, y eso que Frank se había esmerado y había preparado una mesa de lo más apetecible, con un precioso mantel y una vajilla de indudable calidad. Durante un breve segundo, se preguntó cómo de bien le iba a aquel fotógrafo estadounidense para poder permitirse un apartamento de ese tamaño, tan bien amueblado y con platos de incuestionable valor. Pero el pensamiento se le escurrió casi tan pronto como apareció, porque su agotada mente fue incapaz de retenerlo el tiempo suficiente.

Ni siquiera lo ayudó a recoger la mesa, porque él insistió en que se retirara a descansar, y ella, obediente, desapareció por el pasillo casi sin energías para mantenerse en pie. El cuarto que le había asignado era espacioso, con una cama doble cubierta por una colcha de color marfil, dos mesitas, un ropero y una cómoda, todo de buena calidad. Con gran esfuerzo, se quitó el sencillo vestido y se embutió en un camisón de algodón. Se dio cuenta de que se lo había puesto del revés, pero le dio igual. En aquel momento le daba todo igual, solo quería dormir; dormir durante días, o semanas, y que al despertar todo hubiera sido un mal sueño.

Al abrir los ojos al día siguiente, le costó ubicarse. No lograba recordar dónde estaba ni lo que hacía allí, hasta que las imágenes lograron atravesar la neblina de su cerebro. Miró la hora en su reloj de pulsera y ahogó una exclamación. ¡Eran las tres de la tarde! ¿Cómo diablos había podido dormir tanto? ¿Y por qué Frank lo había permitido, sabiendo lo importante que era lo que la había llevado hasta allí?

Furiosa consigo misma, y también con él, se levantó casi de un salto, aunque tuvo que apoyarse en la mesita para no caerse. Un mareo momentáneo la obligó a tomar asiento de nuevo en el borde del colchón hasta que la sensación remitió y pudo al fin incorporarse. Salió de la habitación como una tromba y se dirigió al salón, donde lo encontró sentado en una butaca, leyendo un periódico junto al ventanal, con aspecto descansado y cómodo. Una estampa de lo más convencional.

—¡No me has despertado! —bramó, dando un golpetazo con el pie descalzo sobre la alfombra.

Frank miró la hora en su reloj y luego a ella.

—Buenos días para ti también.

—¡No deberías haberme dejado dormir tanto! —Se pasó las manos por el cabello despeinado—. Oh, Dios, ¡he perdido toda la mañana!

—Rebecca...

—Sabías lo importante que era esto para mí —le increpó, dolida—. Sabes a lo que he venido, y que el tiempo corre en nuestra contra, y aun así me has dejado dormir casi todo el día. ¡Casi todo el día, Frank! ¡Creí que Leopold era tu amigo!

—¿Has terminado? —La voz de Frank sonó con inusitada dureza, al tiempo que doblaba el periódico y lo dejaba sobre la mesita.

Rebecca aspiró aire con fuerza, apretó las mandíbulas y enfrentó su mirada con la misma intensidad con la que él la miraba a ella.

—Estabas agotada, al borde del colapso —le dijo él, que había recuperado su acostumbrado tono conciliador—, y Leopold te necesita fuerte y entera. Así que te he dejado dormir, soy culpable del delito. —Alzó la mano cuando vio que iba a interrumpirle y ella cerró la boca—. Mientras tú dormías, he ido a ver a nuestros amigos, y a unos cuantos más, y a las cuatro estarán todos aquí. Breton y Éluard entre ellos.

—¿Qué? —Rebecca sintió enrojecer sus mejillas de vergüenza.

—Te aconsejo que te asees y te vistas, y que tomes algo para recuperar las energías. De hecho, estaba casi a punto de ir a despertarte cuando has aparecido acusándome Dios sabe de qué cosas.

—Frank...

—No te disculpes, por favor. —Volvió a alzar la mano—. Entiendo que estás sometida a mucha presión, pero te agradeceré que en el futuro no vuelvas a cuestionar mis lealtades.

Rebecca sintió de nuevo el mordisco de las lágrimas, que contuvo a tiempo. Se limitó a asentir y luego regresó a la habitación, con la cabeza gacha y sintiéndose más miserable que nunca.

Como Frank le había anunciado, esa misma tarde su apartamento se convirtió en el centro de una reunión improvisada. Rebecca recibió los abrazos y los ánimos de todos sus amigos y de algunos colegas de Leopold que habían acudido por si podían hacer algo por él. Se sentía tan desbordada por las emociones que dejó a Frank la tarea de informarles de todo lo que había sucedido desde que aquellos gendarmes se habían presentado en su casa para llevárselo. Todos sin excepción se mostraron tan contrariados como molestos por que uno de los suyos fuese tratado como un criminal, y ella no se atrevió a decirles que todos los hombres que había visto en el campo de prisioneros de Largentière eran probablemente tan inocentes como él.

—Deberías escribir a tu familia —le sugirió Armand de La Cour.

—¿A mi familia? —Rebecca lo miró con una ceja alzada.

—Según tengo entendido, tus padres están muy bien relacionados. Sin duda alguna tendrán buenos contactos en Inglaterra.

—No sé si esos contactos podrán hacer algo...

—Bueno, quizá entre ellos se encuentre el embajador francés, o alguien que le conozca y pueda propiciar un encuentro.

Rebecca parpadeó, confundida. Pues claro. ¿Cómo no se le había ocurrido a ella? Estaba tan predispuesta contra su padre que ni siquiera había caído en esa posibilidad. En las numerosas fiestas a las que había asistido, recordaba haber coincidido con personajes de esa índole. No lograba conjurar el rostro del embajador de Francia, pero sí que había charlado en una ocasión con sus homólogos de Rusia y España. No era descabellado pensar que el francés también formara parte del amplio círculo de amistades de los Heyworth.

—Eres un genio, Armand. —Rebecca, en un impulso, le dio un sonoro beso en la mejilla, lo que provocó algunas risas entre los demás y un ligero sonrojo en el famoso artista.

Cerca del crepúsculo acudieron más personas, entre ellas André Breton y Paul Éluard, y ambos parecieron realmente afectados con la noticia.

—Escribiré a Albert Lebrun —propuso Éluard, refiriéndose al presidente de la República francesa—. Nos une cierta amistad.

Rebecca le dedicó una mirada agradecida, aquella podía ser una buena baza. Y se mostró igual de agradecida con todas las propuestas que se hicieron aquella noche, en la que las fuerzas de muchos se unieron para salvar a uno de los suyos.

Leopold se habría sentido muy orgulloso de todos ellos.

Dos semanas después, Rebecca había hablado con periodistas, políticos —los pocos que habían querido recibirla— y artistas de todo tipo, e incluso había recibido carta de su madre, en la que le decía que desde Inglaterra haría todo lo posible por ayudar a Leopold.

Frank Stapleton había estado junto a ella en todo momento, ofreciéndole no solo su casa, sino también su apoyo incondicional, algo por lo que siempre estaría en deuda con él.

Éluard había cumplido su promesa y había escrito a Lebrun.

Rebecca no conoció hasta muchos años después el contenido de aquella sentida carta en la que el famoso poeta aludía a las muchas virtudes de Leopold, entre ellas su franqueza, su sinceridad y su lealtad. Mencionaba también que Blum se consideraba francés, y que todos lo consideraban como tal, que su encarcelamiento había sido totalmente injusto y, para finalizar, que ponía las manos en el fuego por él.

Sin embargo, ninguno de los esfuerzos de esos días pareció servir para nada.

Cuando Rebecca regresó a Largentière, descubrió, totalmente atónita y descorazonada, que Leopold había sido trasladado a la prisión de Les Milles, en Aix-en-Provence, a casi doscientos kilómetros de distancia.

19

Visto desde lejos, el campo de prisioneros de Les Milles no parecía ser más que una fábrica de ladrillos abandonada, con sus muros rojizos y sus dos chimeneas alzándose al cielo. Más allá de las vallas de acero que rodeaban el perímetro, su inocuo aspecto se transformaba por completo para ofrecer una imagen mucho menos cándida. Cientos de prisioneros, sobre todo alemanes, austriacos e italianos, se hacinaban en los patios y los pabellones, de techos altos y gruesas vigas de madera. El terreno que rodeaba la edificación estaba salpicado de restos de ladrillos rotos, cuyo polvo encarnado pintaba de sangre el suelo de cemento.

Mientras Leopold atravesaba la puerta en compañía de otros muchos compañeros de Largentière, Helm Pawlak entre ellos, tuvo la certeza de que jamás saldría de allí. Todo lo que en su ubicación anterior le había resultado provisional, casi efímero, aquí adquiría el peso de lo imperecedero, como si la vieja fábrica hubiese sido construida sabiendo que, en el futuro, serviría de cárcel y quizá de última morada para sus habitantes.

Solo habían transcurrido dos meses desde el inicio de la guerra y algunos de los hombres allí recluidos presentaban un aspecto lamentable, con las ropas holgadas, las miradas esquivas y las mejillas hundidas. Él mismo había perdido varios kilos desde su encarcelamiento y apenas era capaz de dormir una noche seguida sin despertarse, presa de horribles presentimientos.

Para empeorar las cosas, ni siquiera había podido despedirse de Rebecca, a la que imaginaba aún en París tratando de detener aquella maquinaria engrasada por gendarmes y soldados de apariencia ruda y cara de pocos amigos. Las medidas de seguridad que rodeaban aquel enclave superaban con mucho las de Largentière, que ahora se le antojaban casi laxas.

A Helm y a él les asignaron dos literas ubicadas en una de las esquinas del recinto, un rincón en apariencia acogedor e inexplicablemente vacío, hasta que el agua de una noche lluviosa comenzó a colarse por el cristal roto de uno de los ventanales situado sobre ellos. Con gran escándalo y no pocos improperios por parte de sus compañeros, lograron desplazar las literas lo suficiente como para que la lluvia no resultase un problema, aunque Leopold sospechó que, cuando llegara el invierno, el frío que se colase por aquel boquete iba a resultar un auténtico calvario.

La primera noche fue incapaz de pegar ojo, con la mirada fija en el lejano techo, apenas iluminado por el retazo de luna que colgaba del cielo. Escuchó a algunos hombres llorar y a otros maldecir en voz queda, y él se tragó sus propios sollozos y todas las barbaridades que pugnaban por salir de sus labios. La segunda noche, después de un día lleno de lagunas, porque no recordaba muy bien cómo había transcurrido, se durmió en cuanto su cabeza tocó la sucia almohada. Se había propuesto resistir, aguantar, sobrevivir. Por él. Por Rebecca.

Les Milles no era Largentière. Eso le quedó claro a Rebecca en cuanto puso un pie en las dependencias del oficial que dirigía el campo de prisioneros. Su aspecto hosco no se suavizó ni siquiera un poco cuando ella se presentó ante él pidiendo ver a uno de los prisioneros, y se endureció aún más cuando trató de sobornarlo. La amenazó con encarcelarla si volvía a intentar corromperlo, a él o a alguno de sus hombres, y ella comprendió que no iba a poder hacer mucho por aliviar la estancia de Leopold en aquel lugar. Solo estaba autorizada a visitarlo una vez al mes, al menos hasta que las autoridades decidieran qué iba a suceder con todos aquellos prisioneros, y mientras tanto no existía la posibilidad de escribirle, ni que él lo hiciera tampoco. Podía llevarle provisiones y otras cosas con un límite de volumen y peso, que serían registradas a conciencia y expurgadas de todo cuanto resultase inapropiado.

Había regresado de París llena de esperanzas y con el pálpito de que aquella pesadilla tenía los días contados y acabó descubriendo, sin embargo, que la situación había empeorado de manera ostensible. Tuvo la certeza absoluta en cuanto le permitieron visitar a Leopold, que presentaba un aspecto macilento, con la ropa sucia, el cabello pegado al cráneo y el pulso tembloroso.

Tampoco en esta ocasión les autorizaron a estar a solas y tuvieron que hablarse como dos desconocidos, cada uno sentado a un lado de una mesa de madera muy similar a la que había presenciado su último encuentro.

Rebecca tuvo que tragar saliva varias veces antes de poder articular una palabra, porque el aspecto de Leopold le había atravesado el pecho como una lanza y su voz no tenía más forma que un sollozo áspero y profundo. Hizo acopio de toda su fuerza de voluntad para referirle cuanto había sucedido en París con una voz serena y suave, mordiéndose la lengua cada vez que las emociones luchaban por vencerla.

—Tienes que volver a casa —le dijo él, ronco.

—No, no, buscaré una habitación por aquí cerca y…

—No, por favor. —Se pasó las manos por el pelo y ella vio las uñas sucias de polvo rojo—. Solo puedes venir una vez al mes, ¿qué va a ser de ti el resto del tiempo? Te volverás loca.

—He pensado hablar con algún oficial de rango superior, estoy segura de que puedo conseguir más días de visita.

—¿Crees que harán una excepción conmigo? —La miró con un atisbo de sonrisa tan triste que la garganta se le cerró de golpe—. No, no puedo permitirlo. Te pondrías en peligro, y tampoco sería justo para el resto de mis compañeros.

Rebecca carraspeó varias veces para aclararse el puñado de lágrimas que se le habían atravesado entre los labios y el pecho.

—Cuida de nuestra casa —insistió—. Cuida de ti. Yo volveré, te lo prometo.

—Leopold...

—Estoy seguro de que solo es cuestión de tiempo —le aseguró—. Las gestiones que has hecho en París darán sus frutos más pronto que tarde. Ya lo verás.

Ella no pudo hacer otra cosa que asentir mientras tensaba la mandíbula, con ganas de echarse a gritar y de golpear a los dos soldados apostados en la habitación. Mantenían la mirada fija al frente, aunque sabía que no perdían ni un detalle de aquella conversación.

Los escasos minutos que les habían proporcionado finalizaron en un abrir y cerrar de ojos, y ella se levantó, con las piernas temblorosas, mientras él hacía otro tanto, custodiado por los dos guardias. Y Leopold no se lo pensó. Se echó hacia adelante y la abrazó con la fuerza de los titanes, y tuvo tiempo de rozar sus labios con los de ella antes de que los soldados los separaran a empellones y gritos.

Lo último que vio de él mientras se lo llevaban fue su sonrisa, una pequeña sonrisa de triunfo, la sonrisa de un vencedor.

Su hogar jamás le había parecido tan triste como en esos días. Ni siquiera la suave luz otoñal, que siempre había adorado, era capaz de ocultar las sombras que se agazapaban en todos los rincones. Nada lograba mitigar la angustia que se le había instalado en el alma y que la acompañaba como un sudario por toda la casa. Se ocupaba del pequeño huerto, limpiaba una y otra vez, cocinaba como si esperase la llegada de un ejército, se sentaba al atardecer en el porche a contemplar los rescoldos del día en los cielos pintados de naranjas y púrpuras, y, de tanto en tanto, lograba pintar un poco.

No eran buenos tiempos para circular por las carreteras ni para viajar en tren o autobús, así que sus amigos apenas tuvieron oportunidad de ir a verla. Solo Armand logró llegar en su automóvil, con Camille, Blanche y Louis a bordo, y se quedaron casi una semana a su lado. Llevaban cartas de todos los compañeros y conocidos, y un par de periódicos en los que habían aparecido artículos criticando el trato que se estaba dispensando a artistas, profesores, médicos y otros personajes relevantes, muchos de los cuales estaban encerrados con Leopold en Les Milles.

Cuando se marcharon, la soledad volvió a morderle los tobillos y a perseguirla por la villa como un fantasma. Durante unos días valoró la propuesta de sus amigos de regresar a París, pero acabó desechándola. ¿Y si Blum regresaba y ella no estaba allí? No, prefería quedarse en su casa, rodeada de los objetos de Leopold, de su ropa, sus cuadros y sus libros, de las imágenes que ambos habían dejado sobre los muros, las puertas y los armarios. Allí permanecía todo lo cerca de él que podía en esos momentos y no estaba dispuesta a renunciar a ello.

Una fría mañana de noviembre, mientras preparaba la tierra del huerto para plantar zanahorias y puerros, recibió una visita inesperada. Marguerite Lagrange se presentó a su puerta con una olla entre las manos y una tímida sonrisa en el rostro. Rebecca no había ido al pueblo desde que se llevaran a Leopold, y todas las compras las hacía en Aiguèze, una localidad vecina.

—Hola, Rebecca —la saludó, algo tímida—. He venido a ver cómo estabas.

—¿Cómo supones que estoy? —le preguntó, mordaz—. Supongo que tu marido estará contento con el encarcelamiento de Leopold.

—Mi marido no ha tenido nada que ver con ese feo asunto… —se defendió la mujer, sin demasiada convicción en sus ojos—. Aunque…

—Ya… Lo suponía —la cortó.

—No, no es lo que imaginas.

—¿De verdad? —Rebecca puso los brazos en jarras.

—Los gendarmes se presentaron en nuestro restaurante, preguntando si conocíamos a extranjeros en la zona. Es cierto que Frédéric les mencionó a Leopold, pero añadió que era un buen muchacho.

—Ah, vaya, entonces debería estarle agradecida.

—¿Querías que les mintiera?

—Con no haber dicho nada habría sido suficiente.

—Claro, porque mi marido era el único que sabía que Leopold estaba aquí, ¿eso es lo que pretendes decirme? —La mujer entrecerró los ojos—. Y luego, cuando esos gendarmes hubieran descubierto la verdad, ¿crees que habrían dejado pasar nuestra mentira? ¿Piensas que no nos habrían considerado cómplices o algo?

—¿Cómplices? —La miró, atónita—. ¡Leopold no es ningún criminal!

—Lo sé, lo sé... Lo sabemos. —Marguerite suspiró—. Solo he venido a decirte que lamentamos mucho lo ocurrido y que ojalá la situación fuese distinta.

Marguerite le tendió la olla y Rebecca se tomó su tiempo antes de aceptarla. Los argumentos de aquella mujer sonaban convincentes y se preguntó qué habría hecho ella de encontrarse en la misma situación. ¿Mentir? ¿Ocultar la presencia de alguien? ¿Ponerse en peligro por un desconocido? A veces, pequeñas decisiones tienen consecuencias gigantescas y totalmente impredecibles, y esa quizá era una de ellas. Finalmente, tomó el recipiente y musitó un «gracias».

—¿Cómo está Leopold? —se interesó la mujer.

—Todo lo bien que cabría esperar dadas las circunstancias.

—Comprendo...

No. Rebecca estaba convencida de que no lo comprendía, porque esa mujer no había visto a Leopold como lo había visto ella, ni se lo imaginaba consumiéndose en aquel campo de prisioneros con el miedo tan pegado al cuerpo como una segunda piel.

—Puedes volver cuando quieras a nuestra casa. Allí siempre serás bienvenida —comentó la mujer al despedirse—. Y Leopold también.

Rebecca asintió, conmovida de repente. Marguerite Lagrange era lo más parecido a una amiga que tenía por aquellos lares y, aunque no se tratase de nadie demasiado próximo a ella, era el único ser vivo en varios kilómetros a la redonda que los conocía a ambos y que siempre los había tratado con afecto.

—Estaba a punto de prepararme un té —le dijo mientras la mujer se daba la vuelta para regresar al pueblo—. Me encantaría que aceptaras acompañarme...

Marguerite sonrió, conforme, y asintió con un movimiento enérgico de la cabeza antes de seguirla al interior. Le devolvió la sonrisa y, durante un breve lapso de tiempo, las sombras de la casa retrocedieron.

Incluso en las peores condiciones posibles, el ser humano es capaz de encontrar un propósito, un resquicio para la belleza o la esperanza. En Les Milles habían confluido docenas de hombres con talento en diversas disciplinas. Pintores y escultores se mezclaban con escritores, traductores y críticos. Abogados, médicos, periodistas y políticos confraternizaban con dramaturgos, actores y músicos, e incluso el premio Nobel de medicina Otto Meyerhof compartía espacio con cantantes, poetas y dibujantes.

Casi desde el inicio, muchas de esas personalidades se habían resistido a la idea de dejarse vencer por las circunstancias y se habían esforzado por mantener una cierta estructura que sirviera no solo para combatir el aburrimiento, sino, sobre todo, para no olvidar quiénes eran. En distintos rincones del patio y de las naves interiores, se impartían conferencias, se llevaban a cabo talleres de pintura y escultura, y se organizaban tertulias literarias y políticas, a veces con humor, otras con cinismo y, las más, con nostalgia de los tiempos pretéritos.

Los guardias habían terminado por aflojar un poco las riendas al ver que los presos eran, en su gran mayoría, intelectuales y gente poco dada a la violencia, y les permitían cierto margen de maniobra. Así, con recursos limitados pero con el espíritu libre, Leopold encontró un intersticio a través del cual mantener su cordura.

Sin embargo, las circunstancias no contribuían precisamente a una convivencia sin contratiempos. El polvo de los ladrillos, que el viento levantaba en ocasiones en altas cortinas de arena roja, se colaba por todas las grietas, impregnaba ropas, cabello y piel, y se mezclaba con la exigua comida, que siempre sabía a tierra y a óxido, y para la que había que guardar interminables colas. El hacinamiento provocó el colapso de las letrinas, cuya pestilencia flotaba sobre el entorno como una bruma, y los primeros casos de disentería no tardaron en aparecer. Esa fue la época en la que Leopold recibió la segunda visita de Rebecca, a quien no le permitieron ver a causa de su arrebato final en la ocasión anterior. Durante un segundo, lamentó aquel impulso que ahora pagaba tan caro, y la imaginó abandonando Les Milles con el corazón tan encogido como él mismo sentía el suyo. Aun así, le hicieron llegar las cosas que le había llevado, y él y sus compañeros disfrutaron de un sencillo ágape de frutas en conserva, carne enlatada y verduras algo mustias pero comestibles. Además, pudo cambiarse de ropa y contar con una pastilla de jabón que compartió con sus más allegados.

Pese a la tristeza que le causaba no haber podido verla, en su fuero interno lo agradeció. No disponía de ningún espejo en el que observar su reflejo, y los cristales de la fábrica estaban tan sucios que era imposible buscarse en ellos, pero no le hacía falta más que mirar a sus compañeros para imaginarse el aspecto que debía de presentar. No quería que ella se fuera con esa imagen impresa en la retina, no podría soportarlo.

Los casos de disentería se extendieron y Leopold acabó enfermando. Calambres y terribles dolores en la zona del vientre, fiebre alta, diarreas sanguinolentas… y tal sensación de agotamiento que solo quería echarse a dormir y no volver a despertar. Soñaba con Rebecca, con su casa en Saint-Martin d'Ardèche, con su familia allá en Alemania, con sus amigos y con París, que siempre había considerado su ciudad, hasta que todo terminaba convertido en un batiburrillo y veía a sus padres en su apartamento de la rue Jacob y a Rebecca en Alemania, volviendo a él con los hijos de otro hombre en brazos.

Finalmente, despertó una mañana fría y ventosa y se descubrió vivo y entero. Su compañero Helm había cuidado de él.

—Creí que no lo contabas, muchacho —le dijo, con voz animada.

—Yo también —reconoció con un hilo de voz.

—Te acompañaré hasta los baños para que puedas asearte.

—Bien, porque creo que no podría mantenerme en pie por mí mismo.

Le echó un brazo sobre los hombros y Helm lo tomó de la cintura. Por el camino, Leopold lo miró con el rabillo del ojo un par de veces.

—¿Tú también has estado enfermo? —le preguntó.

—Por suerte no.

—Te veo... distinto —balbuceó.

—Ya...

—Oh, Dios, ¡te has afeitado el bigote!

—Era inútil conservarlo si no podía cuidarlo como era menester —dijo con una mueca de fastidio—. No tiene importancia. Ya volverá a crecer cuando salgamos de este infierno.

Una vez en los baños, que no habían mejorado durante su convalecencia, Leopold se quitó la ropa mugrienta y comprobó que los huesos se le marcaban bajo la piel. Desprendía un olor tan nauseabundo que no comprendía cómo Helm era capaz de permanecer a su lado sin vomitar, pero no se atrevió a comentarle nada. Temía que, de hacerlo, su compañero decidiera soltarlo, y no estaba convencido de ser capaz de volver a ponerse en pie.

Bajo el chorro de agua helada, se permitió llorar por el medio hombre que ahora era, con una terrible sensación de humillación pegada al cuerpo. Mientras se frotaba bien fuerte con aquel pedazo de primavera en forma de jabón que le había traído Rebecca, trató de desprenderse de la suciedad que le empapaba hasta el alma, y acabó de rodillas en un charco de su propia mugre, con Helm abrazándolo y diciéndole que todo iba a estar bien.

La vida, pese a todos sus reveses, continuó en Les Milles bajo el polvo de los ladrillos, el frío de finales del otoño y el inefable propósito de sobrevivir pese a todo. Leopold se reincorporó a sus pequeñas rutinas pintando un retrato de Helm, mientras este hacía lo propio, aunque su carácter se tornó más sombrío aún si cabe. Apenas hablaba y se mostraba taciturno la mayor parte del tiempo, sin ganas de participar en nada ni de confraternizar con nadie. Como si ya hubiera comenzado a morirse y aún no se hubiera dado cuenta.

La luz de la tarde iluminaba los viñedos y se derramaba sobre las crestas de los árboles. Rebecca, con el pincel en la mano, se permitió contemplar el paisaje de comienzos de diciembre durante unos segundos antes de regresar al lienzo. En unos días iría de nuevo a ver a Leopold y esperaba poder llevarle un pedacito de su hogar. Es cierto que disponía de algunas fotos que hizo Lee Miller cuando les visitó, pero no se apreciaban los colores ni las tonalidades del cielo, que comenzaba a tornarse magenta.

Faltaba poco más de una semana para Navidad y Rebecca estaba valorando seriamente la posibilidad de ir a París después del viaje a Les Milles. Imaginarse sola en su casa durante aquellas fechas era superior a sus fuerzas. Podía escaparse unos días, disfrutar cuanto pudiera con sus amigos y luego volver. Lo que de verdad le hubiera gustado, aunque le costase reconocerlo, era viajar a Inglaterra y ver a su madre y a sus hermanos, incluso a su padre, solo que cruzar el canal de la Mancha en esos momentos, en mitad de una guerra, era totalmente imposible. Ni siquiera la correspondencia llegaba con asiduidad.

No permitió que el desaliento la sometiera y retornó a su tarea. El cuadro estaba casi terminado, solo le faltaban unos retoques. En esta ocasión no había introducido ningún elemento fantasioso, porque quería que resultara tan real como fuera posible, como si Leopold se asomara a esa misma ventana y contemplara lo mismo que ella. Incluso esa figura delgada y larguirucha que vagaba ahora encorvada por el camino y que, dada la distancia, no fue capaz de reconocer.

La mano de Rebecca se detuvo en el aire, con el sonido de su corazón rebotando en las paredes. Cerró los ojos con fuerza un instante, porque estaba convencida de que sus sentidos la estaban traicionando, pero, cuando volvió a abrirlos, la figura continuaba avanzando por el camino, con paso lento y algo inseguro, pero constante.

Entonces arrojó el pincel sobre la mesa y corrió hacia la puerta. Bajó los escalones de tres en tres y salió al frío de diciembre, en zapatillas y sin otro abrigo que la fina chaqueta que llevaba puesta. Sus piernas se movían ajenas a su voluntad, a grandes zancadas y sin detenerse, cuando una de sus pantuflas salió volando tras ella.

La figura se recortaba ya al final del sendero que conducía a la propiedad. De repente se quedó plantado, mientras ella recorría los últimos metros y se detenía a solo unos pasos, sin resuello.

—Leopold —musitó, ahogada por la emoción.

Dejó caer la pequeña maleta de cartón, en la que Rebecca no había reparado hasta ese instante, y se aproximó. Estaba prácticamente irreconocible, tan delgado que dolía mirarlo, con los ojos hundidos y el cabello sin brillo, pero con la mirada resplandeciente de anhelo y de promesas.

Durante un momento, tuvo miedo de tocarlo por si eso lo hacía desaparecer o lo convertía en un puñado de escombros a sus pies. Fue él quien alzó primero la mano para acariciarle la mejilla con el dorso de los dedos.

—Estoy en casa —le dijo al fin.

Rebecca se pegó a su pecho, lo envolvió con los brazos y sintió cómo él la rodeaba con los suyos, aún fuertes pese a su delgadez. Percibió su tórax, sacudido por los sollozos, y supo que Leopold había comenzado a llorar con la misma intensidad que ella.

20

El mundo parecía estar en calma aquel mes de diciembre de 1939. Después de que Alemania y la Unión Soviética hubieran invadido Polonia, los nazis parecían haberse retirado para pasar el invierno, mientras que los rusos habían iniciado una guerra contra Finlandia. Aquel parecía ser el único conflicto abierto en ese momento en una Europa que aguantaba la respiración. Nadie sabía cuál iba a ser el siguiente paso en la campaña iniciada por Hitler, y todos los países que se habían sumado a la contienda hacían acopio de soldados y provisiones.

Nada de todo aquello, sin embargo, preocupaba mucho en esos días a los dos únicos habitantes de La Gioconda. Desde que Leopold había regresado de Les Milles, apenas habían hecho otra cosa que comer, dormir y abrazarse durante horas. Ni siquiera la cercanía de la Navidad, ya a la vuelta de la esquina, había alterado su triste rutina. Rebecca no se sentía con ánimos para adornar la casa ni preparar platos especiales, y Leopold pasaba gran parte de su tiempo sentado en una butaca, mirando la nada a través de la ventana.

El día después de su llegada, Rebecca había escrito de forma febril una docena larga de cartas a su familia, a sus amigos y a algunos conocidos, contándoles que Leopold ya estaba en casa y dándoles las gracias por todas las gestiones que habían llevado a cabo para que eso fuese posible. En esas cartas, además, había expresado el deseo de ambos de pasar unos días de tranquilidad, porque temía que su casa se convirtiera de repente en lugar de peregrinación para todos aquellos que querrían saludarlo. Él no se encontraba con fuerzas y ella no estaba dispuesta a que invadieran su intimidad.

Algo se había roto dentro de Leopold. Podía percibirlo en sus ocasionales momentos de ausencia, en su mirada perdida, en ese cuerpo en que los huesos formaban extrañas protuberancias. Rebecca había escuchado en una ocasión hablar de la técnica japonesa del *kintsugi*, que consistía en reparar fragmentos de cerámica rota por medio de una especie de resina espolvoreada con oro, que en muchos casos otorgaba mayor valor a la pieza y ponía de manifiesto parte de su historia. Leopold se le antojaba en ese instante una especie de valioso jarrón hecho añicos, y ella estaba dispuesta a convertirse en el esmalte dorado que volviera a juntar sus piezas. La terrible experiencia por la que había pasado se convertiría en parte de su historia. De la historia de ambos.

Para llevar a cabo su tarea precisaba armarse de paciencia, así que no lo atosigó con preguntas, no lo animó a volver a pintar, ni siquiera le pidió que la tocara o volviera a besarla. Se limitó a estar ahí, a cocinar sus platos favoritos, a poner sus discos preferidos, a sentarse a su lado a contemplar la misma ventana, a tomarlo de la mano en silencio mientras el reloj iba desgranando las horas.

—Pensé que jamás volvería a verte —le dijo él la tarde de fin de año, sentados frente al fuego.

—Habría encontrado la manera de sacarte de allí —le aseguró ella—, aunque hubiera tenido que excavar un túnel bajo la alambrada.

Leopold soltó una breve risa, la primera desde su retorno, y a Rebecca le dio un vuelco el alma entera.

—Eres una mujer asombrosa —reconoció él, que la miraba embelesado.

—¿No habrías hecho lo mismo por mí?

—Le habría declarado la guerra a Hitler yo solito, si hubiera sido necesario.

—Tengo entendido que es un hombre bastante bajito —rio en voz queda—, creo que un solo puñetazo te habría bastado para derribarlo.

—Lástima que no se le haya ocurrido a nadie hacer eso mismo. —Leopold hizo una mueca y volvió a concentrarse en el fuego, que ardía con vigor.

—Aún no es tarde. Seguro que a alguien se le ocurrirá. —Quiso alargar la conversación, no deseaba que él se sumiera de nuevo en uno de sus largos silencios—. Podríamos preparar algo rico para cenar esta noche.

—Hummm, tengo otra cosa en mente, aunque no sé si...

Ella reconoció aquella mirada, aquella mezcla de amor y anhelo que tanto había echado en falta. Desde su regreso, hacía ya dos semanas, no la había tocado más que para abrazarla, como si su hombría se hubiera quedado agazapada en algún rincón de su cautiverio.

Rebecca se levantó con cautela del sillón y le pidió que no se moviera. Subió con presteza al piso de arriba y bajó almohadas y mantas, que colocó sobre la alfombra frente a la chimenea, el lugar más caliente y acogedor de aquella tarde de invierno. Luego le tendió la mano.

—No sé si seré capaz de... —comenzó a decir.

—No importa —lo interrumpió ella.

Y era cierto. Lo único que importaba en ese momento era que Leopold parecía, por fin, haber vuelto de verdad a casa.

La radio permanecía encendida todo el día, como si un tercer invitado se hubiera instalado en la villa. En ella escucharon el 20 de enero a Winston Churchill invitar a los países neutrales a unirse a la fuerza aliada después de que Dinamarca, Noruega y Suecia hubieran manifestado su intención de no participar en el conflicto.

Durante unos minutos, Rebecca fantaseó con la idea de que todos los países decidieran no alzarse en armas y que Hitler se contentara con la invasión de Polonia. Era cierto que lamentaba que los polacos estuvieran padeciendo por culpa de unos y de otros la desmembración de su territorio y la pérdida de su gobierno, pero Polonia quedaba lejos, casi en otra galaxia. Que el conflicto se acabara allí sería lo mejor para todos.

—Dudo mucho que los alemanes se contenten con tan poco —comentó Leopold cuando compartió con él sus pensamientos.

—Ya tiene Austria, Checoslovaquia, Polonia... ¿qué más quiere?

—Todo.

Rebecca bufó.

—Es imposible tenerlo todo.

—No creo que él comparta tu opinión.

—¿Y qué será lo siguiente? —inquirió ella, preocupada—. ¿Hungría? ¿Rumanía?

—No lo sé, aunque sospecho que su mirada se dirigirá más bien hacia el oeste.

—¿Países Bajos? ¿Bélgica? —Hizo una pausa en la que reprimió un escalofrío—. ¿Francia?

—Francia cuenta con la línea Maginot, no será un obstáculo fácil de salvar.

Leopold hacía referencia a la serie de fortificaciones que se habían construido después de la Gran Guerra, a lo largo de la frontera con Alemania e Italia, para evitar que los alemanes volvieran a invadir su territorio. En ese momento, Rebecca las imaginó bullendo de actividad, con millares de soldados apostados en sus tripas, por si el enemigo se atrevía a hacer acto de presencia. Trató de recordar lo que conocía sobre ese asunto, porque había escuchado hablar a su padre de la línea Maginot en alguna ocasión, hacía años. Lamentó no haber estado más atenta entonces, aunque sí recordaba que los fuertes y fortines estaban diseñados para resistir el ataque de los tanques, y que una línea de ferrocarril subterránea unía unos con otros.

—Debemos confiar en que las tropas francesas resistirán, llegado el caso —le dijo Leopold, que no sabía mucho más que ella sobre el tema—. Los franceses son hombres valientes, ya lo demostraron una vez.

Rebecca asintió, no muy convencida. De momento, todo eran elucubraciones, las mismas quizá que se estarían haciendo miles de personas en Europa y en el mundo entero. De nada servía preocuparse por cosas que aún no habían sucedido y que, con un poco de suerte, quizá no sucederían jamás.

En febrero, Leopold decidió volver a pintar. Había recuperado algo de peso y su estado anímico había mejorado de manera ostensible. Aún había noches en las que se despertaba de una pesadilla con el cuerpo sudoroso y el corazón convertido en un trozo de hielo en mitad de la garganta, pero hasta los malos sueños se fueron espaciando. El pulso tembloroso que había experimentado durante las primeras semanas también había remitido, y necesitaba volver a sentirse él mismo.

Sin embargo, su mente solo conjuraba escenas sombrías, y el recuerdo de sus amigos artistas, a buen seguro aún presos en Les Milles, se colaba en sus pensamientos. Había averiguado que la carta que Éluard había escrito al primer ministro había dado sus frutos y llevaba semanas escribiendo a su amigo para que intercediera también por los demás, sobre todo por Helm Pawlak. Su propia imagen, arrodillado en mitad de un charco de agua, abrazado por el polaco, parecía materializarse a su lado en cuanto tomaba el pincel. No deseaba pintar eso. No deseaba traer de vuelta el peor momento de su vida para plasmarlo en un lienzo que, a buen seguro, le sobreviviría. No, eso debía quedarse almacenado en su memoria, para no olvidar la fragilidad de la vida y sus inesperados meandros, a veces traicioneros.

—Quiero pintarte —le dijo a Rebecca, de pie frente a su propio caballete.

—¿A mí?

—¿Tan extraño te parece? —Le sonrió—. Te he dibujado mil veces.

—Hummm, cierto. De acuerdo. Y yo te pintaré a ti.

—¿Qué? No, no es necesario.

—¿Por qué no? —lo interrumpió—. A diferencia de ti, yo nunca lo he hecho.

Tenía razón, por supuesto. De repente, la idea de pintarse el uno al otro le parecía un modo más de estrechar el lazo que los unía, como si pudieran atrapar un pedacito del alma del otro y conservarla para siempre. Volvió a sonreír y asintió, convencido.

Rebecca dio un par de saltitos, entusiasmada, y quitó el lienzo en el que estaba trabajando para colocar uno nuevo. Durante unos segundos, Leopold permaneció inmóvil, contemplando la superficie inmaculada, con el sol invernal reflejándose en su cabello oscuro y en su mejilla izquierda, tan perfecta que parecía hecha de porcelana.

—Me pones nerviosa si me miras con tanta intensidad —le dijo, clavando en él la mirada—. Entiendo que necesites hacerlo para poder pintarme, pero…

—Podría hacerlo con los ojos cerrados —le confesó—. Conozco cada pliegue y cada poro de tu piel, mejor incluso que la mía.

—¿De veras? —le preguntó, con una sonrisa seductora.

—Te he pintado mil veces en mi imaginación, incluso cuando pintar no era una opción.

Leopold no mentía. Sabía que incluso sería capaz de esculpirla con absoluto realismo aunque no dispusiera de ninguna imagen de ella. La llevaba grabada en sus manos, desde la suave línea del mentón hasta la delicada curva de su espalda o la sutileza de sus estrechos tobillos.

—¿Y cómo vas a pintarme? —se interesó ella, a todas luces conmovida.

—Saliendo de un bosque.

—¿De un bosque? —Enarcó una ceja.

—Sí, de un bosque lleno de plantas fantásticas, en un amanecer de color turquesa. La novia del viento emergiendo de la naturaleza, fuerte e indómita.

Rebecca se aproximó a él y le acarició la mejilla con dulzura.

—Yo voy a pintarte en medio de un paisaje helado, tras bajarte de un caballo blanco —comentó ella—. Y llevarás contigo una luz, la luz de un nuevo comienzo, de un despertar.

Leopold no supo qué contestar a eso, así que se limitó a estrecharla entre sus brazos y a agradecer al universo que hubiera puesto a esa mujer en su camino.

Después de varios meses sin acercarse a Saint-Martin d'Ardèche, aquella mañana de marzo decidieron que no tenían por qué esconderse de sus vecinos. A fin de cuentas, no habían hecho nada malo.

No tenían intención de pasar por Casa Lagrange, porque ninguno de los dos estaba seguro de cómo reaccionarían si se encontraban con el dueño de la taberna. Aunque Rebecca le había explicado su conversación con Marguerite, y ambos habían llegado a la conclusión de que su esposo Frédéric tal vez no había tenido más remedio que hablarle de él a los gendarmes, la sensación de traición no los había abandonado. Quizá con el tiempo todo volviera a su cauce, pero ese momento aún no había llegado.

Fueron a la estafeta de correos a enviar unas cartas, luego dieron un breve paseo, aprovechando que las temperaturas eran algo más suaves que en días anteriores, y por último hicieron la compra. Las dos tiendas del pueblo presentaban muchos huecos en sus anaqueles, y el dueño de una de ellas, que miró a Leopold con suspicacia, les dijo que a algunos vecinos les había dado por acumular víveres en previsión de los malos tiempos. A Rebecca no se le había ocurrido hacer algo semejante, pero quizá aún no era tarde.

Durante su breve estancia en la localidad, resultó evidente que los habitantes del municipio no parecían especialmente contentos con la presencia de Leopold en sus calles y sus establecimientos. A esas alturas, imaginaron, los que no sabían que era de nacionalidad alemana ya se habrían enterado, y Francia estaba en guerra contra Alemania. Aunque en ese momento fuese una guerra silenciosa.

Cuando regresaron de nuevo a la casa, lo hicieron con el ánimo decaído. Nadie los había atacado, ni los había insultado o amenazado, y, sin embargo, la sensación de no ser bienvenidos era tan acusada que resultaba incluso dolorosa. Personas que antes se detenían a charlar con ellos, fascinados con la idea de que dos artistas famosos —especialmente él— se alojaran en su localidad, ahora les dirigían miradas torvas o cambiaban de acera para no tener que cruzarse con ellos.

—A partir de ahora haremos la compra en Aiguèze —le dijo Rebecca mientras colocaban las provisiones en la cocina y la despensa—. Es más grande que Saint-Martin y hay más establecimientos.

No añadió que en la población vecina nadie los conocía ni sabía de sus orígenes, pero no hizo falta. Ambos eran conscientes de ello.

La primavera estalló en colores y los encontró a ambos trabajando en el huerto, pintando, leyendo o haciendo el amor. El mundo había dejado de girar más allá de los muros de la villa, aunque no iba a tardar en ponerse en marcha, y a una velocidad vertiginosa.

El 9 de abril, Alemania invadía Dinamarca y Noruega, a pesar de la declaración de neutralidad de ambos estados. Y el 10 de mayo le tocaba el turno a Países Bajos, Luxemburgo y Bélgica. Las emisoras de radio no cesaban de emitir noticias cada vez más alarmantes. Cuando anunciaron que la aviación alemana había bombardeado la ciudad de Róterdam, ambos contuvieron el aliento, y no les sorprendió que Países Bajos capitulara solo un día después para evitar una matanza indiscriminada de sus habitantes.

Mientras las casas reales partían hacia el exilio, los alemanes extendían sus tentáculos sobre sus nuevos territorios. En cuestión de unos pocos días, fueron cayendo las principales ciudades al paso de las tropas nazis: Lieja, Bruselas, Charleroi, Amberes...

La línea Maginot, que tan consistente parecía solo unas semanas antes, demostró su ineficacia cuando el ejército de Hitler entró en Francia por la región de las Ardenas, que compartían Francia, Bélgica y Luxemburgo, y que no había sido fortificada debido a su accidentado terreno. Todo el mundo había supuesto, erróneamente, que los alemanes jamás se arriesgarían a un ataque en un terreno abrupto y boscoso, que además debía salvar el río Mosa; el avance sería tan lento que los franceses dispondrían de tiempo suficiente para preparar una contraofensiva.

Solo que los alemanes estaban entrando por decenas de miles y los aliados no disponían de fuerzas suficientes para contenerlos.

21

Si no fuera porque la guerra era una realidad, nada hubiera hecho pensar en aquel rincón de Francia que el mundo se estaba cayendo a pedazos. Las viñas ya estaban cargadas de hojas, el río Ardèche continuaba su intrépido transcurrir, alimentado por el deshielo de las cumbres, y las montañas permanecían inamovibles, ajenas al devenir de los mortales. Solo las calles de las poblaciones se encontraban más vacías que nunca, igual que los estantes de los comercios, cada vez más mermados. El miedo era el nuevo compañero de mesa de la mayoría de los franceses, que a esas alturas tenían a hijos, hermanos o maridos luchando en el frente.

Leopold y Rebecca hicieron acopio de provisiones, habiéndose desplazado incluso hasta Lyon para conseguirlas, y habilitaron un trozo más de jardín para convertirlo en huerto, en el que trabajaban sin descanso.

No les extrañó recibir la inesperada visita de Frank Stapleton a mediados de mayo. Llegó al volante de un vehículo bastante nuevo y con solo una pequeña bolsa de viaje. Abrazó a su amigo con efusividad durante varios minutos, mientras este le agradecía todo lo que había hecho por ellos.

—¿Cómo están los demás? —se interesó Leopold. Tras los saludos iniciales, se encontraban los tres sentados en el jardín, con una jarra de té frío sobre la mesa.

—Preparándose para lo peor.

—Oh, eres un pesimista, amigo.

—¿Pesimista? —Frank frunció el ceño y luego miró a Rebecca—. Los alemanes avanzan hacia París a marchas forzadas.

—Los franceses los frenarán, estoy seguro.

—Ya...

Frank hizo una mueca, como si no creyera en las palabras de su amigo, pero prefirió olvidar el tema. Les habló en cambio de sus compañeros. Todos ellos permanecían en París, principalmente porque no tenían otro sitio al que ir. Por el contrario, los artistas extranjeros habían comenzado a marcharse de Francia con destino a sus países de origen, principalmente a través de los puertos del sur, como Marsella, o de la frontera con España, que de momento se mantenía neutral. La diáspora aún no era masiva porque había muchos, como Leopold, que estaban convencidos de que los alemanes serían repelidos. Entre ellos se encontraba Peggy Guggenheim, la mecenas estadounidense, que al parecer estaba adquiriendo cuadros y esculturas a marchas forzadas, que guardaba en algún lugar desconocido a la espera de poder trasladarlas a Nueva York.

—Parece que ha adoptado la norma de comprar un cuadro al día —continuó Frank.

—Lástima no estar en París para aprovechar la coyuntura —bromeó Leopold.

—Créeme, París ya no es lo que era. —Frank los miró de forma alternativa—. La ciudad de la luz está a oscuras para impedir que los alemanes puedan verla desde el cielo. Los cafés ya no abren por las noches y, si lo hacen, es con las puertas cerradas y las persianas echadas. Muchas tiendas se están quedando sin productos y la gente..., la gente está asustada.

—¿Qué vas a hacer tú? —se interesó Rebecca.

—Si los alemanes siguen avanzando, también me marcharé. A casa, a Nueva York.

—Pero volverás... —musitó Rebecca, afligida de repente—. Quiero decir, cuando todo esto acabe. Porque algún día terminará, ¿no?

—Nada es para siempre, supongo —comentó Frank, sin saber que ella misma había pronunciado esas mismas palabras no hacía mucho, aunque en un contexto muy distinto.

El silencio se convirtió en el cuarto comensal de aquella mesa, y se quedó allí mucho rato, hasta que el día declinó y las estrellas iniciaron su baile vespertino.

—Voy a preparar la cena —dijo entonces Rebecca, que se marchó a la cocina y los dejó a solas.

Leopold se sirvió un poco más de té y rellenó el vaso de Frank. Intuía que su amigo deseaba conversar a solas y aguardó paciente a que comenzara a hablar.

—Deberíais marcharos vosotros también —le dijo al cabo de unos minutos.

—¿Marcharnos? ¿A dónde?

—A cualquier lugar, fuera de Francia.

—Este es mi país.

—Eres alemán, Leopold. —Su amigo bufó.

—Pero francés de adopción.

—Oh, por favor, ¿crees que eso significa algo en realidad? —Frank elevó el tono de voz y lo miró, estupefacto—. Los franceses te consideran un enemigo, tú más que nadie ya deberías tenerlo claro.

—Supongo que antes era así —repuso, con voz calmada—. Algo debisteis hacer bien si logré salir con vida de Les Milles.

—Ya... —dijo cortante—. ¿Y qué pasará si los alemanes ocupan Francia?

—Eso no va a...

—¡Esto está sucediendo, maldita sea! —estalló—. Que vosotros no queráis verlo no significa que no esté ocurriendo.

Leopold apretó la mandíbula, reacio a contestar.

—También soy alemán —dijo al fin.

—Y judío, no lo olvides —contratacó su amigo—. Y ya sabes lo que los nazis están haciendo con los judíos, internándolos en campos de trabajo, y a saber qué más.

—¿Crees que a alguien le importará un artista que vive retirado en una vieja casa de campo, lejos de todo?

—Eres más ingenuo de lo que pensaba —contestó Frank, hundiendo los hombros—. Deberías tener un plan, Leopold. Si los alemanes llegan hasta París, Francia entera será de los nazis, y ya puedes imaginar lo que supondrá eso.

—Estás convencido de que eso va a suceder, ¿verdad? —Lo miró con los ojos entrecerrados.

—Absolutamente.

—Tienes muy poca fe en los habitantes de este país.

—Y tú demasiada, teniendo en cuenta que esos mismos franceses fueron los que te encerraron.

Un silencio acerado siguió a sus palabras. Frank tomó un sorbo de su vaso de té y volvió a dejarlo sobre la mesa, aunque sin soltarlo. Sin alzar la vista del contenido, volvió a hablar.

—Prométeme que lo pensarás —le pidió—. Si no lo haces por ti, hazlo al menos por Rebecca.

—Haría cualquier cosa por ella, ya lo sabes.

—Mantenla a salvo, es todo lo que te pido.

Si Leopold había albergado dudas alguna vez sobre los sentimientos que profesaba su amigo a la mujer que él amaba, esas palabras las despejaron por completo. Frank amaba a Rebecca, probablemente con la misma intensidad con la que él lo hacía, y eso, de alguna extraña manera, los hermanaba.

—Lo haré —prometió al fin.

Frank se limitó a asentir y bebió de un trago el contenido de su vaso, pero no se atrevió a mirarlo de frente, consciente de que había desvelado sus sentimientos ante aquel hombre al que siempre había considerado un amigo.

Solo hacía dos días que el fotógrafo había regresado a París y las noticias del frente no podían ser más desalentadoras. El 20 de mayo, los alemanes alcanzaron el río Somme, tres días después habían tomado Boulogne-sur-Mer, y dos más tarde sitiaban la ciudad de Lille. El norte del país estaba siendo ocupado a una velocidad vertiginosa. Los franceses resistirían, era el mensaje que emitían todas las emisoras de radio y que publicaban todos los periódicos, como si esas palabras pudieran conjurar algún extraño encantamiento que impidiera a los nazis continuar avanzando como un relámpago hacia el corazón de Francia.

Leopold escuchaba las noticias con mayor interés que nunca. Las palabras de su amigo le habían calado hondo y no cesaba de preguntarse qué sucedería con ellos si los alemanes conquistaban el país. A él lo deportarían, eso era una posibilidad. Y Rebecca era inglesa; por lo tanto, enemiga de los nazis. ¿Qué pasaría con ella? Frank tenía razón: debía protegerla a toda costa.

Dos días antes de que finalizara mayo, frente a la evidencia de que la caída de París era cuestión de pocos días a tenor de cómo se estaban desarrollando los acontecimientos, Leopold le pidió a Rebecca que comenzara a preparar el equipaje.

—Solo nos llevaremos lo imprescindible —le dijo—, para poder viajar ligeros. Cerraremos la casa y el resto se quedará aquí, ya volveremos a por nuestras cosas.

—Me estás asustando. —Rebecca permanecía de pie, apoyada en la jamba de la puerta. Miraba como él metía un par de camisas y ropa interior en una bolsa de piel.

Leopold dejó lo que estaba haciendo y se le acercó para acariciarle la mejilla.

—Aún conservo la esperanza, pero debemos prepararnos —trató de tranquilizarla.

—Pero mientras tanto nos quedamos aquí, ¿verdad? Hasta que estemos seguros de que la situación es irrevocable.

—No me gustaría esperar demasiado. Luego podría ser demasiado tarde.

—¿Y qué haremos? —inquirió, insegura.

—Viajaremos al sur, a Marsella, y allí cogeremos el primer barco que nos saque de Europa.

—Pero... ¿a dónde iríamos?

—América, tal vez.

—América... —musitó Rebecca.

—Siempre he querido visitar Argentina, quizá es el momento.

—Pero no hablas ni una palabra de español —rio ella—. Y el mío es terrible. El norte sería mejor.

—¿Estados Unidos? —La tomó de las manos—. ¿Nueva York, quizá?

—Nueva York, Chicago, Washington... Da igual. Solo sería algo temporal, ¿no es cierto?

—Sí, tienes razón. Solo será temporal.

La besó en la frente y deseó con todo su ser que sus palabras resultaran proféticas.

Con las maletas hechas, el portón abierto y el depósito del coche a medio llenar, porque había resultado imposible encontrar más gasolina, aguardaron impacientes pegados al transistor, cuyas noticias no cesaban de empeorar. De tanto en tanto se miraban, como si esperaran una orden para ponerse en marcha. Rebecca le había pedido que aguardaran, por si acaso la situación daba un giro inesperado, pero Leopold estaba ansioso y percibía un peligro incierto cerniéndose sobre ellos.

—Creo que ha llegado el momento —le dijo a Rebecca—. No podemos esperar más.

Ella le sostuvo la mirada un instante y acabó asintiendo. Comenzó a subir las escaleras para bajar su bolsa de viaje mientras él abría la puerta, solo que entonces sucedió algo totalmente inexplicable. En lugar de salir, Leopold retrocedió, y Rebecca, apoyada en la barandilla, contempló con horror que los gendarmes habían regresado. Y esta vez eran tres.

El más joven era el mismo que la vez anterior, pero los otros eran diferentes, mayores, más altos y fornidos. Leopold trató de escabullirse, pero fue interceptado por un gendarme, mientras otro le propinaba un fuerte puñetazo. Ella gritó y bajó a toda prisa para tratar de ayudarlo. En el forcejeo, varios muebles cayeron al suelo y el transistor se hizo añicos frente a la chimenea. Leopold era un hombre fuerte y ya estaba totalmente recuperado de su paso por Les Milles, pero ellos lo superaban en número y musculatura. Rebecca se interpuso para liberarlo de su agarre y uno de los gendarmes le dio una bofetada que la tiró al suelo.

—¡No te atrevas a tocarla, malnacido! —bramó Leopold, que había logrado desasirse y propinarle un puñetazo que solo le rozó la mandíbula.

—Será mejor que no te resistas, boche de mierda —ladró el más alto, el insulto con el que muchos se referían a los alemanes.

—¡No soy un boche!

Mientras lo sujetaban, Leopold se defendía con las piernas tan bien como podía, hasta que un gendarme sacó una porra y le golpeó la rodilla. Con un aullido, Leopold cayó al suelo y, durante un instante, su mirada se encontró a la altura de Rebecca, cuyo labio sangraba profusamente. La vio tan asustada que quiso morirse allí mismo.

Los gendarmes continuaron golpeándolo y él no pudo hacer otra cosa que aovillarse para evitar que lo mataran a palos; mientras, los gritos angustiados de Rebecca sacudían el aire a su alrededor. El dolor le llegaba de todas partes y tuvo la sensación de que iba a perder el conocimiento de un momento a otro.

—¡¡¡Basta!!! ¡¡¡Basta ya!!! —Rebecca se había levantado y golpeaba la espalda de un gendarme con toda la fuerza de sus brazos, hasta que el hombre se volvió y le dio un empellón. Los golpes habían cesado.

—Dile a tu novia que se esté quietecita o también nos la llevaremos —le aconsejó el gendarme con un último puntapié—. Como puta de un boche, seguro que le encontraremos utilidad.

—Yo podría encontrársela ahora mismo —graznó otro de ellos.

Leopold, aún en el suelo e incapaz de moverse, contempló cómo el tipo se aproximaba a ella y, de un fuerte manotazo, le rasgaba el vestido hasta la cintura. Vio su mirada aterrada mientras procuraba recomponer la prenda rota para cubrirse la ropa interior, pero el hombre la tomó con fuerza por los brazos para tratar de impedírselo. Le bastó con una sola de sus grandes manos para sujetarle las muñecas, mientras con la otra comenzaba a sobarle los senos por encima de la delicada prenda que los cubría. La sangre de Leopold pareció coagularse dentro de sus venas. Rebecca se retorcía, trataba de morderle y gritaba como una posesa, mientras intentaba desasirse del agarre de aquel ser despreciable.

—¡Déjala! —gritó él, con el sabor de la sangre en la boca, aunque su voz solo fue un graznido que hizo que sus costillas se quejaran. Trató de incorporarse, pero los músculos no le respondieron—. ¡No la toques!

—¡No tenemos tiempo para esto, Pierre! —ladró en ese instante uno de los gendarmes, a todas luces el cabecilla.

—Solo serán unos minutos… —comentó el otro, que había pegado el cuerpo al de la mujer y comenzaba a lamerle el cuello de forma lasciva. El más joven contemplaba la escena con estupor.

—¡He dicho que basta! —insistió el jefe.

El otro se retiró de mala gana, momento en el que ella aprovechó para intentar arañarle la cara. El gendarme apartó el rostro y luego, con el dorso de la mano, la abofeteó con tanta fuerza que su cabeza rebotó contra el muro y cayó al suelo, desmadejada.

A continuación, se volvió hacia Leopold y, con la ayuda del más joven, lo pusieron en pie sin miramientos y le esposaron las manos a la espalda. Ahogó un grito de dolor para no preocupar a Rebecca, que comenzaba a incorporarse con los ojos ardiendo de furia. El golpe le había abierto una pequeña brecha en la frente, por la que manaba un hilo de sangre, y su rostro se había transformado en una máscara blanca y roja, tensa como si estuviera hecha de yeso. Supo que estaba dispuesta a continuar luchando: por él, por ambos.

—Para, Rebecca —le pidió.

Ella se detuvo, temblando y con las lágrimas que le trazaban surcos en las mejillas. Los brazos, que había comenzado a alzar, le cayeron a los costados, como una marioneta a la que hubieran abandonado en mitad de una función. Lo miró como si no lo viera, con una especie de velo cubriéndole las pupilas.

—Volveré, ya lo hice una vez… —balbuceó sin dejar de contemplarla.

—Yo no contaría con ello, amigo. —Pierre, el gendarme que había tratado de violarla, se rio con estridencia—. Seguro que has estado haciendo señales a tus compañeros para ayudarlos a entrar en Francia.

—¡¿Qué?! —Leopold se quedó atónito.

—¡Vámonos ya! —ordenó el jefe, que encabezó la marcha hacia la salida.

—¿A dónde me lleváis? —preguntó mientras lo empujaban y medio arrastraban sin contemplaciones. Le costaba mantenerse erguido, pero no iba a permitir que ella lo viera marchándose como un hombre vencido.

—A Les Milles, para ser deportado.

—¿Deportado? ¿A dónde?

—Si por mí fuera, al centro de África —rio Pierre de nuevo.

Recorrieron el jardín en pocos segundos y alcanzaron el coche. Abrieron la puerta de atrás y lo metieron dentro. Leopold aún presentó algo de resistencia, que fue vencida de inmediato con un puñetazo en el estómago.

—¡¡Rebecca!! —gritó él de repente.

Pero ella estaba allí, a solo un paso de él, con aire casi ausente y el rostro pintado de sangre.

—¡Tienes que marcharte! —le gritó con un último esfuerzo—. ¡Tienes que seguir el plan! ¡Yo iré a buscarte!

Rebecca no respondía, como si no fuese capaz de escucharlo.

—¡Te encontraré, Rebecca! —repitió—. ¡Iré a por ti!

Pierre se sentó junto a él y cerró la puerta. El más joven se colocó frente al volante y el jefe ocupó el asiento del copiloto, sin dignarse a mirar atrás. El automóvil se puso en marcha.

Rebecca reaccionó al fin, emergiendo de una especie de trance. Había escuchado todas y cada una de las palabras de Leopold, aunque todavía no había logrado asimilarlas. Se acercó al coche y comenzó a golpear la ventanilla del conductor, mientras lo insultaba y le gritaba todas las obscenidades que se le iban ocurriendo. Pero sus palabras no eran armas arrojadizas y no hicieron más que arrancar una mueca de desdén a su destinatario, que maniobró para salir de allí.

El coche comenzó a alejarse por el camino y Rebecca corrió tras él, como si de algún absurdo modo pudiera impedir que se llevaran a Leopold otra vez. El automóvil fue empequeñeciendo a medida que se alejaba, aunque eso no la hizo desistir. Correría hasta Les Milles si era preciso, se dijo, mientras lloraba y resollaba por la carrera, con los faldones de su vestido ondeando al viento.

Solo llegó hasta el pueblo, y allí, cerca de la plaza, sus piernas dejaron de responderle y cayó de rodillas sobre los adoquines. Ni siquiera sintió el dolor del impacto, solo el hueco lacerante que había dejado su corazón al partirse.

A esas alturas, ya haría varios minutos que el coche habría atravesado la población, y con una brizna de sentido común supo que jamás los alcanzaría y que, en caso de hacerlo, no podría hacer absolutamente nada para liberarlo.

Allí, de rodillas en aquella calle desierta, alzó la mirada. Vio con el rabillo del ojo el movimiento de una de las cortinas en la ventana de la casa más cercana y supo que algún vecino la estaba observando, aunque nadie salió para ayudarla.

Se levantó con esfuerzo y se dispuso a regresar a su casa. No era consciente de que las rodillas le sangraban, ni de que casi toda su cara había comenzado a hincharse, ni de que tenía el pelo alborotado, los ojos llorosos de una loca de atar y el vestido hecho jirones moviéndose con la brisa. Desanduvo el camino sin parar de llorar, sintiendo que a cada paso perdía una parte de sí misma. Cruzó el umbral de La Gioconda convertida en un despojo humano, apenas en una sombra.

Entró en la casa y, tambaleante, subió al piso de arriba, donde se tomó un frasco de perfume como si fuese agua, con la esperanza de acabar con su sufrimiento de una forma rápida y eficaz. Pero solo consiguió un fuerte dolor de estómago y varias horas sentada junto al retrete, vomitando hasta quedarse sin fuerzas.

Luego se dio una larga ducha, y ni así pudo arrancarse de la piel el tacto de aquella mano grasienta y el rastro de aquella lengua lasciva. Lloró acurrucada en un rincón del baño, débil, impotente y tan asustada que no salió de allí en dos días.

Y entonces decidió que se parapetaría en la casa, y que allí aguardaría el regreso de Leopold. Lejos de todo y de todos.

Ni siquiera se enteró de que, unos días después, el 14 de junio de 1940, los alemanes tomaban París, tan solo cinco semanas después del inicio de la que más tarde sería conocida como la batalla de Francia.

22

Quizá la última persona a la que Rebecca esperaba encontrarse en su propia casa en aquellos días era a su vieja amiga Diane Morris, con quien había asistido a la escuela de arte en Londres; aunque aquello había sucedido en otra vida, tan lejana que apenas era capaz de recordarla. Desde que se instaló en Francia, se habían escrito con cierta frecuencia, y su amiga, en cada ocasión, le prometía ir a visitarla a su paraíso particular, aunque esa promesa nunca había llegado a materializarse. Al menos hasta ese momento.

Llegó el día de San Juan, bajo un sol abrasador, en un pequeño vehículo italiano y en compañía de un joven y guapo húngaro llamado Michel Szabo, que se quedó junto al coche mientras Diane se acercaba hasta ella.

—Rebecca, estás irreconocible —le dijo su amiga, antes de darle un corto abrazo.

—Estoy bien —replicó, tras alisar las arrugas de su vestido. Ni siquiera recordaba cuántos días hacía que lo llevaba puesto. Se llevó una mano a la frente, donde la herida ya había casi cicatrizado—. ¿Qué...? ¿Qué hacéis aquí?

—Vamos de camino a España, para cruzar la frontera y regresar a Inglaterra. Yo... —Bajó la vista—. Hablé con mi madre y me dijo que la tuya estaba muy preocupada. Hace mucho que no tienen noticias tuyas. Por eso nos hemos desviado, aunque pensé que tú tampoco estarías ya aquí.

—Tengo que escribirle un día de estos.

—¿Dónde está Leopold?

—Eh, no lo sé, en el huerto, en la parte de atrás, creo.

Rebecca se mordió el labio, indecisa. ¿Realmente Leopold estaba allí? ¿O estaba pintando en el piso de arriba? Quizá había ido al pueblo a comprar. No, eso no era cierto. Se lo habían llevado. Sí, eso era. Como un fogonazo, los recuerdos de aquella tarde la golpearon y se llevó la mano al estómago.

—Se lo han llevado, Diane. —Tomó a su amiga del brazo con inusitada fuerza—. ¡Esos bastardos se lo han llevado otra vez!

—Rebecca...

—¡Tenemos que ir a buscarlo!

Hizo ademán de querer pasar a su lado, pero Diane la sujetó con energía.

—No, no podemos hacer nada por él ahora.

—Sí, claro que podemos. Nosotros... Iré a París de nuevo, y hablaré otra vez con Paul Éluard.

—Rebecca, los nazis están en París.

—¿Qué? —La miró como si de repente se hubiera transformado en un tubérculo—. No, no, eso no es posible... La línea Maginot...

—La línea Maginot ya es historia —la interrumpió—. Francia ha quedado dividida en dos. El norte es de los alemanes y el sur, de un gobierno títere con base en Vichy. Los nazis están por todas partes. Hay que salir de Francia cuanto antes.

—No, tenemos que esperar a Leopold.

Vio en la mirada de Diane una mezcla de compasión y algo más..., algo que no fue capaz de identificar del todo.

—Lo mejor ahora es que te des un buen baño. —Le pasó un brazo por la cintura con delicadeza—. ¿Cuánto hace que no te lavas?

—Eh, yo, no lo sé.

—Y debes comer algo, te has quedado en los huesos.

Rebecca se miró los delgados brazos y se agarró el vestido a la altura del pecho. Tal vez Diane tenía razón. Antes aquella prenda le quedaba casi justa y ahora podía bailar dentro de ella.

Entraron en la casa y su amiga dio un respingo.

—Por Dios, ¡estás viviendo como los mendigos! —se quejó.

Vasos y platos vacíos se desperdigaban por todas partes, entre los restos de muebles rotos. Y había muchas botellas vacías, probablemente casi todas las que guardaban en la pequeña bodega. ¿De verdad había bebido tanto? Frente a la chimenea había un par de mantas arrugadas y una almohada con la funda sucia.

—Duermo aquí abajo por si llega algún coche y no lo oigo —explicó, en voz queda.

—De acuerdo, luego nos ocuparemos de eso.

Como si volviera a ser una niña, Rebecca se dejó conducir y, durante unos instantes, permitió que otra persona cuidara de ella.

Hacía meses que Diane Morris no tenía noticias de Rebecca, que tras su llegada a París le escribía con cierta frecuencia. Aunque Diane había decidido viajar un poco —Turquía, Egipto, Grecia, Italia y, finalmente, Mónaco— y sus cartas le llegaban con mucho retraso, sabía dónde se encontraba y con quién. En un principio, su huida de Inglaterra le pareció un despropósito, pero en el fondo se alegraba por ella. Parecía haber encontrado su lugar en el mundo y a un hombre que la apreciaba en lo que valía. Por eso no había dudado en desviarse un poco en cuanto su madre se lo pidió, y cumplir así su eterna promesa de ir a verla.

Le llevó más de una hora restregar aquel cuerpo escuálido y desenredarle el cabello, lleno de nudos. Encontrársela en tal estado de abandono había sido del todo inesperado, con aquella mirada perdida y vidriosa, y la casa convertida en una pocilga. La vivienda era antigua, pero parecía en buen estado y la habían decorado con sencillez y buen gusto.

Cuando Rebecca estuvo aseada, la llevó a la cama para que descansara un rato. En un principio se negó, y solo aceptó echar una cabezada cuando ella le aseguró que vigilaría y la avisaría de inmediato si alguien se acercaba por allí.

Luego, con ayuda de Michel, recogieron el estropicio del salón y de la cocina, que no presentaba mucho mejor aspecto. Cuando terminaron, el día declinaba y Diane estaba sudando y totalmente agotada.

—Si hubiera sabido que iba a volver a dedicarme a limpiar podría haberme quedado donde estaba —bromeó Michel.

—Yo... no esperaba todo esto.

Diane le tomó de la mano. Hacía tres meses que se habían conocido en Mónaco, donde él trabajaba como camarero. Era guapo, divertido, inteligente y un amante estupendo, y no había dudado en ofrecerse a acompañarla en cuanto los alemanes invadieron Francia. Solo que habían esperado demasiado y les resultó imposible conseguir pasaje en ninguno de los barcos que abandonaban el continente desde los puertos franceses. Así que adquirió un vehículo con el que atravesar el sur del país y cruzar a España. Como los dos sabían conducir, habían realizado el viaje en menos tiempo del esperado y, si no fuera por el desvío que se habían visto obligados a hacer, quizá a esas alturas ya habrían logrado llegar a lugar seguro. Sin embargo, el tiempo se les echaba encima. Si se tropezaban con algún alemán, estarían perdidos. Ella era británica y él, húngaro; aunque su país era aliado de los alemanes, no estaba dispuesto a luchar junto a los nazis.

Era preciso que retomaran el viaje de inmediato. Con Rebecca o sin ella.

—Debes acompañarnos, Rebecca —insistió una vez más.

—Oh, Leopold volverá enseguida —comentó su amiga, que de nuevo parecía haber olvidado que Blum no iba a regresar—. Prepararé algo de cenar para los cuatro. Os quedaréis a dormir, ¿verdad?

—Ya hemos dormido aquí, cielo. —Diane le acarició el brazo—. Llegamos ayer.

—¿Ayer? ¿De verdad? —La miró, confundida.

—Hay que salir de Francia —repitió por enésima vez.

—Yo vivo en Francia.

—Exacto, por eso mismo hay que marcharse. Los alemanes ya están aquí. Esta mañana hemos visto a algunos en el pueblo.

Diane no le había contado que sintió que se le contraían las tripas en cuanto distinguió los uniformes, que Michel y ella ni siquiera llegaron a bajarse del coche y que regresaron de inmediato a la casa.

—Nos vamos a España —le dijo, en cambio—. Ya he preparado tu equipaje.

—¿España? No...

—Sí, conseguiremos un visado para cruzar la frontera y volveremos a casa.

—Ya estoy en casa. —Miró alrededor, a aquellas paredes llenas de dibujos y pinturas adornando muros y puertas. Luego la volvió a mirar, como si algún engranaje de su cerebro hubiera conectado varias piezas—. ¿Podemos conseguir un visado?

—Por supuesto —contestó, aunque ni ella estaba del todo segura de que eso fuera a ser posible.

—Entonces... —Hizo una pausa y se pellizcó el puente de la nariz—. Podemos conseguir otro para Leopold. Le hará falta también.

—¡Claro! —Diana asintió, enérgica. Aquella era una buena idea, una buena excusa que le permitiría al fin sacarla de allí.

—Tengo su pasaporte arriba, junto con el mío.

—Pues hay que ir a buscarlos enseguida. Y luego nos marcharemos.

—Sí, sí, claro. —Rebecca agitó la cabeza—. Pero la casa...

—La cerraremos y cuando todo esto acabe podrás volver.

A Diane se le secó el alma en cuanto vio las lágrimas asomar a los ojos de su amiga, como si pensara que, una vez que dejaran atrás aquella vivienda, jamás habría una vuelta atrás.

Apretujada en la estrecha parte trasera del vehículo, Rebecca no podía parar quieta. De tanto en tanto abría la ventanilla y gritaba al viento para insultar tanto a los gendarmes como a los alemanes. Les llamaba asesinos e insistía en que había que matar a Hitler. Diane trataba por todos los medios de tranquilizarla porque, si alguien llegaba a escuchar sus gritos, se encontrarían en graves problemas. Por suerte, por las carreteras no circulaban muchos vehículos, aunque sí había largas hileras de personas que arrastraban sus pertenencias en una prolongada y penosa marcha hacia el sur. Casi nadie alzó la vista ni se dio por enterado de aquellas salidas de tono, lo que fue una suerte.

Se detuvieron a almorzar y echaron mano de las provisiones que habían rescatado de casa de Rebecca, que ella apenas probó. Sentada en el suelo, parecía una muñeca olvidada por un gigante. Y luego, cuando Diane la ayudó a ponerse en pie, descubrió que no podía moverse, que su cuerpo no le respondía y que solo podía desplazarse de lado, como si fuese un cangrejo. La boca se le había quedado algo torcida y no era capaz de mover el lado derecho del rostro. Diane comenzó a asustarse.

—Creo que tiene una crisis nerviosa —comentó Michel.

—¿Cómo lo sabes? —le preguntó, en tono acre—. ¿Acaso eres médico?

—Mi madre sufrió algunas así cuando mataron a mi padre —contestó, en cambio.

Diane se pasó la mano por la frente.

—Lo siento. Yo… Todo esto me supera.

—Ya estamos cerca.

Michel la abrazó y le dio un beso en la coronilla. Entre los dos ayudaron a Rebecca a entrar de nuevo en el coche y reanudaron la marcha.

A la altura de Perpiñán, los episodios de enajenación se sucedieron y, finalmente, Diane tuvo que sentarse en la parte trasera para impedir que cometiera más locuras. De tanto en tanto, intercambiaba alguna mirada con Michel, que mostraba signos de sentirse tan tenso y superado por las circunstancias como ella misma.

Después del interminable viaje, no les permitieron cruzar la frontera española porque no disponían de papeles. Miles de personas se congregaban allí, tan deseosos como ellos de saltar al otro lado. Sin embargo, los alemanes habían enviado a un nutrido grupo de soldados para que custodiaran el paso, y a muchos otros para que vigilaran la zona, porque circulaba el rumor de que, por una cantidad de dinero, había quien ayudaba a cruzar los Pirineos a pie. Diane no se sentía con fuerzas para una travesía de ese calibre, y Rebecca no sería capaz de dar ni un paso.

A Michel se le ocurrió entonces que podían viajar hasta Andorra, un país diminuto entre Francia y España. Tal vez desde allí pudieran ponerse en contacto con la familia de Rebecca y obtener ayuda. Diane aceptó la sugerencia con entusiasmo. Su familia no poseía ni dinero ni influencias suficientes, pero la de Rebecca sí. Walter Heyworth era el propietario de un grupo de empresas que, según lo último que había sabido, estaba obteniendo pingües beneficios durante la guerra, y recordó que tenía también una sucursal en Madrid. Rebecca incluso le había contado que estuvo presente en la inauguración cuando apenas tenía trece años.

En Andorra, encontraron alojamiento en un pequeño hotel que, inexplicablemente, estaba vacío. No había más huéspedes que ellos, o al menos no los hubo durante los primeros tres días, porque luego se llenó de refugiados que, como ellos, esperaban cruzar a España desde allí.

Michel se encargó de telegrafiar a Walter Heyworth para explicarle la situación, pero no obtuvieron noticias. Dos veces más tuvo que acudir a la oficina de telégrafos, hasta que al fin recibieron la respuesta deseada. El magnate los conminaba a aguardar allí y les informaba de que mandaría a alguien de su empresa, con dinero y papeles, para que pudieran cruzar la frontera.

Un poco de buena suerte, al fin.

Rebecca sentía la cabeza embotada. Los recuerdos se le mezclaban unos con otros. A veces le parecía que se encontraba aún en Londres, con Diane, estudiando en la escuela de arte, porque no entendía muy bien qué hacía su amiga allí con ella. Otras, pensaba que Leopold y ella estaban pasando unos días de vacaciones en un hotelito encantador, donde la gente era esquiva y se comportaba de forma extraña. Y unas pocas, en cambio, era plenamente consciente de lo que estaba sucediendo, de dónde estaba, con quién y por qué. Y, en esas, el miedo le agarrotaba los miembros, le impedía hablar con soltura e incluso moverse. Había noches en que se despertaba con la sensación de que le habían arrancado las piernas, que no lograba sentir, hasta que Diane la ayudaba a serenarse y le mostraba que seguían allí, bajo las sábanas. En ocasiones, eran los dientes los que le faltaban, o el cabello, y recorría con los dedos el interior de la boca contando cada pieza o se llevaba las manos a la cabeza para comprobar que su melena continuaba allí, tan revuelta como siempre.

Junio dio paso a julio y el calor resultaba sofocante, aunque no tanto como en su casa. Si cerraba los ojos, era capaz de imaginarse en el estudio, pintando con Leopold, y luego haciendo el amor bajo las sábanas frescas y limpias, como si el mundo aún fuese un lugar hermoso y habitable. Las más de las veces, sin embargo, permanecía en un estado casi catatónico, con la vista perdida en algún punto indeterminado, sin saber muy bien qué se esperaba de ella.

Finalmente llegó al hotel un empleado de la firma de su padre en Madrid. Portaba dinero y documentos para ambas, que entregó a Rebecca en un sobre. Ella miró aquel abultado envoltorio y no supo muy bien qué hacer con todo aquello, así que se lo tendió a su amiga.

—¿Y para mi amigo Michel Szabo? —inquirió Diane.

—Solo para vosotras dos —contestó el hombre, serio.

Diane miró hacia el fondo de la habitación, donde Michel ocupaba una silla, con los brazos apoyados en las rodillas.

—Ya me apañaré —dijo—. Lograré cruzar y nos veremos en Madrid.

—Tenemos que irnos ya —intervino el hombre—. Viajaremos en mi coche.

—Pero... —comenzó Diane.

—Ese es el plan: o lo toma o lo deja.

Los labios de Diane temblaron de forma perceptible y se abrazó a sí misma, indecisa.

—De acuerdo —dijo al fin—, solo deme unos minutos para despedirme.

—Dos minutos.

Rebecca arrugó los labios. No le gustaba el modo en que se dirigía a su amiga, aunque en ese momento no era capaz de encontrar las palabras para reprocharle su actitud poco amistosa y casi maleducada.

Cuando se hubo despedido, una compungida Diane la ayudó a levantarse y la acompañó desde la habitación hasta el automóvil que aguardaba fuera del hotel. Se trataba de un modelo grande, espacioso y tan brillante que Rebecca pudo contemplar en él su reflejo, aunque en un primer momento no reconoció a la mujer que la observaba desde aquella superficie reflectante. Llevaba un vestido demasiado grande y estaba muy delgada, con un aspecto enfermizo y un extraño rictus en la boca, como si la tuviera torcida. Aquella no podía ser ella, se dijo, aunque el pensamiento se evaporó con rapidez en cuanto ocupó el mullido asiento trasero, con Diane a su lado.

El automóvil se puso en marcha sin demora. El suave runrún comenzó a adormecerla. Un rato después se detuvieron y ella abrió los ojos, totalmente lúcida. El conductor sacó el brazo por la ventanilla con un puñado de papeles en la mano. La piel se le puso de gallina cuando vio que aquellos soldados de aspecto rudo comprobaban la parte trasera del vehículo y clavaban en ella una mirada poco amistosa.

La mano de Diane apretó con fuerza la suya, y el grito que estaba naciéndole en el pecho se quedó atascado, retenido por aquella cadena invisible con la que su amiga acababa de envolverla.

El coche arrancó de nuevo y Diane soltó un suspiro de alivio. Rebecca giró el cuerpo para echar un vistazo por la ventanilla trasera. Con la mirada empañada contempló las montañas que se alejaban, tras las que se encontraba el país en el que tan feliz había sido.

El país en el que aún se encontraba Leopold.

SEGUNDA PARTE
BAJADA A LOS INFIERNOS

23

El campo de detención de Les Milles apenas había cambiado desde que Leopold saliera de él unos meses atrás. Si acaso aún había más prisioneros, que abarrotaban las nuevas filas de literas que se habían añadido a las ya existentes. Prácticamente todos sus antiguos compañeros continuaban allí, aún más demacrados que la última vez que los viera, entre ellos varios médicos que se ocuparon de sanar sus heridas. Los gendarmes le habían roto la nariz y dos costillas, y tenía el cuerpo lleno de hematomas.

—Esperaba no tener que volver a verte —lo saludó Helm Pawlak con cierta ironía. Su amigo tenía las mejillas más hundidas y los ojos circundados por unas pronunciadas ojeras, aunque su mirada seguía poseyendo aquel brillo tan peculiar, igual que su sonrisa.

—Yo también —reconoció con pesar mientras se incorporaba con dificultad de la litera que le habían asignado. Hasta los guardias eran los mismos, había pensado al ver al soldado que lo condujo hacia su nueva ubicación. Y el olor. La pestilencia que emanaba de las letrinas no había menguado, más bien al contrario, y Leopold se vio luchando a diario contra las arcadas.

—Te acostumbrarás otra vez —comentó Helm arrugando la nariz—. Yo ya casi no lo siento.

En las horas sucesivas a su llegada, se vio rodeado de caras amigas y de algunas desconocidas. Varios lo saludaron con muecas de resignación y los más le pidieron noticias del exterior. Allí encerrados no tenían ni idea de lo que estaba sucediendo más allá de los muros, así que Leopold les contó lo que sabía. Vio por las expresiones de sus rostros que las noticias alegraban a la mayoría. Si Alemania acababa ocupando Francia, ellos, como súbditos alemanes, serían puestos en libertad. Leopold no pudo evitar experimentar cierto conflicto interior. Por un lado, detestaba que los nazis acabaran controlando Francia y quién sabía qué más. Por el otro, quizá sería el único modo de salir de allí para poder ir en busca de Rebecca.

De momento solo cabía esperar. Esperar y sobrevivir.

Para su sorpresa, los artistas que formaban parte de los prisioneros estaban pintando un mural en el comedor de oficiales del campo y Helm había sido designado como «director» del proyecto.

—Va a ser uno de los murales más valiosos del mundo —bromeó su amigo—. Imagínate un cuadro pintado por algunos de los pinceles más importantes de nuestro tiempo.

—Dudo mucho que nos permitan firmarlo —replicó él, que había aceptado de buen grado formar parte del grupo. Estaba dispuesto a cualquier cosa con tal de que su estancia en aquel lugar transcurriera lo más distraída y rápidamente posible.

—Desde luego, pero nosotros sabremos quiénes estuvimos aquí, y ellos también —dijo, señalando con la cabeza a dos soldados que fumaban junto a la puerta.

En efecto, pintar le resultó terapéutico. Era consciente de que la situación era muy distinta a la primera vez que había estado allí. Con Francia medio invadida, ninguno de sus antiguos amigos se encontraría en posición de poder interceder nuevamente por él y su única esperanza radicaba, irónicamente, en que los alemanes acabaran lo que habían empezado. Durante varias horas al día fue capaz de abstraerse de sus circunstancias, concentrado en su pequeña parte de aquel muro de hormigón que habían remozado con yeso. A cambio, tanto él como los demás miembros del grupo, que se turnaban para no estorbarse unos a otros, recibían mejores raciones de comida, aunque eso no significara gran cosa en un sitio como aquel. Media cucharada más de estofado aguado, un manojo extra de verduras crudas o hervidas, un trozo de pan seco algo más grande que el de sus compañeros y una taza extra de café diluido que sabía a agua sucia. En unos pocos días, la ropa comenzaría a colgar de su cuerpo otra vez y ya no existía la posibilidad de que Rebecca le hiciera llegar provisiones extras en alguna de sus visitas.

Rebecca. No podía dejar de pensar en ella, de rememorar aquella última imagen corriendo tras el automóvil por el polvoriento camino hacia Saint-Martin, haciéndose pequeñita mientras él sentía que su vida se convertía en un puñado de cenizas que el viento barrería sin misericordia. Rogaba porque ella hubiera seguido con el plan y le gustaba imaginársela a salvo, habiendo cruzado el océano en un camarote lujoso; fantaseaba con la idea de que encontrara un lugar en el que permanecer a resguardo de toda aquella barbarie.

Aun así, no tardó en habituarse a su nueva rutina. Para su sorpresa, los útiles de pintura no escaseaban y, de tanto en tanto, incluso les permitían utilizar parte del material para decorar los muros del interior de la antigua fábrica de ladrillos, lo que no solo proporcionaba distracción a los artistas, también a todos los que acostumbraban a sentarse alrededor para contemplar los avances. Como si Leopold y sus compañeros fueran capaces de abrir una ventana al mundo por la que escapar durante un rato de la realidad.

Las horas transcurrían con una languidez enfermiza, mientras el verano se enseñoreaba mostrando sus primeros compases. Entre las posesiones que no se habían confiscado a los reclusos se encontraba un buen puñado de libros, que entre todos habían reunido para formar una diminuta biblioteca en uno de los rincones, sobre una repisa de ladrillo visto. Como los ejemplares eran escasos y ellos demasiados, a menudo se juntaban varios presos para que uno leyera en voz alta a los demás. A veces, los oyentes iban de grupo en grupo hasta que encontraban una historia de su agrado, y las más populares eran historias de aventuras, sobre todo *El conde de Montecristo*, de Alejandro Dumas. No sabía si se debía a que narraba la fuga de una prisión o a que el lector era un reconocido actor de teatro, que interpretaba tan bien a los personajes y sabía imprimir tal realismo a su lectura que los tenía embelesados.

Leopold, que no había llegado más que con lo que llevaba puesto en el momento de la detención, lamentó no haber tenido la oportunidad de preparar algo de equipaje, en el que sin duda también habría incluido algún ejemplar de los muchos que Rebecca y él poseían en La Gioconda. Ahora se veía obligado a vestir con ropas suministradas por los gendarmes, pertenecientes a antiguos prisioneros o a donaciones de los civiles de los alrededores, ropas a menudo gastadas y con frecuencia demasiado grandes o muy pequeñas para él. Ya no había nadie fuera que se ocupara de hacerle llegar cuanto pudiera precisar en aquel rincón del infierno.

A finales de la segunda semana de junio, se encontraba trabajando en el muro. El comandante del campo se hallaba también allí, inspeccionando los avances con evidente gesto de satisfacción. Entonces la puerta se abrió de golpe y tres oficiales entraron como una tromba, uno de ellos con un papel entre las manos. Su gesto indicaba que se trataba de algo de suma relevancia, pero ni a él ni a sus compañeros les permitieron quedarse a escucharlo. Fueron obligados a abandonar lo que estaban haciendo y salir a toda prisa. Una vez fuera, dos de los artistas decidieron dar un pequeño rodeo y aproximarse a una de las ventanas laterales, que permanecía siempre abierta. Unos minutos después, regresaron con expresión de desconcierto.

París había caído. Los alemanes habían ocupado Francia.

La noticia recorrió el campo a una velocidad vertiginosa. Menos de una hora después, todos los prisioneros estaban al tanto de lo sucedido y las expresiones de sus rostros no podían resultar más elocuentes. La mayoría de ellos casi podía acariciar ya la libertad con la yema de los dedos. Otros, en cambio, optaban por la cautela. Aún no conocían el alcance de esa información ni cómo se iban a desarrollar los acontecimientos a partir de ese instante y, sobre todo, cuándo. Leopold figuraba en el segundo grupo. Que los nazis hubieran llegado a París podría significarlo todo, o nada. Les Milles se encontraba muy al sur, tan lejos de la capital como de la luna, o eso parecía en algunos momentos. Lo que resultaba evidente era que los soldados franceses encargados de la vigilancia del campo se mostraban más nerviosos de lo acostumbrado, e incluso los trabajos en el mural se interrumpieron de forma indefinida.

Helm, que recientemente había establecido cierta amistad con uno de ellos, se convirtió en la principal fuente de información en las jornadas siguientes. Así fue como supieron que el país había quedado dividido en dos. El norte, ocupado por los nazis. El sur, con un gobierno en Vichy dirigido por el mariscal de campo Phillipe Pétain y que, según todos los indicios, mantendría cierta independencia, aunque bajo la supervisión de los alemanes. Que era casi lo mismo que decir que los nazis controlaban el país al completo.

Gran parte de los reclusos alemanes del campo de Les Milles habían abandonado su país huyendo precisamente del régimen nazi, algunos hacía años, cuando Hitler ocupó la cancillería alemana en 1933 y dio inicio a su programa político. Sin embargo, no todos eran judíos, comunistas y homosexuales reconocidos; muchos solo eran pensadores liberales que se negaban a formar parte de aquel régimen autocrático y despiadado.

También existía otro grupo de dimensiones modestas formado por profesionales de distintos sectores que se encontraban trabajando en Francia en el momento del inicio de la contienda y que habían decidido permanecer en sus puestos en lugar de regresar a Alemania, quizá pensando que la situación se resolvería con premura. Algunos miembros de ese grupo se crecieron con las noticias de la caída de Francia y comenzaron a moverse por el campo como si se hubieran convertido en los nuevos señores del lugar. Durante esos primeros días, tanto Leopold como los demás tuvieron que escuchar algunos comentarios a favor de Hitler por parte de esos reclusos, alabando entre otras cosas la superioridad germana, que tan eficaz había resultado en aquella guerra relámpago. Lo que más le sorprendió y le hirió a partes iguales fue que esos mismos compañeros, con los que hasta entonces había compartido los sinsabores del encierro, comenzaron a alejarse de él, de Helm Pawlak y de otros prisioneros a los que, de repente, consideraban inferiores.

Los ánimos se fueron enardeciendo en las siguientes semanas, cuando resultó evidente que la liberación no iba a resultar tan sencilla como habían supuesto en un inicio.

—Me temo que lo que nos espera al salir de aquí no va a ser mucho mejor que esto —le comentó Helm una noche, mientras ambos trataban de sofocar el calor sentados en el exterior de la fábrica, con las espaldas pegadas a las paredes de ladrillo.

—¿Qué quieres decir? En cuanto abran las puertas hay que marcharse.

—No va a funcionar así.

—¿Qué?

—Están aguardando instrucciones —contestó su amigo con la voz cansada—. Ahora mismo no saben qué hacer, si dejarnos libres o mantenernos aquí encerrados.

—Pero el gobierno de Pétain colabora con los alemanes, ¿no? Y nosotros somos alemanes, al menos la mayoría.

—Creo que antes quieren asegurarse de saber a quién van a liberar. Y me temo que algunos no vamos a ocupar precisamente los primeros puestos.

Leopold apoyó la cabeza contra el muro y pensó en sus familiares, allá en Alemania, o donde quiera que se encontrasen a esas alturas. Y cayó en la cuenta de que, para su desgracia, se parecía más a su padre de lo que jamás hubiera estado dispuesto a reconocer. Él también había esperado demasiado tiempo para huir de los nazis, un tiempo que ahora podía pagar con creces.

A finales de julio, la situación dio un vuelco por completo. Una mañana se escuchó el sonido de un convoy de camiones, que cruzó la verja principal y se detuvo frente a las dependencias del campo. Del primero de los vehículos descendió un oficial alemán, con su uniforme impecable y tan elegante que más bien parecía dirigirse hacia alguna recepción oficial; tras él, bajaron varios soldados rasos, cuya presencia provocó algunos vítores por parte del grupo de prisioneros arios.

Los militares formaron una triple fila perfectamente alineada junto a los camiones, mientras el oficial desaparecía en las dependencias principales. Un rato después, volvió a salir acompañado del capitán francés que había estado al mando hasta ese momento —a quien le sacaba casi una cabeza— y juntos recorrieron el perímetro del campo. Por lo que parecía, el francés le explicaba al nazi el funcionamiento del complejo, o eso intuyó Leopold, aunque no tuvo tiempo de hacer más elucubraciones. Los prisioneros fueron obligados a formar frente a la fábrica y a permanecer completamente quietos mientras eran inspeccionados por el recién llegado. Leopold incluso contuvo la respiración cuando los dos hombres pasaron a escasos centímetros de él. El corazón le palpitaba a toda prisa, como si se hubiera convertido en un inmenso tambor capaz de despertar incluso a los muertos.

Más tarde, fue Helm de nuevo el encargado de ponerlos al corriente de lo que sucedía. Los soldados franceses —incluido su informante— iban a ser sustituidos por homónimos alemanes que se encargarían de adiestrar a un nuevo contingente de guardianes que llegaría en breve. Según Helm, iban a convertir aquel campo en un centro de detención a mayor escala, aunque ninguno de ellos tuviera muy claro qué significaba eso.

A la mañana siguiente, los franceses habían desaparecido y la atmósfera se enrareció de repente, como si hubiera descendido sobre ellos alguna especie de bruma espesa y maloliente. Los soldados alemanes se comportaban con mucha menos cortesía e impartían las instrucciones con voz dura y enérgica, tanto que incluso el grupo de los arios rebajó su prepotencia. Ni siquiera ellos daban muestras de encontrarse especialmente a gusto con el cambio, al menos durante los dos primeros días, porque luego uno a uno fueron desapareciendo de allí tras pasar por el despacho del oficial y solo unos pocos se tomaron unos minutos para despedirse de los compañeros. Habían sido liberados, algunos para recuperar sus puestos de trabajo y la mayoría para alistarse en las filas del ejército alemán. Lo mismo sucedió con los prisioneros italianos, e incluso con algunos polacos. Al final, los únicos que quedaron en Les Milles fueron los «indeseables».

Y Leopold formaba parte de ellos.

Uno de los soldados, que no debía tener más de veinte años, con los ojos de un azul desvaído y el rostro lleno de acné, había ido a buscar a Leopold y lo había conminado a acompañarlo. Desde que el último miembro del grupo de los arios se había marchado, nadie más había sido liberado, y de eso hacía ya tres días. Tras intercambiar una mirada de preocupación con Helm, se sacudió el polvo rojizo de las ropas y siguió al joven a través del patio hasta el edificio achaparrado que hacía las veces de centro de mando y que, en otro tiempo, seguramente habría albergado las oficinas principales de la fábrica.

Al fondo de un largo corredor, en un despacho grande y amueblado con cierta prisa a juzgar por los distintos orígenes y materiales de las piezas del mobiliario, lo aguardaba el oficial alemán, cómodamente repantigado en una silla tras una mesa llena de papeles. Llevaba el cabello, de un rubio ceniciento, peinado hacia atrás, dejando una frente amplia y despejada, surcada de diminutas arrugas. Los ojos grises, duros como el pedernal, se clavaron en él como dos estacas, mientras su boca de labios finos formaba una delgada línea de desdén en su rostro recién afeitado. Le calculó unos cuarenta y cinco años bien llevados.

—Así que usted es Leopold Blum —le dijo una vez el soldado salió del cuarto y cerró la puerta tras él.

—Así es —contestó.

El oficial no le había ofrecido asiento, así que decidió permanecer en pie, con los brazos pegados al cuerpo y los hombros hacia atrás. No deseaba que notara ni un ápice del miedo que le viajaba por las venas a toda velocidad.

—Se preguntará por qué le he hecho llamar.

—¿Van a ponerme en libertad? —aventuró, aunque conocía de sobra la respuesta.

—¿En libertad? —El oficial se permitió una risita corta y sardónica—. Es usted un pésimo artista, pero sin duda tiene sentido del humor.

Si el hombre esperaba algún tipo de réplica por parte de Leopold, este no estaba dispuesto a complacerlo, así que guardó silencio.

—Soy Klaus Göring, el comandante provisional de este campo, y a partir de ahora se dirigirá a mí como herr *Kommandant*, ¿lo ha entendido?

—Sí..., herr *Kommandant* —respondió, reprimiendo una mueca de asco.

—Solo permaneceré en este puesto unas semanas, hasta que estos franceses hayan aprendido cómo se lleva un campo de prisioneros —continuó el oficial—. Y luego regresaré al frente, que es donde debo estar. Imagino que ese tipo de honor a usted le resulta por completo desconocido.

—Mi hermano murió durante la Gran Guerra, luchando por Alemania —comentó en tono neutro—. Conozco perfectamente el sentido del honor del que habla, herr *Kommandant*.

—Una guerra que perdimos, por si lo ha olvidado, y que nos ha conducido al momento actual. Y ustedes han contribuido a que la situación se haya deteriorado hasta esos extremos.

—¿Nosotros? ¿Los artistas? —inquirió, sin poder contener cierta sorna.

—Los judíos —graznó al tiempo que daba un golpe sobre la mesa que sobresaltó a Leopold—. No se haga el gracioso conmigo, Blum. No es usted nadie, y menos aquí, ¿me comprende? Solo una diminuta mota de polvo en la suela de mis botas, procure no olvidarlo. Porque podría desprenderme de usted con la misma facilidad que de mi calzado. ¿Me he expresado con claridad?

—Sí, herr *Kommandant* —respondió, seco.

—Bien.

Göring respiró ruidosamente por la nariz un par de veces y pareció concentrarse unos segundos en los papeles esparcidos sobre la mesa, como si necesitara reordenar sus ideas.

—Le he hecho llamar para que actúe como portavoz entre sus compañeros —continuó al fin—. Como es lógico, no tengo intención de reunirme personalmente con todos ellos.

—Comprendo.

—Herr *Kommandant*. —La boca se le torció hacia arriba en una mueca de fastidio.

—Comprendo, herr *Kommandant*.

—Ninguno de los prisioneros que aún permanecen en el campo será puesto en libertad, y no toleraré motines ni altercados. Tengo carta blanca para fusilarlos a todos si es preciso, ¿me entiende? —Leopold se limitó a asentir—. Este lugar va a convertirse en un centro de detención para otras personas de su condición, enemigos del Tercer Reich, así que, si su estancia aquí le había resultado incómoda hasta ahora, créame si le digo que en los próximos días va a empeorar de forma considerable.

Leopold comprendió que el oficial alemán estaba disfrutando con aquella perorata, regodeándose en la idea de que aquellos reclusos a los que tanto despreciaba padecerían todavía más en el futuro próximo. Apretó las mandíbulas con fuerza para evitar que su boca lo traicionara y permaneció estático, con la vista clavada en algún punto de la fotografía de Adolf Hitler que habían colgado en la pared, justo sobre la cabeza de Göring.

—De todas formas, su estancia aquí, la de todos ustedes, no se alargará demasiado —continuó—. Está previsto que sean trasladados a un campo de trabajo en las próximas semanas.

—¿Un campo de trabajo? —Leopold frunció el ceño.

—Sí, cerca de Cracovia, en Polonia. ¿Conoce Cracovia?

—No, herr *Kommandant*.

—Hace un par de meses se inauguró un gran complejo, próximo a la frontera con Alemania. Tanto ustedes como los prisioneros que lleguen a partir de ahora serán conducidos allí en ferrocarril. —Hizo una pausa breve—. Comunique esa información a sus compañeros, es todo.

—De acuerdo, herr *Kommandant*. —Leopold comenzó a dar media vuelta para abandonar el despacho y se detuvo—. ¿A dónde les digo que nos enviarán? ¿Cracovia?

—Auschwitz.

Leopold salió del edificio con todo el aplomo del que fue capaz, aunque sentía el estómago revuelto y las piernas temblorosas. Que fueran a deportarlos a Polonia, a un campo de trabajo, le resultaba tan terrible como amenazador, y tuvo la sensación de que, si subían a ese tren, ninguno de ellos regresaría jamás.

Helm Pawlak lo aguardaba frente al portón principal de la fábrica y, en cuanto contempló su rostro crispado, se aproximó para tomarlo del brazo. Pese al calor que hacía, Leopold estaba helado.

—No ha ido muy bien, ¿no? —le preguntó su amigo.

Leopold se detuvo y durante unos segundos se limitó a observar el patio principal, donde sus compañeros pasaban interminables horas aguardando una libertad que nunca iba a llegar. Luego clavó sus ojos en los de Helm.

—Tenemos que escapar de aquí —musitó—. Cuanto antes.

24

El viaje hasta Madrid se convirtió en un infierno para Diane y para el hombre que Walter Heyworth había enviado, cuyo nombre ni siquiera llegó a conocer. Apenas abrió la boca durante el trayecto, largo y tedioso, aunque no hizo falta que pronunciara ni una sola palabra para que supiera lo que pensaba, que estaba segura no difería demasiado de lo que ella sospechaba: Rebecca había perdido el norte por completo. Por suerte, podía pasar un par de horas sumergida en un inquietante mutismo, pero solo para dar rienda suelta a continuación a todo tipo de comportamientos extraños, desde gritar a través de las ventanillas abiertas a defender elaboradas teorías que sostenían que Hitler había hipnotizado al mundo entero, que había que despertar a la gente y que ella era la clave para hacerlo. Si la llevaban ante Franco, aseguraba, ella lo liberaría de esa sumisión hipnótica, y luego él haría lo mismo con Inglaterra, y esta con Francia, y así hasta derrotar al poder nazi. Disertaba con tal aplomo que, si se hubiera tratado de otro asunto menos fantasioso y absurdo, Diane la habría creído al instante.

Por fin en la capital, el chófer las condujo hasta el hotel Roma, donde les habían reservado dos habitaciones, y luego desapareció sin una palabra de despedida. Diane estaba literalmente agotada, pero se tomó tiempo para que Rebecca se instalase y luego enviar un telegrama a Andorra para comunicar a Michel dónde se encontraban. Solo entonces se metió en la cama, si bien el descanso no le duró más que un par de horas, hasta que alguien de recepción la llamó para decirle que una joven perturbada estaba gritando en la calle a todos los que pasaban frente al hotel. Como era su compañera, esperaban que se hiciera cargo, y Diane tuvo que abandonar su reposo para ocuparse de Rebecca. Aquella responsabilidad comenzaba a pesarle demasiado, sobre todo porque le costaba reconocer a la que había sido su amiga, pero tampoco podía abandonarla en una ciudad desconocida y completamente sola.

A la tarde siguiente, Rebecca volvió a desaparecer a primera hora y, bien entrada la noche, un policía la llevó de regreso al hotel. La habían encontrado vagando por un parque llamado El Retiro, con el vestido desgarrado, un pie descalzo y algunas magulladuras. Diane no logró averiguar qué le había ocurrido, a pesar de que la interrogó a conciencia. Rebecca en ese momento solo balbuceaba cosas incomprensibles y tuvo que desistir. La ayudó a darse una buena ducha —otra vez— y a ponerse un camisón limpio. Esa noche decidió dormir a su lado, porque no se fiaba de dejarla sola de nuevo. Por fortuna, su amiga debía estar completamente agotada, porque durmió hasta media mañana del día siguiente.

Diane telegrafió a los Heyworth, pero no obtuvo respuesta alguna. Supuso que el hombre que las había conducido hasta allí prepararía un informe exhaustivo para el padre de su amiga y confiaba en que encontraran una solución, porque en el hotel les llamaron la atención cuando Rebecca comenzó a deambular por los pasillos y a picar a todas las puertas. No sabía qué hacer. En cuanto se despistaba un poco, desaparecía para hacer Dios sabía qué, y temía que acabara por hacerse daño, o hacérselo a alguien. Sin embargo, no podía estar pendiente de su amiga todo el tiempo, porque ella misma estaba desquiciada y nerviosa por la suerte de Michel.

Rebecca podía sentir la angustia de Madrid trepándole por las piernas. Las cicatrices de la guerra, que había finalizado un año antes, aún resultaban evidentes, tan evidentes que casi podía percibirlas en su propia piel. Y la gente… La gente era lo peor. En muchos rostros veía la misma angustia que la atenazaba a ella, pero, en otros, lo que contemplaba era el mismo mal en sí, y estaba convencida de que Madrid estaba llena de enviados de Hitler. Tenía que hacer algo.

Volvió a escaparse del hotel, esta vez solo unos minutos, los suficientes como para comprar un montón de periódicos, todos los que pudo cargar en brazos, y solicitó unas tijeras en la recepción. Durante horas permaneció en su cuarto recortando largas tiras, tan concentrada que apenas fue consciente de la presencia de Diane. Su amiga debió de pensar que había encontrado una forma inofensiva de pasar las horas y regresó a su habitación, pero ella tenía otra cosa en mente. Cuando tuvo varios cientos de fragmentos repartidos por el suelo, se dedicó a escribir mensajes en ellos: «Hitler es peligroso para Madrid», «Despertemos a Franco» o «Los alemanes os tienen hipnotizados»… Luego hizo un buen montón con ellos y subió hasta la azotea para lanzarlos al viento. Necesitaba que su mensaje llegara a todo el mundo. El resultado, sin embargo, fue una bronca monumental por parte del director del hotel, que amenazó con echarlas si algo así volvía a repetirse. Rebecca estaba convencida de que ese hombre malcarado era otro enviado del Führer. Comenzaba a gritarle para echárselo en cara cuando Diane la cogió con fuerza del brazo y la encerró en el cuarto de baño hasta que el director se marchó.

—Rebecca, debes intentar controlarte —le dijo luego. Su amiga presentaba un aspecto cansado, con marcadas ojeras bajo sus bonitos ojos.

—Pero tenemos que hacer algo, Diane —se defendió—. No podemos consentir que Hitler controle el mundo. ¡Tenemos que salvarlos a todos! ¡Tenemos que salvar a Leopold!

—Oh, por favor, deja ya de decir tonterías. —Diane se pasó la mano por el cabello—. ¿No te das cuenta de lo absurdo de tu comportamiento? Tú no vas a salvar a nadie, no es así como funcionan las cosas.

—¡Claro que sí! —insistió—. Yo tengo el poder de...

—¡¡¡Basta!!! —Diane la cortó—. ¡Si ni siquiera puedes ayudarte a ti misma!

Rebecca se echó hacia atrás, como si su amiga la hubiera golpeado. La mirada de su compañera era una mezcla de remordimiento y cansancio, pero no hizo nada por retirar sus palabras.

Una vez se quedó sola de nuevo, se dejó caer sobre una butaca para contemplar los tejados de la ciudad, bañados por una luna pálida que no mitigaba ni siquiera un poco el sofocante calor.

Si Diane no estaba dispuesta a ayudarla, tendría que encontrar otro modo de lograr su objetivo.

A sus cuarenta y seis años de edad, Arthur Ferdinand Yencken creía haberlo visto todo en la vida. Después de haber luchado en la Gran Guerra, escogió la carrera diplomática y, tras pasar por Washington, Berlín, El Cairo y Roma, en 1940 ocupaba un puesto relevante en la embajada británica en Madrid. Su misión consistía en trabajar codo con codo con el embajador Samuel Hoare para evitar que España entrara en la guerra en el bando alemán y, habida cuenta de la simpatía que Francisco Franco parecía profesar a Adolf Hitler, no era una cuestión baladí.

Yencken no tenía por costumbre entrevistarse con los ciudadanos británicos que acudían a la embajada, para eso existía personal cualificado de menor rango que realizaba todas las gestiones. Pero aquella visita era totalmente diferente. La persona que había solicitado una entrevista era nada menos que la hija de uno de los mayores magnates del Reino Unido y aceptó recibirla como un favor personal, pues había conocido brevemente a Walter y Nora Heyworth años atrás.

La joven que se presentó ante él, sin embargo, no respondía a la imagen que se había formado de ella. Esperaba a una mujer tan elegante y discreta como recordaba que era su madre, y no a aquella muchacha con los ojos brillantes y de aspecto algo descuidado. Eran tiempos difíciles para todos, se dijo, y no tenía ni la menor idea de las vicisitudes por las que habría atravesado aquella muchacha tan lejos de su hogar.

Le ofreció asiento y, en cuanto ocupó una de las butacas situadas frente a su mesa, comenzó a hablar en voz demasiado alta sobre una especie de conspiración internacional en la que Adolf Hitler había hipnotizado al mundo entero. Yencken trató de interrumpirla y llegó incluso a pensar que todo aquello no era más que una broma por parte de sus compañeros cuyo sentido se le escapaba. Pero, cuanto más hablaba Rebecca Heyworth, más convencido estaba de que no se trataba de eso y de que aquella chica había perdido por completo la cabeza. Y no solo por aquella absurda teoría que defendía con tanta vehemencia. Era todo en ella: el modo errático en el que se levantó y comenzó a moverse por la estancia, o la forma en la que estrechaba las manos antes de pellizcarse con saña la fina piel que las cubría, e incluso la manera en la que se quedaba callada de repente con la mirada perdida en algún punto de la habitación, como si hubiera perdido la capacidad de hablar. Además, en ocasiones se desplazaba de forma extraña, hacia un lado en lugar de caminar hacia adelante.

Cuando la joven dio por finalizada su perorata, Yencken, de forma educada y con voz suave, le pidió que aguardara unos minutos mientras hablaba con el embajador. Ella pareció satisfecha y se recostó contra el respaldo, mientras él abandonaba el despacho tratando de pensar en el modo de explicarle a su superior que la hija de uno de los hombres más prominentes de Gran Bretaña se había vuelto loca.

Samuel Hoare, catorce años mayor que Yencken, poseía una larga trayectoria como político y hombre del gobierno británico, y le aconsejó manejar el asunto con la mayor discreción posible. Hizo llamar a un reputado médico madrileño, el doctor Díaz Prado, y le pidió una consulta privada con la mayor presteza y diligencia. El doctor no tardó ni una hora en presentarse en la embajada y, tras charlar unos minutos con la joven, llegó a la conclusión de que padecía un grave trastorno mental y que debía ser tratada de inmediato. Con la ayuda de la enfermera que lo acompañaba, le suministró una dosis de bromuro para tranquilizarla, porque había comenzado a exaltarse al verse tanto tiempo encerrada en aquel despacho, y recomendó que la trasladaran a una habitación en el Ritz, donde él mismo cuidaría de ella.

Sin que Rebecca tuviera ni voz ni voto en aquel asunto, de repente se vio instalada en una coqueta habitación de uno de los hoteles más exclusivos de la ciudad, con la única compañía de un doctor de mediana edad con un bigote ridículo y de una enfermera cejijunta que la trataba como si fuese un fardo de ropa vieja.

Ni siquiera Diane estaba ya a su lado. Tras seis días en la capital, Michel había llegado al fin y ambos habían continuado su viaje. Se preguntó si Leopold también llegaría uno de esos días a buscarla a ella.

—Cuídate mucho, Rebecca —le había pedido, al tiempo que le acariciaba las mejillas—. Ahora no estás bien, pero volverás a estarlo, y nos veremos muy pronto de nuevo. Ya lo verás. Te estaré esperando en Inglaterra.

Rebecca no se atrevió a decirle que ella no quería regresar a su país, así que se limitó a asentir y a enjugarse las lágrimas con el borde de la manga. Y luego la vio marcharse. Lo último que contempló fueron sus zapatos Oxford que, durante unos segundos, la transportaron al pasado, al bullicioso Londres de antes de la guerra.

Ahora estaba sola. Más sola y perdida que nunca, en un país extraño cuyo idioma no conocía y con unas personas incapaces de entenderla.

Arthur Yencken había dado por supuesto que el asunto de Rebecca Heyworth había quedado solventado dos semanas atrás y que el doctor se ocuparía de la joven hasta que esta se encontrara en condiciones de regresar a su país, algo que no iba a resultar tarea fácil con el canal de la Mancha infestado de submarinos nazis y los cielos plagados de aviones de la Luftwaffe.

Transcurridas más de dos semanas desde su encuentro, el médico había solicitado una entrevista con carácter urgente e hizo un hueco en su agenda para recibirlo. El doctor Díaz Prado entró en su despacho con cierto aire de cansancio colgando de sus hombros caídos y, tras los saludos iniciales, tomó asiento en una de las butacas frente a su mesa. Con gesto distraído se quitó las gafas y las limpió meticulosamente con un pañuelo de un blanco inmaculado que extrajo del bolsillo del pantalón. Yencken aguardó con paciencia mientras el hombre trataba de encontrar las palabras adecuadas para iniciar aquella conversación, que, supuso, no sería de su agrado. Decidió ayudarlo un poco dándole pie.

—¿Qué tal se encuentra la señorita Heyworth? —inquirió, con la espalda pegada al respaldo y las manos sobre la mesa, cuyas yemas entrechocaba en silencio.

—Peor de lo que sospechaba —contestó el médico, que al fin lo miró de frente con aquellos ojillos redondos de párpados algo caídos.

—¿Peor? —repitió el diplomático, cuyos dedos se detuvieron de repente.

—Le estábamos suministrando bromuro para mantenerla en calma, aunque usted comprenderá que no es un tratamiento que pueda proporcionarse de continuo —refirió—. Sus periodos de lucidez eran cada vez más escasos, y presentaba un comportamiento tan errático e incontrolable que decidí internarla en un sanatorio.

—¿Aquí en Madrid?

—En efecto. Se trata de un convento, un lugar discreto en el que algunos de nuestros pacientes reciben los cuidados apropiados por parte de las monjas, muchas de las cuales son enfermeras cualificadas.

—Comprendo. —Yencken volvió a tamborilear con los dedos. Quizá, después de todo, el asunto no era tan grave como había sospechado.

—Pero no ha dado resultado. La primera noche se escapó por la ventana y se subió al tejado…

—¿Qué? Por Dios, dígame que la señorita Heyworth se encuentra bien.

—Sí, sí, ahora se encuentra bien —continuó el médico—. El cuerpo de bomberos se encargó de bajarla de allí y...

—¿Los... bomberos?

Arthur Yencken sintió que una gota de sudor le bajaba por la espalda. El embajador Hoare había recalcado la necesidad de manejar aquel asunto con discreción, esas habían sido sus palabras exactas, y aquella muchacha había conseguido protagonizar una escena que probablemente habría llamado la atención de todo el vecindario. Rogó para que la noticia no trascendiera y acabara publicada en todos los diarios de la capital.

—¿Dónde se encuentra ahora? —preguntó, inquieto.

—Dado que el convento no dispone de las medidas de seguridad adecuadas, la hemos llevado de nuevo al Ritz.

—Bien —se permitió respirar, aliviado.

—Ah, no, nada de bien.

—¿Qué quiere decir?

—La señorita Heyworth está totalmente descontrolada. —El médico soltó un suspiro de lo más elocuente—. Ayer mismo intentó confeccionarse un vestido con las toallas de la habitación para ir a ver al Generalísimo.

—¿Quería ver a Franco? —Estaba atónito.

—Sí, para exponerle su teoría sobre la hipnosis y solicitarle un visado para un tal Leopold.

—¿Quién es Leopold?

—Aún no he logrado averiguarlo, pero deduzco que debe de ser alguna especie de novio o algo similar —contestó Díaz Prado con un alzamiento de hombros—. El caso es que, en cuanto la enfermera se descuida un poco, abre la puerta de la habitación en ropa interior a los camareros que le traen la cena. Esta mañana incluso salió al balcón completamente desnuda. Ni siquiera era consciente de que no llevaba la ropa puesta.

—*Oh my God!* —musitó. Aquello era mucho peor de lo que suponía. De nuevo pensó que, si algún miembro de la prensa lograba averiguar lo que estaba sucediendo con Rebecca Heyworth, su familia no iba a tardar en ver su nombre en las portadas de todos los rotativos.

—La dirección del hotel ya nos ha llamado la atención en dos ocasiones por los escándalos que protagoniza la señorita, y no tardarán en echarnos de allí.

Yencken se envaró sobre su asiento y se tomó unos segundos para asimilar todo lo que ese hombre le estaba contando.

—¿Y qué es lo que propone?

—Internarla en un sanatorio mental.

—Pero ya me ha dicho que ha estado en uno y…

—En uno diferente —lo interrumpió el médico—. Uno especializado en pacientes de alto riesgo, con personal más adecuado para tratar su dolencia. Le hablo de la clínica del doctor Romero, en Santander.

Yencken asintió de forma imperceptible. Había oído nombrar ese sanatorio fundado por un reputado psiquiatra ahora retirado. Era un clínica aislada que había heredado el hijo, quien, según decían, era tan brillante como su padre. El centro era tan prestigioso que su clientela provenía de las clases aristocráticas y de los miembros de la alta burguesía, tanto de España como del resto de Europa. Discreto y alejado de la capital, parecía el sitio idóneo.

—La señorita Heyworth está totalmente perturbada y es un peligro para sí misma y para los demás —sentenció el doctor—. Mi recomendación es un internamiento inmediato.

—Hablaré con el embajador esta misma tarde —convino— y telegrafiaremos a su familia para obtener la autorización pertinente.

—Yo mismo la acompañaré hasta allí —se ofreció el médico—. Me temo que no va a resultar un viaje sencillo.

Yencken tampoco lo creía a tenor de lo que le había contado en los minutos previos. Se despidió del doctor con la promesa de informarle en cuanto tuviera noticias y con la petición de que lo mantuviera al corriente del asunto. Luego se reunió de nuevo con su superior.

Una hora más tarde, un telegrama era enviado a Yorkshire.

Al día siguiente, la respuesta del Walter Heyworth fue contundente. Los autorizaba a tomar las medidas que consideraran oportunas y solicitaba que, cuando su hija se hubiera repuesto, intentaran repatriarla a Inglaterra.

Yencken se preguntó cómo diablos iban a hacer eso y llegó a la conclusión de que ya se ocuparía de ese problema cuando se presentara. En ese momento, lo más importante era llevar a Rebecca Heyworth hasta Santander.

El viaje, como el doctor Díaz Prado había aventurado, resultó mucho más complejo de lo esperado y tuvieron que suministrarle a Rebecca hasta tres dosis de Luminal, un potente sedante, seguidas de un anestésico. Cuando el vehículo en el que viajaban cruzó al fin las puertas del sanatorio, el médico estaba agotado, la paciente dormía a pierna suelta, derrengada en el asiento trasero, y el chófer, un hombre de confianza, soltaba un sonoro suspiro de alivio.

Era el 23 de agosto de 1940.

25

Cuando abrió los ojos, Rebecca no pudo reconocer el lugar en el que se encontraba. Era una habitación pequeña pintada de verde menta, sin ventanas, con una puerta de cristal que daba a un corredor. Junto a ella, un armario sencillo de madera y, al otro lado, una silla del mismo material. En uno de los muros laterales había otra puerta que, según sabría más tarde, conducía a un pequeño cuarto de baño. ¿Estaba en un hospital? ¿Habría sufrido algún accidente? Por cómo le dolía todo el cuerpo aquello parecía lo más probable.

Sentía la boca seca, pastosa, y la garganta totalmente irritada. Trató de moverse y, para su sorpresa, descubrió que estaba atada a la cama con correas de cuero. El pánico se adueñó de ella. ¿Quién la había metido allí y por qué motivo? Una serie de imágenes inconexas se sucedieron por su mente a tal velocidad que se sintió incapaz de asirse a ninguna de ellas.

Leopold. ¿Dónde estaba Leopold y por qué había consentido que se la llevaran? ¿Y su amiga Diane? ¿O los recuerdos recientes que tenía de ella eran solo producto de su imaginación? Aquello no era Saint-Martin d'Ardèche, ni ningún lugar que ella conociera.

Comenzó a hiperventilar y luego a revolverse con furia, en un intento vano de liberarse de sus ataduras. Trató de gritar, pero su lastimada laringe solo le permitió emitir un graznido ronco que le provocó un acceso de tos. La puerta se abrió en ese momento y, a través de las lágrimas que la tosidura había subido hasta sus ojos, distinguió una figura femenina ataviada con un hábito blanco.

—Tranquilícese o se hará daño —le dijo la recién llegada en un inglés pasable y con un fuerte acento que no logró identificar.

Su mirada se aclaró y pudo observar a la mujer, que debía de rondar los cincuenta años. Poseía un cutis algo ajado, una boca de labios finos y una nariz demasiado grande para su cara. Con gesto adusto, la vio coger una jarra de agua que había sobre la mesita de noche y llenar un vaso que a continuación le acercó a los labios. Rebecca sorbió con avidez en cuanto la tos remitió y el alivio fue instantáneo.

—¿Dónde estoy? —preguntó—. ¿Y por qué estoy atada?

—Tuvimos que hacerlo.

—¿Qué? ¿Por qué? —Miró hacia abajo, hacia su cuerpo inmovilizado.

—Atacó usted al doctor Romero.

—¿A quién? —El nombre no le sonaba de nada.

—Es el médico que se ocupa ahora de usted —aclaró la monja—. Yo soy la hermana Soledad.

Pronunció la última palabra en español y luego se la tradujo. Rebecca repitió el nombre, que se le antojó extrañamente hermoso. Así que aún se encontraba en España, dedujo.

—¿Qué es este lugar? ¿Dónde estoy? —repitió.

—A salvo, es todo lo que debe preocuparle de momento. —La religiosa cruzó las manos a la altura del vientre y se limitó a permanecer allí, a su lado.

—¿Van a soltarme?

—Eso solo depende de usted.

—¿De mí?

—Sí, ¿va a portarse bien?

—¿Qué?

La pregunta le pareció tan absurda que casi se echó a reír.

—Soy una buena persona, hermana Soledad, siempre lo he sido. Nunca le he hecho daño a nadie —contestó al tiempo que hacía un esfuerzo por sonreír.

—Bueno, es posible que eso fuera así en el pasado, pero ahora mismo está usted enferma y no es dueña de sus actos.

—Yo… no entiendo qué significa eso.

—Poco después de llegar, sufrió usted una especie de crisis y atacó al doctor Romero, como ya le he mencionado.

—No, no…, eso no…, no es posible.

—Le arañó, le golpeó varias veces e incluso trató de morderle.

Rebecca abrió los ojos con asombro. Si no fuera por el rictus tan serio de aquella monja, habría creído que le estaba mintiendo.

—Oh, por Dios, yo…, yo no recuerdo nada de eso.

—Ya le he dicho que está usted enferma. —La religiosa le dio unos golpecitos suaves en el antebrazo—. Pero aquí cuidaremos de usted hasta que se recupere.

Rebecca cerró los ojos con fuerza. ¿Cómo era posible que no recordara nada de lo que le contaba esa mujer? Hizo un esfuerzo y solo logró verse en el asiento de un vehículo que parecía no detenerse nunca, mientras un médico con bigote y gafas redondas le ponía una inyección. ¿O habían sido dos? ¿Era él quien la había llevado hasta allí? ¿Ese era el doctor Romero? No lograba en ese momento ponerle nombre, pero sí que estaba formado por dos palabras distintas. Díaz algo, solo que ese «algo» se escondió en algún lugar de su memoria y se negó a salir.

—Por favor, por favor…, desáteme —suplicó, con los ojos de repente anegados en lágrimas.

—Sí, ahora mismo nos ocuparemos de usted —le dijo con voz tranquilizadora—. La hermana Virtudes vendrá dentro de un momento y luego podrá usted darse una buena ducha y tal vez salir un rato al jardín. ¿Le apetecería?

¿Un jardín? Por supuesto que le apetecía, así que asintió enérgica. Pero entonces cayó en la cuenta de que aquella monja de aspecto áspero le tenía miedo y que por eso necesitaba la ayuda de otra persona antes de desatarla. Y ese pensamiento, que se hubiera convertido en alguien a quien otros temían, le provocó un estallido de llanto que fue incapaz de controlar.

—Tranquila, tranquila —le decía la religiosa—, solo serán unos momentos.

Pero Rebecca no podía explicarle que en ese instante no lloraba porque se encontrara atada a una cama en un lugar desconocido. Lloraba porque acababa de descubrir que se había perdido a sí misma.

Tras una ducha que había logrado recomponerla parcialmente, se enfundó en uno de sus vestidos veraniegos —para su sorpresa, limpio y planchado— y acompañó a la hermana Soledad a través de un largo corredor jalonado por puertas similares a la de su habitación. Unos pasos más atrás, las seguía la otra religiosa.

—¿Cuánto tiempo llevo aquí? —se atrevió a preguntar.

—Tres días.

¿Tres días? Rebecca interrumpió el paso. ¿Llevaba allí tres días? ¿Y a dónde habían ido a parar? La sensación de que estaba perdiéndose su propia vida la golpeó con saña y tuvo que respirar varias bocanadas de aire para calmar su pulso.

—¿Se encuentra bien? —La hermana Soledad se le acercó, aunque con cierta cautela.

—Sí, es solo que... —Volvió a aspirar aire y forzó una sonrisa que pretendía que fuera tranquilizadora—. Nada, estoy bien.

La monja la miró con suspicacia, como si temiera que fuera a saltar sobre ella de un momento a otro. Le llevó unos segundos darse cuenta de que eso no iba a suceder, así que la acompañó hasta la puerta acristalada que conducía al exterior y salió con ella.

Rebecca necesitó unos minutos para que sus ojos se acostumbraran a la inesperada claridad. Aquello era mucho más que un jardín, pensó, mirando hacia el fondo. El cielo, de un azul límpido, no presentaba ni una nube, y la temperatura, bastante más elevada que en el interior del edificio, era mucho más suave que la que había sufrido en Madrid. Debían encontrarse quizá en la sierra que rodeaba la capital, o más lejos tal vez, probablemente hacia el norte. Ya había llegado a la conclusión de que la monja no le iba a decir dónde se encontraba, pero no podía resultar tan difícil averiguarlo.

Los jardines de aquella clínica eran enormes, de varias hectáreas según calculó a ojo. Había otros edificios diseminados por la propiedad, que la hermana se encargó de enumerar: varios pabellones para los pacientes —en aquel momento algo más de cuarenta, mencionó—, una biblioteca, el comedor, los consultorios, el solario, las salas de tratamiento... Y todo ello rodeado de hierba verde y fresca y de abundantes árboles de copas frondosas que proporcionaban sombra sobre los bancos y los senderos por los que transitaban varias personas. Una docena de monjas se encontraban desperdigadas por la zona, vigilando a los pacientes como aves rapaces.

La hermana Soledad permanecía unos pasos tras ella mientras Rebecca comenzaba a recorrer uno de aquellos caminitos de grava, observándolo todo con avidez.

Una mujer, que debía rondar los treinta y cinco años, se aproximó entonces a ella. Llevaba un vestido color lavanda y el cabello rubio recogido en un recatado moño, como Nora Heyworth se lo solía peinar. Su rostro era agraciado, salpicado de pecas y dominado por unos ojos color miel que la miraron con amabilidad.

—¿Eres mi hija? —le preguntó con voz dulce. Su faz se iluminó durante un instante.

Rebecca solo conocía algunas palabras en español y, aunque le pareció entender el significado de la pregunta, no podía estar segura.

—Lo siento. No la entiendo —le dijo en inglés y espaciando bien las palabras.

—Ah, eres británica —replicó la mujer, en un inglés perfecto y sin ningún tipo de acento.

—Eh, sí. ¿También tú? —se interesó.

—Solo la mitad. —Una risa cantarina escapó de sus labios—. Mi madre era inglesa, de Kent. ¿Conoces Kent?

—Vagamente —reconoció.

—Mi nombre es Elvira —se presentó—. Elvira de Sotomayor.

—Rebecca Heyworth.

—Entonces no eres mi hija —repuso, con el gesto contrariado.

—Me temo que no. —A Rebecca le resultaba extraño que una mujer de esa edad pudiera siquiera imaginar que ella era su hija, pero no hizo ningún comentario al respecto.

Elvira frunció los labios y, sin mediar palabra, se alejó con la cabeza moviéndose en una y otra dirección, como si anduviera buscando a alguien. La vio dirigirse hacia uno de los laterales del enorme jardín, dominado por un huerto de manzanos, y estuvo tentada de seguirla, solo que entonces su mirada captó algo a su izquierda. Un hombre poco mayor que ella había comenzado a quitarse la ropa y dos religiosas habían acudido a su lado para tratar de impedírselo. La imagen le resultaba tan inquietante como perturbadora. Algo más allá vio a una señora de edad avanzada, cómodamente sentada en un banco, que parecía estar manteniendo una conversación con alguien sin duda imaginario, porque no había nadie en varios metros a la redonda de su posición.

Y entonces lo comprendió. Estaba en un sanatorio mental.

La habían encerrado en un psiquiátrico.

Esta vez, cuando despertó en su habitación y de nuevo atada, Rebecca sí fue capaz de recordar lo sucedido. Recordaba haber echado a correr en dirección a los muros, en un irracional intento de escalarlos a pesar de su elevada altura, y recordaba a la hermana Soledad corriendo tras ella. También a otras monjas que habían salido en su persecución mientras ella trataba de esquivarlas, gritando desaforada que quería salir de allí. Casi podía volver a sentir los brazos del corpulento jardinero que había acudido a la llamada de las religiosas y la sujetaba con fuerza mientras ella pataleaba y trataba de morderle.

Nadie parecía escucharla cuando insistía en que no debía

estar en ese lugar y exigía que la liberaran de inmediato. Ni tampoco cuando trató de impedir que la hermana Soledad le clavara una aguja en el muslo antes de que todo a su alrededor se desvaneciera.

Así que allí estaba de nuevo, atada a aquella cama, bañada en sudor sobre sus propios excrementos y su propia orina, con un olor nauseabundo flotando en torno a ella. Giró la cabeza hacia un lado y vomitó, aunque no salió más que un fino hilo de líquido amarillento que se fue deslizando por la almohada hasta alcanzarle el cuello. Ni siquiera recordaba cuándo había comido por última vez. Ni sabía cuánto tiempo llevaba sujeta por aquellas correas.

Jamás, en toda su vida, se había sentido más humillada ni más miserable que en ese momento, ni siquiera cuando aquel asqueroso gendarme había tratado de violarla unas semanas atrás. Sentía una opresión en el pecho que le impedía respirar, una angustia tan devastadora que solo gritando a pleno pulmón fue capaz de mitigar, aunque no lo suficiente. ¿Pero qué clase de sitio era aquel? No podían tratarla así, era…, era inhumano. Continuó chillando hasta que le dolió la garganta, llamando a la hermana Soledad, pero nadie acudió a averiguar lo que sucedía, como si se hubieran olvidado de ella. La sola posibilidad de que la dejaran allí encerrada por un descuido, atada a aquella cama y sobre su propia mierda, fue superior a sus fuerzas, y los gritos se transformaron en sollozos y luego en un llanto silencioso que la dejó totalmente agotada.

Cuando volvió a abrir los ojos, horas después o quizá al cabo de unos días, había varias personas en su cuarto. Reconoció de inmediato a la hermana Soledad y a la hermana Virtudes, e incluso al jardinero. La habían aseado y puesto ropa limpia, y casi volvió a sentirse una persona normal.

Fue entonces cuando percibió una cuarta figura en la habitación. Se trataba de un hombre de unos cincuenta años, vestido con un traje de lino sobre el que llevaba una bata blanca. Su pálido y pétreo rostro, de mandíbula prominente, resultaba casi atractivo. Un bigote bien recortado adornaba su grueso labio superior. Sus ojos oscuros, de espesas pestañas, estaban fijos en ella, y Rebecca no pudo disimular un escalofrío. Conocía aquella mirada. Aquel hombre era otro de los esbirros de Hitler, estaba totalmente convencida.

—Soy el doctor Miguel Romero —se presentó, con una voz bien modulada.

Rebecca se armó de valor para enfrentarse a él.

—¿Esta es su clínica? —le preguntó, desafiante.

—Mi padre la fundó, pero ahora la dirijo yo.

—Pues exijo que me ponga en libertad de inmediato.

—No es una prisionera —le dijo, con inusitada amabilidad—. Es una paciente.

—Una paciente que se niega a recibir ningún tipo de tratamiento en este lugar.

—Ya, pero esa decisión no le pertenece.

—¿Cómo… dice?

Rebecca lo miró, asombrada. Su atención se centró entonces en las otras tres personas, que parecían haber terminado con su cometido. Solo la hermana Soledad parecía comprender la conversación entre ambos, que se había desarrollado íntegramente en inglés. Tanto la hermana Virtudes como el jardinero permanecían ajenos a ellos, algo separados de la cama.

—Está aquí para recuperarse —continuó el doctor Romero.

—¿Recuperarme de qué? ¡No estoy enferma!

—Ha sufrido usted una crisis nerviosa —la informó—. Varias, en realidad.

—No, eso no es cierto. Tienen que ponerse en contacto con mi familia, ellos me sacarán de aquí. —La voz le tembló ligeramente.

—Ha sido su familia quien nos ha encargado que cuidemos de usted.

—¿Qué?

—Su padre, el señor Heyworth, ha sido quien nos ha dado carta blanca en su tratamiento.

Cómo no, se dijo Rebecca. Los tentáculos del todopoderoso Walter Heyworth habían llegado hasta allí y ella no podía hacer nada por evitarlo. No era una mujer independiente, no lo sería al menos hasta cumplir los veinticinco, y no tenía ni un marido ni un tutor que velara por sus intereses. Ese papel le correspondía a su padre, y estaba ejerciéndolo aun en la distancia.

—Ahora la someteremos a un procedimiento que ha dado excelentes resultados —continuó el médico—. En unas pocas semanas se encontrará usted mucho mejor.

—¡No quiero ningún tratamiento! —gritó ella, que comenzó a alterarse.

—Será mejor que se tranquilice —le dijo el médico, que permanecía extrañamente sereno.

Vio que hacía un gesto con la cabeza hacia las otras tres personas, que en ese momento se aproximaron a ella y apretaron aún más las correas que la mantenían prisionera. La hermana Soledad se acercó hasta la cabecera de la cama y trató de envolverle la cabeza con una cinta de cuero. Rebecca comenzó a agitarse para impedir que cumpliera con su cometido.

—Por favor, mantenga la calma —le pidió la monja—. Es por su bien. Esto evitará que la mandíbula se desencaje con las convulsiones.

—¡¿Qué?!

Rebecca, totalmente horrorizada, clavó los ojos en los del médico.

—Es solo una medida preventiva —le aclaró él, restándole importancia—. El Cardiazol es un medicamento muy potente, y muy eficaz en casos como el suyo. Tiene algunos pequeños inconvenientes en el momento de la administración, pero usted misma podrá comprobar en breve sus increíbles beneficios.

—¡Están locos! ¡Todos ustedes están locos! —gritó.

Con la ayuda del jardinero, la cabeza de Rebecca quedó inmovilizada, con un trozo de toalla introducido en la boca «para que no se mordiera la lengua». A esas alturas, solo podía llorar, llorar y rogar mentalmente por que todo aquello finalizara cuanto antes.

Entonces sintió más que verlo el pinchazo en el muslo, y poco después una especie de corriente eléctrica que la recorría por entero. Sus músculos comenzaron a contraerse en increíbles espasmos y su cuerpo se alzó hacia arriba, arqueándose hasta un límite que habría creído imposible. Escuchó la voz del médico dando lo que le pareció una orden, y las dos monjas se colocaron sobre ella para evitar que se rompiese la espalda durante las convulsiones. Rebecca percibió entre sus piernas el calor de su orina y casi se alegró de que aquellas personas horribles hubieran trabajado en vano.

Antes de perder el conocimiento, sumida en un terrible dolor, Leopold acudió a su mente. Y su último pensamiento consciente fue para agradecer al cielo que no pudiera verla en ese momento.

26

Si el campo de prisioneros de Les Milles fue un lugar terrible hasta el verano de 1940, tras la llegada de los alemanes se había transformado en la antesala del infierno. Docenas de nuevos reclusos eran conducidos allí casi a diario, incluso familias enteras cuyo único pecado era ser judíos, o comunistas, o cualquier otra variante de los enemigos del Tercer Reich. La antigua fábrica de ladrillos comenzaba a quedarse pequeña para albergar a tantísimos prisioneros que, a falta ya de literas, dormían en cualquier rincón sobre mohosos jergones o mantas raídas y, conforme avanzaban los días, directamente sobre el cemento cubierto de polvo rojo. Leopold había cedido su cama a una madre con dos niños pequeños porque no tenía el valor de dormir a pierna suelta en un colchón más o menos respetable mientras aquellas dos criaturas lo hacían en el suelo, a pocos pasos de él. Cuando llegó septiembre y las noches se fueron tornando más frescas, la humedad terminaba empapándole las ropas y se levantaba dolorido y con una tos que fue empeorando y que en octubre ya era casi crónica.

Los alemanes aún continuaban al frente del complejo, aunque ya habían comenzado a llegar algunos soldados franceses, tan malcarados como sus homólogos. Leopold tenía la sensación de que habían sido escogidos con sumo cuidado. Dudaba mucho de que existiera una gran cantidad de hombres decentes capaces de realizar aquel trabajo, sobre todo si se tenía en cuenta el elevado número de niños que había entonces en el campo. Leopold nunca había visto rostros más tristes ni más desamparados que esos y, aun así, algunos pequeños encontraban las fuerzas y el ánimo para permitirse jugar de tanto en tanto. Con el paso de los días, sin embargo, y ante la falta de una comida en condiciones —la calidad y la cantidad habían disminuido mucho—, esos momentos se fueron espaciando y pasaban el tiempo pegado a las faldas de sus madres, con la mirada perdida. Y él, que nunca había creído en Dios ni había profesado religión alguna, se encontró rezando todas las noches al dios de los judíos y al dios de los cristianos, al dios de los musulmanes y al de los budistas, a cualquiera que quisiera escucharle para que cuidase y protegiese a esos chiquillos.

¿Cómo era posible que el gobierno —fuera el que fuese— consintiera un trato semejante a sus ciudadanos? ¿Estaba siquiera al corriente de lo que sucedía allí? ¿Y la opinión pública? ¿Las personas corrientes habían alcanzado un punto en el que la suerte de familias enteras les traía sin cuidado? Se negaba a creerlo. Si antes su intención de escapar de Les Milles respondía principalmente a su deseo de reunirse con Rebecca, ahora su objetivo se amplió de forma considerable. Debía denunciar aquella situación, hacer saber al mundo las injusticias que se estaban cometiendo en aquel lugar.

Puso a Helm al corriente de sus intenciones, y este se sumó a la causa sin dudarlo un instante, y lo mismo hicieron algunos de sus compañeros más allegados. Solo que fugarse de Les Milles no parecía una tarea sencilla.

El grupo valoró y descartó varios planes de fuga, entre ellos la idea de excavar un túnel que pasara por debajo de la valla, una tarea imposible dado que el suelo era de duro cemento y no disponían de herramientas adecuadas. Tampoco era viable organizar una especie de motín aprovechando la llegada de un nuevo convoy, porque la posibilidad de que muchos de ellos acabaran muertos o heridos era demasiado alta. Saltar los muros que rodeaban el perímetro también fue desechado; eran muy elevados y los soldados los recorrían cada pocos minutos. Después de evaluar cada opción una y cien veces y de pensar en nuevos planes de huida, llegaron a la conclusión de que solo podrían escapar de una manera: saliendo en los mismos camiones que llegaban cargados de nuevos prisioneros.

Habían observado con detalle los vehículos, altos y pesados, que permanecían allí algo más de media hora mientras los nuevos reclusos bajaban y los conductores y vigilantes se tomaban un respiro. En ese intervalo tendrían que arrastrarse hasta el camión y sujetarse a los bajos del vehículo como buenamente pudieran. El problema era que los convoyes rara vez superaban las cinco o seis unidades y no había espacio más que para una persona debajo de cada una de ellas, dos como mucho si el camión era de los más grandes. Además, la operación debería llevarse a cabo un día en el que la entrega de prisioneros se efectuara por la tarde, para que la noche los protegiera a la hora de descolgarse de sus agarres durante el camino. Así que Leopold optó por echar a suertes quiénes le acompañarían en la misión; los menos afortunados tendrían que encargarse de desviar la atención de los guardias con el fin de darles tiempo para ocultarse. Le alegró que Helm resultara ser uno de los elegidos porque, de todos los prisioneros que se encontraban allí, era en quien más confiaba. Ahora solo había que esperar el día apropiado.

Entretanto, Leopold decidió confeccionarse un buen agarre que le permitiera sostenerse el máximo tiempo posible, y para ello echó mano de su cinturón. A esas alturas se había convertido en un complemento indispensable, porque todos habían perdido tanto peso que ningún pantalón se sostenía sin ayuda de aquella pieza de cuero. Leopold cortó el suyo por la mitad y, con la ayuda de un zapatero que había llegado a Les Milles no hacía mucho, convirtió cada parte en una especie de abrazadera. El hombre ni siquiera le preguntó para qué las quería, se limitó a hacer lo que le pidió con herramientas improvisadas y el resultado no podía satisfacerle más. Probó su invento colgándose de una de las literas, que casi destrozaron al efecto, mientras sus compañeros formaban un muro a su alrededor para protegerlo de las miradas curiosas. El artilugio funcionaba. Seguramente no por mucho tiempo, pero tampoco necesitaría recorrer mucha distancia antes de soltarse. No querían arriesgarse a pedirle al zapatero que realizara el mismo trabajo con otros ocho cinturones, así que fue Leopold quien se encargó de ello; no en vano se había fijado con detalle en todo el proceso. Si alguien notó que un grupo de prisioneros se sujetaba entonces los pantalones con tiras hechas de la funda de uno de los colchones, no dijo nada. Ni tampoco cuando los vieron practicar gimnasia a diario para fortalecer los brazos, como si el ejercicio fuese una más de sus excentricidades.

—¿Y qué haremos cuando salgamos? —preguntó uno de ellos una de esas noches en las que se habían reunido fuera, lejos de los muros y de los oídos de todos. Era un joven escritor llamado Samuel, tan delgado y huesudo como un sarmiento.

—Cada uno tendrá que apañárselas solo —contestó Helm—. Si permanecemos en grupo nos atraparán enseguida.

—¿Pero a dónde iremos? —insistió.

—Estamos en el sur de Francia, lo más seguro es ir hacia España y tratar de cruzar la frontera —contestó el polaco.

—¿Sin papeles?

—Seguro que encontraremos la manera —intervino Leopold—. Una vez allí, habrá que intentar ponerse en contacto con embajadas, periodistas, cualquiera dispuesto a escucharnos.

—Yo pienso acudir a unos amigos que estoy convencido que me ayudarán —comentó un actor joven y a todas luces homosexual—. No viven muy lejos de aquí.

—Amigos a los que pondrás en peligro —sentenció Helm—. Piensa en ello. Si los descubren, es posible que los maten.

—Creo que es mejor que no digamos nada más —comentó Leopold—. Es preferible no conocer los planes exactos de los demás. Si nos atrapan, tal vez nos torturen tratando de dar con el resto.

—*Scheisse!* —exclamó Helm—. No había pensado en ello.

El silencio se sumó al pequeño grupo que, poco a poco, se fue desperdigando. Un nuevo temor había llegado para apuntalar los cimientos de aquel plan descabellado. El único que tenían.

Finalmente, la oportunidad llegó una tarde de finales de octubre. Hacía algo de fresco y el cielo encapotado presagiaba lluvia. Seis camiones, solo dos de ellos de gran tamaño, atravesaron las puertas. Eso significaba que uno de los fugitivos tendría que quedarse atrás, tal y como habían acordado, porque solo habría espacio para ocho. La mala suerte recayó en Samuel, el joven escritor, que se tomó la noticia con resignación.

—Si tenéis éxito, montaremos otro grupo en unos días y repetiremos la operación —les dijo, risueño.

Todos sabían que, en caso de culminar satisfactoriamente la misión, deberían buscarse un nuevo plan porque, en cuanto se descubriera cómo se habían fugado, ningún camión volvería a atravesar aquellas puertas sin ser debidamente inspeccionado. Leopold confiaba en que eso no fuera necesario. Los participantes en aquella operación tenían la responsabilidad de tratar de hacer cuanto fuera preciso por los que quedaban atrás, y eso consistía básicamente en hacer llegar noticias a sus familiares y en denunciar públicamente el trato al que estaban siendo sometidos los prisioneros en aquel lugar, y no solo los artistas e intelectuales. Ninguno de ellos sabía en aquel momento que el campo de Les Milles no era sino uno más en una extensa cadena de enclaves ideados por los alemanes a lo largo de todos los territorios ocupados. Y que no era el peor.

Tal y como habían ensayado hasta la saciedad, los ocho hombres que iban a fugarse se colocaron próximos a los vehículos cerca de la hora en la que calculaban que se pondrían en marcha. Mientras, a unos cuantos metros, otros dos iniciaban una pelea a puñetazos, jaleados por sus compañeros. La idea era llamar la atención de los soldados que hacían guardia y mantenerlos ocupados durante unos minutos, los suficientes como para que pudieran colarse debajo de los camiones y colgarse de ellos. Leopold y Helm iban en uno de los vehículos más grandes y ninguno de los dos tuvo problema alguno para cumplir su cometido. Sin embargo, el recluso que iba a ocupar los bajos del que se encontraba a su derecha parecía tener problemas con el suyo. Sus ojos, llenos de terror, permanecían fijos en Leopold y trataba de indicarle con gestos que faltaba una pieza y que solo podría sujetarse con una mano. Leopold negó con la cabeza. Un solo brazo no podría mantener el peso de todo su cuerpo, por muy delgado que estuviese.

El tiempo se agotaba. Si no lograba engancharse, sería descubierto y el plan fracasaría de inmediato, con las consecuencias que ello pudiera acarrear, y sospechó que no serían pequeñas. Su compañero debió de pensar lo mismo porque se soltó, rodó bajo el vehículo, se puso en pie y se alejó con disimulo. Leopold creyó ver un destello de lágrimas en su mirada y le agradeció enormemente que hubiera decidido sacrificarse por los demás. Hasta que no hubieran cruzado la verja y recorrido unos cuantos kilómetros, no sabría si había servido para algo.

—¿Estás bien? —le preguntó a Helm en un susurro.

—Todo lo bien que puedo estar aquí colgado —contestó su amigo—. Y cagado de miedo, eso también.

—Ya somos dos.

Un par de botas se materializaron a su lado, lustrosas y brillantes. Poco después escuchó la portezuela de la cabina que se abría y se cerraba con un golpe seco. Había llegado el momento.

El motor se puso en marcha con un petardeo que le atronó los oídos y las ruedas comenzaron a girar. Leopold apretó las manos con fuerza, sintiendo cómo las correas se le clavaban en las palmas, y mantuvo la espalda rígida y las piernas bien estiradas. No sabían cuánto tiempo deberían aguantar en esa posición, porque no habían establecido un sitio concreto en el que soltarse. Ninguno de ellos conocía la zona lo suficiente, así que quedó a criterio de cada uno. Lo único que habían acordado era que debía ser cuanto antes, porque resultaría imposible mantener aquella incómoda postura mucho tiempo y corrían el riesgo de acabar destrozados entre las ruedas de los camiones.

Cruzaron las puertas sin contratiempos y soltó un suspiro de alivio. Aún no significaba gran cosa, pero lo consideró un buen augurio. Apenas habían trascurrido tres o cuatro minutos cuando los vehículos se detuvieron. Leopold inclinó un poco la cabeza y vio que se encontraban en una intersección. A ambos lados de la carretera sin pavimentar que conducía a Les Milles crecía abundante vegetación y más allá, en la oscuridad creciente, adivinó la silueta de un bosquecillo. Era un lugar perfecto, quizá el mejor que tendrían en mucho rato. No se encontraban lo bastante lejos del campo, pero ya se las ingeniarían.

Le hizo un gesto a Helm y ambos se soltaron de sus agarres y rodaron, cada uno hacia un lado, hasta alcanzar el límite del sendero, mientras el camión que los había transportado volvía a acelerar para incorporarse a la carretera principal, mucho más ancha y pavimentada. Leopold, con la cabeza pegada al suelo, no movió ni un músculo y permaneció allí tumbado hasta que escuchó al resto del convoy pasar junto a él. Ni siquiera cuando el silencio se hizo a su alrededor se atrevió al alzar la vista.

—Se han ido. —La voz de Helm llegó desde el otro lado, apenas a tres metros de distancia.

Solo entonces se incorporó un poco. Oteó el horizonte. El camino estaba desierto, igual que la carretera principal. Ya ni siquiera podía escucharse el sonido de los poderosos motores. Entonces vio algo moverse delante de él y tardó en darse cuenta de que se trataba de otro de sus compañeros. Él también había decidido soltarse en aquel punto. Miró hacia atrás, pero no vio a nadie más y rogó para que los demás tuvieran tanta suerte como al parecer habían tenido ellos.

El otro, un arquitecto de su edad, se aproximó y les tendió la mano.

—Aquí se separan nuestros caminos, amigos —les dijo.

—Espero que algún día vuelvan a cruzarse, en otras circunstancias —comentó Leopold, que le dio un corto abrazo—. Suerte.

—Lo mismo para vosotros.

Tras despedirse también de Helm, el arquitecto echó a correr hacia el bosquecillo que se adivinaba a la derecha. Hasta ellos llegó el sonido de algunas ramitas al romperse y de hojas secas siendo pisadas. El otoño estaba en su esplendor y el suelo estaba tapizado de una alfombra dorada que reflejaba la luz de la luna menguante.

—¿Qué vas a hacer tú? —le preguntó a Pawlak.

—Continúo contigo.

—Pero...

—No tengo ningún otro lugar al que ir —le interrumpió—. Sea cual sea tu plan, me apunto.

—Eh... yo quiero ir hasta Saint-Martin. Necesito... —carraspeó—. Necesito saber que Rebecca se ha marchado, que está bien. Y, de paso, recoger mis papeles y, si todo va bien, algo de dinero. Podrían hacernos falta.

—Me parece un plan excelente. —Helm asintió, enérgico—. Será mejor que nos pongamos en marcha. Aquí en mitad del camino estamos demasiado expuestos, aunque continuemos en cuclillas.

—Sí, claro, tienes razón.

Leopold miró a su alrededor. Ni siquiera sabía en qué dirección debía moverse. ¿Hacia el oeste? ¿Hacia el este?

—Creo que lo mejor será que sigamos los pasos de Stefan —le dijo Helm, refiriéndose al compañero que acababa de abandonarlos—. Los árboles nos protegerán y allí pensaremos cómo seguir adelante.

—De acuerdo.

Intercambiaron una mirada rápida y luego echaron a correr, manteniendo la espalda encorvada. Cuando percibieron tras ellos la presencia de unas luces, se echaron al suelo. Un coche circulaba por la carretera principal y aguardaron a que el sonido se evaporara en la noche antes de continuar.

Alcanzaron la arboleda en unos segundos y allí recuperaron la respiración. En seguida les resultó evidente que no podrían permanecer en aquel lugar mucho tiempo. No solo se encontraba demasiado próximo a Les Milles, sino que, además, no era más que un modesto grupo de árboles y arbustos que no les proporcionarían protección durante mucho tiempo.

—Tenemos que encontrar un sitio mejor que este —reflexionó Leopold.

—Podríamos cruzar la carretera —propuso Helm—. Al otro lado hay más árboles y más allá se extienden campos de cultivo. El pueblo queda en la otra dirección.

—¿Cómo sabes eso?

—Me fijé el día que me trajeron —contestó—. Tenemos que recorrer toda la distancia que podamos y, a ser posible, intentar colarnos en algún tren que nos saque de aquí.

—¿Subirnos a un tren en marcha? —Leopold alzó las cejas.

—Es el modo más rápido de alejarnos de aquí, y quizá el más seguro. —Helm hablaba con una calma que le habría resultado tranquilizadora si no fuera porque la idea le parecía una auténtica locura—. Si encontramos un buen lugar, cercano a una estación, cuando el tren aún no haya adquirido mucha velocidad, no será tan difícil.

—¿Te has subido a muchos trenes en marcha? —le preguntó con sorna.

—Cuando era niño mi hermano y yo acostumbrábamos a hacerlo.

—Bromeas.

—En absoluto. —Soltó una risita—. Nos bajábamos en la siguiente estación y hacíamos el camino de regreso del mismo modo.

—¿Y nunca os pasó nada?

—Nada, aunque resulte difícil creerlo. Claro que entonces los trenes eran mucho más lentos que ahora, y nosotros más flexibles.

—Está bien —contestó tras valorar la idea unos segundos—. De momento no se me ocurre ningún plan mejor.

—Entonces crucemos la carretera y usemos los árboles y los campos para acercarnos al pueblo. Allí tienen estación de tren.

—¿Y la idea es permanecer escondidos toda la noche? —preguntó, preocupado—. Cuando se haga de día descubrirán nuestra ausencia, si es que no lo han hecho ya, y es probable que ese sea el primer lugar en el que nos busquen.

—Cierto. —Helm reflexionó unos instantes—. Bueno, podemos seguir las vías, toda la noche si es preciso. A algún sitio nos conducirán.

—Pongámonos en marcha ya —señaló Leopold—. Me estoy poniendo nervioso aquí parado.

Tal y como Helm había predicho, alcanzaron las vías una hora después, aunque, en lugar de ir en dirección al pueblo, decidieron continuar por ellas. Ningún tren pararía en la estación durante la noche y era absurdo tratar de ocultarse en un lugar tan próximo al campo de prisioneros.

Cuando el día comenzó a clarear, Leopold apenas sentía las piernas, cuyos músculos le ardían como teas. Los pies, llenos de ampollas, le lanzaban latigazos de dolor que le subían hasta la cabeza. Tras él, a pocos metros, Helm avanzaba casi tan renqueante como él.

Sintió una vibración ascender por su cuerpo y supo que un tren se acercaba, solo que estaban en mitad de ninguna parte, sin posibilidad alguna de subirse a él. Intercambió una rápida mirada con su compañero y ambos se alejaron de las vías y buscaron refugio entre unos matorrales. Un par de minutos después, un tren de mercancías pasó frente a ellos, con aquellas enormes ruedas metálicas arrancando destellos de los raíles. No habrían podido encaramarse a un vagón ni en sus más locas fantasías.

—¡Hay que buscar un lugar apropiado! —gritó Helm por encima del ruido ensordecedor del ferrocarril.

Leopold se limitó a asentir y a apretar la mandíbula. Pensó que, en ese momento, no sería capaz de dar ni un paso más. Allí, tumbado sobre la hierba cubierta de rocío, el cansancio se abalanzó sobre él como una fiera al acecho.

Cuando el tren se hubo alejado, su amigo se incorporó con dificultad y le tendió una mano para ayudarlo a incorporarse. La tomó, más por una cuestión de orgullo que por otra cosa. Si Helm, que era diez años mayor que él, era capaz de hacerlo, Leopold también podría.

27

Rebecca había llegado a la conclusión de que, si existía alguien capaz de infligir tal nivel de dolor y tortura, debía sin duda ser más poderoso que ella. Seguía estando convencida de que, si pudiera entrevistarse con Francisco Franco y exponerle su teoría, si fuese capaz de romper el hechizo hipnótico con el que Hitler lo dominaba, lograría romper el círculo. Sin embargo, era lo bastante inteligente como para aceptar una derrota y también consciente de que había perdido esa batalla.

Todos los músculos del cuerpo le dolían como si los hubieran pasado por una trituradora. Hasta las uñas de las manos y de los pies le molestaban con el simple roce de las sábanas. Tenía las encías irritadas y, de tanto en tanto, le sangraban. La hermana Soledad le había dicho que todo eso era normal, que eran los efectos secundarios de la medicación que le habían suministrado.

Durante los primeros días le dieron solo papilla para comer, porque tenía la mandíbula tan resentida que no podía masticar, aunque tragar esa pasta le supusiera también un esfuerzo. No experimentaba ningún deseo de abandonar esa cama que, de repente, se había convertido en una especie de refugio. Solo el sueño, a menudo inducido por las drogas, la alejaba del dolor y la melancolía.

Una semana más tarde pudo al fin levantarse, aunque las piernas no la sostuvieron y la hermana Soledad tuvo que sentarla en una silla de ruedas. Le dio un corto paseo por el corredor y la sacó un rato al jardín, pero se encontraba tan cansada que a los pocos minutos le pidió que la devolviera a su cuarto. Poco a poco fue recuperando la movilidad y a finales de la segunda semana ya podía caminar por sí misma. De vez en cuando le parecía que una pierna, en la que el doctor había clavado la aguja, se le quedaba entumecida y se veía obligada a masajeársela para recuperar la sensibilidad.

La mayor parte del tiempo permanecía apática. No tenía ganas de conversar ni de hacer otra cosa que no fuera encerrarse en su mutismo e imaginarse en otro lugar y en otro tiempo, como si la fuerza de su mente fuera suficiente para sacarla de allí.

En el jardín buscaba el refugio del huerto de manzanos y se sentaba en uno de los bancos a contemplar las formas intrincadas de las ramas y la perfecta simetría de las hojas, que ya comenzaban a amarillear. Una de esas tardes, vio a Elvira de Sotomayor paseando entre los troncos, que acariciaba como si fuesen sus mascotas. Ataviada con un vestido vaporoso de color celeste, casi parecía una ninfa de los bosques. Cuando reparó en su presencia, le dedicó una de esas sonrisas que calentaban los huesos como una buena manta. Al verla aproximarse, temió que de nuevo le preguntara si ella era su hija y romper con su respuesta el sortilegio que parecía envolverla.

—Hola, Rebecca —la saludó, con aquella voz dulce como la melaza—. ¿Puedo sentarme contigo?

—Claro.

Se echó hacia un lado para hacerle sitio y Elvira se acomodó. Durante varios minutos, ninguna de las dos dijo nada. El viento, suave y con olor a tierra húmeda, mecía las copas de los árboles como una canción de cuna. Rebecca sintió que sus músculos se relajaban, esta vez sin ayuda de ningún fármaco.

—Pensé que te habías marchado —dijo entonces Elvira—. Hacía muchos días que no te veía en el jardín.

—He estado... enferma —contestó, sin saber muy bien por qué había decidido maquillar la verdad.

—Ah, comprendo. —Elvira asintió de forma comedida—. Yo también sufro episodios así de forma ocasional. Cada vez menos, por fortuna.

Rebecca la miró con extrañeza. Por lo poco que había visto a aquella mujer, no podía imaginarse qué justificación podría esgrimir el doctor Romero para suministrarle el Cardiazol, aunque quizá Elvira se refería a otra cosa.

—Te deja el cuerpo completamente destrozado ¿verdad? —continuó la mujer—. Como si te lo hubieran roto y vuelto a recomponer, pero las piezas no terminaran de encajar unas con otras.

—Eh, sí… —contestó, cohibida—. Yo no podría haberlo explicado mejor.

De nuevo se hizo el silencio, solo que a Rebecca no le resultó incómodo en absoluto. Saber que compartía con Elvira algo más que el gusto por los árboles frutales, algo tan íntimo y aterrador como lo que ambas habían experimentado, le proporcionaba una especie de insólita conexión con ella. Ambas habían estado en el infierno y habían regresado para contarlo.

—¿Cuánto tiempo llevas aquí? —le preguntó entonces.

—Eh… —Elvira dio muestras de estar pensando en la respuesta e hizo un gesto con la cabeza de lo más peculiar y gracioso—. No estoy muy segura. Un par de años tal vez.

—Entonces estarías aquí durante la Guerra Civil —le dijo.

—¿Guerra? ¿Qué guerra? —La miró, totalmente desubicada—. ¿Ha habido una guerra? ¿Dónde? —A medida que iba formulando las preguntas su estado de nerviosismo iba en aumento—. ¿Ha sido aquí cerca? ¿Mi abuela está bien?

Elvira comenzó a mirar en una y otra dirección, quizá buscando signos de alguna batalla cercana, y Rebecca no supo bien qué hacer. Si solo llevaba un par de años allí, a buen seguro que debía haber padecido fuera del sanatorio al menos los dos primeros años de la guerra, quién sabe si también algún bombardeo. Quizá, calibró entonces, eso era precisamente lo que la había llevado hasta allí, el horror más puro. El mismo que la había conducido a ella misma hasta esa clínica. Sin pensárselo, la tomó de la mano y comenzó a acariciarle el dorso, suave como la piel de un recién nacido y tan pálida como la luna.

—Ya está, Elvira —le decía, con voz suave—. Todo ha terminado ya.

La respiración de la mujer, que se había alterado en los últimos minutos, fue recuperando la normalidad y volvió a centrar la mirada en los árboles. Rebecca no la soltó y permanecieron allí, mudas, mecidas por la brisa y el aroma de las manzanas maduras, hasta que la tarde comenzó a pintarse de naranja. Solo entonces pareció Elvira regresar del lugar en el que había estado y la miró como si fuese la primera vez.

—¿Eres mi hija? —le preguntó, con la misma expresión ilusionada de la primera vez.

—No, Elvira, no soy tu hija —respondió, sin soltarla aún de la mano—. Soy tu amiga.

Algo más tarde, ya en su habitación, la hermana Soledad se negó a proporcionarle más datos sobre Elvira.

—No podemos compartir la información de los pacientes —le dijo—, y menos con otros pacientes.

—Claro, lo comprendo. Solo quería saber si está muy enferma.

—El suyo es un caso crónico, es todo lo que puedo decirle.

—¿Crónico? Es muy joven para eso, ¿no le parece? —replicó, molesta—. Y no sé si lleva aquí el tiempo suficiente como para un diagnóstico tan determinante.

—Ah, vaya, así que también es usted médico. —La voz de la monja transmitía cierto aire de burla que aún la irritó más.

—No, claro que no, es solo que dos años no me parecen tiempo suficiente para…

—¿Dos años? —la interrumpió.

—¿No ese el tiempo que lleva aquí?

—Elvira de Sotomayor lleva internada en este sanatorio desde 1919, hace ya más de dos décadas.

—¿Qué? —Rebecca la miró, atónita—. Pero… ¡debía de ser una cría!

—Quince años, si la memoria no me falla.

Rebecca enmudeció. Elvira llevaba más tiempo interna en aquel lugar que el que había vivido fuera de él. No era de extrañar que no supiera nada de la Guerra Civil. A buen seguro no sabría nada de lo que había sucedido en el mundo en todo ese tiempo. De repente, la idea de que ella misma podría permanecer allí encerrada tanto tiempo le provocó un ataque de pánico. Comenzó a hiperventilar y a recorrer la habitación con la mirada, en busca de una salida.

—Rebecca, debes tranquilizarte —le decía la hermana Soledad.

Solo que ella escuchaba su voz como si le llegara a través de un embudo. Toda su cabeza era una especie de volcán en erupción, llena de fuego, ruido y un calor que la estaba abrasando por dentro. Escuchó a la monja pedir ayuda a gritos mientras ella trataba de bajarse de la cama para marcharse de allí, para convertirse en polvo y colarse por el ojo de alguna cerradura.

Vio a la hermana Virtudes aparecer en su puerta y entre las dos la sujetaron con fuerza y casi la arrastraron hacia el cuarto de baño, donde la colocaron bajo el chorro de agua helada de la ducha. Primero se revolvió y trató de zafarse, pero acabó hecha un ovillo en un rincón, mientras el agua la golpeaba inmisericorde y las dos monjas vestidas de blanco la observaban como si fuese un monstruo de feria.

Volvía a estar atada a la cama. Después de su arrebato de la noche anterior, la hermana Soledad había decidido que era lo mejor para ella, a pesar de que se había tranquilizado tras la ducha de agua fría. No había dejado de tiritar en toda la noche y nadie acudió cuando llamó pidiendo una manta extra. A veces tenía la sensación de que el único cometido de todas las personas que trabajaban allí era doblegar la voluntad de los pacientes a su cargo, quebrar sus espíritus hasta que no fueran más que cáscaras vacías y sumisas. Por desgracia, la táctica parecía dar resultados, porque así era exactamente como se sentía.

Cuando el doctor se presentó en su habitación a media mañana, Rebecca se echó a temblar de nuevo. A pesar del aspecto casi inofensivo de Miguel Romero, sus ojos seguían mostrando ese brillo malicioso que ella asociaba con el cáncer que estaba devorando Europa, y ni siquiera su tono amable logró disipar el miedo cerval que la atravesó ante la sola idea de que fuera a medicarla de nuevo con aquel veneno.

—Parece que ha tenido una mala noche —le dijo, plantado a los pies de su cama.

—Estoy... mucho mejor. —La boca se le había secado y le costó pronunciar las palabras.

—Señorita Heyworth, debe entender que este es un lugar de reposo y curación —añadió el médico—. Nuestro centro es pionero en el tratamiento de enfermos psiquiátricos y tanto mi padre entonces como yo ahora estamos muy bien considerados en el seno de la comunidad médica europea.

Rebecca tuvo que morderse la lengua para no expresar la opinión que le merecía aquella comunidad que permitía un trato tan denigrante a sus pacientes.

—Aquí no tratamos exclusivamente los aspectos físicos del problema, también los espirituales —continuó el doctor Romero—. Disponemos de diversos programas de ayuda para encauzar las inquietudes de nuestros pacientes, desde el dibujo o la pintura hasta la jardinería o la lectura. Todos ellos están a su disposición, debidamente supervisados por mí o por el personal a mi cargo.

—¿Puedo... pintar? —inquirió con cautela.

—Por supuesto. —Le sonrió, condescendiente—. Es usted artista, si no me equivoco.

—Sí. Lo era al menos.

—Oh, y sigue siéndolo, no lo dude —replicó en el mismo tono, que a ella se le antojó de una amabilidad impostada—. Esto no es una prisión, creo que ya se lo dije la primera vez que hablamos. No estamos aquí para hacerle daño, nuestra misión es cuidar de usted hasta que se haya recuperado.

—Pero ya estoy bien.

—Solo lleva aquí unos días, aún es demasiado pronto para dar por finalizada su recuperación. Lo mismo que un cuadro o una escultura requieren de un tiempo para su ejecución, las enfermedades mentales necesitan también su propio periodo para ser erradicadas.

—¿Cuánto tiempo?

—Como ya le he dicho, aún nos encontramos en los primeros estadios de su dolencia, sería arriesgado por mi parte establecer una fecha precisa —contestó el médico—. Debe tener paciencia, seguir las normas y poner cuanto esté de su parte para que ese intervalo sea lo más breve posible.

Rebecca asintió de forma imperceptible. El doctor Romero había dejado muy claro lo que se esperaba de ella: que fuese una chica buena y no diera problemas. Solo así lograría salir de allí.

Y eso podía hacerlo. Llevaba años representando ese papel delante de su mismo padre. No podía resultar tan complicado.

El huerto de manzanos, que se había convertido en su lugar predilecto de todo el complejo, fue el que escogió para plantar su caballete y su lienzo. El jardinero había colocado a su vera una mesita con pinturas y pinceles y le había dedicado una sonrisa que parecía contener implícita una disculpa por lo sucedido el día que ayudó al doctor Romero a medicarla. Era un hombre grande y de aspecto algo tosco, pero con un rostro que, en otras circunstancias, habría considerado incluso amable. Al menos sus ojos, de un castaño oscuro, lo eran. En ellos no vislumbraba maldad alguna, a diferencia de las monjas y del propio médico, así que le devolvió la sonrisa con inesperada franqueza.

Siempre que se encontraba ante un lienzo en blanco, le gustaba tomarse unos minutos para tratar de conjurar la imagen que sus dedos querían plasmar sobre la superficie. Su mente se veía sometida a una especie de bombardeo de ideas, colores y formas que poco a poco iban ocupando su lugar hasta componer una escena completa. O así había sucedido en el pasado. Ahora, en cambio, no sentía el familiar cosquilleo en las yemas de los dedos, ni era capaz de recordar el tacto del pincel o el olor de las pinturas. Su mente no era más que una textura nebulosa sin forma ni color. Ni siquiera era capaz de verse en su hogar, en aquella casa que Leopold y ella habían llenado de luz y de risas, de amor y de sueños. .

Hasta que vio a Elvira. Llevaba el mismo vestido celeste de la última vez, solo que en esta ocasión se había dejado el cabello suelto, que le caía hasta debajo de los hombros y que atrapaba los rayos de sol de aquella mañana luminosa de finales de septiembre. Rebecca comenzó a sentir un hormigueo que, desde el centro del pecho, irradiaba en todas direcciones. La mujer caminaba sobre la punta de los pies, como si bailara con el viento, y alzaba la vista hacia el cielo para que el sol le besara la nariz respingona y las pecas diseminadas por sus mejillas. Rebecca abandonó los utensilios, se levantó de la silla y se acercó hasta ella.

Elvira soltó una risa cantarina en cuanto la vio y extendió la mano en su dirección. Ella la tomó y se dejó llevar, mecida por la música del viento, bailando entre los árboles, joven, bella y libre. Como hacía tiempo que no se sentía.

Solo entonces supo qué era lo que iba a pintar.

28

A pesar de que Elvira de Sotomayor era, con diferencia, la paciente con quien Rebecca más se identificaba y más tiempo le gustaba pasar, no era la única en aquella clínica que había despertado su interés. En el mes largo que llevaba allí había mantenido un par de interesantes charlas con el hijo de un empresario, que había estado desintoxicándose de su adicción a la heroína y fue dado de alta unos días después, y con una anciana aristócrata de origen ruso que hablaba el francés con acento afectado. La anciana, que se presentó como la condesa Ivánova Petronóvich, olvidaba a menudo que Rebecca se encontraba a su lado y se volvía hacia sus compañeros imaginarios, todos con nombres rusos, para mantener con ellos largas charlas medio en ruso medio en francés, como si todos se divirtieran en alguna fiesta acontecida décadas atrás. Hasta reía y coqueteaba como si volviera a tener veinte años, lo que a ella le resultaba tan triste como enternecedor.

Sin embargo, su favorito —después de Elvira— era el príncipe de Mónaco, un hombre en la cincuentena, de abultada barriga y aún más abultado bigote, que ocupaba una de las habitaciones más grandes del complejo y que hablaba un inglés perfecto.

—Soy el que más tiempo lleva aquí —le dijo— y me he ganado mis privilegios.

La hermana Soledad le confirmó que aquel paciente no era príncipe ni de Mónaco ni de ningún otro lugar, aunque sí estaba emparentado con algunas de las familias aristocráticas europeas más relevantes. Nadie lo hubiera dicho, a juzgar por la cantidad de mapas que había clavados en sus paredes, la mayoría repletos de una infinidad de anotaciones, flechas y líneas. Rebecca no tardó en comprender que el príncipe reproducía una y otra vez algunas de las campañas de la Gran Guerra que había asolado Europa de 1914 a 1918.

Otra de sus aficiones consistía en escribir innumerables cartas diplomáticas en una vieja Remington, que tecleaba a una velocidad vertiginosa. En un rincón de su mesa, se acumulaba un grueso fajo que iba aumentando de tamaño con cada nueva visita. En una ocasión, Rebecca se atrevió a echar una ojeada a una de las misivas y comprobó que no era más que un galimatías, una serie de letras al azar que no formaban frases ni nada inteligible, por más que él fuera dictándose a sí mismo con su voz clara de barítono.

Una de las veces, al entrar en su cuarto, descubrió que el fajo había desaparecido.

—¿Qué ha ocurrido con las cartas? —le preguntó.

El príncipe, que se encontraba de espaldas a la puerta contemplando con ojo crítico uno de los mapas, se volvió hacia ella.

—Mi secretario se las ha llevado para que sean enviadas de inmediato —contestó, muy ufano—. Hay que detener esta catástrofe.

Rebecca no se había atrevido a decirle que hacía muchos años que la Gran Guerra había finalizado y que en ese momento había otra en marcha, que con el tiempo quizá superaría los horrores de la anterior. También estuvo tentada de compartir con él sus teorías, aunque se contuvo a tiempo. Además, después de cómo se había alterado Elvira cuando mencionó la guerra civil española, prefería comportarse con cautela.

A Rebecca le gustaba la compañía del príncipe, que unas veces decía llamarse Alberto de Hohenberg y otras Guillermo von Starhemberg, así que, para evitar confundirse, ella siempre se dirigía a él como su alteza real, lo que parecía complacerlo sobremanera.

Por norma general, mantenían conversaciones de lo más amenas, salpicadas de hechos históricos y de personajes de los que ella había oído hablar o sobre los que había leído. Era imposible que el príncipe hubiera llegado a conocerlos a todos, porque muchos habían muerto hacía casi un siglo, aunque se refiriese a ellos como si acabaran de tomar el té en su habitación. Sin embargo, el interés de Rebecca era doble. Ese hombre era el paciente más antiguo de la clínica y ya debía de estar allí cuando llegó Elvira, solo que no había conseguido aún que le hablase de ella. Rebecca intuía que la historia de su nueva amiga guardaba muchos secretos y necesitaba descubrirlos para comprenderla mejor. Quizá incluso para ayudarla, si es que eso era posible.

Esa tarde, para su sorpresa, fue él quien sacó el tema.

—La he visto pasar mucho tiempo con la señorita de Sotomayor —le dijo.

Ambos se habían sentado en un par de butacas frente a la ventana, a través de la cual contemplaban la llovizna que empapaba los jardines.

—Elvira es una mujer tan enigmática como excepcional —replicó ella.

—Y muy hermosa —corroboró él—. Y aún lo era más cuando llegó, pese a su estado.

—¿Su… estado?

—¿No se lo ha contado? —El príncipe la miró, con los ojos entrecerrados.

—Ah, sí, por supuesto —improvisó—. Es solo que lo había olvidado.

—Vaya, no sé cómo se puede olvidar a una muchachita de esa edad embarazada de seis meses, llorando y gritando todo el tiempo —refunfuñó—. Creí que nos volvería locos a todos.

O sea que se trataba de eso. A Elvira la habían encerrado a los quince años porque se había quedado embarazada. ¿Eso era todo? ¿O había algo más en esa historia?

—La pobre no paraba de llamar a su novio —continuó el príncipe—. Juan, creo que se llamaba. O quizá José. No lo sé, no logro recordarlo. Ya sabe, el hijo del chófer de su padre.

—Sí, claro. —Volvió a improvisar—. Tampoco yo lo recuerdo.

—Pobre muchacha. —Suspiró—. Se enamoró del joven equivocado. Aunque ya sabe que, para personas de nuestra posición, el amor es un lujo que no nos podemos permitir. Uno se casa con quien debe, no con quien desea.

—Claro —convino ella, que no quiso extenderse en su respuesta para que él no perdiera el hilo.

—Una pena que la niña naciera muerta —chasqueó la lengua—. Eso la dejó completamente destrozada. Yo creo que a veces ni siquiera lo recuerda, ¿sabe?

Rebecca tragó saliva con dificultad. Sí, lo sabía. Por eso le había preguntado en varias ocasiones si ella era su hija, aunque por edad no terminara de encajar del todo. Se aventuró a tirar un poco más del hilo, para ver si su anfitrión le contaba alguna cosa más, y así supo que fue su mismo padre quien la encerró allí y luego, cuando él y su esposa murieron en un accidente unos años más tarde, la abuela paterna la mantuvo en aquel lugar. Parece que le permitió salir durante una corta temporada, aunque la joven era tan propensa a la melancolía que en ocasiones no sabía comportarse con el debido decoro en público, y la volvió a internar. Para su sorpresa, según le relató el príncipe, la abuela había muerto también, uno o dos años atrás.

—Esa muchacha no tiene ningún sitio al que volver —le dijo él, con cierta pena—. Parece que la abuela dejó su herencia a la clínica para que la mantuvieran aquí de por vida. Esta es su casa, como es la mía.

Rebecca no podía estar segura de cuánta verdad encerraban las palabras de aquel hombre o de si una parte era totalmente inventada. No obstante, su instinto le decía que todo era cierto. El príncipe de Mónaco se movía por aquel lugar como si fuera su feudo, y hablaba con todo el mundo. A buen seguro, con los años, habría ido reuniendo retazos de información de aquí y de allá y su mente analítica había encajado todas las piezas.

Ahora Rebecca ya conocía la historia de Elvira, una historia tan triste que sentía la congoja atravesándole la garganta. Quizá, se dijo, debería haber dejado las cosas como estaban, porque no se le ocurría ningún modo de ayudar a una mujer que lo había perdido absolutamente todo.

Rebecca continuaba teniendo días malos. En ocasiones, al despertar, le costaba unos minutos recordar dónde se encontraba y quiénes eran aquellas personas con las que se cruzaba. Esos días permanecía taciturna, tratando de reencontrarse a sí misma entre los pliegues de su piel o entre las hebras de sus cabellos, y se pasaba las horas mirándose en el espejo, sin lograr reconocer del todo a la persona que la observaba desde el otro lado. Su cabello oscuro había perdido parte del brillo y su rostro había adquirido nuevos ángulos que antes no estaban allí. Los ojos, casi tan oscuros como su pelo, la miraban unas veces desafiantes y otras compasivos, sin que pudiera dilucidar a quién pertenecían cada vez. ¿A la persona que miraba o a la imagen del espejo?

Esos días le costaba concentrarse y se movía con dificultad. Trataba de disimularlo pasando el mayor tiempo posible sentada. La hermana Soledad, que había relajado un tanto su vigilancia, ni siquiera se dio cuenta, o si lo hizo prefirió no comentar nada.

Una de esas tardes, poco después de levantarse de la siesta obligatoria, se encontraba sentada en el jardín, frente a su lienzo. El sol de octubre caldeaba la brisa que llegaba del mar Cantábrico, porque, a esas alturas, ya sabía que se encontraba en Santander. El príncipe de Mónaco se lo había dicho y ella lo había confirmado con la hermana Soledad. No entendía a qué venía tanto misterio. Que no se encontrara tan cerca de Madrid como suponía no significaba nada en realidad. A efectos prácticos, lo mismo hubiera dado que se hallara en el corazón de Rusia.

Hacía dos días que no veía a Elvira, quien, al parecer, sufría uno de sus episodios de melancolía. No tenía muy claro qué significaba eso exactamente ni qué medicación le estaban suministrando para que mejorase, pero la echaba de menos. Últimamente se había acostumbrado a su presencia constante. La mujer se sentaba cerca de ella y la observaba pintar, unas veces con una novela sobre el regazo, otras con un bordado, y las más con las manos una sobre la otra, como si el paso del tiempo no fuese más que una molestia superflua.

Fue entonces cuando escuchó la voz de Leopold. La habría reconocido en cualquier lugar, en cualquier tiempo. La llamaba, a ella. Pronunciaba su nombre con absoluta nitidez, insistiendo en que se diera prisa. En un principio, no logró discernir de dónde procedía y lo buscó con la mirada. Creyó verlo encaramado sobre el muro oeste, y luego junto a la verja que daba acceso a la parte exterior del complejo, solo apta para las visitas y para el personal externo. Presa del nerviosismo, Rebecca se levantó de golpe, sin saber muy bien en qué dirección moverse.

Maldijo haberse levantado esa mañana con los músculos del revés, porque no podía desplazarse muy rápido. Le pareció distinguirlo entonces pegado a la tapia que delimitaba el huerto por el este y echó a correr en su dirección, gritando su nombre. Tropezó con sus propios pies y cayó de bruces sobre la hierba esponjosa. Al alzar la mirada, Leopold ya no se encontraba allí y lo buscó, frenética. Parecía haberse evaporado, dejándola con una sensación de vacío tan inconmensurable que creyó que se la tragaría entera.

A quien sí vio fue a la hermana Soledad corriendo hacia ella, seguida por otra de las monjas, así que Rebecca se levantó como pudo y siguió corriendo. Alcanzó la tapia y, tras confirmar que Leopold no se encontraba en las cercanías, continuó avanzando pegada al muro. Tenía que salir de allí. Había venido a buscarla y tenía que irse con él.

A pesar de que sus piernas no la obedecían como en otro tiempo, era más rápida que las monjas y consiguió recorrer parte del perímetro, zigzagueando y haciendo fintas sin que la atraparan, hasta que llegó a la puerta de su pabellón. Leopold no aparecía por ningún sitio y pensó que igual la estaba esperando en su cuarto. Cuando llegó allí, sin embargo, su habitación estaba tal y como la había dejado un rato antes. ¿Había sido todo una alucinación? ¿Una trampa de su mente enferma?

Escuchó las pisadas que se acercaban a toda prisa por el corredor y, sin tiempo a pensar, se encerró en el cuarto de baño. La puerta no tenía pestillo, así que agarró la silla que había en su dormitorio y la calzó contra el pomo para bloquear la entrada.

—¡Rebecca! —La voz de la hermana Soledad sonó al otro lado mientras forcejeaba con el tirador—. ¡Abra inmediatamente!

—¡No! —gritó ella a su vez.

—¡Rebecca!

—¿Dónde está Leopold? —gritó de nuevo—. ¿A dónde se lo han llevado?

—¿Leopold? —La voz de la hermana Soledad parecía mostrar auténtica sorpresa.

—¿Quién es Leopold? —oyó preguntar a la hermana Virtudes. Rebecca aún no dominaba el idioma, pero Elvira había estado enseñándole español casi todos los días y fue capaz de comprender las palabras de la religiosa. Las había pronunciado en voz queda, pero la puerta era tan fina que pudo escucharlas sin dificultad.

—Creo que era su novio o algo así. Un hombre casado —contestó la primera monja.

—¡Dios Santo! —exclamó la segunda.

Rebecca soltó una risita nerviosa, casi histérica. ¿Qué sabrían de Leopold y ella? ¿Qué sabrían esas mujeres arrugadas y despiadadas sobre el amor?

—Rebecca —insistió la hermana Soledad—, está sufriendo una crisis. Necesita tranquilizarse, deje que la ayudemos.

—¡No necesito ayuda! —replicó—. Leopold ha venido a buscarme y ustedes no quieren que me vaya con él.

—Nadie ha venido a buscarla, criatura —repuso la religiosa, en esta ocasión con voz calmada, casi amable—. Abra la puerta para que podamos ayudarla. Le daremos algo para que se tranquilice y en un rato se encontrará mucho mejor.

Rebecca negó con la cabeza, aunque ellas no pudieran verla. No pensaba salir de allí.

—Seguro que Pedro podrá tirar la puerta abajo —oyó decir a la hermana Virtudes refiriéndose al jardinero.

—Podría hacer daño a la paciente —objetó la otra.

Rebecca se mordió el labio. Sí, sin duda aquel hombretón podría tirar aquella endeble puerta, con silla y todo. Y si no era capaz de hacerlo con sus propias manos, sin duda disponía de herramientas de jardinería capaces de hacer el trabajo, como un hacha. La imagen de un afilado trozo de metal incrustándose en la madera y asomando por el otro lado, por el lado en el que ella se encontraba, le puso la piel de gallina.

A desgana, retiró la silla y las dos monjas entraron como una exhalación. La sujetaron por los brazos con bastante delicadeza dada la situación y la llevaron a la cama. Rebecca decidió que sería inútil resistirse y se dejó hacer, e incluso se negó a protestar cuando volvieron a atarla. La hermana Virtudes desapareció por la puerta y regresó al poco con un vasito de agua y una pastilla blanca en la palma de la mano.

—Tómese esto, muchacha —le ofreció—. Ya verá cómo se encuentra mejor de inmediato.

Las lágrimas comenzaron a surcar las mejillas de Rebecca. ¿De verdad Leopold no había estado allí? ¿No la había llamado desde el muro del jardín para que se fuera con él?

Se tomó la pastilla y apoyó la cabeza sobre la almohada, rogando para que el sueño la alcanzara cuanto antes y se la llevara de allí.

Al despertar, no le sorprendió encontrar allí al doctor Romero. En las últimas semanas solo se habían visto en un par de ocasiones, en las que habían mantenido una charla educada e insustancial en su despacho, una estancia tan recargada de muebles y libros que Rebecca casi se mareó. Se había mostrado circunspecta y poco habladora, sumisa como intuía que él deseaba verla, aunque en ningún momento había perdido de vista aquellos ojos que la escrutaban como un entomólogo a un insecto.

—Me han dicho que ayer tuvo un mal día —le dijo, con aquel tono falsamente amable que había aprendido a odiar.

Rebecca se limitó a fruncir los labios.

—Y que estaba convencida de que alguien había venido a buscarla —continuó el médico.

—Leopold vino —masculló ella—, y no me dejaron verlo.

—Me temo que está en un error —la contradijo—. En caso de que ese caballero se hubiera personado aquí, no le habríamos permitido verle, como muy bien debe saber, aunque lo cierto es que ayer no tuvo usted ninguna visita. Ni ayer ni ningún otro día desde que está aquí internada.

Rebecca apretó los labios y lo miró a través de sus largas pestañas.

—Miente.

—Sabe que no.

—¡Miente!

El cuerpo se alzó casi por voluntad propia y, de no haber estado atada, sin duda se habría abalanzado sobre ese indeseable que, sorprendido, dio un paso atrás.

—¡Todos ustedes son esbirros de los nazis! —gritó, salpicando de saliva las impolutas sábanas—. ¡Todos y cada uno!

El doctor Romero se tomó unos segundos para observarla, mientras movía la boca como si estuviera masticando algo. Luego se volvió hacia la hermana Soledad.

—Será mejor que prepare una dosis de Cardiazol —le dijo—, y que llame a Pedro. Intuyo que nos va a hacer falta.

—¿Qué? —Toda la furia de Rebecca se esfumó de golpe—. ¡No! ¡No! Eso no es necesario.

—Es por su bien, señorita Heyworth —insistió el médico—. Ya ha transcurrido tiempo suficiente desde la primera dosis y está demostrado que una sola no es suficiente.

—No, no, por favor. —Rebecca comenzó a suplicar, con todo el cuerpo temblando—. Por favor...

—De hecho, si se la hubiéramos administrado unos días antes, quizá el episodio de ayer no hubiera tenido lugar.

—Por favor, se lo ruego —sollozó—. Yo estaba equivocada. Cometí un error. Leopold no estuvo aquí, nunca ha estado.

El médico se dio la vuelta y se dispuso a salir del cuarto en compañía de la religiosa.

—¡Nooo! —gritó Rebecca, ahogada por su propio llanto—. Me portaré bien, haré todo lo que ustedes quieran…

La puerta se cerró frente a ella.

Ya nadie podía escucharla.

29

El tren en el que viajaban Leopold y Helm no se detenía hasta Lyon y no pudieron bajarse hasta que aminoró la marcha al acercarse a la ciudad. Subirse resultó mucho más sencillo de lo que habían previsto, porque se encontraron la larga hilera de vagones de mercancías detenida en una zona industrial a las afueras de Aix-en-Provence, tras casi dos horas de marcha a pie siguiendo las vías. Aún era noche cerrada cuando se aproximaron a aquellas moles de acero y se tomaron unos minutos para cerciorarse de que no eran descubiertos antes de acercarse más. Comprobaron que solo había dos vigilantes, que parecían poco preocupados por su cometido y no abandonaron la garita en todo el tiempo que permanecieron observándolos. Al fin, salieron de su escondrijo y corrieron hacia la parte trasera, la más alejada de los guardas, para que el sonido de una de aquellas pesadas puertas al abrirse no los alertara. Leopold sospechó que la fuga aún no había sido descubierta porque, en caso contrario, aquel enclave se encontraría probablemente lleno de gendarmes y de soldados alemanes buscando a los reclusos huidos.

Una vez dentro, bien ocultos tras un montón de grandes cajas de madera, Leopold se permitió al fin relajar los músculos y echar una cabezada, al menos hasta que, al rayar el alba, el tren se puso en marcha con una sacudida que lo despertó de golpe. A su lado, Helm presentaba el mismo aspecto alarmado, hasta que comprendió lo que sucedía y volvió a tranquilizarse. La luz de un nuevo día se colaba a través de las rendijas del vagón y solo entonces pudieron comprobar que aquellas cajas contenían piezas para maquinaria agrícola. Ni ropa ni comida, que era lo que más útil les habría resultado. Aun así, habían conseguido escapar y eso ya era mucho. A no mucho tardar, si no había sucedido ya, su ausencia dispararía todas las alarmas, y esperaban encontrarse lo bastante lejos para entonces.

Cuando resultó evidente que el tren no iba a detenerse en las ciudades pequeñas, Helm comenzó a preocuparse e intuyó que su destino final era Lyon.

—Tendremos que retroceder un montón de kilómetros hasta Saint-Martin d'Ardèche, si es que aún tienes intención de ir allí —le dijo con una mueca.

—Sí, pero tú puedes quedarte en Lyon, si quieres, o continuar hasta París.

—París en este momento debe de ser un hervidero de nazis —replicó—. No me acercaría allí ni a punta de pistola. Hemos escapado juntos y seguiremos juntos.

Leopold asintió, conforme. De hecho, le tranquilizaba tener a Helm a su lado. No solo era un amigo, también un hombre de recursos y resolutivo.

Tirarse del tren en marcha resultó mucho más difícil que subirse a él. Para empezar, Helm insistió en que Leopold se arrojara primero, porque temía que se quedara paralizado y acabaran separados por varios kilómetros. Cuando la velocidad comenzó a disminuir, se levantó y abrió la puerta corredera. Una ráfaga de aire frío lo sacudió con fuerza.

—¿Ahora? —preguntó Leopold, que miraba aterrado la rapidez con la que los campos y bosques se desplazaban ante sus ojos.

—Aún no —respondió—. Vamos demasiado deprisa. Nos romperíamos la mitad de los huesos. Pero no tardaremos mucho.

De forma perceptible, el tren comenzó a aminorar aún más, mientras el paisaje se veía salpicado por las primeras casas y naves industriales. Junto a las vías crecía vegetación abundante que amortiguaría la caída, o eso fue lo que dijo Helm, que asomó un poco la cabeza.

—En unos kilómetros tomaremos una curva pronunciada —le informó—. Aún iremos más despacio. No creo que tengamos muchas más oportunidades antes de llegar a Lyon.

—Está bien —repuso Leopold, con el estómago contraído por la aprensión. Pese a las palabras de su amigo, a él le parecía que circulaban a una velocidad vertiginosa.

Helm volvió a repetirle las instrucciones sobre cómo debía saltar para no hacerse daño, pero, cuando llegó el momento, Leopold se quedó totalmente paralizado junto a la puerta, con el aire azotándole el rostro. Tal y como Helm había temido.

—¡Ahora, muchacho! —lo animó—. ¡Ahora!

—¡No... puedo! —gritó, fuertemente sujeto a la puerta.

—¡Si no saltamos ahora quizá no tengamos otra oportunidad! —insistió—. A estas horas, seguramente ya habrán descubierto la huida y todas las estaciones de tren del país estarán sobre aviso.

Tenía razón, Leopold sabía que tenía razón. Apretó los puños, aspiró un par de bocanadas de aire y cerró los ojos con fuerza antes de lanzarse al vacío. Como Helm le había indicado, rodó sobre sí mismo durante unos metros y, para su sorpresa, se encontró ileso cuando logró ponerse en pie. Eufórico, se giró hacia Helm, que había saltado justo tras él. Se hallaba a pocos metros, sentado sobre la hierba, cabizbajo y sujetándose uno de los tobillos.

—¿Te lo has roto? —le preguntó al acercarse para arrodillarse a su lado.

—No, solo me lo he torcido un poco al tocar con el suelo —contestó con una sonrisa trémula—. Se me pasará pronto.

El tren había desaparecido por completo y, más allá de la maleza que crecía a ambos lados de los raíles, el panorama no era muy alentador. Había varios edificios en las cercanías y se encontraban demasiado expuestos. Leopold vio a un centenar de metros, en el lado contrario, un pequeño grupo de árboles y matorrales. Un buen lugar para ocultarse unos minutos.

Helm se sacó la bota en cuanto tomaron asiento. El tobillo había comenzado a hincharse y a adquirir un tono azulado.

—Creo que es solo un esguince —le informó mientras volvía a calzarse.

—No sé si deberías volver a ponerte la bota.

—Si no lo hago, el pie se hinchará demasiado y luego ya será imposible hacerlo —replicó—. Y ya llamaremos bastante la atención como para caminar con un pie descalzo.

—Llamaremos la atención igual. Necesitamos un buen baño y nuestras ropas no están precisamente limpias.

—Pues yo no creo que nos diferenciemos demasiado de los miles de hombres que circulan por el país.

Quizá tenía razón. Por suerte, les habían permitido conservar sus ropas en lugar de cambiarlas por monos o uniformes carcelarios que ahora sin duda los delatarían.

—¿Vamos a seguir los raíles? —preguntó.

—Un rato quizá. —Helm volvió la cabeza en la dirección por la que habían venido—. Luego será mejor que atajemos por los campos. Las estaciones, las vías y las carreteras serán los primeros lugares en los que nos busquen.

—Antes deberíamos buscar algo para comer y beber —comentó Leopold, cuyo estómago había comenzado a rugir—. Estoy famélico y siento la boca pastosa.

Echó mano al bolsillo del pantalón, donde había cosido el puñado de francos que habían logrado reunir entre sus amigos. Todos los que habían participado en la huida llevaban una pequeña cantidad para afrontar pequeños gastos durante un par de días; luego se las tendrían que apañar por su cuenta.

—Será mejor que nos pongamos en marcha. —Helm se levantó, apoyó el pie en el suelo y lanzó un gemido ahogado.

—Te ayudaré a caminar. —Se ofreció.

—No, será mejor que no —rechazó—, eso sí que destacaría. En cuanto comience a moverme, el tobillo entrará en calor y resultará más fácil. Mientras tanto, seré un hombre con un poco de cojera, nada que pueda hacer sospechar a nadie.

Abandonaron el improvisado refugio, cruzaron la carretera que discurría paralela a las vías y se internaron en una zona industrial. Muchos hombres trabajaban en aquella parte de las afueras de la ciudad, por lo que su aspecto poco aseado no llamó la atención. Encontraron una toma de agua junto a una nave de ladrillo y bebieron con avidez antes de restregarse bien el rostro y las manos. A continuación, a cambio de unos pocos francos, tomaron un plato de guiso acompañado de un buen pedazo de pan en un pequeño restaurante para trabajadores, y luego volvieron a ponerse en marcha.

Aún les quedaba un largo camino por recorrer.

Leopold recordaba haber leído en una ocasión que las tropas de Napoleón se desplazaban una media de veinte o treinta kilómetros al día, que podían aumentar a cuarenta o más si la ocasión lo requería. Dado que Saint-Martin d'Ardèche se encontraba a unos ciento noventa kilómetros en línea recta desde Lyon, el viaje les habría llevado entre siete y nueve jornadas, solo que ellos no eran soldados de infantería ni estaban acostumbrados a recorrer esas distancias, por no hablar del tobillo de Helm. El primer día apenas lograron dejar atrás las afueras de Lyon antes de que se vieran obligados a detenerse y buscar refugio al amparo de un murete de piedra que delimitaba una granja de ovejas. Su amigo no se atrevió a sacarse la bota, pero la palidez de su rostro era una muestra evidente del dolor que lo atenazaba.

Descansaron el resto de la tarde y, al anochecer, buscaron un lugar más resguardado siguiendo el muro hasta dar con las ruinas de una vieja cabaña de piedra. El calendario se aproximaba a noviembre y las noches eran frías, así que buscaron el calor de sus cuerpos pegándose bien el uno al otro. Aun así, Leopold apenas pudo dormir porque el castañeo de sus dientes le impedía conciliar el sueño, y porque Helm también temblaba a su lado. Por la mañana, ambos estaban ateridos y agarrotados.

—Lo que daría por una taza del inmundo brebaje de Les Milles —comentó su amigo.

—O por un plato caliente de sopa aguada. —Leopold se relamió los labios resecos.

Helm trató de ponerse en pie, pero el tobillo le falló y cayó de rodillas con un gemido.

—¡Maldita sea! —se quejó mientras trataba de incorporarse de nuevo.

Esta vez, su amigo le ayudó y acabó con la espalda apoyada contra los restos de una pared.

—Así no podré caminar —confesó, con la frente perlada de sudor—. El dolor es… insoportable.

—Yo te ayudaré. Apóyate en mí.

—Es mejor que sigas solo, muchacho —le dijo con resignación—. Yo solo voy a entorpecerte.

—Ni hablar. Lo haremos juntos.

—Buscaré un refugio hasta que mejore y luego…, luego ya veré.

Leopold, parado frente a él, lo miró con intensidad.

—He dicho que no —insistió—. O vamos los dos o no vamos ninguno.

—¿Siempre eres tan cabezota? —Helm sonrió con cierto pesar.

—A veces lo soy más. —Le devolvió la sonrisa acompañada de un manotazo en el brazo—. Buscaré un palo en el que puedas apoyarte y yo te sostendré por el otro costado. Iremos despacio pero no nos detendremos.

Helm apretó los labios y asintió. Ninguno de los dos estaba dispuesto a rendirse.

Avanzaron durante dos días más. Al tercero, ambos se encontraban al límite de sus fuerzas. Leopold sentía todos los músculos doloridos y no paraba de toser y estornudar. Sabía que tenía fiebre, pero no pensaba decirle nada a Helm, que estaba aún peor que él. Su tos era más profunda y tenía los ojos vidriosos, las manos despellejadas de agarrarse a la improvisada muleta y el pie hinchado como un balón. No se había quitado la bota, pero ahora la llevaba sin cordones, completamente abierta, y parecía a punto de reventar.

Por el camino encontraron un pequeño riachuelo del que bebieron con avidez y Leopold se coló en un par de huertos para robar unas manzanas, unas coles y unas patatas, que se comieron crudas.

Ni siquiera sabían dónde se encontraban ni qué distancia habían recorrido, aunque calculó que no superaría los quince o veinte kilómetros, si es que llegaba. Al frío se le había unido esa tarde una lluvia pertinaz que los empapó hasta los huesos y, cuando el día comenzó a menguar, decidieron buscar refugio en una casa de campo. Se habían encontrado varias durante el avance, y las habían evitado con éxito, pero esa noche lluviosa necesitaban un techo sobre sus cabezas o morirían de una pulmonía. Por norma general, esas propiedades constaban de un edificio principal donde vivían los miembros de la familia y de varios anexos destinados al ganado, las herramientas o las cosechas. Escogieron el más alejado a la vivienda, que resultó ser un granero donde almacenaban el forraje para los animales, y se escondieron en la parte del fondo, bien ocultos tras varias balas de heno.

—Será mejor que nos quitemos la ropa —propuso Leopold—. Podemos dejarla extendida, para que se seque algo, y taparnos con la paja.

Helm no contestó, pero comenzó a quitarse la chaqueta con manos temblorosas. Como no podía deshacerse de los pantalones sin hacerlo antes de las botas, se los dejó puestos, y Leopold lo imitó. Antes de tumbarse, decidió echar un vistazo por el granero aprovechando que esa noche había luna llena y una tenue claridad se filtraba entre los tablones. Cerca de la puerta, localizó unos ganchos de los que colgaban varios utensilios, además de una gruesa chaqueta que había visto tiempos mejores pero que esa noche les iba a salvar la vida. Su inspección no reveló nada más de interés, así que regresó junto a Helm, se tumbó a su lado, los cubrió con heno y luego los tapó a ambos con la prenda. Olía a sudor viejo, a tierra húmeda y a colonia barata, pero era cálida y muy suave. Antes de que despuntara el día la devolvería a su lugar y ambos desaparecerían sin dejar rastro.

—¡Arriba! —tronó una voz.

Leopold abrió los ojos, desorientado, y se encontró con el cañón de una escopeta apuntando al centro de su pecho. Al otro lado del arma había un hombre de mediana edad, con el cabello entrecano, una barba tupida y unos ojos castaños llenos de desconfianza. A su lado, Helm se removió, inquieto, y, cuando el hombre volvió a dar la orden, se incorporó, desconcertado y febril.

—Lo sentimos mucho. —Se disculpó Leopold al tiempo que alzaba las manos—. Nos pilló la lluvia en mitad del camino y no teníamos otro lugar en el que cobijarnos.

—¿De camino a dónde? Porque franceses no son, al menos usted, con ese acento tan raro —continuó el granjero, hosco.

En ese momento, a Leopold no se le ocurrió nada que pudiera improvisar para sacarlos del apuro, y Helm no parecía estar en condiciones de enhebrar ni un solo pensamiento coherente. Miraba al hombre como si no lo viera, y su cuerpo no dejaba de temblar.

—¿Su amigo está enfermo?

—Por favor, no nos haga nada —contestó Leopold—. Nos marcharemos enseguida y no volverá a saber de nosotros.

—Un momento... —El hombre los miró con los ojos entrecerrados—. No serán ustedes dos de esos que se han fugado de Les Milles, ¿no?

—Se lo suplico, no avise a las autoridades —insistió—. No queríamos molestarle, solo teníamos frío y...

—¿Vienen de Les Milles o no?

Leopold supo que, a esas alturas, ya no servía de nada mentir.

—Sí, nos fugamos de allí hace cuatro días.

Para su sorpresa, el desconocido bajó la escopeta, aunque continuó observándolos con suspicacia.

—Los gendarmes pasaron por el pueblo, dando instrucciones de entregarlos si los encontrábamos. —El tono de su voz, de repente, parecía menos amenazador.

—¿Qué... pueblo? —se atrevió a preguntar.

—Givors.

—¿Givors?

—Poco más de veinte kilómetros al sur de Lyon.

—Oiga, nosotros no hemos hecho nada, se lo juro. Somos pintores, artistas, llevamos años viviendo en Francia, muchos años —comenzó a hablar de forma atropellada—, a la que consideramos nuestro país, porque Alemania dejó de ser nuestra patria en el momento en el que Hitler...

—Vístanse —ordenó, como si no le interesara ni un comino la explicación que él quisiera proporcionarle.

—Claro, claro. —Leopold se levantó con calma, no quería asustar al hombre con ningún movimiento brusco—. Perdone que hayamos usado su chaqueta, pero teníamos las ropas empapadas y...

El hombre se pasó la mano por la barba y se echó la escopeta al hombro.

—Mi mujer está preparando el desayuno, iré a decirle que tenemos invitados.

Leopold lo miró, atónito. Aquellos ojos castaños ya no lo miraban con desconfianza, sino con algo parecido a la compasión, y trató de imaginar el aspecto que debían presentar Helm y él medio desnudos sobre un improvisado lecho de paja. Delgados, sucios, enfermos, hambrientos y desesperados.

—Espero que les guste el café bien cargado —añadió el hombre antes de dar media vuelta y desaparecer por donde había venido.

Leopold se vistió con manos trémulas y a continuación ayudó a su compañero, que se dejó hacer con aire ausente. Luego, con un poco de agua que la lluvia había acumulado en un pilón en el exterior del granero, se adecentó cuanto pudo e hizo lo mismo con Helm. No podía hacer mucho para mejorar el lamentable aspecto que mostraban, pero no quería que ambos se presentaran ante la esposa de ese hombre como si fuesen dos pordioseros.

30

El tacto de unas manos suaves la trajeron de vuelta. Rebecca las sintió primero en el rostro, que notaba adormecido, y luego en los brazos, que le dolían como si se los hubieran roto por mil sitios. Abrió los ojos con dificultad y le tomó unos minutos dibujar los imprecisos contornos de la persona que se encontraba a su lado.

—Elvira —murmuró en cuanto la imagen cobró nitidez.

—He venido a ver cómo estabas. —La voz dulce atravesó su nebulosa como una flecha.

Rebecca no supo qué decir a eso. ¿Cómo podía contarle que tenía la sensación de que su propio cuerpo había dejado de pertenecerle? Elvira, al parecer, no esperaba respuesta, porque le aproximó un vaso de agua fresca a los labios resecos, del que bebió con avidez. Luego, con movimientos gráciles, comenzó a desatar las correas que la mantenían sujeta a la cama y, sin mediar palabra, se tumbó junto a ella y le pasó un brazo por debajo de la cabeza para aproximarla a su cuerpo. Rebecca sintió las lágrimas ascender a toda velocidad hasta sus ojos y se aferró a Elvira como si esta fuera a convertirse en pájaro para sacarla de allí.

—Llora cuanto necesites —le susurró la mujer mientras le acariciaba el cabello—. A veces, el llanto es lo único que nos queda.

Y eso hizo, hasta que no le quedaron lágrimas por verter ni

sollozos agazapados en ningún recoveco de la garganta. Solo entonces fue capaz de percibir el suave aroma a jazmín que desprendía su amiga, cálido como una mañana de primavera.

—La hermana Soledad te echará de aquí si te descubre —balbuceó al fin.

—Llevo en este lugar casi tanto tiempo como ella —replicó Elvira con una sonrisa—. No me dirá nada. Además, acabo de verla en el jardín, entretenida con la condesa. Al parecer, nuestra aristócrata insiste en cambiarse de ropa porque va a acudir a un almuerzo con los Románov. Y está molesta porque no encuentra sus perlas.

Rebecca sintió las mejillas rígidas al sonreír y se llevó una mano al rostro. La piel estaba reseca, casi escamosa, y tan tirante que el solo roce de sus dedos la molestaba.

—Se te pasará —le dijo su amiga—. En unos días recuperarás tu belleza, y tu cutis volverá a ser perfecto, como siempre.

—No me importa mi cutis —rezongó.

—Pues debería. Es el espejo del alma, o eso dicen. Y tu alma es hermosa, así que no veo por qué tus facciones no deberían reflejarlo.

—¿Crees que mi alma es bella? —Rebecca alzó la mirada hasta sus ojos color miel. Un mechón de su cabello dorado se había desprendido del moño y le acariciaba las pecas de las mejillas.

—Por supuesto. ¿Acaso tú lo dudas?

—Yo ya no sé nada, nada en absoluto —respondió, bajando la vista—. Ni siquiera sé por qué estoy aquí, ni por qué merezco este castigo.

—No se nos permite mostrar debilidad, ni sufrir una caída de la que no podamos levantarnos de inmediato como si nada hubiera pasado.

—¿A quiénes?

—A todas las personas en general, imagino, pero sobre todo a las mujeres. No se nos permite estar tristes, como si fuese algún tipo de enfermedad contagiosa, aunque hayas perdido todo cuanto amabas.

Rebecca no dijo nada, porque sabía muy bien de qué estaba hablando su amiga.

—Mi hija se llamaba Aurora —continuó—. ¿Lo sabías?

—Elvira... —Rebecca trató de interrumpirla. De repente necesitaba decirle que conocía esa parte de su pasado, que había sido demasiado curiosa y había tratado de averiguarlo por su cuenta, y que se sentía terriblemente mal por ello.

—No pasa nada —la reconfortó—. En realidad, sé que hablaste con el príncipe de Mónaco.

—Yo... lo siento mucho. No quería inmiscuirme en tu vida...

—Ah, ya lo creo que querías. —Rio bajito—. Soy consciente de que en ocasiones no me muestro muy comunicativa, sobre todo con personas a las que no conozco lo suficiente. Y especialmente en estas fechas.

—Estas fechas...

—Aurora nació en otoño, en noviembre. El cielo estaba como hoy, claro y limpio como si ella fuera a estrenarlo. —Elvira apoyó la cabeza en la almohada y cerró los ojos—. Soplaba algo de viento y parecía que las hojas cantaran una canción de cuna. Yo era muy joven y estaba muy asustada. —Rebecca asió su mano con fuerza—. Los dolores fueron terribles, creí que mi cuerpo se iba a partir en dos, y luego la vi, en los brazos de la hermana Soledad. Era tan pequeña y tan frágil que parecía que iba a convertirse en humo en cualquier momento.

—Creí... creí que el bebé había muerto en el parto.

—Imagino que eso es lo que debe figurar en los informes oficiales, pero mi hija vivió. Yo misma la sostuve entre mis brazos en cuanto la limpiaron y yo misma le di de mamar por primera vez. Recuerdo su olor como si se me hubiera quedado pegado a la piel para siempre.

—¿Y luego? —preguntó Rebecca al cabo de unos segundos, viendo que su amiga se había quedado anclada en el recuerdo.

—Y luego ya no estaba —respondió—. Había muerto mientras yo dormía. El doctor Romero, el padre, me dijo que mi hija había nacido muy débil.

—Tal vez te mintió. Igual se la llevaron y se la entregaron a… —comenzó a decir.

—No —la interrumpió—. Sostuve su cadáver entre mis brazos para despedirme de ella, hasta que tuvieron que arrancármelo del cuerpo porque me resistía a dejarla marchar. Está enterrada en el cementerio del pueblo, al otro lado del muro que hay al fondo del huerto de manzanos.

—Por eso siempre estás por allí…

—Es lo más cerca que puedo estar de ella, hasta que volvamos a reunirnos.

Rebecca sintió de nuevo el escozor de las lágrimas, solo que esta vez no lloraba por ella misma.

—Al principio a mí también me trataron con ese matarratas —continuó, cambiando de tema—, y recuerdo muy bien lo que se siente. La primera vez me caí incluso de la cama y me rompí un brazo, por eso ahora atan a todo el mundo.

—¿Ahora ya no te medican con ese veneno?

—Hace años que no —contestó Elvira—. Cuando sufro algún ataque de melancolía o pierdo un poco la cabeza, me dan un sedante suave hasta que se me pasa. Dos o tres días en cama y vuelvo a ser yo.

—Pero eso…, eso no justifica que debas permanecer aquí —se envaró—. Quiero decir, eso podrías tomártelo en tu casa, ¿no?

—¿En qué casa? —Su mirada se tiñó de tristeza—. No tengo ningún sitio al que volver, ni nadie que me esté esperando. La única familia que me quedaba, mi abuela, murió hace un par de años. Piensan que no lo sé, pero se equivocan.

—No entiendo que prefieras quedarte aquí.

—Este lugar se ha convertido en mi único hogar. Me cuidan, me alimentan, me lavan la ropa… Puedo leer casi lo que quiera y me dejan tocar el piano que hay en el solario siempre que lo deseo. No sabría cómo enfrentarme al mundo fuera de estos muros, y sola. Si tuviera algún familiar sería distinto, pero lamentablemente no es el caso.

Hizo una larga pausa que Rebecca no se atrevió a interrumpir.

—Tu situación es distinta —prosiguió—. Tú no estás hecha para vivir en una jaula, ni siquiera en una de oro. Tienes una vida esperándote al otro lado de estos muros, solo necesitas un poco de tiempo para encontrar el camino de vuelta.

—¿Y cuánto tiempo me llevará eso? —preguntó, hundiéndose aún más en el colchón.

—El que sea preciso. Mientras tanto, yo estaré aquí para ti. —Le dio un tierno beso en la frente—. Siempre que mi cabeza me lo permita —añadió con una sonrisa triste.

Los músculos de Rebecca, que habían comenzado a destensarse en cuanto su amiga se tumbó a su lado, se relajaron del todo y permitió que se le cerraran los ojos con el convencimiento de que nadie acudiría a perturbar su sueño.

Elvira no lo permitiría.

El solario era una amplia estancia con las paredes de vidrio, adornada con multitud de plantas y con varios cómodos sofás distribuidos con eficacia. Al fondo, en el lugar más sombrío para protegerlo del sol, un piano de cola brillaba como un espejo. Frente a él se sentaba entonces Elvira, como casi cada tarde, feliz de tener al fin un público que la escuchara, porque Rebecca la acompañaba en cada ocasión. Tomaba asiento, a veces con un libro en el regazo, otras con un cuaderno para dibujar, y las más por el simple placer de estar allí, escuchando cómo las notas bailaban por el aire. Elvira poseía talento, más allá de las cuatro horas diarias que le dijo que había practicado en su infancia y su juventud, antes de acabar allí internada. En otras circunstancias, si la vida hubiera sido distinta, tal vez estaría dando recitales en los grandes teatros europeos. Eso creía Rebecca, que había recibido también algunas lecciones en su niñez y sabía reconocer el virtuosismo en aquellos dedos largos y gráciles.

Desde la conversación que habían mantenido en su cuarto, Elvira casi no se había separado de ella, ni siquiera cuando la hermana Soledad consideró que no era buena idea que dos pacientes permanecieran tanto tiempo juntas. Al final tuvo que intervenir el doctor Romero, que acabó dictaminando que la relación parecía beneficiar a ambas y que, por lo tanto, no existía ningún impedimento para que no disfrutaran de su mutua compañía.

Cuando el frío comenzó a arreciar, cada vez eran menos los momentos que podían compartir en el jardín, así que Rebecca trasladó el caballete y las pinturas al solario, y se propuso enseñar a Elvira a pintar. Estaba convencida de que una mujer de su sensibilidad sería capaz de arrancar del lienzo auténticas maravillas.

—¿Como una especie contraprestación por mis clases de español? —había preguntado Elvira, risueña.

—Algo así.

Ambas comprobaban los primeros resultados de las lecciones, que Rebecca había copiado de sus antiguos profesores, los Evans.

—Creo que mis dotes para este arte son más bien escasas —comentó Elvira, sentada frente a su cuadro. A Rebecca, sus palabras le trajeron de vuelta a Louis Roche durante unos instantes.

—Eh…, bueno, es cierto que la perspectiva no se te da muy bien.

—Imagino que esa es una forma amable de decirlo.

—Sin embargo, la combinación de colores y formas es… ¿Conoces la obra de Kandinski?

—¿Quién?

—Vasili Kandinski. Es un pintor abstracto ruso, aunque hace años que vive en París. Leopold y yo lo visitamos en su casa la primavera pasada.

—No, creo que no.

—No importa, es solo que… tus cuadros me han recordado a algunas de sus pinturas. Déjate llevar —le dijo, como Leopold le había dicho a ella en otra vida. El recuerdo le pellizcó el alma y tuvo que hacer un gran esfuerzo para continuar—. Pinta lo que quieras. Líneas, círculos, formas geométricas o totalmente libres, mezcla colores, añade los detalles que quieras, interpreta el mundo a tu manera…

—No sé si sabré hacer eso. —Elvira hizo una mueca.

—Ya lo estás haciendo. —Rio de forma abierta—. Experimenta y, sobre todo, disfruta. No vamos a participar en ninguna exposición.

Algunos recuerdos del pasado llenaron su mente de imágenes mientras observaba a su amiga utilizar los pinceles. La compañía de Elvira había hecho mucho bien a Rebecca. Su espíritu, que había permanecido agitado desde su llegada al sanatorio, se apaciguaba por momentos. Ahora incluso se avergonzaba de haber llegado a pensar que Hitler tenía a todo el mundo hipnotizado. ¿Cómo se le había ocurrido semejante disparate? Era consciente de que aún no se encontraba del todo recuperada, pero sabía que iba por buen camino. Un camino que algún día, esperaba que no muy lejano, la sacaría de allí.

Y entonces buscaría a Leopold.

Rebecca se sentía alicaída. Dos días antes, Elvira no la había reconocido al verla y había vuelto a preguntarle si era su hija. Después de todo el tiempo que habían pasado juntas en las últimas semanas, resultó un duro golpe. Llevaba recluida en su habitación desde entonces, una muy similar a la que ocupaba Rebecca, pero algo más grande y mucho más personalizada. Cuando fue a visitarla en compañía de la hermana Soledad, Elvira se alteró tanto que tuvo que marcharse. Sabía que, en algún momento de los días siguientes, esa mujer que se había convertido en amiga, confidente y casi en una hermana mayor regresaría de donde fuera que se marchaba cuando decidía huir de sí misma. Y las cosas volverían a ser como antes. La echaba de menos y, con la Navidad a la vuelta de la esquina, solo deseaba que regresara lo más pronto posible. Ella era su única familia en aquel lugar y los días que se avecinaban iban a resultarle muy difíciles. Extrañaba tanto a Leopold que a veces le dolían todos los huesos del cuerpo e incluso le faltaba el aire.

Ahora esas fiestas serían bien distintas, y estaba tratando de encontrar algo de magia en ellas. Había terminado a escondidas el cuadro que representaba a su amiga bailando entre los manzanos con dos grandes alas desplegadas a su espalda, dispuesta a alzar el vuelo en cualquier momento. Tenía intención de regalárselo por Navidad, y confiaba en que se hubiera recuperado para entonces.

Justo en ese momento, Rebecca recorría el pasillo en compañía de una de las monjas en dirección al despacho del doctor Romero, que la había hecho llamar. Precisamente el día anterior habían mantenido su charla semanal, en la que él había alabado sus progresos, así que no imaginaba qué podría querer tan poco tiempo después. Por costumbre, las sesiones semanales se habían trasladado a las salas de tratamiento, habitaciones sencillas pintadas en tonos pastel, con muebles funcionales y escasos, y le sorprendió que la monja le hubiera dicho que iban a reunirse en el despacho.

El médico se levantó de su asiento en cuanto ella entró y la invitó a ocupar una de las butacas frente a él. Hacía semanas que Rebecca no visitaba aquella estancia, pero no había cambiado nada. Si acaso, el único detalle que le llamó la atención fueron un par de periódicos doblados cuidadosamente sobre la mesita auxiliar, frente al sofá situado en un extremo. Allí no les permitían leer la prensa, y ella ansiaba recibir noticias del exterior.

—¿La guerra ha terminado? —le preguntó en cuanto se quedaron a solas, con una elocuente mirada hacia los diarios.

—Por desgracia, no —contestó el médico.

—¿Francia sigue ocupada?

—Sí, eso me temo.

—¿Y qué está ocurriendo?

El doctor Romero la observó durante unos instantes, quizá valorando qué podía o no contarle.

—En los últimos meses, la aviación alemana ha estado bombardeando Inglaterra —la informó al fin.

—¡¿Qué?! —Rebecca se levantó de un salto—. ¿Y mi familia? ¿Están todos bien?

—Sí, sí, al menos según las últimas noticias que me han llegado —respondió, al tiempo que alzaba una carta que tenía sobre la mesa—, pero algunas ciudades han sido duramente castigadas, Londres entre ellas.

Rebecca se dejó caer en el asiento, respirando a grandes bocanadas. Aquello era tan absurdo y tan absolutamente terrorífico que comenzó a sentir cómo su pulso se aceleraba. El doctor notó de inmediato su cambio de expresión, por lo que se levantó y se aproximó hasta ella.

—Tranquilícese. —Le palmeó el hombro con cierta cautela—. Puedo pedir que le traigan un sedante.

—No, no… —Luchó por recuperar la compostura, porque por nada del mundo quería darle motivos que le hicieran dudar de sus progresos—. Dice… ¿Dice que están todos bien?

—Sí, en efecto. Tanto sus padres como sus tres hermanos se encuentran en perfecto estado de salud.

Ella asintió, despacio, tratando de asimilar todo aquello. Lo que no lograba entender era por qué, después de varios meses allí, el médico había decidido compartir con ella esa información. ¿Por qué entonces?

—Ahora comprenderá por qué preferimos evitar que nuestros pacientes tengan acceso a los diarios y periódicos —le dijo él, en tono condescendiente—. Su único cometido es recuperarse de sus dolencias, y eso resultaría imposible si se vieran constantemente expuestos a las noticias del exterior.

—¿Y por qué me lo ha contado? —inquirió, mientras el doctor regresaba a su asiento tras la mesa. Existía una razón, solo que no era capaz de imaginarla.

—Aunque la guerra parece haberse trasladado parcialmente al Mediterráneo oriental y el norte de África, Europa continúa siendo un lugar peligroso e inestable. —El doctor Romero carraspeó antes de continuar—. Su padre, el señor Heyworth, está además convencido de que España acabará entrando en la contienda al lado de Alemania.

—Oh, Dios, ¿es eso cierto? —La piel de los brazos se le erizó.

—Personalmente, no lo creo probable —contestó con un

fruncimiento de labios—. Como bien sabe, nuestra tierra aún se está recuperando de las heridas infligidas durante la Guerra Civil, y no creo que ni Franco ni sus ministros estén por la labor de desangrar al país todavía más.

—Claro… —Rebecca estaba ansiosa por que el médico llegara por fin al verdadero motivo de aquella reunión.

—Sin embargo, su padre alberga serias dudas sobre el particular, y así nos lo ha hecho saber. —Centró la mirada en la carta que tenía sobre la mesa—. Por ello nos ha solicitado que sea usted trasladada.

—¿Trasladada? —Abrió los ojos con sorpresa—. ¿A Inglaterra?

—A Sudáfrica.

—¿Cómo… dice? —Estaba convencida de que había escuchado mal al médico, porque sus palabras no tenían ningún sentido.

—Sudáfrica está en…

—Sé perfectamente dónde está la maldita Sudáfrica —lo cortó de malos modos—, y ya puede decirle que no pienso irme.

—Señorita Heyworth, esa decisión no está en sus manos.

—¿Qué quiere decir con eso?

—No está usted en condiciones de tomar ninguna decisión sobre su persona o su futuro. Como sin duda debe saber, está sometida a la autoridad de su padre, y además está recibiendo tratamiento médico. Bien es cierto que preferiría que continuara aquí con nosotros hasta su total recuperación, pero la clínica que propone su padre goza de una reputación excelente y estoy convencido de que sabrán tratarla con la profesionalidad que merece y necesita.

—Es decir, que no puedo hacer nada por impedir que mi padre me envíe a la otra punta del mundo —comentó con rabia, mientras las lágrimas le quemaban tras los párpados.

—Es por su seguridad —le dijo él, tranquilizador—. El señor Heyworth se preocupa mucho por usted, y aquel es uno de los lugares más seguros en este momento. La guerra no llegará a lugares tan remotos.

Rebecca se mordió con rabia el interior de las mejillas para no echarse a gritar ni abalanzarse al cuello de aquel hombre que estaba hablando de su futuro como si tal cosa. Aunque, pensándolo bien, el doctor Romero no era más que el mensajero de Walter Heyworth, que parecía empeñado en destruir a su hija hasta los cimientos. Y en alejarla cuanto fuera posible para que no mancillara el buen nombre de la familia.

La cuestión era que Walter Heyworth aún no sabía de qué pasta estaba hecha su hija.

31

Pese a los intentos de Rebecca por permanecer tranquila, esa misma tarde sufrió un ataque de ansiedad y acabó golpeando los muebles y las paredes de su habitación, hasta hacerse sangre, mientras gritaba a todo pulmón que no iba a marcharse a Sudáfrica ni a ningún otro lugar. Entonces regresaron parcialmente sus teorías conspiratorias y anduvo corriendo y escondiéndose por todo el recinto, hasta que, bien entrada la noche, una de las monjas la localizó en el interior de un escobero, hecha un ovillo y con la ropa empapada en su propia orina. Ese comportamiento errático e irascible le valió su tercera dosis de Cardiazol, que la dejó descompuesta durante varios días.

Ni siquiera habló con Elvira cuando esta acudió a verla, ya recuperada de su acceso de melancolía. Volvió a tumbarse a su lado y a acariciarle el pelo durante horas, pero ella apenas respondió ni a sus caricias ni a sus palabras amables. Estaba totalmente desolada, hundida y derrotada, y tan agotada física y anímicamente que todo le importaba un bledo. Si su padre quería enviarla a Sudáfrica o al desierto de Gobi, allí iría, aunque terminara por apagarse como la llama de una vela.

Cuando finalmente fue capaz de ponerse en pie por sí misma, se pasaba las mañanas sentada en un banco del jardín, bajo un sol que ya apenas calentaba, hasta que las monjas la obligaban a entrar de nuevo en el edificio, tiritando de frío. O acompañaba a Elvira al solario para quedarse junto a la ventana, con la mirada perdida y las manos muertas sobre el regazo. Esas manos que ya no soñaban con pintar ni con acariciar a Leopold. Tenía la absoluta certeza de que no volvería a verlo jamás, porque, si la guerra no acababa con ellos, lo harían el tiempo y la distancia.

—Tienes la mirada de alguien que se ha rendido —le dijo Elvira una tarde.

Se encontraban en el solario, y Rebecca no podía asegurar cuándo había dejado su amiga de tocar el piano para sentarse frente a ella.

—Estoy cansada, muy cansada —replicó con desgana.

—Yo estuve así de cansada una vez.

—¿Y qué hiciste?

—Morirme.

Rebecca la miró con atención, con el repentino temor de que Elvira hubiera vuelto a perder la cabeza.

—Solo cuando mueres eres capaz de superar el dolor, de dejar de sentir —continuó su amiga.

—Elvira...

—Pero los muertos no pueden tocar el piano, ¿lo sabías? —Le dedicó una sonrisa entre triste y enigmática—. Bueno, quizá algún fantasma sea capaz de arrancar algunas notas, pero no es lo mismo.

—No estoy segura de saber de qué estás hablando. —Se llevó los dedos a la frente, donde un fuerte dolor de cabeza amenazaba con partírsela en dos.

—Oh, ya lo creo que sí.

—Te aseguro que no.

—No estás muerta, Rebecca. Aún respiras, tu corazón todavía late. El cansancio pasará, encontrarás de nuevo tu fuerza. Utilízala.

—¿Para qué?

—Para vivir. Si no por ti, hazlo por los que no tuvieron la oportunidad de hacerlo.

Los ojos azules de Elvira se habían llenado de lágrimas y Rebecca sintió que algo dentro de ella se rompía también, y acabó abrazando a su amiga y llorando con ella por los que se habían ido. Y por los que nunca habían sido.

El tiempo se le escurría entre los dedos. El doctor Romero le había dicho que partiría hacia Madrid el último día del año, donde se reuniría con una pareja de ingleses —conocidos de los Heyworth— que, después de las fiestas de Navidad, viajaría hasta Lisboa. Allí tomarían un barco con destino a Sudáfrica, donde ella sería internada en la nueva clínica y ellos se refugiarían de los vientos de la guerra en una propiedad que poseían desde hacía años cerca de Ciudad del Cabo. Ni siquiera podía imaginar en qué circunstancias se habrían conocido, pero no dudaba de que su padre debía considerarlos respetables y de confianza. Y no dudaba tampoco de que la vigilarían día y noche para cumplir con un encargo tan inusual y de tan alta responsabilidad. Nadie defraudaba a Walter Heyworth.

Aunque la idea de ser enviada a Sudáfrica continuaba horrorizándola, abandonar la clínica del doctor Romero había sido una esperanza largo tiempo anhelada. Poco más de cuatro meses habían transcurrido desde su ingreso en la institución, y podía asegurar sin temor a equivocarse que ya era la peor etapa de su vida, solo soportable gracias a la presencia de Elvira.

—Te voy a extrañar tanto… —le decía en ese instante.

Se encontraban otra vez en el solario, que, durante el invierno, se había transformado en su nuevo rincón favorito. Desde allí, incluso, podían contemplar una buena parte del huerto de manzanos, en el que Elvira extraviaba la mirada de tanto en tanto. Su amiga sostenía en su regazo el cuadro que Rebecca había pintado para ella y que le acababa de entregar. Era el día de Navidad de 1940 y sus caminos estaban a punto de separarse, con toda probabilidad para siempre.

—Las personas van y vienen de nuestra vida —comentó Elvira, con los ojos fijos en el lienzo—. Unas permanecen en ella mucho tiempo, otras apenas un suspiro, y algunas dejan una huella indeleble que ni el tiempo ni la distancia pueden borrar.

Quizá, con el transcurrir de los años, no recuerdes el nombre ni de qué color tenían el cabello, pero seguro que serás capaz de rememorar las sensaciones que fueron capaces de transmitirte o el poso que dejaron en ti.

—Nunca voy a olvidarte —le aseguró Rebecca, transida de emoción.

—Ah, lo harás. Dentro de diez años, de quince quizá, recordarás esta etapa de tu vida como si la cubriera una densa niebla. Las personas somos como los vientos, siempre en movimiento, siempre cambiantes, siempre hacia adelante.

—Eres una mujer sabia, Elvira.

—Soy una mujer vieja.

—¿Vieja? —Rio—. No debes de tener más de treinta y cinco o treinta y seis años.

—Treinta y siete. —Sonrió con un guiño—. Pero a veces tengo la sensación de haber vivido tres veces una vida.

Rebecca se preguntó cómo una persona que había pasado más de la mitad de su existencia internada en un centro psiquiátrico podía tener la sensación de haber vivido mucho, aunque, dado lo despacio que parecía transcurrir el tiempo en aquel sitio, tampoco le extrañó demasiado. A ella cuatro meses le habían parecido una década.

Esa fue la última conversación que mantuvieron las dos. Elvira cayó en un nuevo episodio de profunda melancolía que se alargó hasta su partida y Rebecca se preguntó, dado el escaso tiempo que había transcurrido con respecto al anterior, si su marcha no tendría algo que ver con ello.

Cuando se despidió del príncipe de Mónaco, este apenas levantó la vista de su máquina de escribir y le entregó un buen fajo de cartas para que se ocupara de hacerlas llegar a sus destinatarios. La anciana condesa rusa fue la última paciente con la que habló en aquel lugar y le hizo prometer que saludaría en su nombre al príncipe Nikolái Vladiostok en cuanto tuviera oportunidad.

El 31 de diciembre, antes del alba, la hermana Soledad, la hermana Virtudes y Rebecca subieron a un coche que iba a conducirlas a la estación del ferrocarril de Santander. Cuando el automóvil se puso en marcha, se propuso no mirar atrás.

Y no lo hizo.

Hacía frío en el tren, incluso en el compartimento privado cortesía de Walter Heyworth. Rebecca sentía los pies, enfundados en unas medias y unos zapatos corrientes, completamente helados, y no paraba de moverlos para hacer que entraran en calor. Llevaba las manos, sin guantes, hundidas en los bolsillos de su abrigo, también insuficiente para aquellas bajas temperaturas. Al otro lado del cristal, veía la nieve cubrir los campos de Burgos, lo que no hacía sino aumentar la sensación de frío que la atenazaba.

—Si no para quieta, el viaje se nos hará interminable —comentó la hermana Soledad, sentada frente a ella con las cuentas de un rosario entre las manos. La hermana Virtudes dormitaba en un rincón y, de tanto en tanto, soltaba un ronquido.

—Me estoy congelando —se quejó—. Esta ropa no es apropiada para estas temperaturas.

La monja echó mano de la bolsa de viaje que llevaba, demasiado grande en opinión de Rebecca para un viaje tan corto y para una sola noche que las religiosas iban a pasar alojadas en un convento de Madrid. De ella extrajo una manta a cuadros que se apresuró a ofrecerle. Rebecca la aceptó encantada. Era de tamaño medio, pero pesada, confeccionada con buena lana. Dobló las piernas sobre el asiento y se cubrió hasta el cuello.

—¿Usted no tiene frío? —inquirió.

—Llevo medias de lana y buena ropa de abrigo bajo el hábito. Además, aquí en el norte estamos acostumbrados al frío.

—También en Inglaterra —se defendió—, solo que contamos con ropa adecuada para hacerle frente.

—Lo siento... —se disculpó la religiosa—. Con tantos preparativos para el viaje, lo cierto es que no se nos ocurrió pensar en ello. Sus nuevos cuidadores la llevarán de compras, según tengo entendido. Podrá adquirir todo cuanto precise.

Rebecca pensó en todas las cosas que le hacían falta, porque no llevaba más que una bolsa pequeña con los escasos vestidos que le habían proporcionado en la clínica, un par de mudas de ropa interior y dos camisones. La factura que aquellos señores iban a trasladarle a su padre no iba a ser insignificante.

—¿Podré escribir a Elvira? —preguntó, compungida.

—¿Cómo?

—Bueno, quizá no desde Sudáfrica, donde imagino que seguirán las mismas restricciones en cuanto a la correspondencia, pero algún día saldré de allí, estoy segura.

—Hummm, claro que saldrá, pero… no creo que sea buena idea.

—¿Por qué no? —inquirió, molesta.

—Existe un motivo por el que preferimos evitar el contacto con el exterior, ya lo sabe. Podría hacerle más mal que bien, y alterarla mucho.

—Entonces podría escribirle a usted —propuso—, para saber cómo se encuentra.

La hermana Soledad la miró con el ceño levemente fruncido y luego comprobó que su compañera continuaba durmiendo.

—Señorita Heyworth, acepte un consejo de alguien que lleva muchos años viendo a pacientes como usted… y como ella —le dijo en tono amable—. Procure olvidar pronto esta etapa de su vida. Céntrese en recuperarse y retome su camino.

—Pero…

—Elvira misma la olvidará pronto —la interrumpió—. Siempre es así. No crea que es usted la primera paciente con la que entabla cierta amistad. En unos meses no se acordará de su nombre y luego ni siquiera recordará que usted estuvo allí.

—¿Qué? —Rebecca la miró, atónita—. No, eso no es… posible.

—¿Le ha hablado en alguna ocasión de Alicia, de Stephen o de Chantal?

—¿Eh? No, ¿quiénes son esas personas? —preguntó, desconcertada.

—Pacientes que, como usted, pasaron un breve periodo en

la clínica del doctor Romero y a los que Elvira tomó bajo su ala —respondió—. Su instinto maternal está muy desarrollado y siente predilección por los internos jóvenes y desvalidos.

—Como yo...

—Exacto, como usted. —Apoyó una mano sobre su rodilla en un gesto afable—. No se lo tenga en cuenta, está en su naturaleza.

—Comprendo...

Rebecca volvió la cabeza y apoyó la frente contra la ventana, sin importarle ya el frío del cristal ni el paisaje nevado que desfilaba al otro lado.

Solo pretendía que la hermana Soledad no la viera llorar.

Randall Jefferson Gardner y su esposa Elizabeth eran tal y como Rebecca los había imaginado: un matrimonio de mediana edad, ricos, elegantes y con esa flema británica que caracterizaba a sus compatriotas. De hecho, si no hubiera sido experta en tratar con ese tipo de personas tal vez le habría pasado desapercibido el ligero fruncimiento de labios de la señora Gardner cuando vio las prendas que llevaba puestas, desde los feos zapatos hasta el fino abrigo de lana.

A pesar de las horas, habían acudido a recibirlas a la estación en lugar de enviar a un chófer, como si ella fuese alguna importante personalidad de visita en la capital. Pero luego ni siquiera se ofrecieron a llevar a las dos monjas en su coche a donde quisieran ir. Hicieron el intercambio de pie en el andén, tras un saludo más cordial del que esperaba, y la hermana Soledad les hizo entrega de un gran sobre cerrado, que supuso que contenía su expediente clínico y su pasaporte. La hermana Virtudes se despidió con un gesto de la cabeza, pero su compañera le estrechó la mano con cierta torpeza y le deseó suerte. Ambas se alejaron con los hábitos balanceándose al ritmo de sus caderas, hasta que la multitud de la estación se las tragó.

—Imagino que estará cansada del viaje —le dijo en ese momento la señora Gardner, poniéndose también en marcha.

—Un poco —reconoció, un tanto aturdida.

—Esta noche tenemos invitados a cenar —continuó—, ya sabe, es fin de año. Si quiere unirse a nosotros quizá pueda prestarle alguno de mis vestidos.

La miró de arriba abajo mientras pronunciaba las últimas palabras, valorando quizá si su ofrecimiento tenía algún sentido. Era evidente que no, porque Elizabeth Gardner pesaba al menos veinte kilos más que Rebecca.

—La verdad es que preferiría descansar —confesó.

En realidad, había dormido casi todo el viaje, pero pensar en tener que alternar con un grupo de desconocidos durante su primera noche allí se le antojaba una tarea hercúlea.

Salieron de la estación al frío aire nocturno. Por suerte, un gran automóvil esperaba junto a la entrada y un chófer de uniforme se apresuró a abrirles la puerta trasera. Rebecca acabó acomodada entre el matrimonio y realizaron el trayecto en un silencio incómodo. Ardía en deseos de preguntarles si en los días siguientes tendría oportunidad de salir de donde fueran a alojarse, porque tenía intención de visitar tanto la embajada británica como la francesa en busca de noticias de Leopold, pero no se atrevió. Sospechaba que su padre los habría puesto al corriente sobre su situación y que sus posibilidades serían escasas.

La casa de los Gardner en Madrid, situada en el barrio de La Moraleja, era grande y lujosa, protegida por un alto muro de piedra y con un amplio jardín a su alrededor. El chófer detuvo el vehículo frente a la escalinata que conducía a la entrada principal y se apeó para abrirles la puerta. La señora Gardner fue la primera en bajar y luego lo hizo Rebecca, con su pequeña bolsa de viaje colgada del brazo. Una criada abrió la puerta de la vivienda y la luz cálida del interior se derramó sobre los peldaños de acceso.

—Yo acompañaré a la señorita Heyworth arriba, Lourdes —le dijo a la criada en un español con fuerte acento.

A esas alturas, Rebecca había aprendido lo suficiente del idioma como para comprender las frases más sencillas, y siguió a la mujer escaleras arriba. Se detuvieron en el primer piso y giraron hacia la izquierda, hasta la penúltima habitación.

—Espero que el alojamiento sea de su agrado —le dijo su anfitriona tras abrir la puerta a un amplio cuarto—. Dispone de baño propio y, si necesita cualquier cosa, hay un teléfono sobre la mesita de noche.

—¿Puedo leer los periódicos? —inquirió con un atisbo de esperanza—. Creo que los alemanes están bombardeando Gran Bretaña.

—Lo siento, pero es una de las cosas que no están permitidas. Solo necesita saber que su familia se encuentra bien. Si precisa algo más, marque el tres y Lourdes le proporcionará lo que requiera. Habla un poco de inglés y, si no logra entenderse con ella, me buscará.

—No quisiera molestarlas —replicó—. Yo misma puedo bajar a buscar lo que haga falta.

—Me temo que eso tampoco será posible...

—¿Cómo? —La miró con desconfianza.

—La puerta de su habitación permanecerá cerrada en todo momento —le dijo al tiempo que esquivaba su mirada—. Sé que no es una medida muy hospitalaria, pero esas han sido las instrucciones de su padre.

—Comprendo...

En realidad, las medidas no la sorprendían en absoluto. Walter Heyworth conocía bien a su hija y sabía que, si tenía la menor oportunidad, trataría de escabullirse. Sus planes para visitar las embajadas se habían venido abajo antes siquiera de haberlos puesto en marcha.

Estaba encerrada, de nuevo.

32

El hombre que había descubierto a Leopold y a Helm en su granero resultó ser una auténtica bendición. Después de que él y su mujer compartieran con ellos un desayuno abundante y sabroso, los subió a su camioneta para conducirlos algo más al sur, a una granja que se había convertido en un refugio para miembros de la Resistencia. A Leopold no le sorprendió que muchos franceses se negaran a formar parte de una Francia sometida a Hitler y que hubieran decidido tomar cartas en el asunto, animados por el mensaje desde Londres del presidente en el exilio Charles de Gaulle, que los exhortaba a resistir. Al parecer, se habían organizado a gran velocidad ya en los primeros compases de la invasión y el movimiento no cesaba de extenderse. El hombre que dirigía aquel enclave se llamaba Gaston Perriot y los acogió sin reservas. Tanto él como su mujer Adeline y su hijo adolescente André eran miembros activos del movimiento y no solo proporcionaban cobijo, sino que se ocupaban del transporte de todo tipo de mercancías, desde armas hasta medicinas y víveres.

El matrimonio había habilitado una parte del sótano como refugio temporal y allí los ocultaron. Leopold pasó casi tres días enteros con fiebre, durmiendo la mayor parte del tiempo. Helm necesitó unos cuantos más para volver a sentirse un ser humano. Adeline Perriot, además de ser una excelente cocinera, había trabajado como ayudante de enfermería antes de casarse, y era quien se ocupaba de cuidar de los heridos en los numerosos actos de sabotaje de la Resistencia.

Gaston se encargó de realizar algunas pesquisas de forma discreta y así supieron que cinco de los hombres que habían huido con ellos ya habían sido capturados y devueltos al campo de Les Milles, donde habían sido fusilados como ejemplo para los demás. Leopold se tragó la rabia que le ascendió rauda por la garganta, mientras Helm soltaba algunos improperios. Eso significaba que solo quedaban ellos dos para llevar a cabo su propósito, un propósito que compartieron con su anfitrión.

—Por desgracia, ese lugar no es una excepción —repuso el galo—. Desde que los alemanes ocuparon el norte del país, muchas personas han desaparecido de nuestros pueblos y ciudades, sobre todo judíos y comunistas. Al parecer, los están trasladando a Alemania, a campos de trabajo.

—¿Pero el gobierno francés está al corriente de lo que sucede en esos lugares? —Leopold estaba atónito.

—Son ellos mismos quienes los gestionan, así que deduzco que sí. —Gaston escupió en el suelo, mostrando así lo que opinaba del gobierno títere de los alemanes.

—Entonces tendremos que acudir a la opinión pública internacional.

—Me temo que, aunque logréis vuestro objetivo, no servirá de nada. En este momento, las tropas aliadas están demasiado ocupadas tratando de ganar una guerra o, al menos, de no perderla. Lo que suceda con unos cientos de personas, incluso con unos miles, no tendrá prioridad.

Leopold hundió los hombros.

—Hay algo más —añadió Gaston—. El oficial nazi que estuvo en vuestro campo.

—Göring.

—Parece que se ha tomado vuestra huida como un asunto personal.

—No creo que por mucho tiempo —señaló él—. Estaba deseando volver al frente.

—Lo mejor será que os quedéis aquí escondidos todo el

tiempo que sea posible, hasta que os hayáis recuperado por completo.

Helm y Leopold se mostraron de acuerdo y permanecieron en casa de Gaston más de un mes. En ese tiempo coincidieron con otros dos jóvenes que habían resultado heridos de levedad al llevar a cabo una misión, aunque no les proporcionaron detalles sobre esta, algo que a Leopold le pareció totalmente comprensible.

Cuando Helm se halló restablecido, decidieron que había llegado el momento de proseguir su viaje. Trataron de que los Perriot les aceptaran los pocos francos que llevaban encima, pero el matrimonio los rechazó, alegando que podrían hacerles falta en el futuro. Leopold no sabía cómo agradecerles lo que habían hecho por ellos.

—Todos deseamos lo mismo —les dijo el francés—, que esta guerra acabe cuanto antes. Y si mientras tanto no nos ayudamos unos a otros, lo que quede cuando finalice no merecerá la pena ser salvado.

A primeros de diciembre, Gaston los subió a su camioneta y, aprovechando que tenía que realizar un transporte, los condujo hasta las afueras de Valence, unos noventa kilómetros más al sur. Allí vivía su amigo Jean Luc, que se dedicaba a la cría de ganado y que, como él, colaboraba con la Resistencia. Allí permanecieron ocultos una semana antes de continuar el viaje. Realizaron el resto del trayecto hasta Saint-Martin a pie, ocultándose en las cunetas cuando oían el ruido de un motor y durmiendo donde buenamente podían.

Dos días después de Navidad, llegaron a las proximidades de La Gioconda. Desde el resguardo que les proporcionaba la vegetación que rodeaba los viñedos, Leopold observó su casa. No habían visto a nadie en los alrededores, pero nunca se sabía. A esas alturas, más de dos meses después de su huida, era poco probable que aún los estuvieran buscando.

Cuando al fin cayó la noche, abandonaron su escondrijo y avanzaron entre los viñedos, con las espaldas encorvadas. Alcanzaron el muro sudoeste, todavía a medio reconstruir y cuya altura resultaba más salvable. Helm aupó a Leopold y este, una vez encaramado al muro, lo ayudó a subir. Con cuidado, se desplazaron sobre él hasta alcanzar las ramas de una higuera que crecía en un rincón del jardín. Ninguno de los dos deseaba sufrir una mala caída de nuevo.

Todo estaba a oscuras y cerrado, y Leopold experimentó una extraña mezcla de sentimientos. Por un lado, la desilusión de no encontrarse a Rebecca allí. Por el otro, el alivio de saber que había logrado ponerse a salvo. Mientras recorría la parte trasera del jardín, el cuerpo le hormigueaba de ganas de abrazarla. Recogió con los dedos temblorosos la llave de emergencia que escondían bajo una maceta.

—No enciendas ninguna luz hasta que compruebe que todas las contraventanas están cerradas y las cortinas corridas —le pidió a Helm en cuanto abrió la puerta.

El olor a cerrado se le coló por las fosas nasales. La casa llevaba tiempo vacía, y eso era una buena señal, porque significaba que Rebecca hacía mucho que se había marchado. Primero inspeccionó el piso de abajo con la ayuda de una pequeña linterna que guardaban en la cocina, cuyo haz cubrió con la mano, y luego hizo lo mismo con el piso de arriba. Cuando se cercioró de que nadie podría ver ninguna luz en la distancia, se atrevió a encender una de las lamparitas del comedor. Helm no se había movido de su sitio, permanecía pegado a la pared junto a la puerta. Tras las largas marchas de las últimas jornadas, volvía a presentar un aspecto sucio y macilento, e imaginó que su apariencia no sería muy distinta.

—Ya no hay peligro —le informó—, pero será mejor que no abusemos de nuestra suerte y tengamos cuidado con las luces.

—De acuerdo.

—Encenderé el calentador de agua para que podamos darnos una ducha caliente —le dijo mientras se dirigía hacia la parte trasera de la casa—. Arriba hay ropa limpia. Un montón, si Rebecca no se la ha llevado —añadió con una sonrisa.

—Por favor, dime que hay también algo de comida y creeré que he llegado al paraíso.

—Voy a ver.

Leopold entró en la cocina e inspeccionó los armarios. Aunque había algunos huecos en ellos, todavía quedaban conservas suficientes para un corto asedio. Con eso les bastaría, porque no tenían intención de quedarse mucho tiempo.

—Bienvenido al paraíso —le dijo a Helm cuando reapareció en el comedor con una lata de carne en salmuera, un bote de peras confitadas y una botella de burdeos.

Sobre la cómoda del dormitorio, encontró una carta de Rebecca, fechada seis meses atrás. Tuvo que leerla dos veces para comprenderla del todo, porque algunos pasajes le resultaron algo confusos. En ella le contaba que su amiga Diane Morris había estado allí y que la había convencido para cruzar la frontera a España. Le comunicaba, además, que se había llevado su pasaporte con la esperanza de obtener un visado para sacarlo de Francia, aunque era evidente que no lo había logrado, porque él había permanecido en Les Milles hasta octubre sin ser liberado. A esas alturas, Rebecca podía encontrarse en cualquier lugar, a buen seguro de regreso en Inglaterra, con su familia.

Comprobó que se había llevado el pasaporte, lo que le dificultaría mucho la tarea de cruzar él también la frontera, aunque había dejado casi todo el dinero. Quizá pudiera sobornar a alguien para que los ayudara a Helm y a él a llegar a España. Una vez en zona neutral, escribiría a Yorkshire. Si Rebecca no se encontraba allí, seguro que su madre o su hermano Charles sabrían decirle dónde localizarla.

Mientras Helm se daba un largo baño, recorrió la casa y el garaje, donde, para su sorpresa, encontró el coche. Con él recorrerían la distancia hasta la frontera en unas pocas horas, y eso le levantó el ánimo. Descansarían durante unos días, recuperarían fuerzas y se pondrían de nuevo en camino. Con un poco de suerte, celebrarían la llegada de 1941 en España.

Leopold no recordaba cuándo había sido la última vez que había logrado dormir tan profundamente. En Les Milles eso resultó imposible, y en casa primero de Gaston y luego de Jean Luc lo hizo siempre alerta, con el miedo de ser descubiertos en cualquier momento. En La Gioconda, por fin, volvía a sentirse en su hogar, aunque fuera un hogar vulnerable. Nadie sabía que se encontraba allí y, con un mínimo de cuidado, nadie lo sabría jamás.

La primera mañana se levantó tarde y se dio una ducha por segunda vez en doce horas, todo un lujo para los parámetros que habían regido su vida en los últimos meses. Cuando bajó, encontró a Helm en la cocina preparando el desayuno. Había descorrido la cortina, pero no había abierto la contraventana, así que la estancia permanecía en penumbra. Iba vestido con los pantalones, la camisa y el jersey que le había proporcionado la noche anterior y se había afeitado, al menos parcialmente.

—Veo que vas a volver a dejarte el bigote —le dijo en broma.

—Creo que ha llegado el momento de recuperarlo.

Leopold asintió mientras se dirigía hacia la ventana y abría las hojas de madera, que él mismo había pintado de color vino el año anterior. La luz de diciembre llenó la habitación de amarillo pálido.

—El muro nos protege de la vista en el piso de abajo —comentó—. Con el de arriba será mejor no arriesgarnos.

—Está bien —le dijo, al tiempo que comenzaba a servir dos cuencos con estofado de lata y los colocaba sobre la mesa, ya dispuesta—. ¿Cuál es el plan ahora?

—Me voy a España. Rebecca está allí. —Hizo una pausa—. O al menos lo estuvo entre finales de junio y julio; a estas alturas ya no lo sé.

—Bien, ¿cuándo nos vamos? —preguntó mientras se llevaba la cuchara a la boca—. España es la mejor opción en este momento.

—He pensado que el día treinta y uno por la noche.

—¿Por qué el treinta y uno?

—Es fin de año. Todo el mundo estará celebrándolo, gendarmes y soldados incluidos. Será más difícil que nos detecten. Además, viajaremos en coche.

—Bromeas.

—Está en el garaje.

Helm soltó una risotada.

—Magnífico, muchacho —le dijo, sonriente—. No imaginas cuánto te lo agradecen las ampollas de mis pobres pies.

Leopold rio también, porque los suyos no se encontraban en mucho mejor estado.

—Trataremos de evitar las carreteras principales, donde es probable que nos encontremos con algún control —añadió—. Ninguno de los dos tiene documentación, si nos atrapan...

—Jean Luc me proporcionó los datos de un hombre cerca de Montpellier —comentó Helm—. Si tenemos dinero suficiente, puede conseguirnos pasaportes falsos.

—Guardo unos cuantos miles de francos aquí.

—Vaya. —Helm lo miró con las cejas alzadas—. Hoy estás lleno de sorpresas.

—Es Navidad... —repuso con un guiño.

El último día del año, tal y como habían previsto, cargaron el coche con algunas provisiones y, pasadas las once de la noche, se subieron a él.

—Viajaremos con los faros apagados —le comunicó Leopold cuando se sentó frente al volante—, al menos hasta que nos hayamos alejado un poco.

—¿No nos saldremos del camino? Esta noche no hay luna.

—Con la luz de las estrellas tengo suficiente. Conozco este camino como la palma de mi mano.

Leopold había probado el vehículo en los días anteriores, así que arrancó a la primera. Cruzaron el portón y se bajó para cerrarlo de nuevo. No solo pretendía conservar la casa y mantenerla a salvo de indeseables, también evitar que nadie supiera que habían estado allí.

Avanzaron con lentitud por el camino de acceso, salieron al principal y giraron hacia la izquierda, en dirección al pueblo. Era la única vía para abandonar aquella zona, porque en la otra dirección no harían sino internarse más en la campiña, y algunos senderos eran poco transitables.

A poco más de trescientos metros de distancia, el camino descendía en un repecho y trazaba una suave curva hacia la derecha, y justo allí los estaban esperando. Al principio, Leopold ni siquiera se dio cuenta de que había obstáculos en la carretera, hasta que dos pares de faros se encendieron frente a ellos y lo obligaron a frenar en seco.

—Mierda —oyó sisear a Helm a su lado.

Leopold sintió que el pulso se le detenía, como si la sangre hubiera dejado de circular por sus venas. Y entonces escuchó una voz que no había esperado volver a oír y que le llegaba amplificada y distorsionada a través de lo que parecía ser un megáfono. Una sombra se recortó frente a los faros de los vehículos detenidos frente a él.

—¡Señor Blum! —La voz del *Kommandant* Göring llegó con absoluta nitidez—. Es usted un hombre predecible, ¿lo sabía?

—Pero ¿cómo...? —masculló Helm mirando aterrorizado a Leopold.

—Sospechaba que tarde o temprano aparecería por aquí —continuó el oficial— y yo soy un hombre paciente. Sospecho que quien le acompaña es el señor Pawlak. ¿Me equivoco?

Leopold estuvo a punto de contestar, como si aquello fuese un diálogo corriente, hasta que cayó en la cuenta de que era totalmente absurdo, así que se limitó resoplar.

—Deberían ustedes haber revisado la casa un poco mejor. —Rio Göring—. Si lo hubieran hecho, habrían descubierto que una de las contraventanas del segundo piso está rota. ¿No le parece cosa del destino?

—Joder —farfulló.

—¡Sácanos de aquí! —pidió Helm a su lado.

Leopold volvió la cabeza y vio a su amigo, ahora iluminado por las luces de los coches que tenían enfrente.

—Nos dispararán.

—Lo harán de todos modos en cuanto nos capturen. Al menos tendremos una oportunidad.

Helm tenía razón, como siempre. Y Leopold lo sabía. Metió la marcha atrás y pisó el acelerador a fondo. El coche culeó un poco, pero lo controló de inmediato. Para su sorpresa, los alemanes no habían disparado ni un solo tiro. ¿Se encontrarían demasiado lejos y temían no acertar?

Supo la razón en cuanto otros dos pares de faros se encendieron tras ellos. Les habían tendido una emboscada y estaban atrapados. Hasta él llegó la risa estridente del *Kommandant* y experimentó una oleada de odio y desprecio tan profunda que casi se mareó.

Había detenido el automóvil de nuevo. Ya no les quedaban opciones. No podían avanzar ni retroceder.

—A través de los viñedos —le sugirió Helm— y sin luces...

—¿Cómo? Sin...

—Así seremos un blanco más difícil.

—Pero nos estrellaremos contra alguna viña...

—¡Señor Blum! ¡Señor Pawlak! —La voz de Göring volvió a perforar el aire, esta vez en un tono mucho más perentorio—. Bajen del vehículo con las manos en alto.

—Pero nos habremos alejado de ellos —continuó Helm, haciendo caso omiso a las órdenes del alemán— y podremos seguir a pie. Y si corremos hasta el bosquecillo donde nos escondimos el día que llegamos...

—Señor Pawlak, creo que estás loco —le sonrió, tembloroso—, pero de acuerdo, está bien.

—¡Señor Blum! ¡Bajen del coche! —insistió el *Kommandant*.

—Pase lo que pase, muchacho, es un honor ser tu amigo —le dijo Helm al tiempo que le tendía la mano.

Leopold la miró, con el corazón en un puño y el aliento entrecortado.

—El honor es mío. —Se la estrechó con fuerza.

—¡Último aviso, señor Blum! Si no bajan del vehículo de inmediato, abriremos fuego.

—Vamos, muchacho. ¡Una última carrera! —lo animó Helm.

Leopold metió la marcha, hizo una maniobra brusca y se metió entre los viñedos, en dirección a la casa. El coche dio un bandazo cuando salvó el terraplén que delimitaba el camino, pero avanzó con energía. El sonido de las balas taladró la noche estrellada, aunque muy pocas alcanzaron su objetivo. Los soldados no solo se encontraban demasiado lejos para acertar, sino que ya no distinguían el vehículo entre las sombras: había quedado fuera del alcance de los faros.

Los alemanes salieron tras su rastro de inmediato y la zona se iluminó de repente con las luces de sus perseguidores, aunque no antes de que Leopold fallara al tratar de esquivar una de las vides. El vehículo se empotró contra el tronco retorcido con un golpe tan brusco que los lanzó hacia adelante. Él se golpeó la frente contra el volante y sintió la sangre bajándole por la cara. Helm había impactado contra el salpicadero, aunque parecía encontrarse bien. Un segundo después, abría la puerta y salía al frío de la noche; Leopold lo imitó.

Blum corrió como no lo había hecho en su vida, con las piernas ardiéndole y los pulmones a punto de estallarle en el pecho. Las balas silbaban a su alrededor.

Los faros de los vehículos alemanes iluminaban la silueta de La Gioconda, a unos cincuenta metros a su izquierda, y fue entonces cuando escuchó el grito de Helm. Una bala lo había alcanzado. Se detuvo para regresar a por él y lo vio con una rodilla clavada en tierra y la mano sujetándose la zona de los riñones.

—¡No te pares! —le gritó—. ¡No te...!

Otra bala le alcanzó en mitad de la espalda y le salió por el pecho con un chorro de sangre. Leopold alzó el brazo, como si con ello pudiera impedir que su amigo cayera desplomado. Justo en ese instante, sintió un mordisco en la pierna, tan violento que se tambaleó. Ni siquiera tuvo tiempo de comprobar qué le había ocurrido cuando otro proyectil lo alcanzó en el vientre y lo obligó a girarse. Inmediatamente después, una bala le perforó la espalda y lo lanzó de bruces contra el suelo.

Tenía la boca llena de sangre y un dolor atroz lo recorría de arriba abajo. Así que aquello era el fin, se dijo, en aquel rincón del mundo que una vez fue un hogar, donde amó a una extraordinaria mujer y tuvo la fortuna de ser amado por ella.

Con el rostro pegado a la tierra, vio a través de las lágrimas los ojos sin vida de Helm y, más allá de su figura inerte, el muro en el que había trabajado tiempo atrás, con aquellas sirenas en relieve, aquellos peces y aquellas criaturas fantásticas que habían brotado de sus manos.

Y recordó algunos fragmentos de su vida. Volvió a ver a su hermano Joseph, a la pequeña Hannah, a sus padres… Regresó a la exposición surrealista de París y a su apartamento en la rue Jacob, rodeado de sus amigos.

Su postrer pensamiento, antes de ser engullido por la oscuridad, fue para Rebecca. Y la vio de nuevo, desnuda junto al río, bañada por el sol y el viento, tendiéndole la mano para que se uniera a ella.

Con sus últimas fuerzas, logró estirar un poco el brazo y abrir los dedos para entrelazarlos con los suyos.

Hasta que volvió a sentirse en casa.

33

Rebecca se había despertado aquella primera mañana de 1941 con el cuerpo bañado en sudor y la inexplicable sensación de que había perdido algo. La imagen de Leopold, protagonista de sus sueños en tantas ocasiones, permaneció durante días impresa en su memoria, como si acabaran de despedirse junto a su casa, frente al muro donde había esculpido aquellas sirenas. La opresión que se le instaló en el pecho no la abandonó durante semanas, igual que una herida que no termina de cicatrizar.

Ahora, casi dos meses después, en ocasiones aún la sentía supurar. Se encontraba ya en Lisboa, donde los Gardner se habían instalado a mediados de enero en casa de unos amigos que les cedieron su mansión frente al mar, tras su marcha hacia Argentina. Desde su llegada, apenas había abandonado la casa, que contaba con una ingente biblioteca y unas vistas espectaculares, y solo salía en compañía de la señora Gardner cuando necesitaban comprar algo. Que no era con frecuencia, porque en Madrid la habían surtido de cuanto pudiera precisar, incluso con vestidos de noche. Desde su llegada a la capital lusa, ya había asistido a tres fiestas bajo la estricta supervisión de sus anfitriones, que era como se presentaban a sí mismos en esos eventos —intuyó que para recalcar su relación con Walther Heyworth— y que Rebecca habría cambiado de inmediato por carceleros. Vivía encerrada casi a perpetuidad en su habitación y solo le estaba permitido salir cuando Elizabeth Gardner podía supervisarla en persona, y eso no ocurría habitualmente. Todo el mundo parecía haberse dado cita en aquella ciudad, el principal puerto de partida para abandonar el continente, y la señora conocía a tanta gente que, cuando no tenía una cita para almorzar, había quedado para tomar el té o debía asistir a un cóctel.

Rebecca aceptó la invitación a acompañarlos la primera vez que se lo ofrecieron solo por tener la posibilidad de abandonar su habitación durante unas horas, y lo cierto era que lo disfrutó bastante. Un par de bailes, algo de charla distendida junto a los Gardner, una o dos copas de champán y un poco de aire fresco. En todas las veladas se había comportado con tan exquisita corrección que la señora relajó un poco sus férreas normas, aunque a esas alturas no existía peligro alguno. Rebecca no tenía dinero ni ningún sitio al que ir. No conocía a nadie en la ciudad que pudiera ayudarla y buscar refugio en alguna embajada solo serviría para que acabara de nuevo en manos de los Gardner.

Al menos, se decía, esas salidas habían roto un tanto su rutina mientras aguardaban el barco que los llevaría a Sudáfrica. Una vez allí, tenía intención de convencer a los médicos de que se encontraba perfectamente para que le permitieran regresar a Europa cuanto antes. Ya era la segunda ocasión en la que la fecha de partida se retrasaba, y esta vez se había establecido para la segunda semana de marzo. Randall Jefferson Gardner comenzaba a impacientarse. Temía que España acabara entrando en la guerra, quizá arrastrando a Portugal —a pesar de que todo parecía indicar que el país luso se inclinaba hacia la causa de los Aliados—, y, si eso sucedía, quedarían irremediablemente atrapados en territorio enemigo.

Esa noche de finales de febrero, asistían a otra velada en casa de un empresario brasileño y su esposa británica, que partían en una semana hacia São Paulo. Rebecca había escogido un vestido de seda verde adquirido en Madrid cuyo corte se parecía extraordinariamente al que había lucido unos años atrás, en la exposición surrealista de París. Aún recordaba cómo el manto de barro y hojas secas había estropeado los bajos de aquella prenda, y que había necesitado dos visitas al tinte para dejarlo como nuevo. Ni siquiera sabía dónde estaba ahora ese vestido. ¿Continuaría en el piso de la rue Jacob o se lo había llevado a La Gioconda?

Sacudió la cabeza para alejar ese tipo de pensamientos. Se esforzaba por no recordar, por no regodearse en escenas del pasado, porque siempre acababa en tal estado de agitación y angustia que la señora Gardner tenía que suministrarle un sedante. En los dos meses que llevaba en Lisboa había vuelto a sentirse ella misma y no había sufrido ninguna otra crisis. Aun así, trataba de evitar las emociones demasiado intensas, solo por si acaso.

La fiesta no parecía diferenciarse mucho de las otras a las que ya había asistido desde su llegada a Lisboa, ni siquiera de las que sus padres celebraban en Inglaterra. El mismo tipo de asistentes e idéntico estilo de música, bebidas y canapés, solo que en Portugal el clima era mucho más benigno que en su país natal, lo que permitía a los invitados disfrutar también de los jardines en esa época del año, aunque fuese brevemente. Como era habitual, Rebecca permanecía junto a los Gardner, que no le quitaban el ojo de encima, sobre todo ella. Sospechaba que la mujer no disfrutaba de forma especial de su papel de carabina, porque le impedía socializar debidamente con los demás invitados. Sin embargo, tampoco resultaba extraño que la tomara del brazo para que la acompañase a saludar a tal o cual dama, con la que mantenía largas e insustanciales charlas a las que Rebecca apenas prestaba atención, convertida en una estatua sonriente a su lado. O así había sido en las ocasiones anteriores, porque esa noche sucedió algo totalmente inesperado. Mientras permanecía inmóvil junto a Elizabeth Gardner, que charlaba con una señora muy emperifollada y al menos una década mayor, su mirada vagaba por el gran salón a modo de distracción, hasta que sus ojos se posaron en una figura que reconoció de inmediato.

La boca se le secó de golpe y el corazón comenzó a latirle de forma desaforada. El hombre se encontraba de espaldas y no podía estar del todo segura. Iba en compañía de una preciosa joven que lo mantenía sujeto por el brazo, temiendo quizá que pudiera escapar en cualquier momento. La idea la hizo sonreír. En cuanto él se colocó de perfil, Rebecca ahogó un gemido, con tal destreza que ni la señora Gardner ni su acompañante se apercibieron. Aquel era Frank Stapleton.

Con disimulo siguió sus pasos, sin que él hubiera caído aún en la cuenta de su presencia. Necesitaba acercarse a Stapleton, antes de que decidiera abandonar la fiesta y le perdiera el rastro para siempre. Lo vio acompañar a la joven a través del salón y, en cuanto se aproximó a la barra de bebidas, supo que aquella era su oportunidad.

—Voy a buscar algo para beber —le dijo a la señora Gardner, interrumpiendo su conversación sin miramientos.

—Ahora vamos, querida —objetó, con rictus serio.

—Está ahí mismo —señaló la barra, a escasos metros de donde se encontraban—. Podría traerles algo…

—Ah, joven, qué amable —contestó la otra mujer—. La verdad es que una copa de champán fresquito me vendría de perlas.

—Claro, ahora mismo se la traigo.

No aguardó el permiso de Elizabeth y se alejó con paso seguro y sin prisas, no quería que detectara nada inusual en ella. Una vez cerca de su destino, se desvió un poco para acabar junto a Frank, que mantenía los codos apoyados sobre la barra y miraba en dirección contraria, hacia la joven a la que había dejado esperando.

—No te des la vuelta ni me saludes —le dijo, con la mirada al frente.

—¿Rebecca? —Frank no le había hecho caso y había vuelto el rostro de inmediato.

—¡Disimula!

Su amigo, aturdido, obedeció y centró su interés en la fila de botellas alineadas al otro lado del mostrador de madera y mármol.

—Dios Santo, ¿qué haces aquí? —le preguntó.

—Tienes que ayudarme.

—¿Qué? —Hizo ademán de girarse, pero en el último minuto se lo pensó mejor y apenas cambió de postura—. ¿Qué te ocurre? ¿Estás bien?

—Van a mandarme a Sudáfrica.

—¿Qué? ¿Quién? —La voz de Frank sonó alterada.

El camarero del otro lado de la barra se aproximó a ellos y tomó nota de sus comandas. Luego permanecieron en la misma postura, como si fuesen dos desconocidos que hubieran coincidido en el mismo punto.

—Mi padre… Mi padre quiere enviarme a Ciudad del Cabo. Tienes que ayudarme a huir.

—Pero ¿cómo…?

—Es una historia muy larga y ahora no tenemos tiempo, me están vigilando.

Frank movió la cabeza con disimulo y recorrió aquella zona con la mirada, fingiendo desinterés. Vio a una mujer que los observaba con el ceño fruncido, ajena a las llamadas de atención de otra que la acompañaba. Intuyó que no iba a tardar en aproximarse a ellos.

El camarero del otro lado de la barra comenzó a llenar las copas frente a ellos.

—¿Podrás escaparte? —le preguntó él en un susurro.

—Lo intentaré —respondió ella en el mismo tono.

—De acuerdo. Si lo consigues, búscame en la embajada de Estados Unidos.

A continuación, se incorporó, tomó las copas y se alejó de ella sin mirar atrás. Rebecca lo imitó y regresó junto a Elizabeth.

—¿Quién era ese joven? —le preguntó con recelo.

—¿Qué joven? —Ella se volvió y fingió buscar a alguien con la mirada.

—El que estaba junto a ti en la barra.

—No lo sé, creo que no nos han presentado.

—Me ha parecido que charlabas con él.

—Creo que solo hablaba portugués, aunque no estoy segura —respondió con toda la indiferencia que fue capaz de fingir.

Pero por dentro estaba muerta de miedo y excitación. La presencia de Frank en Lisboa lo cambiaba todo. Él la ayudaría a salir de la situación en la que se encontraba. Sabía que podía confiar en él con los ojos cerrados.

Elaborar un plan que albergara garantías de éxito le llevó varios días, y esperar al día propicio casi otra semana. Primero comenzó por pedirle a la señora Gardner que la dejara permanecer más tiempo fuera de su habitación con el objeto de ganarse su confianza. La propiedad, al fin y al cabo, contaba con muros altos y un gran portón de hierro que eran imposibles de sortear, así que la mujer acabó accediendo, aunque solo un rato por las tardes, cuando los repartidores habían finalizado sus rutas y la puerta de acceso permanecía cerrada.

Luego aguardó una nueva invitación para asistir a algún evento y, cuando esta se presentó, comentó con Elizabeth que pensaba lucir el vestido en tonos malva, con unos guantes a juego que a ambas les habían parecido maravillosos. El día anterior a la velada, poco antes de que algunas de las amigas de la señora acudieran a tomar el té, Rebecca se presentó con aire compungido y sosteniendo uno de los guantes para anunciarle que no encontraba la pareja.

—Pues ponte otro par —le dijo la mujer, mirando el reloj con impaciencia.

—Podría ponerme los blancos, aunque el derecho tiene un agujero en el pulgar que...

—Por Dios, no puedes ponerte unos guantes rotos, ni siquiera remendados...

—¿Los negros?

—¿Con el vestido malva? Ah, criatura, qué sentido de la moda más ridículo.

Rebecca bajó la cabeza, sumisa.

—Quizá podría ir a comprar unos nuevos.

—Ahora no podemos salir, espero visita.

—Podría acompañarme César —sugirió, refiriéndose al

chófer, una persona de absoluta confianza de la señora—. Y quizá alguna de las criadas, si no están muy ocupadas.

—El servicio tiene trabajo que hacer, señorita Heyworth —contestó de malos modos—. Iremos mañana.

—Pero mañana vendrá la peluquera y...

—Oh, vaya, está bien —accedió al fin, comprobando de nuevo la hora en su reloj—. Le pediré a César que te acompañe, pero te quiero de vuelta de inmediato, y nada de paradas por el camino.

—Por supuesto —convino con una sonrisa tímida.

La señora Gardner cruzó el vestíbulo y entró en el despacho de su marido, que pasaba las tardes fuera de casa. Al poco salió con unos cuantos billetes en la mano, que le entregó con cierto recelo.

—No sé si es buena idea que...

En ese momento sonó el timbre de la entrada principal, interrumpiendo lo que fuera a decir.

—Hummm, hablaré con César ahora mismo. No te muevas de aquí.

Rebecca asintió y, en cuanto la mujer desapareció por el corredor, entró en el despacho del señor Gardner. Echó un rápido vistazo alrededor y se dirigió hacia la mesa. En el segundo cajón encontró el sobre que estaba buscando, se lo metió en la cintura, bajo la blusa y la falda, y volvió a salir. Allí la encontró la señora poco después, al regresar con el chófer, a quien sin duda había instruido sobre lo que debía hacer durante su salida.

—Voy a buscar mi abrigo y mi bolso —anunció Rebecca, que se dirigió hacia las escaleras.

—Confío en que no tenga que arrepentirme de esto, señorita Heyworth.

—Desde luego, señora Gardner —respondió, vuelta hacia ella.

Si todo salía según lo había previsto, iba a arrepentirse, y mucho.

Rebecca sabía que la señora Gardner no podría prescindir de ninguna de las criadas precisamente la tarde en que recibía visita. No disponían de mucho servicio, a diferencia de su casa en Madrid, y preferiría quedar bien delante de sus amigas que arriesgarse a dar la imagen de alguien falto de recursos. Así que solo podía contar con César, y eso significaba que el chófer no podría dejarla frente a la tienda y acompañarla al interior, a no ser que encontraran un aparcamiento justo frente al establecimiento, algo harto difícil en una zona tan céntrica como aquella. Así que el hombre aparcó a un par de calles de distancia y luego la acompañó a pie.

La tienda, que ya había visitado en una ocasión con la señora Gardner, se encontraba a solo una manzana de distancia de una enorme cafetería donde ambas habían tomado un té ese mismo día. Fue al pasar junto a este establecimiento cuando Rebecca se detuvo y se llevó la mano al vientre.

—Ah —gimió.

—¿Señorita? —El chófer la observó, confuso—. ¿Se encuentra bien?

—Yo... necesito..., necesito un baño de inmediato.

—¿Un... baño? —El hombre miró alrededor.

Rebecca exageró un poco más el gesto.

—La tienda está muy cerca, seguro que ahí... —comenzó a decir el chófer, a todas luces apurado.

—¡No puedo esperar! Oh, Dios. —Se dobló un poco sobre sí misma, con la mano bien pegada al vientre y el rostro demudado. Su actitud, como esperaba, había llamado la atención de los viandantes, que los miraban con malsana curiosidad.

—¿Quiere que la lleve a casa? —se ofreció César.

—No..., no hay tiempo. —Disimuló una mueca y luego giró un poco la cabeza, como si acabara de descubrir la cafetería—. Entraré ahí un momento...

—Señorita Heyworth, la señora Gardner ha sido muy clara con respecto a...

—Rayos, puede acompañarme si lo desea.

—¿Al... baño?

—César, se trata de una emergencia…

No esperó respuesta y comenzó a alejarse de él con paso apresurado. No podía concederle tiempo para pensar, así que entró en el local sabiendo que él no tardaría en seguirla, no para acompañarla al baño, por supuesto, pero sí para esperarla en la zona de las mesas, posiblemente con un té o un café en la mano.

Cuando estuvo allí con la señora Gardner, se fijó en que la cafetería disponía de dos entradas, una en la fachada norte y otra en la fachada sur, así que cruzó el establecimiento con decisión y salió por la otra puerta. Una vez en la calle, volvió la cabeza y vio a César al otro lado, seguramente calibrando si debía seguirla o no.

Echó a correr hasta la siguiente esquina y allí detuvo al primer taxi que encontró.

—A la embajada de Estados Unidos, por favor —pidió.

Cuando el automóvil se puso en marcha, miró por la ventanilla de atrás. Nadie la seguía. Solo entonces se relajó contra el asiento y metió la mano en su bolso. Ahí estaba el dinero que le había entregado la señora Gardner para los guantes y que serviría para pagar al taxista, y también sus papeles, que había rescatado del despacho. Era cuanto llevaba consigo, y esperaba que fuera suficiente.

En la embajada tuvo que esperar casi cuatro horas en el recibidor hasta que apareció Frank, a quien habían enviado una nota con un recadero. Llegó corriendo y con el pelo alborotado.

—¡Rebecca! —La abrazó con fuerza—. ¡Pensé que habías cambiado de idea!

—No he podido escaparme antes.

Durante unos minutos la mantuvo abrazada y ella se dejó llevar por la sensación de seguridad y euforia que él le transmitía.

—¿Qué estás haciendo en Lisboa? —le preguntó, separándose unos centímetros—. ¿Y Leopold?

—Leopold no…, no está… conmigo. —Se mordió la lengua para no echarse a llorar en aquel vestíbulo de mármol.

—Será mejor que nos sentemos y me lo cuentes todo.

—¿Aquí? —Miró alrededor y luego a las grandes puertas de acceso, por las que temía ver aparecer a los Gardner de un momento a otro.

—Sí, tienes razón. Aguarda un momento, seguro que nos pueden prestar un despacho —le dijo al tiempo que se levantaba y se dirigía al mostrador, donde un joven discreto y con un fino bigote lo atendió con deferencia.

Unos minutos después, en una pequeña sala de conferencias, Rebecca le contaba todo lo que había sucedido desde que los había visitado en Saint-Martin. Frank se mostró consternado al conocer la nueva detención de Leopold y luego horrorizado al saber que había estado internada en un sanatorio mental, y que pretendían llevarla a uno nuevo en Sudáfrica, a pesar de que ya se sentía del todo recuperada.

—No puedo ir allí, Frank, no puedo. Temo que mi padre me encierre de por vida... —dijo tras finalizar su explicación.

—Bueno, es posible que no sea esa su intención, pero te comprendo.

—¿Puedes... ayudarme?

—¿Acaso tienes que preguntarlo? —Sonrió con ternura y colocó su mano grande y de dedos largos sobre la suya. Rebecca sintió su calidez inundándole todo el cuerpo.

—Sabía que podía contar contigo.

—Ahora mismo es difícil salir de Lisboa —comentó él—. Hay tantísimas personas esperando un visado y un pasaje que la ciudad está colapsada. No hay ni una sola habitación libre en más de cien kilómetros a la redonda, y la gente se turna para ocupar las mesas de los cafés y descansar un poco, día y noche.

—Pero eso es... terrible.

—Te alojarás conmigo, dispongo de una habitación en el Metropole. No es muy grande, pero no había nada mejor cuando llegué.

—Frank, no llevo más que lo puesto...

—Tranquila, nos ocuparemos de eso.

—Tampoco tengo dinero. Ni para ropa ni para un pasaje.

—Ya pensaremos en algo.

Rebecca dejó escapar un suspiro de alivio.

—Tendrás que quedarte en mi habitación, una temporada al menos —señaló—. Muy pronto te estarán buscando por toda la ciudad y, si descubren que te alojas conmigo, podrían acusarme incluso de secuestro. Y, aunque no llegaran a detenerme, complicaría mucho las cosas.

—Lo siento... —se disculpó—. Yo... no pretendía colocarte en un compromiso tan grande. Puedo..., puedo apañármelas sola. Si pudieras prestarme algo de dinero, te prometo que yo te lo devolvería en cuanto...

—Basta, Rebecca. —Frank le acarició la mejilla con afecto—. Sabes que haría cualquier cosa por ti. Cualquiera.

Sus ojos grises transmitían tal cúmulo de emociones que fue incapaz de identificarlas todas, así que se limitó a cerrar los ojos y a apoyar la cara en la palma de su mano.

De momento, estaba a salvo.

34

La habitación de Frank, al contrario de lo que le había dado a entender, no era precisamente pequeña, al menos para los parámetros de la gente corriente. Se trataba de una modesta suite, con un pequeño saloncito, un dormitorio y un baño completo, mucho más de lo que esperaba, y el Metropole no era precisamente un hotel de segunda categoría.

Frank continuaba siendo el hombre misterioso que había conocido en París. ¿De dónde provenía ese dinero que parecía gastar con tanta largueza? No solo disponía de una suite en un hotel de lujo, con servicio de habitaciones incluido, sino que se había ocupado de comprarle ropa y zapatos, útiles de aseo, complementos e incluso cosméticos, y todo de buena calidad. Además, estaba dispuesto a sufragar los gastos de su pasaje a cualquier parte del mundo a la que quisiera viajar, y sin esperar nada a cambio. Por si eso fuera poco, se comportaba con una caballerosidad encomiable. Dormía en el sofá del saloncito, dejándole a ella el dormitorio, y ni siquiera aceptó que fueran turnándose. Usaba el baño con moderación y siempre lo dejaba impoluto, y se pasaba casi todo el día fuera tratando de averiguar cómo podía conseguir un pasaje para ella sin alertar a las autoridades. Además, se comprometió a tratar de averiguar si en alguna embajada tenían noticias de Leopold, y le proporcionó todos los periódicos que quiso, algunos de varias semanas de antigüedad. Cuando ella le preguntó cómo los había conseguido, se limitó a encogerse de hombros y a dedicarle un guiño cómplice.

Durante los primeros días, Rebecca leyó con una avidez casi enfermiza. Los bombardeos alemanes en Inglaterra habían comenzado en septiembre de 1940, y alcanzaron a casi todas las ciudades del sur del país —Londres, Bristol, Southampton, Plymouth, Coventry...—, pero también más al norte —Birmingham, Liverpool, Manchester...— e incluso en la costa este. El 29 de diciembre anterior, las bombas provocaron un gran incendio en Londres en el que murieron al menos doscientas personas. Y las víctimas desde el inicio de los bombardeos ya se contaban por miles. Con un gran pesar en el corazón, se preguntó a cuántas de ellas conocería.

Si el doctor Romero no le hubiera asegurado que su familia se encontraba bien, habría temido por ellos. Sin embargo, esas noticias ya eran antiguas, a saber en qué situación se hallarían entonces. ¿Y sus amigas Margaret y Diane? ¿Y los Evans, sus profesores en la escuela de arte? Necesitaba saber de todos ellos y, al mismo tiempo, era consciente de que, si escribía a su casa, su padre no tardaría en dar con ella. Debía confiar en que el todopoderoso Walter Heyworth habría sabido mantener a salvo a los suyos. A esa esperanza tendría que aferrarse por el momento.

A mediados de marzo, Rebecca ya llevaba más de dos semanas encerrada en la habitación del Metropole y estaba a punto de perder el juicio. Frank trataba de distraerla con todo tipo de fruslerías e incluso le había llevado lienzos y pinturas, aunque se encontraba tan nerviosa que apenas si los había tocado. Ese día había ido a cerciorarse de que los Gardner habían tomado el barco a Sudáfrica, lo que le permitiría a ella salir al fin de su encierro. Sin embargo, cuando regresó a primera hora de la tarde, la expresión de su rostro no anticipaba precisamente las mejores noticias.

—¿Qué ocurre? —le preguntó, con un mal pálpito latiéndole en las entrañas. Se levantó y se acercó a él—. ¿Los Gardner no se han marchado?

—Eh, sí, sí…, no es eso. —Lo vio tambalearse ligeramente—. Rebecca… yo… no sé cómo…

Y lo supo, lo supo antes de que él volviera a hablar.

—No, Frank…, no…

En su fuero interno, hacía meses que sabía que Leopold ya no estaba; había intuido que jamás volvería a estarlo, pero le faltaban las fuerzas suficientes para enfrentarse a ello.

Las piernas le fallaron y todo su cuerpo se vino abajo como un montón de escombros. Frank se arrodilló a su lado para abrazarla con fuerza y Rebecca pegó la boca a la solapa de su chaqueta para lanzar un grito tan desgarrador que le abrasó la garganta. Luego llegaron los sollozos y las lágrimas, hasta que acabó echa un ovillo en el suelo, meciéndose al compás de su llanto, con Frank pegado a su espalda mientras la rodeaba con los brazos.

Cuando despertó ya era de noche y estaba en la cama. En algún momento debía de haberse quedado dormida sobre la alfombra, agotada de tanto llorar, y él la había llevado a la habitación. Aún llevaba la ropa que se había puesto esa mañana, aunque no se molestó en quitársela. Le dolía la cabeza y sentía la garganta tan irritada que no sabía si podría volver a hablar. Supuso que Frank se encontraría en el salón, aunque en ese momento no le apetecía verlo; no le apetecía ver a nadie. Hundió la cabeza en la almohada y continuó dando rienda suelta a toda la desazón que la estaba devorando por dentro. Y parecía un pozo infinito.

El mundo había dejado de importarle, y lo que fuera a ser de ella también. De repente, Sudáfrica se le antojó incluso un destino apetecible. Quizá allí pudieran suministrarle algún medicamento que la dejara en estado catatónico durante una larga temporada, hasta que su corazón dejara de dolerle con cada latido.

Frank se ocupó de que comiera con frecuencia, aunque a duras penas era capaz de retener algo en el estómago, y de que se aseara con regularidad. Incluso llamó al médico del hotel en un par de ocasiones para que le suministraran un sedante a Rebecca, preocupado por su estado anímico.

No salió de la cama en una semana y solo transcurrido ese tiempo se aventuró a preguntarle por los detalles. Necesitaba saber cómo había sucedido y cuándo.

Al parecer, Leopold huyó de Les Milles en octubre en compañía de otros prisioneros y de algún modo logró sobrevivir hasta diciembre. Entonces se presentó en Saint-Martin, donde fue descubierto cerca de La Gioconda por los alemanes, que lo mataron a él y a Helm Pawlak, un pintor polaco al que ambos conocían, la última noche de 1940.

Rebecca intuía que él volvió por su causa, por si ella había decidido esperarlo allí, como la primera vez. Ella fue la razón por la que lo habían capturado de nuevo y también la razón por la que lo habían asesinado. ¿Cómo podría vivir el resto de su vida con ese peso sobre su conciencia? ¿Cómo podría continuar respirando sabiendo que había causado la muerte del hombre al que amaba?

¿Cuántas vidas le harían falta hasta que lograra perdonarse a sí misma, si es que eso llegaba a suceder alguna vez?

Abril llegó a la ciudad cargado de lluvias y de árboles en flor. De tanto en tanto, Frank la convencía para salir juntos a dar un corto paseo o a cenar a algún restaurante discreto, lejos del centro. A esas alturas, los Gardner ya no representaban una amenaza, pero no estaba de más ser precavidos. Frank era un compañero extraordinario, además de un gran conversador, y evitaba los temas escabrosos con exquisita delicadeza.

Ya había transcurrido un mes desde que le diera la noticia, aunque ella llevaba mucho más tiempo albergando la sospecha de que Leopold estaba muerto. Después del sueño que había tenido en Madrid, esa convicción se fue asentando hasta convertirse en una certeza. Aunque parecía haber vuelto a ser la misma persona, en su interior ya no existía más que un insondable vacío.

Le sorprendía no haber sufrido ninguna crisis importante que la hubiera conducido de nuevo al sanatorio del doctor Romero, y eso probablemente se lo debía a Frank. No solo no se había apartado de su lado, también se había ocupado de que se alimentara y de que el médico del hotel la tratara en sus momentos más oscuros, impidiéndole caer en el abismo. La deuda que había contraído con él era inconmensurable.

A finales de abril, Frank volvió a sorprenderla al llegar a la habitación del hotel a media tarde en compañía de alguien a quien Rebecca no hubiera esperado encontrarse en Lisboa.

—¡Blanche! —exclamó cuando vio a su amiga en mitad del saloncito.

Se levantó de un salto del sillón que ocupaba y corrió a abrazarla, con los ojos llenos de lágrimas. Estaba exactamente igual que la recordaba, si acaso un poco más delgada, con su lustrosa trenza negra cayéndole por el pecho. Blanche le devolvió el abrazo, emocionada.

—No puedo creer que parte de nuestro grupo haya vuelto a reunirse de nuevo —comentó la pintora unos minutos después.

No preguntó por Leopold, así que supuso que Frank la había puesto al corriente sobre ese asunto, y se lo agradeció interiormente. No habría sido capaz de explicárselo ella misma.

—¿Cómo están los demás? —se interesó.

—Armand continúa en París, y asegura que no piensa moverse de allí. Dice que, si los nazis quieren echarlo, que vayan a buscarlo —respondió Blanche con una risita. A Rebecca no le sorprendió la actitud del escultor—. Y Camille y Louis se han instalado en Suiza.

—¿Juntos? —preguntó Frank.

—Todo lo juntos que pueden estar. Según lo último que supe de ellos, tenían intención de casarse.

—Me alegro mucho por ellos —reconoció Rebecca—. ¿Y qué hay de ti? ¿Qué haces en Lisboa?

—Vine con el grupo de Peggy Guggenheim.

—¿Peggy está aquí? —Frank alzó las cejas, sorprendido—. No me lo habías comentado.

—Con su nuevo amante, sus dos hijos, su exmarido, la nueva esposa de su ex y los tres hijos de ambos. —Rio—. Va a fletar un pequeño clíper de lujo con destino a Nueva York. ¿Os podéis creer que cuenta hasta con comedor, salón y varios dormitorios?

—El dinero nunca ha sido un problema para ella, aunque a estas alturas la imaginaba ya en Estados Unidos —comentó Frank.

—Abandonó París un par de días antes de que llegaran los nazis, y hasta entonces estuvo comprando obras como una posesa. —La risa de Blanche volvió a sonar en la habitación.

—¿Y qué ha hecho con ellas? —se interesó Rebecca.

—Al parecer las fue enviando a la propiedad de un amigo suyo en el campo, cerca de Grenoble. Y de allí, según me ha contado, van camino de Nueva York en barco, en el interior de unas cajas que han marcado como productos del hogar. Ingenioso, ¿verdad?

—Mucho —respondió Frank—, aunque me sorprende que no decidiera acompañar ella misma una carga tan valiosa.

—Ya, yo también lo pensé. Tengo la sensación de que no le gusta mucho viajar en barco. Igual es porque su padre fue una de las personas que murieron en el hundimiento del Titanic.

—Rayos, es verdad, lo había olvidado.

—¿Y qué harás tú? —le preguntó Rebecca.

—Yo tengo intención de instalarme en México. Zarpo a comienzos de junio —contestó Blanche—. El español se me da bastante bien, ya sabes que viví una larga temporada en Madrid. He pasado por allí de camino y me he reencontrado con algunos viejos amigos. Por desgracia, no todos. Del resto, los que no han partido al exilio murieron bajo las bombas durante la guerra.

—Oh, Blanche, lo siento. —Rebecca le acarició el brazo.

—Es lo que tienen las guerras, ¿no? Nos arrebatan lo que

más queremos —comentó su amiga, que de inmediato se dio cuenta de lo poco afortunado de su comentario—. Rebecca, discúlpame, yo…

—No pasa nada —la interrumpió. De repente, en lugar de consolar a su amiga estaba siendo consolada por ella. Una nueva ironía del destino.

Durante unos segundos, ninguno de los tres dijo nada.

—Por cierto, ¿sabéis que André Breton está en Martinica? —preguntó Blanche.

—¿Qué? —Frank la miró, sorprendido—. ¿Y qué hace allí?

—Ni idea, pero fue el destino que eligió. Y Peggy lo ayudó, como ha hecho con otros artistas. —Blanche los miró de forma alternativa—. Por cierto, a estas alturas yo te hacía también en Nueva York.

—Ya… Hubo un cambio de planes —respondió Frank, que lanzó una rápida mirada en dirección a Rebecca antes de cambiar de tema—. ¿Qué os parece si salimos a dar un paseo y cenamos por ahí?

—Claro —respondió Blanche con entusiasmo.

Rebecca asintió, asimilando las últimas palabras de Frank, mientras en su interior se iba abriendo paso la certeza de que él se había quedado en Lisboa por ella. Había renunciado a escapar, a regresar a su casa.

Blanche se alojaba en una mansión que Peggy había alquilado en Lisboa, o la mitad de ella, porque la otra mitad estaba ocupada por un millonario belga y su familia, que también esperaban embarcar hacia Estados Unidos. Se separaron bien entrada la noche, y Rebecca y Frank regresaron al Metropole cogidos del brazo, bajo la agradable noche portuguesa.

—¿Por qué no estás en Nueva York? —le preguntó ella.

—Aún no he encontrado pasaje para los dos, ya lo sabes —respondió, sin mirarla.

—Pero podrías haberte ido solo, hace semanas.

—Bueno…

—No me mientas.

—Lo cierto es que no puedo sacarte de Lisboa —le dijo al fin mientras la tomaba de la mano—. Tus papeles están en regla, pero tu nombre aparece en todas las listas, y te detendrán en cuanto solicites un visado.

—¿Qué? —Rebecca lo contempló, atónita. Le resultaba imposible creer que los Gardner hubieran llegado tan lejos antes de marcharse. Eso era poco menos que tratarla de criminal.

—Hay una posible solución, aunque no me he atrevido aún a planteártela.

—¿Y cuál es? —inquirió, viendo que él no continuaba hablando.

—Cásate conmigo.

—Frank...

—Yo no necesito visado, soy estadounidense. Como mi mujer, podrás viajar conmigo, en mi camarote, con destino a Nueva York.

Rebecca era incapaz de pronunciar palabra.

—Sabes que estoy enamorado de ti, ¿verdad? —continuó él—. Siempre lo he estado, desde que nos conocimos en París. Ya sé que no soy Leopold, y que nunca lo seré, pero mis sentimientos son sinceros y sé que tú también sientes algo por mí, o lo sentiste en algún momento.

Era innegable que Frank siempre la había atraído. En las últimas semanas había descubierto a un hombre digno de ser amado, solo que ella no era la persona indicada para él, al menos de momento, o tal vez nunca.

—Ya sabes por qué no me he ido —le dijo él con voz suave.

—Oh, Frank, ¿te das cuenta de que, si la situación se complica, te quedarás aquí atrapado? —Rebecca se asió con más fuerza a su brazo.

—Lo cierto es que no se me ocurre mejor compañía para quedarse varado en ningún lugar.

—Eres un hombre extraordinario.

Rebecca se detuvo y se volvió hacia él. Contempló su mandíbula cuadrada, ligeramente sombreada por una barba inci-

piente, sus ojos relampagueantes y sus labios, tan perfectamente esculpidos que parecían hechos de mármol.

—Sabes que mi corazón pertenece a Leopold —murmuró.

—Yo confío en que, con el tiempo, también haya lugar en tu
corazón para mí. —Hizo una breve pausa—. Prométeme al menos que vas a pensarlo.

—De acuerdo —concedió al cabo de unos segundos.

Después de todo lo que había hecho por ella, era lo menos
que le debía.

Se casaron el 26 de mayo por lo civil en la embajada de Estados
Unidos, con Blanche y un funcionario del cuerpo diplomático
como únicos testigos. No hubo celebración, ni banquete ni música. Ni siquiera vestido de novia ni ramo que lo acompañara.
Antes de entrar en el despacho del cónsul, que iba a oficiar la
ceremonia, Rebecca se tomó unos minutos para despedirse
mentalmente de su antiguo yo. Frank Stapleton no era solo el
hombre que podía sacarla de Europa, era el hombre que la había
ayudado en algunos de los peores momentos de su vida, y tenía
intención de convertirse en una buena esposa para él. Siempre
amaría a Leopold Blum, hasta el fin de sus días, pero en las últimas semanas había descubierto que en su corazón tenía cabida amar a Frank, o al menos empezar a hacerlo.

Durante la noche de bodas, descubrió que su esposo no
solo era una persona honesta, buena y leal, sino también un
amante considerado y capaz de arrancar destellos de su piel
con solo acariciarla. Cuando terminaron, Rebecca se encerró
en el baño durante unos minutos con la excusa de lavarse para
poder dar rienda suelta a su congoja. Solo había existido un
hombre que la hubiera tocado como Frank lo había hecho, y el
rastro de aquellas viejas huellas acababa de ser barrido por
unas manos nuevas. A partir de ese momento, tendría que hacerse a la idea de que el tiempo acabaría por extinguir los ves-
tigios de su vida anterior, y le arrancaría de la piel y del alma
las huellas de su pasado.

Desde ese instante, la novia del viento quedaba definitivamente atrás.

El 11 de julio de 1941, Frank y Rebecca Stapleton abandonaban Lisboa a bordo del SS Exeter con destino a Nueva York.

35

Nueva York, octubre de 1941. Tres meses después

Hay veces que, por más que nos empeñemos en tratar de burlar a nuestro destino, este acaba al fin atrapándonos. Esa era la sensación que tenía Rebecca. Durante toda su vida había intentado evitar el futuro que sus padres imaginaban para ella y terminó dándose de bruces con él. Porque Frank, su marido, no era fotógrafo. O al menos no era solo eso. Los Stapleton eran una de las familias más ricas de la costa este y Frank, el único vástago de un matrimonio de mediana edad cuyo único propósito parecía consistir en lucirse en todos los eventos de la alta sociedad. Sin darse cuenta siquiera, se había visto arrastrada a asistir a fiestas, bailes, subastas benéficas, cócteles e interminables almuerzos en el club de campo del que los Stapleton eran socios desde hacía décadas. Y ni siquiera era capaz de explicar cómo había sucedido.

Sus suegros, Gill y Florence Stapleton, no la habían recibido inicialmente con especial entusiasmo. Que su hijo se hubiera casado por lo civil y de cualquier manera en el despacho de una embajada los había privado de organizar una boda por todo lo alto, como había sido siempre el deseo de su madre. Que la novia fuera además una completa desconocida tampoco había aliviado en nada la decepción que aquel enlace había supuesto para ellos. Al menos hasta que Gill, a través de sus contactos, supo quién era Walter Heyworth, y Rebecca pasó de ser considerada una nuera de segunda clase a un trofeo que lucir en todos los actos sociales.

Lo más irónico de la situación, sin embargo, fue la carta que recibió de su propio padre —que tardó dos meses en llegar— en contestación a la que ella le había enviado. No solo no le reprochaba que hubiera huido de sus cuidadores en Lisboa, sino que mostraba su satisfacción al saberla recuperada y casada con un respetado y rico joven de una buena familia americana. Incluso parecía haber olvidado por completo que tiempo atrás había renegado de su hija para siempre.

Y allí estaba ella, cómodamente instalada en un lujoso apartamento de Park Avenue, con un marido que ahora se pasaba casi todo el día fuera, retomando los negocios de la familia, y sin otra cosa que hacer que ir de compras con Florence —como insistía su suegra en que la llamara—, mantener la casa en orden —con la ayuda de una cocinera y dos criadas— y prepararse para la siguiente velada.

—Podrías pasar más tiempo en el club de campo —le propuso Frank cuando ella le hizo partícipe de su sentimiento de soledad—, seguro que harías buenas amigas. Las esposas y las hijas de todos los hombres de negocios de la ciudad lo frecuentan casi a diario. Clases de tenis, golf, almuerzos…

—Preferiría hacer algo contigo —repuso ella con un mohín—. Como cuando llegamos.

Durante las primeras semanas de su estancia en Nueva York, pasaron juntos casi todo el tiempo, y Frank disfrutó mientras le mostraba la ciudad en la que había crecido. Así fue al menos hasta que decidió que había llegado el momento de tomar las riendas de los negocios de su padre.

—¿Algo como qué? —Estaban sentados en el sofá, tomando una copa de vino antes de la cena, y se aproximó a ella amoroso, como siempre.

—Algo como ir a un museo, a pasear por Central Park, al cine… Cualquier cosa. ¿Sabes que debemos ser los únicos que aún no han visto *Lo que el viento se llevó*?

—Cariño, ahora mismo estoy demasiado ocupado. —La besó en la nariz—. He pasado muchos años fuera y mi padre me necesita. Los negocios han crecido desde que comenzó la guerra y debo estar ahí.

—Claro... —dijo ella, que ya había escuchado esa misma excusa otras veces.

—Las cosas mejorarán, ya lo verás, solo necesito algo de tiempo. —La envolvió, cálido y protector, en un abrazo que inspiraba confianza y afecto.

—Quizá podría volver a pintar —propuso entonces—. Montar un pequeño estudio en una de las habitaciones de invitados.

—Excelente idea. Necesitas retomar tu arte —aprobó, encantado con la iniciativa—. Así tendrás algo que hacer, al menos hasta que lleguen los niños.

Añadió un guiño a esas palabras. Ella sabía que quería ser padre, más aún de una familia numerosa. Él era hijo único y siempre había añorado tener hermanos. Rebecca consideraba que aún era demasiado pronto, pero tampoco estaba tomando medidas extraordinarias para impedir el embarazo. ¿No era ese el paso lógico tras una boda?

En el barco que los había llevado hasta Nueva York, Rebecca se prometió a sí misma que iba a hacer todo lo posible para que su matrimonio funcionara. A medida que Europa quedaba atrás, iba cerrando capítulos de su vida con la mente y, sobre todo, con el corazón, hasta que este acabó convertido en una sucesión de parches y remiendos. Aunque Leopold siempre ocuparía un espacio en él, Frank se había ganado que realizara el esfuerzo de hacerle su propio hueco. Ahora, tras varios meses de convivencia, ese hueco parecía encajar a la perfección dentro de su pecho. Tenía un marido cariñoso, atento y que la colmaba de atenciones, y ella se sentía en paz consigo misma.

La carta a sus padres no fue la única que escribió en los primeros compases de su nueva vida. A pesar de ser consciente de que el servicio de correos funcionaba con retraso, tarde o temprano recibiría noticias de las personas que le importaban. La primera fue a su hermano Charles, luego a sus amigas Margaret y Diane, y por último a la hermana Soledad. A pesar de que la monja le había dicho que Elvira no tardaría en olvidarla, necesitaba saber que se encontraba bien, aunque tal vez ya hubiera comenzado a reemplazarla por otra alma perdida.

Margaret fue la primera en responder a su carta. Lo último que supo de ella, en París, era que había iniciado un noviazgo con un lord. Ahora le comunicaba que hacía casi dos años que se habían casado y que ya tenían un bebé. Estaba viviendo en Yorkshire, en casa de sus padres, lejos de la guerra, mientras su marido trabajaba en el Ministerio del Interior haciendo no sabía muy bien qué, pero contribuyendo al esfuerzo bélico. A Rebecca le costaba imaginarse a su amiga convertida en madre, como si la jovencita que ella recordaba se hubiera transformado en una mujer adulta de la noche a la mañana. Le hablaba de su vida en el campo, con menos carencias que en las grandes ciudades, pero aun así con graves problemas de abastecimiento de artículos de primera necesidad.

Diane, a quien tanto debía, le escribió desde el corazón de Londres, donde ayudaba en labores de enfermería atendiendo a los soldados heridos. Tras su regreso a Inglaterra, que había sido más complicado de lo que en un principio sospechó siquiera, se había enfrentado al bombardeo constante de la aviación nazi, que se inició el 7 de septiembre de 1940 y que finalizó en mayo de 1941. Su amiga se había negado a seguir los dictados de su padre, que pretendía ponerla a salvo en el norte, y se alistó para ayudar en lo que pudiera. Michel, el joven húngaro que la acompañaba, perdió la vida en uno de esos bombardeos y Diane, en lugar de hundirse como le había pasado a ella, aún había puesto más empeño en resistir.

Sus palabras, llenas de fuerza y coraje, transmitían también todo el horror de días y noches bajo el fuego de las bombas, de la búsqueda incesante de protección en los refugios improvisados y de las plegarias para que los aviones de la RAF lograran repeler al enemigo. Hasta el Café de París, donde tantas noches habían bailado en otro tiempo, había recibido el impacto de un artefacto que acabó con la vida de más de treinta personas, además de herir a varias docenas.

La carta de Charles fue, con diferencia, la última en llegar, y por motivos obvios. Se había alistado a principios de marzo —una información que sus padres no le habían hecho saber— y habían desplegado su unidad cuando le llegó su misiva. La felicitaba por su enlace, como era de esperar, e incidía en cuánto le alegraba saberla lejos de Europa y a salvo. Charles, su querido Charles, había decidido abandonar los estudios para alistarse en el ejército. «Con Francia ocupada por los nazis, Gran Bretaña se ha quedado prácticamente sola en esta guerra, y es mi deber como inglés, como hombre y como patriota contribuir en lo que pueda para evitar que terminen dominando toda Europa», le decía. Rebecca tuvo la sensación de que su hermano no hablaba con sus propias palabras, aunque sí comprendía el espíritu que las dictaba.

Todos parecían estar haciendo algo para acabar con aquella locura, todos menos ella, que vivía cómodamente alejada del peligro y disfrutando de los placeres de una vida regalada. Hasta ese momento no había caído en la cuenta de la futilidad de su existencia y de su completa inutilidad. De repente, su intención de dedicar su tiempo a pintar e incluso a volver a escribir se le antojó una frivolidad.

Rebecca no tardó en descubrir que no había muchas cosas que pudiera hacer para aportar su granito de arena. El Comité para Defender América Ayudando a los Aliados (CDAAA), que se había formado en Nueva York al inicio de la contienda, parecía haber alcanzado sus objetivos prioritarios. Y entrar de lleno en la guerra no era uno de ellos. Durante meses, habían llevado a cabo una campaña de concienciación pública que finalmente había dado sus frutos. El gobierno de Franklin Delano Roosevelt acabó por promulgar leyes que apoyaron a los aliados, en especial a los británicos, con el envío de ayuda material y económica, y eso comprendía desde provisiones o medicinas hasta armamento. Frente al aislacionismo y la política de no intervención que había dominado los asuntos internacionales hasta ese momento, representaba un gran triunfo.

Aun así, Rebecca se personó en la sede de la organización una ventosa mañana de mediados de octubre. No le había comentado nada a Frank porque sabía que ni él ni su familia se mostraban muy conformes con la política llevada a cabo por su gobierno. La guerra era algo totalmente ajeno a los Stapleton, y que su hijo hubiera estado en Europa hasta bien iniciada la contienda no suponía ninguna diferencia. Por desgracia, la opinión de sus suegros no era un caso aislado y en muchos de los eventos a los que había asistido desde su llegada se escuchaban los mismos comentarios. Rebecca siempre tenía que morderse la lengua para no replicar que, si Estados Unidos continuaba manteniéndose al margen, Hitler acabaría controlando toda Europa, y que era poco probable que luego no mirara hacia el horizonte, hacia el otro lado del océano.

En las oficinas del CDAAA la atendieron con amabilidad, pero, aparte de algún donativo para ayudar a los aliados, no había mucho más que ella pudiera hacer. Mientras era atendida por una mujer en la treintena, con el cabello tan estirado que parecía de goma, se dio cuenta de que una chica que escribía a máquina a pocos pasos permanecía atenta a la conversación. No debía de ser mucho más joven que Rebecca. Con un cutis inmaculado, la nariz respingona y un gran lazo rojo sobre el pelo rubio, parecía una muñeca de porcelana. Aguardó a que ella finalizara los trámites para el donativo y luego la siguió de forma discreta hasta la salida.

—Disculpe... —le dijo, tocándola suavemente en el brazo—. No he podido evitar escuchar su conversación con Helen.

—Al parecer no hay mucho más que yo pueda hacer.

—¿Es usted británica, ¿verdad?

—¿Cómo...?

—Su acento la ha delatado. —Le sonrió de forma abierta, dejando al descubierto una hilera de pequeños y blancos dientes.

—Sí, soy británica —reconoció, devolviéndole la sonrisa.

—¿Tiene usted buena letra?

—¿Cómo? —Rebecca la miró, sorprendida por la pregunta.

—¿Escribe bien? Ya sabe, cartas, tarjetas de felicitación..., ese tipo de cosas.

—Eh, sí, supongo que sí. ¿Es relevante?

—Verá... —Miró a uno y otro lado, cerciorándose de que no había nadie próximo a ellas—. Mis compañeras de piso y yo hemos creado un pequeño grupo para ayudar a los Aliados y pensamos enviar felicitaciones de Navidad a todos los hogares neoyorquinos solicitando donaciones.

—Nueva York es una ciudad muy grande.

—Lo sabemos. —Rio de forma contenida—. Por eso necesitamos toda la ayuda posible. Queremos que sean algo personal, escritas a mano.

—Parece un proyecto interesante. —La observó con más detenimiento. Por la seguridad de su voz y el modo en que movía las manos, parecía una muchacha muy decidida.

—El año pasado, el grupo de voluntarios del CDAAA de Minneapolis hizo algo parecido y el resultado fue prometedor. Queremos repetirlo aquí. ¿Le interesaría unirse a nosotras?

—¿Yo?

—Puede dedicar el tiempo que desee. Unas horas al día, a la semana..., lo que más le convenga.

—Claro, estaré encantada de ayudar en lo que pueda —repuso, convencida.

—Ahora mismo estamos barajando varios diseños para las postales, aunque nuestro presupuesto es algo limitado. Funcionamos a base de donaciones, ya sabe...

—Yo podría ayudar en eso.

—No es necesario, su aportación ya ha sido muy generosa —apuntó con cierta timidez.

—No, quiero decir que yo podría ocuparme del diseño. Soy pintora.

—¿De verdad?

—O lo fui, en otro tiempo.

—Oh, eso sería… ¡Eso sería magnífico! —La joven dio unas pequeñas palmadas, entusiasmada, y luego le tendió la mano—. Soy Rita Welsh, por cierto.

—Rebecca. —Estrechó su enérgica mano—. Rebecca Heyworth.

En los días siguientes, Rebecca se empleó a fondo en su nuevo proyecto y realizó hasta seis diseños diferentes. Eran estampas típicas de Navidad y, mientras las pintaba, no dejada de preguntarse qué habría pensado Leopold de todo aquello. Sin duda no lo habría considerado arte, por más loable que fuera su objetivo, pese a que también estaba convencida de que se habría sentado a su lado para contribuir a la causa.

Desde que había retomado los pinceles, él parecía acompañarla en todo momento. Había ocasiones, incluso, en que era como si sintiera su aliento en la nuca, como si contemplara su progreso por encima del hombro. Aún no había logrado acostumbrarse a su perenne ausencia, a la idea de que aquellos ojos azules como un cielo de primavera se habían apagado para siempre.

Muchas mañanas, al despertar, creía estar en su antiguo hogar. Casi podía escuchar el trino de los pájaros, el rumor del río a lo lejos y la suave respiración de Leopold a su lado. La sensación era tan placentera como efímera, porque la realidad la golpeaba de inmediato, arrancándole con saña esos breves instantes en los que todo parecía perfecto. Entonces, el dolor la atravesaba de parte a parte, le robaba el aliento y le dejaba el alma totalmente devastada. Esas mañanas, muchas más de las que estaba dispuesta a reconocer, debía realizar un verdadero esfuerzo para levantarse de la cama y continuar respirando.

Tampoco había aprendido a perdonarse a sí misma. Seguía convencida de que, si no hubiera insistido en permanecer en La

Gioconda hasta el último momento, ambos serían entonces felices en algún pequeño rincón de la tierra.

Sacudió la cabeza para alejar ese tipo de pensamientos. Por un lado, porque corría el riesgo de sumirse en tal estado de tristeza y melancolía que Frank se viera obligado a internarla de nuevo en algún sanatorio mental. Por el otro, porque imaginarse viviendo felizmente con Leopold la hacía sentir desleal hacia su marido. Su esposo era un buen hombre, la había ayudado en los momentos más duros de su vida y, en los meses que llevaban juntos, había aprendido a profesarle un afecto sincero. Que últimamente él pasara tanto tiempo fuera de casa no era culpa suya, ni que a ella le costara lidiar con su propia soledad. La guerra lo mantenía ocupado ya que, entre los muchos negocios de la familia, había algunos relacionados directamente con el conflicto, entre ellos la fabricación de componentes para los aviones militares. Esos mismos aviones que Estados Unidos estaba poniendo al servicio de los Aliados y de los que, según le había contado Frank, hacían buen acopio por si también llegaran a necesitarlos.

A Rita Welsh le entusiasmaron los diseños y se ocupó de llevarlos a la imprenta para que estamparan las postales. A primeros de noviembre, Rebecca se presentó en el pequeño apartamento de Brooklyn que Rita compartía con dos amigas y dedicó toda la tarde a escribir los mensajes en compañía de otra media docena de mujeres, una de ellas septuagenaria.

Rebecca no había salido de Manhattan desde su llegada a Nueva York, y las calles de Brooklyn que conoció durante esos días se le antojaron encantadoras. Lo mismo pensaba de sus habitantes, sobre todo de aquellas mujeres con las que compartió algunos de los momentos más satisfactorios de todo el año. Había una maestra, dos amas de casa, una estudiante, dos dependientas, dos secretarias (Rita era una de ellas) y una costurera, y eso solo en su grupo, porque su nueva amiga le había comentado que existían otros similares en distintos puntos de la ciudad, haciendo lo mismo que ellas. Rebecca se sentía útil por primera vez en meses.

El esfuerzo, sin embargo, sería en balde. Las felicitaciones nunca llegaron a enviarse y acabaron alimentando el fuego de los hogares de todas aquellas mujeres.

El 7 de diciembre de 1941, Japón bombardeaba Pearl Harbor y Estados Unidos entraba de pleno en la Segunda Guerra Mundial.

36

El mundo había cambiado. En los cuatro meses transcurridos desde el ataque a Pearl Harbor, Nueva York se había transformado, y Rebecca intuía que la situación no sería muy diferente en el resto del país. Una de las primeras medidas del gobierno había sido racionar la gasolina y el caucho para la fabricación de neumáticos, que, tras el inicio de la guerra contra Japón, era imposible obtener del Sudeste Asiático. El resultado más inmediato había sido un significativo descenso en el número de automóviles que se movían por la ciudad, un fenómeno que le había llamado la atención desde su llegada a la gran urbe. Mucha gente se desplazaba a pie, en bicicleta o en el transporte público, como ella misma había comenzado a hacer. Para ir a Brooklyn a ver a Rita Welsh ya no utilizaba un taxi, sino que subía al metro junto con otros cientos de personas. Si sus padres, o aún peor, sus suegros, pudieran verla codearse con gente corriente y viajar apelotonada entre un montón de desconocidos no siempre debidamente aseados, probablemente les habría dado un soponcio.

En un principio, Rebecca se lo había tomado como una especie de aventura, pero, después de realizar ese trayecto al menos dos o tres veces a la semana, ya solo era una parte más de su vida cotidiana. Porque Brooklyn se había convertido en un segundo hogar para ella, un lugar en el que se sentía útil, incluso necesaria. A pesar de que el proyecto de las postales de Navidad no había prosperado, la pequeña organización que Rita y sus amigas habían puesto en marcha no se había arredrado, más bien al contrario. Había tantas cosas que hacer que faltaban manos.

Otra de las iniciativas del gobierno consistía en animar a la población a cultivar frutas y verduras en cualquier espacio verde que tuvieran a su disposición, desde pequeños jardines, patios traseros o franjas de césped hasta macetas instaladas en balcones y tejados. Con los llamados «jardines de la victoria», como eran conocidos, se pretendía no solo que los ciudadanos se autoabastecieran de productos frescos, sino que los excedentes se preparasen en conserva o se vendiesen para alimentar a otros, incluidos los soldados. Rebecca poseía sobrados conocimientos acerca del cuidado de un pequeño huerto, que puso a disposición de Rita y su grupo. Volver a sentir el latido de la tierra entre sus manos la transportaba a Saint-Martin d'Ardèche y a veces olvidaba incluso que se encontraba en un pequeño terreno baldío de Cumberland Street, y alzaba la vista esperando ver aparecer a Leopold con la luz del sol danzando sobre su cabello.

Casi todas las personas que se ocupaban de esas tareas eran mujeres o niños. Los hombres habían desaparecido prácticamente de las calles. Los que no estaban trabajando de sol a sol en las fábricas se habían alistado.

La guerra, sin embargo, había traído más cambios, los primeros de muchos. Ya no se fabricaban electrodomésticos para uso doméstico, el azúcar estaba racionado, igual que muy pronto lo estarían la carne, el café, la mantequilla, los frutos secos y tantas otras cosas. También comenzaron a reciclarse artículos del hogar como trapos, papel, cuerdas o seda, así como la grasa que se usaba para cocinar, que el gobierno convertiría en glicerina para municiones y explosivos. La necesidad de cobre, aluminio, acero o cualquier otro metal llevaba a la gente a vaciar sótanos, áticos, garajes o patios, y a arrancar incluso las vallas que delimitaban sus propiedades o las barandillas de sus escaleras. Coches viejos, radiadores, cacerolas, tuberías, somieres de camas…, todo valía, y no era extraño que fuesen los más jóvenes o los más ancianos quienes se ocuparan de esas tareas. Rebecca había visto incluso a un niño guardar el envoltorio de aluminio de su chicle y añadirlo a una pequeña bola que llevaba en el bolsillo hecha con otros envoltorios similares. Tenía la sensación de que la ciudad se estaba desmantelando y que, además, lo hacía de buena gana. La gente con la que trataba durante sus visitas a Brooklyn parecía tomárselo con resignación, incluso el control de los precios y la falta de abastecimiento de algunos productos. La mayoría se mostraba dispuesta a sacrificarse por su país, a realizar un esfuerzo para ganar aquella guerra.

Además de trabajar en los pequeños huertos, Rebecca colaboraba en cuanto podía, desde preparar cajas con comida, ropa o libros para los soldados hasta atender a personas mayores que de repente se encontraban solas, o cuidar de los niños de las mujeres que se habían incorporado a las fábricas ante la falta de hombres. Regresaba a su casa en Park Avenue tan cansada como orgullosa de sí misma, a una casa que estaba más vacía que nunca, porque Frank estaba cada vez más ocupado y había noches en las que ni siquiera iba a dormir. Entre los proyectos inmediatos de su marido figuraba la fabricación de caucho sintético, imprescindible en ese momento, un proyecto que supervisaba en persona en unos laboratorios que su padre había adquirido unos años atrás. Hasta ese momento, ella ni siquiera sabía que su marido había estudiado química en la Universidad de Columbia antes de viajar a París. A veces tenía la sensación de que el hombre con el que se había casado continuaba siendo tan reservado como lo fue en Francia.

Debido al hecho de que su marido pasara tanto tiempo fuera, le resultó extraño que irrumpiera esa tarde en la habitación donde ella pintaba. Aún no había terminado de convertirla en un estudio, pero había habilitado un rincón para sus caballetes y utensilios. Le gustaba sentarse allí, con la ventana abierta de par en par, sintiendo el aire arremolinarse a su alrededor y con el lejano rumor del tráfico de fondo. Frente a ella iba tomando forma su primer cuadro desde que había llegado a Nueva York.

Representaba un pícnic en un prado bordeado de árboles al que asistían criaturas de su particular imaginario, desde caballos alados hasta cisnes con corona, duendes de gorros puntiagudos y damas que cubrían sus cuerpos desnudos con sus largas y ensortijadas cabelleras. A veces llegaba a concentrarse tanto que perdía la noción del tiempo e incluso del espacio. Por eso ni siquiera escuchó que la puerta de la habitación se abría con cierta brusquedad, y fue la voz de Frank lo que la arrancó de su ensimismamiento.

—Pero ¿es que te has vuelto loca? —bramó su marido, mirándola con extrañeza—. ¿No ves el temporal que hace ahí fuera?

Solo entonces fue consciente Rebecca del viento que corría por la habitación, haciendo volar con frenesí los papeles con sus bocetos y las notas que había tomado, en una coreografía tan violenta como hermosa. Sintió las diminutas gotas de lluvia que el vendaval había traído consigo para dejarlas caer sobre su piel y su cabello, así como el olor inconfundible de la tormenta que le inundaba las fosas nasales. Un olor que aspiró con fuerza.

Frank recorrió la habitación a grandes zancadas y cerró las ventanas con un golpe seco. Se hizo un silencio tan profundo que Rebecca sintió como si hubieran aspirado de repente todo el aire de la habitación. Los papeles cayeron al suelo, desmadejados, desordenados, muertos.

—¿Pero es que has olvidado que esta noche vienen los Mettford a cenar? —le preguntó Frank con el ceño fruncido.

—¿Qué? —Lo miró, sin saber de qué hablaba.

—Los Mettford, Rebecca —insistió él, huraño.

—Oh, Dios, lo había olvidado por completo —contestó con una sonrisa que pretendía tranquilizarlo, al tiempo que comenzaba a recoger los pinceles. Ernest Mettford era un viejo amigo de Frank que a ella no le caía especialmente bien, y su mujer Charlaine mucho menos.

—Maldita sea, Rebecca, solo hay una cosa que tienes que hacer en todo el día —le reprochó—. Trabajo como un esclavo para que no te falte de nada mientras tú te pasas las horas tumbada en el sofá, paseando por ahí o pintando. ¿Tan difícil te resulta encargarte de un único cometido?

—Yo no te he pedido nada.

—¿Qué? —La contempló de nuevo con sorpresa.

—Si trabajas tanto por mi causa, deja de hacerlo. Yo no necesito tantas cosas.

—Estás de broma.

Rebecca se levantó y comenzó a desabrocharse la vieja camisa de Frank que usaba para pintar.

—Además, soy pintora, aunque en los últimos tiempos parecía haberlo olvidado.

—En Francia eras pintora, aquí eres mi mujer —replicó, cáustico—. No digo que no puedas pintar en tus ratos libres, pero tienes obligaciones.

Con la camisa ya en la mano, se tomó unos segundos para contemplar a su marido, el gesto serio, los hombros rígidos, la mirada acerada.

—A veces no te reconozco, Frank —le dijo, con voz calmada.

—¿Eh? —Pareció no comprender.

—No pareces el hombre al que conocí en París —comentó. «Ni el hombre con el que me casé», pensó para sí.

—París fue una aventura, una aventura maravillosa, pero mi vida auténtica está aquí.

—¿Tu vida auténtica? —preguntó, incrédula—. ¿Quieres decir que en Francia era todo falso?

—Claro que no, ya me entiendes.

—No, creo que no. —Cruzó ambas manos a la altura del vientre—. Allí tenías una carrera como fotógrafo, una vida interesante rodeado de artistas, unos amigos... Eras surrealista.

—Yo era cualquier cosa que me permitiera vivir la experiencia un poco más. Tú deberías entenderlo mejor que nadie.

—¿Yo? —Se llevó la mano al pecho.

—Claro que sí. ¿O es que tu aventura parisina antes de conocer a Leopold no fue también una experiencia antes de sentar la cabeza, como diría mi madre? Tu familia y la mía no son tan distintas.

—No, yo…

—Oh, vamos. Ya no eres una cría —la interrumpió—. Ahora tienes responsabilidades, eres una mujer adulta. —La miró con intensidad—. Venga, vístete, que los Mettford están a punto de llegar. Menos mal que me ha dado tiempo de pedirle a la cocinera que prepare algo para esta noche.

Pronunció las últimas palabras mientras salía de la habitación. Rebecca necesitó unos minutos para procesar todo lo que le había dicho. De repente, tenía la sensación de que se había casado con un completo desconocido. Echó un vistazo alrededor, a los papeles desperdigados por el suelo, al lienzo sin terminar, a los pinceles en remojo y a sus manos salpicadas de motas de colores. Y tuvo la asfixiante premonición de que volvía a estar encerrada

Solo que esta vez era en una jaula con los barrotes de oro.

A Rebecca le habría gustado celebrar su vigesimoquinto cumpleaños en la intimidad, solos Frank y ella. Su marido se había disculpado aquella misma noche por la discusión, después de que sus amigos se marcharan. Alegó exceso de trabajo y de preocupaciones, y ella aceptó sus excusas porque sabía que estaba sometido a mucha presión. Sin embargo, intuía que sus palabras encerraban más verdad de lo que él mismo estaba dispuesto a admitir.

Cuando él le mencionó a principios de abril que sus padres estaban organizando una fiesta para celebrar su aniversario, Rebecca prefirió guardarse su opinión para sí y procuró incluso aparentar que estaba encantada con la idea. Por fortuna, que cumpliera un año más no parecía ser motivo de gran celebración, porque el número de invitados no resultó excesivo y a la mayoría los conocía de haber coincidido en el club de campo en alguna de las numerosas cenas que organizaban sus suegros. Florence, la madre de Frank, ni siquiera se había molestado en preguntarle si quería invitar a alguien especial, dando por sentado que no conocía a nadie en la ciudad. Aunque, en caso de hacerlo, Rebecca tampoco le habría mencionado ni a Rita ni a las personas a las que ahora conocía en Brooklyn, que probablemente se habrían sentido incómodas en un ambiente tan distinto al suyo. Además, esa parcela de su vida todavía era un secreto y pretendía que continuara siéndolo tanto tiempo como fuera posible.

Gill y Florence Stapleton daban la bienvenida a los invitados cerca de la puerta de su apartamento de la Quinta Avenida. Su suegro era un hombre alto y espigado, con un fino bigote y los mismos ojos grises que había heredado su hijo, aunque los suyos poseían un atisbo de dureza que a veces la incomodaba. Florence, tan elegante como siempre, la besó en la mejilla y la felicitó en nombre de ambos antes de animarlos a entrar en el concurrido salón. Rebecca reprimió las náuseas que le provocó la cantidad de perfume que llevaba la mujer, del que tenía tendencia a abusar. Nunca le había mencionado nada al respecto y no sabía muy bien si, en caso de hacerlo, su suegra se tomaría a bien el comentario.

Frank y ella se alejaron de los Stapleton para saludar a los invitados, ella con cierto reparo. Nunca le había gustado ser el centro de atención en situaciones que escapaban a su control, y esa era una de ellas.

—Aquí está la parejita —señaló la señora Douglas, una vieja amiga de su suegra, que acudía acompañada de su estirado esposo.

—Señora Douglas, es un placer verla de nuevo —la saludó Rebecca, que forzó una sonrisa. Aquella mujer de abundante papada y ojos inquisitivos nunca le había gustado demasiado. A su lado, Frank le apretó un poco el brazo en un intento de infundirle ánimos, porque sabía la escasa simpatía que le profesaba a aquella dama.

—Han sido muy amables al acudir —dijo Frank—. Mi esposa y yo les estamos muy agradecidos.

—Oh, querido, ¿cómo íbamos a perdérnoslo? —Rio la señora—. Te conocemos desde que eras un bebé, y tu encantadora esposa ya es de la familia.

—Muchas gracias —contestó Rebecca.

—Espero que no tardéis demasiado en aumentarla —comentó la señora Douglas con un guiño—. La juventud se pasa tan pronto...

Había pronunciado esas palabras con la vista clavada en el vientre plano de Rebecca, que de forma instintiva se llevó la mano a la zona, como si quisiera protegerla de aquella mujer.

—Eso esperamos —contestó, volviendo a estirar los labios.

Su suegra le había comentado algo muy parecido un par de semanas atrás. Pronto se cumpliría el primer año de su matrimonio y a esas alturas todo el mundo daba por sentado que no tardaría en convertirse en madre, solo que eso no terminaba de suceder. Frank y ella mantenían relaciones con frecuencia, bastante satisfactorias para ambas partes, que por algún motivo no daban el fruto esperado. Que la señora Douglas hubiera hecho un comentario tan inapropiado solo se explicaba por la intimidad que la unía a Florence Stapleton, que probablemente habría comentado el asunto con ella. Imaginarse siendo el tema de conversación entre aquellas dos mujeres le causó un malestar que no se disipó en toda la velada.

Unos días más tarde recibió carta de sus padres, que la felicitaban por su cumpleaños. El abultado sobre contenía tres cuartillas extras, una por cada uno de sus hermanos. Robert era el más circunspecto y el más serio, y Jamie el más escueto. La de Charles, escrita con letra menuda y por ambas caras, fue la que más la hizo llorar. Su hermano no mencionaba la guerra ni una sola vez y había optado por recuperar algunos de los recuerdos más felices de su infancia, como el día en que Rebecca le pintó la cara con una serie de puntos rojos para simular una enfermedad que le impidiera regresar al internado en el que estudiaba. La treta no dio resultado, obviamente, pero era una muestra de todas las veces que él había acudido a su hermana en busca de ayuda o apoyo. Y Charles le daba las gracias por haber estado ahí todas y cada una de ellas.

Hacía muchos años que Rebecca no rezaba. Siempre había sido una persona muy espiritual, aunque no muy religiosa. Todos los credos se le antojaban una serie de reglas escritas por personas que pretendían mantener cierto control sobre sus feligreses, impidiéndoles pensar por sí mismos y actuar fuera de los límites que se consideraban apropiados. Incluso la misma idea de la existencia de un Dios omnipresente le resultaba difícil de creer y, sin embargo, fue a él a quien acudió tras leer la carta de su hermano, para pedirle que lo protegiera. La guerra ya le había arrebatado a Leopold y toda la vida que ambos habían creado juntos, no podía quitarle también a Charles. Solo cuando finalizó todas las oraciones que recordaba de su paso por varios colegios, leyó la carta de sus padres.

En ella, Walter Heyworth le comunicaba que, como estaba previsto, al cumplir los veinticinco había heredado el dinero que su abuela le dejara en herencia. Dado que su madre le había adelantado la mayor parte para la compra de la casa en Francia, el resto no eran más que un par de miles de libras, que había depositado en un banco de Londres con sucursal en Nueva York. No era mucho, pero nadie podía asegurar cuándo iba a finalizar aquella pesadilla, ni si en el futuro Frank y ella iban a necesitar ese dinero, algo bastante improbable dada la fortuna de los Stapleton.

En los días siguientes recibió sendas cartas de Margaret, embarazada de su segundo hijo, y de Diane, tan ocupada en sus labores como ayudante de enfermería que apenas le dedicó un puñado de líneas. Por su parte, tenía tantas cosas que contarles a ambas que hacerlo le llevó varias cuartillas, si bien con Diane se extendió un poco más.

En cuanto a la hermana Soledad, esta continuaba sin responder a sus cartas, y no sabía nada de Elvira.

Casi todos los viernes por la noche, Rebecca y Frank acudían a cenar a casa de Gill y Florence, y rara era la ocasión en la que no compartían mesa con políticos u hombres de negocios, que asistían acompañados de sus esposas. Rebecca no disfrutaba especialmente de esas veladas, que la transportaban a un tiempo en el que las había odiado con fervor; aun así, se comportaba como se esperaba de ella, con educación y comedimiento. Sonreía cuando correspondía, hablaba poco y con voz suave, y no intervenía en las conversaciones a menos que le preguntaran, ni siquiera cuando las charlas versaban sobre temas que conocía y sobre los que poseía su propia opinión. A veces creía que ese comportamiento se debía a que por fin había madurado, aunque lo cierto era que lo hacía por Frank, porque no deseaba ponerlo en evidencia delante de los invitados y, sobre todo, delante de sus padres. Si Walter Heyworth hubiera podido verla a través de un agujerito en la pared, se habría sentido muy orgulloso de su única hija e incapaz de reconocer a la mujer en la que se había convertido.

Esa noche de junio, Rebecca estaba más nerviosa de lo habitual. Hacía ya un par de semanas que debería haber tenido su última menstruación, y esta se presentaba con tal regularidad que su falta solo podía significar una cosa. Además, notaba los senos más hinchados, aunque nadie más que ella parecía haberse dado cuenta. Todavía no le había mencionado nada a Frank, por si solo se trataba de una falsa alarma, y la idea de sí misma sosteniendo a un bebé entre los brazos se le antojaba cada día más cercana.

No lograba explicarse cómo esa imagen había comenzado a barrer las cenizas que tenía por corazón, abriendo un resquicio por el que se colaba un rayo de luz diáfano y de una calidez sobrecogedora. Tal vez su alma rota no pudiera volver a amar a ningún hombre como había amado a Leopold Blum, pero presentía que en algún rincón de su pecho aún albergaba amor suficiente para dar al hombre con el que se había casado y a la criatura que ahora llevaba en su vientre. Quizá, con el tiempo, lograría recuperar el corazón que había perdido.

Entre los dos se encargarían de proteger a su retoño de todos los males que pudieran amenazarlo y de proporcionarle una vida que lo llenara de felicidad. Y, si era una niña, tenía muy claro que no pensaba educarla como habían hecho con ella, aunque tuviera que enfrentarse a Frank, a sus suegros y a sus propios padres. Su hija sería una mujer libre y tomaría sus propias decisiones, y su deber como madre consistiría en permanecer a su lado para ayudarla a levantarse cuando la vida la tumbara.

Quizá porque aquella noche su ánimo andaba revuelto, acabó rompiendo una de las reglas que ella misma se había autoimpuesto. Habían terminado de cenar y se encontraban en el salón de los Stapleton. En un rincón, alrededor de una mesa, su suegra, la señora Douglas, la señora Steiner y ella misma jugaban una partida a las cartas mientras en el otro rincón los hombres conversaban y fumaban. Rebecca prefería con diferencia escuchar las conversaciones masculinas, que siempre le resultaban mucho más edificantes, y tenía por costumbre permanecer con un oído atento. La espalda se le envaró cuando escuchó al señor Steiner mencionar los campos de internamiento que se habían construido en algunos estados de la costa oeste. Ya totalmente ajena a la partida, prestó toda su atención a aquel asunto, y descubrió que esos campos se habían creado para alojar a los ciudadanos de origen japonés, por si acaso entre ellos se encontraban espías del enemigo. Familias enteras, después de haberse visto obligadas a vender a toda prisa casas y negocios, en la mayoría de los casos a precios irrisorios, habían sido confinadas en ellos.

—¡Pero muchos de esos ciudadanos son estadounidenses! —exclamó en voz demasiado alta, lo que hizo que todas las miradas convergieran en ella.

—La mayoría sí —contestó el señor Steiner—, pero sus padres son japoneses, o sus abuelos. A saber a quién guardan lealtad.

—¿Y el gobierno ha aprobado una medida tan injusta?

—Por supuesto que sí, querida. Estamos en guerra, por si lo ha olvidado. —El señor Douglas dirigió a Frank una mirada casi compasiva.

—No soy estúpida —contratacó ella—. No lo he olvidado.

—Rebecca… —Frank la miraba con una súplica muda en los ojos.

—No voy a callarme, Frank —replicó, con la voz temblorosa—. ¿O es que no recuerdas que algo muy parecido sucedió en Francia? ¿Has olvidado el campo de Les Milles? Porque te puedo asegurar que yo no lo he hecho… —Su voz había ido aumentando de tono y ahora era consciente de que todo el mundo parecía incómodo, aunque no le importó—. En este caso, además, esas personas son ciudadanos estadounidenses, exactamente igual que ustedes.

—Bueno, no exactamente… —comentó jocoso el señor Douglas, quizá en un intento de quitarle hierro al asunto.

—¿De veras? —inquirió ella, mordaz—. Porque, que yo recuerde, su familia vino de Escocia hace algo más de cien años, y por su apellido, señor Steiner, deduzco que la suya proviene de Austria, que ahora mismo pertenece a Alemania. ¿Debo suponer entonces que alberga usted cierta simpatía hacia los nazis?

—¡Basta ya! —Gill Stapleton se levantó con brusquedad de la butaca que ocupaba—. Esa no es forma de tratar a nuestros invitados.

Rebecca, que sentía el fuego arder en sus venas, le sostuvo la mirada, desafiante, sin amedrentarse ni siquiera un poco. El silencio era tan opresivo que le pesaba sobre los hombros. Su suegra apareció entonces a su lado y la tomó del brazo con delicadeza.

—Vamos a refrescarnos un poco, querida —le dijo en tono amable.

Rebecca apretó los labios y pensó en desasirse de su agarre para continuar con aquella discusión, a pesar de ser consciente de que no tenía sentido alguno. Ninguna de las personas que se encontraban en aquella habitación podía hacer nada para impedir lo que ya estaba sucediendo, pero fue la mirada mortificada de Frank la que finalmente puso freno a su lengua. Sin añadir nada más, se dejó conducir fuera de la estancia, mientras a su espalda resonaban las últimas palabras de Gill Stapleton:

—Quizá convendría que le pusieras un bozal a tu mujer, muchacho.

37

Frank había conducido de regreso a Park Avenue en completo silencio. De hecho, no habían intercambiado ni una sola palabra desde su arrebato durante la cena y no fue hasta que se encontraron en el dormitorio de su propio hogar que al fin decidió hablarle.

—No puedo creer cómo te has comportado esta noche —le reprochó con acritud.

—Y yo no puedo creer que no me apoyaras —replicó ella en el mismo tono, mientras se quitaba los pendientes con brusquedad.

—¿Apoyarte? —La miró, con las cejas alzadas—. Por Dios, Rebecca, ¡has insultado a un invitado de mis padres!

—¿Acaso no tenía razón en lo que dije?

—¡Esa no es la cuestión! —Frank elevó la voz—. La cuestión es que has sido maleducada y grosera.

—Oh, vaya, quizá deberías comprarme ese bozal que mencionaba tu padre.

Frank torció el gesto y se pellizcó el lóbulo de la oreja.

—Lamento que escucharas eso, pero no puedes negarme que tenía parte de razón.

—¿Cómo dices? —Clavó en él la mirada, chispeante de furia.

—Y lo peor es que estás tratando de justificarte, ¡es inaudito!

—¿Pero es que a ti te parece justo lo que están haciendo con esas personas? —le espetó con rabia—. Tú precisamente, que me ayudaste a sacar a Leopold de Les Milles y que sabes lo mucho que sufrió allí.

—Maldita sea, siempre tienes que sacar a relucir a Leopold, como si él hubiera sido la única persona en el mundo que pasó por una situación dramática.

—¿Una situación dramática? —Rio con desdén—. Lo mataron, Frank. Lo asesinaron frente a nuestra casa, igual que a su compañero Pawlak. Y a tantos y tantos otros. ¿Y cuál fue su crimen? ¡Ninguno! ¡Ninguno, Frank!

—Quizá debería haberse quedado en Les Milles hasta que acabara la guerra —replicó, cáustico.

—No puedo creer que hayas dicho eso… —repuso, dolida.

—Bueno, quizá ahora aún estaría vivo.

Rebecca apartó la mirada. En el tiempo que había transcurrido desde entonces, ella había pensado en eso mismo en multitud de ocasiones. ¿Aún seguiría Leopold con vida si no hubiera huido del campo de prisioneros? ¿Si no hubiera ido a buscarla?

—Mañana escribirás una nota de disculpa a los Steiner —añadió Frank.

—No pienso hacer tal cosa.

—Oh, ya lo creo que sí. Me has avergonzado y te has comportado como una malcriada, así que tendrás que arreglarlo. Y te disculparás también con mis padres.

—¿Tengo que pedir perdón por decir la verdad? —inquirió con sarcasmo.

—Tienes que pedir perdón por la forma en que has actuado, independientemente de que tengas o no la razón.

Rebecca apretó los labios con fuerza. Era consciente de que su exabrupto había sido desmedido, pero Frank más que nadie sabía lo que ella pensaba sobre el asunto, y que no se hubiera molestado en apoyarla, o en tratar siquiera de tranquilizarla, la había herido.

—Será mejor que esta noche duerma en una de las habitaciones de invitados —propuso su marido—. Estás demasiado alterada.

—Sí, buena idea —convino, sin mirarlo siquiera.

En su fuero interno, le agradeció no haber tenido que ser ella quien se lo pidiera. En ese momento, solo quería estar a solas.

El sofocante calor de julio le pegaba el vestido a la piel, aunque Rebecca sabía que la fina película de sudor que cubría su espalda no se debía solo a las elevadas temperaturas.

—¿Estás nerviosa? —le preguntó Rita, que caminaba a su lado.

—Mucho —contestó con una sonrisa tímida.

—El doctor Reynolds es un médico excelente. —La tomó del brazo con confianza, intentando transmitirle algo de tranquilidad.

Rebecca había decidido acudir a un profesional para que confirmara lo que ella ya sabía: que estaba embarazada. Había pedido ayuda a Rita, porque no se fiaba del doctor Willoby, el médico de la familia Stapleton. Sospechaba que, en cuanto conociera su estado, se lo haría saber de inmediato a sus suegros, antes incluso de que ella hubiera tenido oportunidad de contárselo a Frank. A ese Frank con el que hacía casi tres semanas que apenas se hablaba.

Después de la discusión de aquella noche, él se mostraba distante, tanto como ella, y habían comenzado a dormir en habitaciones diferentes. Sabía que existían muchas parejas que no compartían el lecho, pero jamás habría creído que la suya sería una de ellas. Echaba de menos la presencia de su marido a su lado: la reconfortante calidez de su cuerpo y el modo que tenía de despertarla con suaves besos sobre los párpados y la punta de la nariz.

Rebecca se había disculpado, primero con los Steiner y los Douglas a través de sendas notas en las que se había visto obligada a tragarse su orgullo, y luego con sus suegros, una situación tan humillante que aún le escocía. Gill Stapleton la había tratado de forma condescendiente, haciendo alusión al carácter excesivamente sensible de las mujeres, y ella había tenido que morderse la lengua para no soltarle una réplica mordaz. Desde entonces había asistido a otras dos veladas en su casa, y en ambas se había mostrado especialmente comedida y apenas había pronunciado palabra. Sin embargo, la relación con Frank no había mejorado de forma sustancial. Intuía que él aguardaba a que ella diera el primer paso, solo que todavía no estaba preparada.

—¿Y qué opina Frank de que acudas a un doctor de Brooklyn? —le preguntaba Rita en ese momento—. En Manhattan debe haber médicos excelentes.

—No lo sabe.

—¿Qué? ¿Por qué no?

—Quiero estar segura antes de decírselo.

—Claro…

Rita no conocía a su marido en persona, aunque Rebecca le había hablado de él en alguna ocasión, sin extenderse demasiado.

—Soy afortunada de contar con una amiga como tú —le dijo—. Y te agradezco mucho que hayas solicitado permiso en tu trabajo para acompañarme.

Tras el cierre del CDAAA —con la entrada de Estados Unidos en la guerra se volvió innecesario—, Rita había encontrado empleo como secretaria en una modesta empresa de remaches.

—Las mujeres deberíamos apoyarnos, siempre y en cualquier circunstancia. La vida ya es lo bastante dura como para que no podamos contar las unas con las otras.

—Estoy de acuerdo con eso —asintió, enérgica.

Caminaron en silencio a lo largo de una manzana. Rebecca miró de reojo a su amiga. No disponían de muchos momentos a solas y consideró que aquella era una buena oportunidad para preguntarle algo que llevaba tiempo rodándole la mente.

—Nunca hablas de tu familia.

—No hay mucho que contar. —Rita meneó la cabeza, sin mirarla—. Mi padre murió cuando yo tenía doce años y al cumplir los catorce mi madre se casó con un hombre de su iglesia.

Una de esas personas tan obsesionadas con la religión que todo lo que haces, piensas o dices es pecado, ya sabes de qué tipo de individuos hablo.

—Por supuesto —contestó, aunque en realidad no tenía ni idea. Nunca había conocido a nadie con una fe tan profunda ni tan tergiversada.

—Era insoportable, así que me marché de allí en cuanto pude y me vine a Nueva York, y aquí sigo desde entonces.

—¿Y no has vuelto a saber de ellos?

—Mi madre me escribe una o dos veces al año, y yo igual.

—¿Viven muy lejos?

—Kansas.

—¿Y no has pensado en volver? ¿O en hacerles una visita al menos?

—Nunca me ha invitado a hacerlo.

—Seguro que te echa mucho de menos.

—Lo dudo. Está demasiado ocupada con mis nuevas hermanas, a las que ni siquiera conozco.

Pronunció su última frase con fingida indiferencia, aunque a esas alturas Rebecca la conocía ya lo suficiente como para saber que el tema era doloroso.

—Pues no saben lo que se pierden, tienen una hermana mayor estupenda.

Rita apretó los labios e hizo un movimiento con la cabeza, como si quisiera enfatizar su afirmación.

—¿Qué vas a hacer si…, ya sabes…, si estás embarazada? —le preguntó su amiga casi a continuación.

—¿Hacer? —Rebecca ralentizó el paso y la miró.

—Bueno…, ¿volverás por aquí?

—¡Por supuesto! —le aseguró, vehemente—. Pienso continuar colaborando en lo que pueda, al menos hasta que esté tan gorda que ya no pueda moverme.

—Entonces podrás cruzar el puente de Brooklyn rodando, llegarás más rápido —bromeó su amiga.

—Lo tendré en cuenta cuando llegue el momento —comentó en el mismo tono.

—Espero que Frank piense como tú. —La voz de Rita sonaba seria de nuevo.

—¿Qué?

—Ya sabes, hay maridos que no permiten que sus mujeres realicen ninguna actividad que pueda suponer un riesgo para el bebé —contestó con un mohín—. Quizá el tuyo sea uno de esos.

—¿Cuidar de un huerto ya plantado es una actividad arriesgada? ¿Charlar con los ancianos? ¿Ocuparme de los niños?

—Bueno, reconoce que los dos pequeños de la señora Bogdan son extenuantes. —Su amiga chasqueó la lengua.

—Cierto, me había olvidado de ellos.

—Bien, pues me alegro, porque odio que haya mujeres que permitan que sus esposos controlen sus vidas hasta extremos absurdos. —La miró de reojo—. No digo que sea tu caso, pero...

—No es mi caso —la interrumpió con suavidad, al tiempo que se preguntaba si su afirmación era realmente cierta.

—Sea como sea, llevas a cabo un excelente trabajo aquí. —Rita apretó de nuevo su brazo, en esta ocasión con afecto—. No sé qué haríamos sin ti.

—Eres una exagerada, pero agradezco tus palabras. —Cubrió la mano de Rita con la suya—. Aunque en realidad sois vosotros los que me ayudáis a mí, de formas que ni siquiera podéis imaginar.

—Creo que será mejor que cambiemos de tema —comentó Rita con la voz ronca—, o tendremos que explicarle al doctor Reynolds por qué hay dos mujeres llorando frente a su puerta.

El médico había terminado confirmando su embarazo, algo que no la sorprendió. Se echó a llorar en cuanto se lo dijo y Rita la abrazó durante largo rato. Ni siquiera sabía por qué lloraba. O mejor dicho, sí lo sabía, pero le dolía reconocerlo. Siempre había imaginado que sus hijos, si algún día se planteaba tenerlos, serían de ella y de Leopold, de quien heredarían el cabello rubio, los ojos claros y un talento infinito.

Tras lograr controlar sus emociones, enumeró mentalmente las muchas virtudes de su marido, que estaba convencida que sería un buen padre. Las palabras de Rita, sin embargo, volvieron a ella en multitud de ocasiones en los siguientes días, mientras buscaba el momento adecuado para comunicarle a Frank las buenas nuevas. ¿La obligaría a quedarse en casa? ¿Se convertirían él o, aún peor, su suegra en una especie de cuidadores a tiempo completo que le impedirían salir sin supervisión? No estaba dispuesta a renunciar a su trabajo, aunque no fuese remunerado, y no lo haría a menos que su salud o la del bebé corrieran peligro. El médico le había comentado que no existía ningún impedimento para que continuara llevando una vida normal, al menos hasta la recta final, en la que se movería con torpeza y se sentiría demasiado pesada como para realizar las tareas cotidianas. No obstante, no podía dilatar el momento de forma indefinida, sobre todo porque su cuerpo había comenzado ya a redondearse en algunas zonas y, si no fuera porque dormían separados, se habría dado cuenta. Pronto resultaría tan evidente que sería imposible ocultarlo.

A finales de julio todavía no había tomado una decisión, en buena parte porque su marido estaba tan ocupado que apenas dormía en casa y viajaba con mucha frecuencia, primero a Akron (Ohio), donde varias empresas de neumáticos experimentaban con el caucho sintético, y luego a New Jersey, donde los Stapleton estaban construyendo una fábrica para su producción en masa.

Un fuerte dolor en la zona lumbar la despertó en mitad de la noche, un dolor que de inmediato se dejó sentir en la parte baja del vientre, como un rayo que la estuviera partiendo en dos. Rebecca abrió los ojos, alarmada, y se llevó las manos a la zona, mientras trataba en vano de reprimir otra ardiente punzada. Se bajó de la cama con el cuerpo medio doblado y se dirigió al cuarto de baño. Un fino hilo de sangre oscura le bajaba por la pierna y se asustó tanto que comenzó a gritar el nombre de

Frank, aunque ni siquiera sabía si estaba en casa. Tras cenar a solas se había acostado temprano y no lo había oído llegar.

Las lágrimas comenzaron a resbalar por sus mejillas al tiempo que se sujetaba el vientre, en un intento por mantener a salvo a la criatura que crecía en sus entrañas. Gritó de nuevo, aún más fuerte, y el dolor la hizo caer de rodillas sobre el charco que se había formado a sus pies. Así la encontró su marido, que se asomó a la puerta con el cabello revuelto y los ojos hinchados, unos ojos que se abrieron con estupor al verla tirada en el suelo.

—¡Rebecca! —exclamó, al tiempo que se arrodillaba a su lado y la tomaba entre sus brazos—. Rebecca, cariño, ¿qué ocurre?

—Lo he perdido, Frank. —Lloraba—. Lo he perdido.

—¿Qué? —La miró sin comprender—. ¿Qué es lo que has...?

De repente se calló. La contempló, y luego la sangre que le bajaba por las piernas y sobre la que se había arrodillado sin darse cuenta.

—Oh, por Dios santo —musitó—. No te muevas, iré a pedir ayuda.

—¡No! —Él se había puesto en pie, y ella estiró el brazo en su dirección—. No me dejes.

—Cariño..., tengo que llamar a una ambulancia —le dijo, de nuevo junto a ella. Le acarició el cabello, húmedo y pegado al cráneo, y la besó en la frente con tal devoción que Rebecca volvió a llorar—. Te pondrás bien, ya lo verás. Te pondrás bien...

Y luego salió del cuarto de baño, mientras Rebecca se retorcía en un nuevo espasmo que la dejó totalmente agotada.

Solo había pasado veinticuatro horas en el hospital, aunque le parecieron muchas más. Frank no se había retirado de su lado en ningún momento, sujetándole la mano y limpiándole el rostro con una toalla húmeda. No hubo ningún reproche por su parte, ni mencionó el hecho de que ella no le hubiera comentado que estaba embarazada; solo tuvo palabras de ánimo y consuelo, lo que aún la hizo sentir peor. Tampoco la dejó sola cuando al fin regresaron a casa, y la ayudó a acostarse.

—Lo siento... —balbuceó ella.

—No tienes nada que sentir —le aseguró mientras la arropaba, aunque no la miró a los ojos—. Estas cosas pasan, no son culpa de nadie.

—Siento no habértelo dicho antes.

Entonces sí la miró, con sus ojos grises nublados de pena y culpa.

—Soy yo quien lo siente. —La besó en la punta de la nariz y tomó asiento a su lado—. Lamento haber estado tan enfadado y tan ausente, y demasiado ocupado para darme cuenta de lo que pasaba.

—Quise decírtelo tantas veces...

—Shhh. —Posó el dedo índice sobre sus labios—. Solo prométeme que no volveremos a pasar tanto tiempo enfadados y sin hablarnos —le rogó—. Yo, por mi parte, haré todo lo posible para que así sea. Tendremos nuestras diferencias, como todos los matrimonios, pero aprenderemos a lidiar con ellas.

—Te lo prometo...

—Bien, porque odio dormir lejos de ti. —Sonrió, aunque a ella se le antojó una sonrisa triste—. Te he extrañado todas las noches.

Le acarició la mejilla con ternura y Rebecca cerró los ojos para disfrutar del contacto de su piel.

—Ahora descansa —le dijo.

—No te vayas. Túmbate aquí, a mi lado. —Él pareció mostrarse dubitativo—. A no ser que tengas que marcharte ya.

—No, no hay nada que tenga que hacer más importante que estar con mi mujer.

Dio la vuelta a la cama, se quitó los zapatos y se tumbó a su lado. Rebecca se pegó a su cuerpo y recostó la cabeza sobre su pecho, mientras él le acariciaba el cabello.

Había perdido al bebé. Frank tenía razón en que esas cosas pasaban, pero ella se preguntó si de algún modo no tenía la culpa de lo sucedido. No recordaba haber realizado ningún tipo de esfuerzo ni en su casa ni en Brooklyn, a donde había ido justo el día anterior. Quizá había algo mal dentro de ella. Sin poder evitarlo, su mente la llevó a la habitación del sanatorio de Santander, y se vio a sí misma sufriendo aquellas atroces convulsiones y sintiendo aquel calor abrasador que le quemaba las entrañas.

¿Y si el doctor Romero había eliminado cualquier posibilidad de que pudiera ser madre?

38

Frank no se separó de Rebecca durante la primera semana y fue como volver a sus inicios, a aquellos primeros días en Nueva York en la que toda la ciudad era un nuevo lugar por descubrir. Luego, cuando tuvo que regresar al trabajo, la llamaba varias veces al día. A ella nunca le había gustado mucho utilizar el teléfono, ya que las voces le resultaban artificiales, pero en aquellos momentos deseó que alguien hubiera inventado ya el modo de poder realizar llamadas intercontinentales, porque le habría encantado poder hablar también con su madre y sus hermanos.

A petición suya, Frank no le había comentado nada a sus padres, y Rebecca lo prefería. La idea de tener a Florence Stapleton a su alrededor durante todo el día era superior a sus fuerzas. Poco a poco la situación se fue normalizando y, un par de semanas después del incidente, parecía como si nada hubiera ocurrido. Regresó a su trabajo en Brooklyn, donde Rita, a quien había llamado brevemente para contarle lo sucedido, la recibió con un fuerte abrazo.

—Podrías haberte tomado más tiempo para descansar —le dijo.

—¿Más? ¿Para qué? —Encogió los hombros—. Solo pasé unas horas en el hospital, no fue tan grave. Y necesito hacer algo, sentirme útil otra vez.

—Pues has venido al sitio indicado. —Rita le dio una palmadita en el brazo—. Estamos de nuevo desbordados.

—Por favor, dime que no me tocan otra vez los niños de la señora Bogdan —bromeó.

—Eh…, no. —Su amiga se puso seria de repente—. Su marido murió en el Pacífico hace un par de semanas y ella se marchó ayer con los niños a Idaho, con su familia.

—Oh, Dios.

Rebecca se dejó caer sobre una de las sillas del pequeño apartamento de Rita. A veces olvidaba que se estaba librando una guerra y que lo que hacía no era simplemente el pasatiempo de una adinerada y ociosa mujer. Miles de hombres se habían alistado de forma voluntaria para luchar por su país, incluso personajes famosos como los actores James Stewart y Clark Gable, y otros muchos habían sido reclutados porque el ejército necesitaba soldados desesperadamente. Multitud de mujeres también se habían presentado voluntarias en el recién creado Women's Auxiliary Army Corps (WAAC), el Cuerpo Auxiliar Femenino para el Ejército, para trabajar como mecanógrafas, operadoras de radio, conductoras, analistas y un largo etcétera de profesiones, y liberar así a los hombres para que estos pudieran ir al combate, algo que a ellas les estaba vedado. Rebecca estaba convencida de que con el tiempo llegarían a desempeñar papeles de mayor relevancia y, aunque ella no formara parte de ese grupo, se sentía orgullosa de esas mujeres.

—Las que libramos la guerra en casa también somos importantes —afirmó Rita cuando compartió con ella esos pensamientos—. Trabajamos en las fábricas, cultivamos alimentos, cuidamos de sus familias… En definitiva, mantenemos el país en marcha.

—Sí, pero…

—No, no hay ningún «pero». Tu trabajo también es valioso. Nuestro trabajo es valioso. Nunca lo olvides.

—No lo haré —le prometió, con un movimiento enérgico de la cabeza.

A veces tenía la sensación de que su amiga, que era tres años menor que ella, era la más adulta de las dos. En su tiempo libre se empleaba a conciencia en todo lo que hacía y parecía estar en mil sitios a la vez. Nunca había visto a una persona trabajar tanto y con tanto espíritu de combate como Rita Welsh. Por desgracia, jamás habría ninguna medalla para ella, ni para los miles de mujeres que igual que Rita se esforzaban cada día para que la guerra finalizara cuanto antes.

Rebecca se preguntó cuántos héroes anónimos más habría en el mundo luchando por un mismo fin.

No tendría que haber aceptado la invitación de Rita, pensaría esa noche, mucho más tarde. Después de meses colaborando juntas, y con la incipiente llegada de la Navidad, su amiga le había propuesto una salida nocturna con sus dos compañeras de piso, Mary Lou y Connie. Pensaban acudir a un local de Brooklyn donde actuaba un grupo que imitaba a The Andrews Sisters, el famoso trío de hermanas cantantes que sonaban continuamente en la radio y que, según la prensa, no paraban de visitar hospitales y bases del ejército para animar a los soldados. No era la primera vez que la invitaban, pero hasta ese momento nunca había aceptado, y si lo hizo esa noche fue porque Frank estaba de viaje y no regresaría hasta el día siguiente. La idea de disfrutar con sus amigas de unas copas, algo de música y quizá algún baile le apeteció tanto que aceptó sin dudarlo. Y la noche fue magnífica, mucho mejor de lo que esperaba. Se había divertido mucho y regresó a su apartamento en Park Avenue ebria de felicidad, aunque apenas había probado el alcohol. La euforia se disipó de inmediato cuando entró en el salón y vio a Frank sentado en la penumbra.

—Son casi las tres de la mañana —le dijo, en tono seco.

—¡Frank! —Quiso ir hacia él para darle un abrazo, pero su rígida postura se lo impidió.

—¿Dónde has estado? Y no me digas que paseando, porque esa es la excusa que me dan las criadas cada vez que te llamo y no te encuentro en casa.

—Eh...

—¿Tienes una aventura?

—¡¿Qué?! ¿Pero qué...?

—¡¿Tienes una aventura?! —volvió a preguntar, esta vez en un tono mucho más alto.

—¡Claro que no! Por Dios, Frank, ¿cómo puedes pensar tal cosa?

—¿Quizá porque pasas mucho tiempo fuera de casa y vuelves casi de madrugada? —ironizó—. ¿Cuántas noches sales? ¿Todas las que yo estoy de viaje por trabajo?

—¡No! —Se sentó en una butaca frente a él, o más bien se dejó caer—. En realidad... esta ha sido la primera vez.

—Vaya, qué casualidad —comentó, cáustico.

—Te lo juro, Frank. Las chicas siempre me invitan y yo siempre me niego, pero...

—¿Chicas? —la interrumpió—. ¿Qué chicas?

—Mis... amigas.

—¿Tienes amigas? —Se mostró sorprendido—. ¿Del club de campo? Creí que no te caían bien.

—Eh..., no. De... —Carraspeó—. De Brooklyn.

—¿Brooklyn? —volvió a alzar la voz—. ¿Has estado en Brooklyn?

—Sí.

—¿Pero es que has perdido el juicio? —bramó al tiempo que se ponía en pie.

Rebecca siempre había sabido que ese momento debía llegar tarde o temprano, pero había imaginado una conversación mucho más distendida y en unas circunstancias menos adversas. Que él hiciera alusión a su estado mental le escoció en lo más hondo, pero decidió obviarlo dada la situación. Era normal que se sintiera ofendido, a fin de cuentas llevaba más de un año mintiéndole acerca de sus salidas.

—Si me dejas explicártelo... —comenzó, sin perder la calma.

—Más vale que sea una buena explicación, Rebecca —le espetó—, porque ahora mismo no estoy de humor para una de tus tonterías.

Su comentario volvió a ofenderla y, una vez más, optó por hacer caso omiso y comenzó a explicarle cómo había comenzado todo aquello. Al principio, él la escuchó todavía en pie, pero acabó por sentarse hasta que finalizó su explicación, que para su sorpresa no interrumpió ni una sola vez.

—¿Me estás diciendo que llevas más de un año viajando a Brooklyn varias veces a la semana? —inquirió, irritado.

—¿Eso es lo único que has sacado en claro? —replicó en el mismo tono.

—Lo que he sacado en claro es que llevas mucho tiempo ocultándome algo que debería haber sabido desde el principio. —Su mirada se endureció tanto que Rebecca creyó que eran los ojos de Gill Stapleton los que la contemplaban.

—Supuse que no te gustaría.

—Supusiste bien.

—Pero... ¡lo que hago es importante!

—No lo pongo en duda, pero si querías hacer algo para ayudar no era necesario que te fueras tan lejos —apuntó—. Seguro que mi madre te habría ayudado a organizar alguna fiesta benéfica para vender bonos de guerra, o algo parecido.

—Claro, cómo no —ironizó—, una fiesta de la alta sociedad con canapés, una buena orquesta y joyas por valor de varios millones de dólares.

—Así es como se hacen las cosas entre nosotros.

—¿Nosotros? —preguntó, con una ceja alzada.

—La clase social a la que perteneces.

—No, es a la que perteneces tú.

—Eres mi mujer. Y tu familia siempre ha formado parte de la misma élite.

—Cierto, y esa fue la principal razón por la que me marché de Inglaterra y acabé en París.

Frank le dirigió una mirada torva antes de continuar.

—Te prohíbo que vuelvas a Brooklyn —le ordenó al fin—. A saber con qué clase de personas te estás relacionando y en qué ambientes te mueves.

—Eres un esnob, Frank —replicó—. Son personas tan decentes y trabajadoras como tú, que colaboran en lo que pueden para que esta guerra acabe cuanto antes.

—Me da igual, no volverás a Brooklyn.

—Oh, ya lo creo que lo haré —afirmó, rotunda.

—No...

—Soy tu esposa, Frank, pero no soy de tu propiedad —replicó—. Te guste o no, voy a continuar con lo que estoy haciendo.

Rebecca le sostuvo la mirada con toda la fuerza de su determinación asomando a sus ojos. No iba a consentir que él le arrebatara lo único que daba auténtico sentido a su vida, y él debió comprenderlo también, porque la sorprendió con sus siguientes palabras.

—Una vez a la semana.

—¿Qué?

—Solo irás un día a la semana —repitió—, y haré que uno de mis empleados te lleve y te espere hasta que termines.

—Soy muy capaz de ir sola hasta allí —masculló—, y no necesito niñera.

—Oh, ya lo creo que sí. Si has decidido comportarte como una niña, te trataré como tal.

—¿Eso es lo que piensas de mí? —preguntó, dolida por sus últimas palabras.

—Bueno, teniendo en cuenta que me has ocultado tus salidas todos estos meses, y que te has arriesgado de forma innecesaria para hacer algo que bien podrías haber hecho aquí, ¿no crees que estoy en lo cierto?

No, ella no lo creía, pero decidió no contestar. De repente, tuvo la sensación de que había regresado a sus primeros años de juventud, cuando debía lidiar con su padre para obtener pequeñas victorias como aquella. Y la sensación le dejó un regusto amargo en los labios.

Su «niñera» se llamaba George Rinaldi y era un hombre de origen italiano, estatura media y complexión delgada. Tenía el cabello tan oscuro que parecía artificial, y unos ojos a juego que no parecían reflejar ningún tipo de emoción. Acudió a buscarla al volante de un automóvil sencillo y la condujo a donde ella le indicó, sin intercambiar ni un par de palabras de cortesía. Hasta los taxistas hablaban más que él.

Tras dejarla en su destino, permaneció en el interior del coche, observándola a ella y a todo lo que se movía a su alrededor, como si aguardara la aparición de alguna amenaza de un momento a otro.

Rebecca se aproximó a Rita, que fumaba apoyaba en el muro de uno de los edificios. Las volutas de humo y vapor salían disparadas de sus labios. A sus pies, se extendía una fina capa de nieve sucia.

—¿Y ese quién es? —le preguntó su amiga.

—Eh…, una especie de guardaespaldas —contestó Rebecca, más avergonzada de lo que pretendía.

—¿Qué? —Rita miró hacia el automóvil—. ¿Por qué? ¿Estás en peligro? ¿Qué ha pasado?

—La otra noche Frank descubrió lo que hago aquí.

—¿Cómo? —La miró con asombro—. ¿Es que aún no se lo habías dicho?

—Yo… esperaba el momento adecuado.

—Cuando la guerra hubiera terminado, imagino —bromeó.

—Más o menos —confirmó con una mueca.

—Y deduzco que tus salidas no le han gustado ni un pelo. —Rita volvió a mirar hacia el automóvil—. Deja que adivine, piensa que a una dama como tú no se le ha perdido nada en un barrio obrero de Brooklyn.

—Podrías ganarte la vida como pitonisa.

—Ya…

Rita chasqueó la lengua, como si fuese a decir algo y en el último momento se lo hubiera pensado mejor.

—¿Qué? —le preguntó.

—Nada.

—Rita…

—Es solo que… En fin, no me has contado mucho de tu vida, pero siempre he tenido la impresión de que eras una mujer fuerte, con carácter, una de esas personas que jamás consentirían que un hombre les dijera lo que pueden o no pueden hacer.

—Lo soy —afirmó—. Lo era…

Rita la miró con una interrogación en la mirada.

—Es complicado —aclaró Rebecca—. Le debo mucho a Frank.

—No sé si ese es motivo suficiente. —Tiró el cigarrillo al suelo y lo pisó con la punta del zapato, un gesto que a ella siempre le había resultado de lo más sexy—. Espero que al menos te haga feliz.

Su amiga entró en el edificio y Rebecca la siguió tras echar un rápido vistazo al hombre del coche. ¿Era feliz? Hacía tiempo que ni siquiera pensaba en ello. Recordaba haber sido feliz en otro tiempo, en otra vida, cuando Leopold estaba a su lado y todo parecía mágico y luminoso.

Con cierto pesar, se dio cuenta de que no había vuelto a sentirse así desde aquella época en Saint-Martin. Desde entonces se había limitado a existir.

A sobrevivir.

39

El año 1943 comenzó con buenas noticias para los Aliados. Después de que los alemanes fueran derrotados en El Alamein el noviembre anterior, se retiraran de Egipto y, con ello, renunciaran a sus pretensiones de controlar el canal de Suez, les llegó el turno a los soviéticos de asestar un duro golpe a las aspiraciones de Alemania, al obligar a los nazis a rendirse tras varios meses de enfrentamientos en Stalingrado. Por primera vez desde el inicio de la guerra, parecía adivinarse una luz al final del túnel, aunque el recorrido hasta alcanzarla se intuía tan largo como complicado.

La situación «en casa», sin embargo, apenas varió. Casi todos los aspectos de la vida cotidiana se habían visto influenciados de una u otra forma por la que ya era conocida como la Segunda Guerra Mundial. Existían cartillas de racionamiento para muchos productos básicos, así como un rígido control de precios y salarios, y en los últimos meses se habían sucedido pequeños cambios en el día a día que casi pasaban desapercibidos. En las cajetillas de cigarrillos Lucky Strike, por ejemplo, que Rita fumaba con pasión, se había reemplazado el color verde característico por un blanco níveo con un círculo rojo y el eslogan «El Lucky Strike verde se ha ido a la guerra», que se había hecho muy popular. Según le había explicado Frank, el verde con el que la compañía tabaquera había pintado sus cajetillas hasta entonces se elaboraba con cromo, que en ese momento era necesario para el esfuerzo bélico. La moda también se había visto afectada. Ahora resultaba extremadamente difícil comprar, por ejemplo, un vestido de seda para acudir a una fiesta, porque la seda se utilizaba para la fabricación de paracaídas. Del mismo modo, las faldas y las chaquetas se habían acortado unos centímetros para utilizar menos tela en su confección y el nailon estaba tan restringido que era imposible conseguir un par de medias fuera del mercado negro.

El conflicto había alcanzado también a la industria del entretenimiento. En los deportes, ya no se celebraban carreras de automóviles como las 500 Millas de Indianápolis, y circulaba el rumor de que se estaba creando una liga de béisbol femenina, ya que gran parte de los jugadores de la Major League estaban luchando en el frente. Muchas de las películas que se estrenaban en los cines tenían un elevado componente bélico y era habitual que antes del pase se emitiera un cortometraje de dibujos animados de Disney o de Warner Bros, cuyos personajes parodiaban el régimen nazi o animaban a la compra de bonos de guerra.

Rebecca aceptaba esos cambios con la misma resignación que los demás, e incluso con el orgullo de saber que, aunque fuera a pequeña escala, ella también contribuía al esfuerzo común. Con la ayuda de su suegra Florence, había organizado un par de fiestas para recaudar fondos, como le había sugerido Frank, y continuaba trabajando en Brooklyn. George Rinaldi, después de todo, resultó ser una gran ayuda. Tras haber sido rechazado en el ejército por un problema de corazón, según le contó cuando adquirieron más confianza, se unió al grupo de voluntarios de Brooklyn con entusiasmo, dispuesto a aportar su granito de arena en la lucha contra el fascismo. Se dedicaba a las tareas más pesadas, como desmontar las vallas que delimitaban los jardines —las que aún quedaban en pie— o cargar con los objetos voluminosos. Debía de haber entregado informes favorables sobre lo que Rebecca hacía allí porque, cuando llegó la primavera, Frank no puso ninguna objeción cuando ella sugirió acudir con más frecuencia para la siembra o la recolección de los productos en los jardines de la victoria.

Aunque su marido se mantenía tan ocupado como siempre, desde su última discusión acostumbraba a sorprenderla de tanto en tanto con algún plan para que pasaran tiempo juntos. Habían ido al cine a ver *Casablanca*, y tuvo que consolarla cuando Rebecca se emocionó con el final de la película. También la había llevado a cenar y a bailar, incluso a un pícnic en Central Park. En esos momentos, tenía la sensación de que volvía a ser el hombre al que había conocido en París, a pesar de que aquella etapa de su vida parecía haber quedado definitivamente atrás. No mantenía contacto con nadie de aquella época. Desconocía las señas de Blanche en México, igual que las de Louis y Camille en Suiza. Solo recordaba las de Armand, pero le apetecía tan poco escribirle que terminó por borrarlas de la memoria. Hasta logró olvidarse de cómo había sido ella en aquellos tiempos, cuando la pintura parecía ser lo único importante en su vida. La pintura y Leopold.

Los pinceles yacían olvidados en aquel cuarto de Park Avenue que nunca llegó a remodelar del todo, igual que los cuadernos y los lápices con los que intentó volver a escribir, sin éxito. En un rincón, cubierto por un trozo de sábana, todavía aguardaba el cuadro inacabado cuya ejecución había interrumpido Frank aquella noche ya lejana. Tenía la sensación de que toda su creatividad se había secado desde entonces y que aquellas insulsas postales que pintó para el grupo de Rita habían sido su última aportación al mundo del arte. A veces, aún reunía el coraje suficiente como para sentarse frente al lienzo a medio terminar, a la espera de que alguna musa despistada decidiera posarse sobre su hombro, pero al final se levantaba de allí con las piernas doloridas tras varias horas abstraída en no sabía qué, con las manos tan limpias como al sentarse y la tela igual de incompleta.

Quizá era la guerra, se decía a menudo. La preocupación constante de que les ocurriera algo a sus seres queridos, o de que el conflicto acabara por alcanzar las costas estadounidenses y se extendiera como un incendio. Pero tanto su familia como sus amigas estaban bien, a juzgar por las cartas que le llegaban de tanto en tanto, y la guerra no tenía visos de trasladarse a suelo americano.

Su vida se había reducido a su papel como esposa y a las horas que pasaba en Brooklyn. Lo mismo organizaba una cena para algún socio de su marido que arrancaba malas hierbas de algún jardín, igual salía con su suegra a comer o de compras que se hacía cargo del cuidado de niños ajenos que le recordaban el vacío de su propio vientre.

Iba pensando en eso mismo una noche de abril, cuando Frank y ella regresaban de casa de sus suegros, cuando cayó en la cuenta de algo. Ni Florence ni la señora Douglas habían vuelto a mencionar el hecho de que aún no tuvieran hijos.

—Le contaste a tu madre lo del aborto, ¿verdad? —preguntó a bocajarro, pero sin acritud.

Frank, que conducía muy concentrado, volvió la cabeza hacia ella, sorprendido.

—¿Qué te hace pensar eso?

—Que no haya vuelto a hacer alusión al tema.

—Ya… —Lo vio apretar los labios unos segundos—. Tuve que hacerlo. Sé que te dije que no lo haría, pero cada vez que nos veíamos me preguntaba si todo iba bien. Temía que acabara por dirigirse a ti directamente y…

—Está bien. —Apoyó la mano en su rodilla, y él se apresuró a cubrirla con la suya.

—Lo siento, cariño. No quería que te hiciera sentir mal. Le pedí que no te dijera nada.

—No lo ha hecho.

—Bien. —Lo vio relajar los hombros y luego mirarla con una disculpa en los ojos—. ¿Me perdonas?

—Hummm —murmuró ella en tono ligero—. Creo que vas a tener que compensarme por haber roto tu promesa.

Frank rio, entre alegre y aliviado.

—Cuenta con ello —le aseguró.

Cuando Italia se rindió a los Aliados el 8 de septiembre de ese año, Frank y Rebecca estaban inmersos en su propia celebración. Rebecca volvía a estar embarazada y, esta vez, había informado a su marido de inmediato, en cuanto tuvo la primera sospecha. Él mismo la acompañó al médico, que se apresuró a confirmarles la buena nueva.

—Imagino que no querrás hablar del tema —le dijo Frank una vez regresaron a casa—, pero me gustaría que te plantearas la posibilidad de reducir tus horas de trabajo en Brooklyn. Ya sé que...

—De acuerdo —se apresuró ella a contestar.

—¿Sí? —parecía extrañado.

—Yo también quiero que esta vez salga bien. No creo que lo que hago allí represente ningún peligro para nuestro bebé, a fin de cuentas no realizo ninguna tarea pesada, pero nunca está de más tomar precauciones.

Frank se aproximó a ella y la besó con ternura.

—Todo irá bien, ya lo verás —le dijo al tiempo que le acariciaba la mejilla.

Ella se llevó la mano al vientre, que apenas sobresalía, y se prometió a sí misma hacer cuanto estuviera en su mano para que su hijo llegara al mundo sano y salvo. Quizá era su última oportunidad para volver a sentirse completa de nuevo.

Hay promesas que no se pueden cumplir, por más empeño que pongamos en ello. Tal y como había asegurado, Rebecca redujo tanto el número de días que acudía a Brooklyn como la cantidad de horas que pasaba allí. Rita lo entendió perfectamente e incluso le propuso tomarse un prolongado descanso, pero ella se negó. Tampoco tenía intención de pasarse el día en casa tumbada y estaba convencida de que un poco de ejercicio ligero no la perjudicaría.

Frank la mimaba como nunca antes lo había hecho. Pasaba más tiempo en casa, le hacía masajes en los pies cuando estos se hinchaban, le proporcionaba cualquier capricho que se le antojara —le dio por comer pepinillos encurtidos, tan populares en Estados Unidos, y que a ella nunca le habían gustado demasiado— y la llamaba varias veces al día cuando se ausentaba por trabajo. Estaba allí cuando el bebé comenzó a dar sus primeras patadas, en el quinto mes de embarazo, mientras el mundo estrenaba el nuevo año. Y también se encontraba con ella cuando, a mediados de enero de 1944, Rebecca empezó a sentir unos dolores atroces.

Se había levantado extraña esa mañana, más cansada de lo habitual y con molestias en el vientre. Lo achacó a que el bebé había cambiado de posición, pero, a medida que transcurrieron las horas, la incomodidad acabó convirtiéndose en algo mucho peor. Con el rostro lívido, le pidió a Frank que la llevara al médico, rezando para que aquello no fuera un nuevo aborto. El embarazo ya estaba bastante avanzado, no podía perder aquel bebé.

En el coche, mientras su marido esquivaba como un loco los demás vehículos, Rebecca se retorcía de dolor sobre un charco de su propia sangre mezclada con un líquido viscoso. Frank, totalmente desquiciado, decidió llevarla directamente al hospital, lo que, según le dijeron más tarde, le salvó la vida. Allí se hicieron cargo de ella de inmediato y, mientras la trasladaban en camilla a algún lugar desconocido, solo escuchaba la voz de uno de los médicos gritando que no podía parar la hemorragia. Entonces perdió el conocimiento.

Cuando despertó, Rebecca no reconoció el lugar donde se encontraba y, durante un breve lapso de tiempo, llegó a pensar que había regresado a la clínica del doctor Romero. Quizá porque las paredes de la habitación estaban pintadas de verde, aunque en un tono mucho más pálido. Luego vio a Frank dormitando en una butaca y recordó todo lo que había sucedido. Se llevó una mano al vientre, aunque sabía de sobra que allí ya no había nada. Nada en absoluto.

Una lágrima silenciosa se deslizó por su mejilla y volvió a

cerrar los ojos. Se sentía cansada, exhausta, y le dolían todos los músculos del cuerpo. Abrió los párpados de nuevo y se encontró con la mirada de su esposo, rodeada de profundos círculos oscuros.

—¡Rebecca! —Se levantó de un salto y se acercó a ella. Tras él, los tonos anaranjados de un atardecer se colaban por la ventana—. ¿Cómo te encuentras, cariño?

—El niño...

—Shhh, eso no importa ahora. Lo único que importa es que tú estás bien. —Sus ojos se humedecieron un instante—. Casi te pierdo...

La besó en las mejillas, en la frente y en los párpados, que notaba hinchados y pesados, tanto que le costaba mantenerlos abiertos.

—¿Cuánto tiempo...? —Carraspeó, con la boca totalmente seca. Frank estiró el brazo para acercarle un vaso de agua—. ¿Cuánto tiempo llevo aquí?

—Cuatro días —le contestó sin mirarla, mientras le acercaba el vaso a los labios. La escena le recordó a otra vivida unos años atrás, en una habitación no muy distinta de aquella—. Sufriste una hemorragia muy fuerte y los médicos pensaron que no te salvarías, pero ellos no te conocen como yo.

—El bebé...

—Era un niño —apuntó con tristeza—. Ya estaba muerto cuando..., cuando...

La voz se le quedó estrangulada, pero no hizo falta que dijera nada más. La tomó de la mano y se la apretó con fuerza, mientras ella comenzaba a sollozar. Luego la abrazó y la acunó hasta que se hizo de noche, y ella se durmió con la esperanza de no volver a despertar.

Los deseos, como las promesas, no siempre se cumplen, por más empeño que pongamos en ello. Rebecca despertó a su pesar, y tres días más tarde fue dada de alta en el hospital. Regresó a su hogar, un hogar que se le antojó más vacío que nunca. Estaba maldita. Era un pensamiento que no la había abandonado en las últimas horas. Todo lo que tocaba se convertía en cenizas. Leopold había muerto por su culpa, y había perdido a dos hijos antes incluso de que llegaran a nacer. Quizá Dios la estaba castigando por su arrogancia, por su antigua rebeldía. Quizá estaba recogiendo lo que había sembrado.

Frank había contratado a una enfermera a tiempo completo, y entre ambos la ayudaron a acostarse. Se encontraba tan débil que apenas era capaz de mantenerse en pie por sus propios medios, y solo quería dormir, dormir y olvidar. Elvira se le aparecía en sueños, tan vívida que a menudo, al despertar, creía verla a su lado, con su rostro pecoso y aquella sonrisa cálida que tan bien recordaba. No le resultaba difícil comprender que hubiera perdido la cabeza tras la muerte de su hija, a la que además había podido tener unos minutos en brazos. Rebecca no podía ni imaginarse lo que habría sido perder a su hijo después de que hubiera nacido, después de haberlo olido, de haber tocado su piel, de haberlo besado.

También Leopold comenzó a visitarla con frecuencia, colándose en sus pensamientos tanto despierta como dormida. En los últimos tiempos, se había obligado a desterrarlo de su cabeza en un intento por darle una oportunidad a su matrimonio, que, aunque no era perfecto, era lo único que tenía. De nuevo, en uno de sus momentos más oscuros, Leopold regresaba a ella. Aunque en ocasiones ahondaba en la herida supurante de su pecho, la mayor parte de las veces su imagen la bañaba de una luz reparadora que le brindaba cierto consuelo, como un abrazo largo tiempo anhelado.

Durante las siguientes semanas, Rebecca se negó a ver a nadie. Pasaba el tiempo encerrada en su dormitorio, contemplando el cielo invernal, recostada sobre los almohadones, lánguida como una flor marchita. A pesar de que recuperaba las fuerzas poco a poco, no sentía ningún deseo de hacer otra cosa que no fuera quedarse así, en una especie de limbo.

Supo por Frank que Rita había ido a verla, y adivinó, por su expresión, que la visita no fue de su agrado. Con toda probabilidad, consideraba a la joven poco adecuada para frecuentar a su esposa, aunque se guardó mucho de comentarle nada. En esos días parecía andar con pies de plomo para no molestarla ni ofenderla, sin saber que a ella no podía importarle menos lo que hiciera o dijera. Se sentía casi ajena a su cuerpo, tan lejos de sí misma como si pudiera verse desde la distancia, y el dolor había terminado transformándose en una especie de insensible gelidez que la mantenía totalmente indiferente a cuanto sucediera a su alrededor.

Para su sorpresa, la persona que la arrancó de su letargo fue precisamente Florence Stapleton, su suegra. Llegó una mañana de finales de marzo y, sin hacer caso a la enfermera que la atendía, irrumpió en el cuarto como si tuviera todo el derecho del mundo a estar allí. A esas alturas, Rebecca ya había abandonado la cama, aunque no el dormitorio, y pasaba las horas en una butaca frente a la ventana, con un libro en el regazo del que apenas era capaz de leer un par de páginas al día.

—Jovencita, será mejor que te levantes de ahí, te des un baño y te vistas con algo más decente que esa vieja bata —le ordenó, tal cual habría hecho su propia madre.

Rebecca la miró con indiferencia y sus ojos regresaron a la ventana, donde la primavera parecía llegar a toda prisa. Su suegra, que quizá esperaba algún tipo de reacción, acabó acercando otra butaca y tomó asiento a su lado.

—Sé perfectamente por lo que estás pasando, créeme —le dijo en tono suave—, pero ya han transcurrido más de dos meses. No puedes continuar de luto por un bebé que ni siquiera llegó a nacer.

Los ojos de Rebecca relampaguearon cuando se clavaron en aquella mujer de rasgos armoniosos y algo ajados.

—Se pone usted demasiado perfume —le dijo. Su voz sonó ronca. Ni siquiera recordaba cuándo había hablado por última vez.

—¿Qué? —Las cejas perfectamente delineadas de Florence se alzaron a la vez.

—Su olor me marea.

La mujer se echó hacia atrás, como si con ello pudiera alejarla del aroma que desprendía.

—No sabía que tu sensibilidad se hubiera aguzado. Frank no me ha comentado nada.

—No es solo hoy. Siempre se pone demasiado —afirmó, sin apartar la vista del cristal.

Rebecca sintió un extraño y retorcido regocijo al pronunciar esas palabras, y se sintió mal de inmediato. A pesar de que aquella mujer había entrado en su habitación sin permiso, no se merecía que fuera cruel con ella. No tenía la culpa de lo que había sucedido.

—No pretendía ofenderla —se disculpó, esta vez mirándola directamente—. Siempre he querido comentárselo, pero nunca he encontrado el valor.

—Bien, pues haz acopio de ese nuevo coraje y levántate de la butaca —replicó en tono ligero—. Tu vida no se ha terminado. No todavía.

—Florence... —comenzó a decir, en tono cansino.

—¿Crees que eres la única mujer en el mundo que ha perdido un bebé? —inquirió su suegra—. Yo tuve dos abortos antes de que Frank naciera, y tres más después de él.

—¿Qué?

—Y ni aun así me rendí. Y si no fuera porque con el último estuve a punto de perder la vida y tuvieron que vaciarme por dentro, ten por seguro que habría seguido intentándolo.

La mente embotada de Rebecca sufrió una especie de sacudida. La niebla que la envolvía pareció disiparse como si un huracán hubiera entrado en la habitación. De repente, percibió todos sus sentidos alerta, unos sentidos que en ese momento se concentraban en la mujer sentada a su lado.

—¿Frank sabe eso? —preguntó.

—Oh, claro que lo sabe —contestó Florence con soltura—. No es ningún secreto, ¿por qué tendríamos que habérselo ocultado? De hecho, él tendría unos siete u ocho años cuando..., en fin...

—Ya...

—Así que ya es hora de que superes este mal trance —le dijo, al tiempo que le daba unas palmaditas en el brazo—. Si te das prisa, aún podemos llegar a almorzar al club de campo.

—Otro día quizá —repuso—. Hoy estoy muy cansada.

—Pero...

—Otro día —insistió, esta vez con dureza—. Ha sido muy amable al venir a visitarme, pero ahora me gustaría quedarme sola.

—Ah, querida, no es bueno que...

—Que pase un buen día, Florence.

Rebecca volvió a centrar la mirada en la ventana mientras, con el rabillo del ojo, veía a su suegra encogerse de hombros y levantarse para salir.

Solo que esta vez su mente estaba bien despierta.

40

La inicial alegría que detectó esa noche en el rostro de Frank al verla sentada en el salón, esperándolo, se transformó en una de desconcierto en cuanto captó que algo no iba bien.

—Querida, cuánto me alegra que hayas decidido salir del dormitorio. —La saludó con un beso en la mejilla, como si no presintiera una tormenta en las cercanías.

Se aproximó a la mesita de bebidas y se sirvió una generosa ración de whisky. Con el vaso en la mano, tomó asiento en el sofá que había frente a Rebecca y dio un buen sorbo.

—Sabías que tu madre había sufrido varios abortos —comentó ella al fin, con voz neutra.

—Eh, sí, claro.

—Y no me dijiste nada.

—¿Qué? —La miró sin comprender—. No sabía que te interesaran las intimidades de mi familia.

—Solo las que me atañen. —Su tono de voz monocorde no había cambiado.

—¿Las que te atañen? —inquirió, con cierto deje de mofa.

—No te hagas el gracioso, ambos sabemos que eres mucho más inteligente que eso.

Frank la contempló impertérrito y volvió a beber de su vaso, que luego sostuvo entre los dedos, moviendo su contenido en círculos.

—¿Habrías aceptado tener hijos conmigo de haberlo sabido? —preguntó al fin, con aquellos ojos grises fijos en ella.

—No lo sé, pero al menos habría sabido a qué enfrentarme.

—Oh, vamos. —Dejó el vaso con un ruido seco sobre la mesita situada frente a él—. Que mi madre tuviera algunos problemas para concebir no significa nada. Casi todas las mujeres sufren algún aborto durante su vida fértil.

—No, Frank, eso no es cierto —replicó, esta vez algo más alterada—. Les sucede a muchas mujeres, pero desde luego no a la mayoría.

—¿Estás insinuando que la semilla de los Stapleton es débil, y que por eso mi madre tuvo tantas dificultades? —preguntó con fiereza.

—Y yo, no lo olvides.

—Solo ha sido una triste casualidad —apuntó, controlando de nuevo el tono de voz.

—¡He estado a punto de morir, Frank! —espetó—. Y nuestro hijo...

—Sí, eso fue una lamentable tragedia —bajó la mirada—, que no tiene por qué repetirse.

—Oh, desde luego que no.

—¿Qué...? —Frunció el ceño—. ¿Qué quieres decir con eso?

—Justo lo que has entendido —respondió ella con furia—. No volveré a quedarme embarazada, no volveré a arriesgar mi vida ni a perder otro hijo.

—Rebecca, aún estás convaleciente, es normal que te encuentres tan alterada. —Su tono conciliador y condescendiente la enervó aún más—. Ya verás como con unas semanas más de reposo volverás a estar como siempre.

Frank se levantó y tomó asiento a su lado. Alzó la mano para acariciarle la mejilla, pero ella rehuyó el contacto y abandonó el sofá.

—Voy a acostarme —anunció—. Estoy fatigada.

—Si la señora Hochtner ya se ha retirado, puedo ayudarte yo —se ofreció.

—La he despedido.

—¿Has despedido a la enfermera? —La contempló, atónito.

—Ya no la necesito.

—Rebecca... —Hizo además de ir a levantarse, pero ella interrumpió el gesto simplemente alzando la mano.

—Ya no la necesito —insistió.

Frank volvió a recostarse en el sofá y ladeó un poco la cabeza, como si con ello quisiera dar a entender que aprobaba su decisión.

—Como quieras —concedió al fin.

—Y dile al señor Rinaldi que la semana que viene volveremos a Brooklyn.

—¿Crees que es prudente, en tu estado?

—¿Y qué estado es ese, Frank? —preguntó, mordaz.

—Quizá si no trabajaras tanto...

—No te atrevas a terminar esa frase —lo interrumpió, con los ojos centelleantes.

Rebecca intuía que su marido iba a tratar de desviar la responsabilidad de sus dos abortos a lo que ella hacía en Brooklyn, aunque él supiera muy bien que no había realizado ningún tipo de esfuerzo ni había entrado en contacto con ningún enfermo. George Rinaldi le presentaba informes completos sobre todas sus actividades, sin ahorrarse ningún detalle. Lo sabía porque él mismo se lo había confesado con cierto apuro.

—Buenas noches, Frank —se despidió, y abandonó el salón sin aguardar respuesta.

Rita Welsh tenía novio. Se llamaba Eddie y lo había conocido en uno de los clubes a los que acudía a bailar con sus amigas. Era de Nebraska y trabajaba como mecánico en un acorazado de la Marina.

—Tendrías que haberlo visto, Rebecca —le decía, con los ojos brillantes—. ¡Estaba tan guapo de uniforme!

—Puedo imaginarlo —sonrió, feliz por su amiga. Ambas se encontraban en uno de los jardines de la victoria, arrancando malas hierbas.

—Cuando él y sus amigos entraron en el club, todo el mundo los vitoreó, y todas las chicas querían bailar con ellos. Mary Lou fue la primera que se acercó, ya sabes cómo es.

Rita rio, alegre. Sí, Rebecca sabía cómo era Mary Lou, una de las amigas y compañeras de piso de Rita: menuda y morena, con un desparpajo que siempre le había envidiado.

—Creo que bailó con todos los marineros —continuó—, y fue ella quien me lo presentó. ¿Te lo puedes creer?

Asintió, porque sabía que su amiga no aguardaba respuesta en realidad. Escucharla la hacía sentir bien, conseguía que olvidara esa oscura parte de su vida a la que todavía le costaba enfrentarse.

Rita la había saludado con el mismo entusiasmo de siempre y la abrazó con fuerza mientras ella se disculpaba por no haberla recibido cuando fue a verla, un hecho al que su amiga restó importancia. Un rato después, el joven al que había conocido volvió a acaparar la conversación.

—Tenía cuatro días de permiso, y los pasó conmigo. Todos ellos.

—¿No fuiste a trabajar? —preguntó, extrañada.

—Dije que estaba enferma —rio—. La ocasión lo merecía, ¿no crees?

Rebecca había olvidado lo que era sentirse así a causa de un hombre. Rita había faltado al trabajo para pasar cuatro días con un marinero al que acababa de conocer. Ella abandonó su familia y su país por Leopold, y nunca se había arrepentido.

—Lo creo, sí —respondió, convencida.

—Oh, te va a encantar, ya lo verás. —La tomó del brazo y se lo apretó con fuerza—. Es un poco tímido, pero, cuando lo conoces, es divertido. Y muy listo. ¿Y te dicho ya que es guapísimo?

—Varias veces —rio.

—Me escribe todas las semanas —añadió—. A veces me llegan varias cartas de golpe, imagino que solo puede enviarlas cuando tocan tierra.

—Estoy muy contenta por ti. —Rebecca le dio un empellón amistoso con el hombro—. ¿Cuándo volverás a verlo?

—No lo sé —contestó con una mueca—. Parece que el ejército está preparando algún tipo de misión especial, porque no está previsto que disfruten de ningún permiso en varios meses.

—Oh, Rita, lo siento…

—Ya… —Alzó la mirada y contempló la larga hilera de tomateras—. Así es la guerra, ¿no? Te enamoras de alguien que ni siquiera sabes si continuará con vida cuando acabe.

Quiso decirle que mantuviera la esperanza, aunque no se atrevió. Su amiga no sabía apenas nada de esa parte de su vida, pero era un hecho que a ella no le había dado resultado.

—¿Ese fue tu caso? —le preguntó Rita de improviso.

—¿Qué? —Rebecca la miró, confundida.

—Nunca he visto a nadie con una mirada tan triste como la tuya.

—Yo… Acabo de pasar por un mal momento y…

—No —la interrumpió—. Ya tenías esa mirada el día que te conocí, y ha transcurrido mucho tiempo desde entonces.

—Es una larga historia —repuso, reacia.

—Pues entonces espero que tu marido no sea uno de esos que tienen la mano larga y…

—¡No! —la interrumpió, casi horrorizada—. Frank jamás me ha puesto la mano encima.

—Ya, aunque a veces no es necesario ¿sabes? Hay hombres que son capaces de hacerte sentir completamente miserable solo con un puñado de palabras.

—Es… complicado. —La miró un tanto cohibida—. Le debo mucho.

—Eso ya me lo dijiste en una ocasión. —Rita chasqueó la lengua.

—Además, no tengo… —Carraspeó—. No tengo ningún otro sitio al que ir, ni dinero, ni familia cerca…

—Nos tienes a nosotras. —Rita la tomó del brazo con afecto.

—Y Frank es un buen hombre. Me quiere y yo…, yo le aprecio —comentó, consciente de repente de lo vacua y triste que resultaba su afirmación.

—¿Le aprecias? —preguntó con una mueca de desaprobación—. Yo aprecio a mi vecino del tercer piso, y al tendero de la esquina, pero jamás me casaría con ninguno de ellos.

—Muchos matrimonios se construyen sobre una base menos sólida que la nuestra, y funcionan —replicó, a la defensiva.

—Tal vez sea así en el mundo del que provienes —repuso—, pero yo jamás estaría con alguien por quien no estuviera dispuesta a matar... o a morir.

La imagen fugaz de Leopold cruzó la mente de Rebecca. Solo había existido un hombre por el que ella habría llegado a esos extremos.

El problema era que ese hombre ya no existía.

Esa mañana, George Rinaldi parecía de excelente humor cuando fue a recogerla. A esas alturas ya lo conocía lo suficiente como para adivinar sus estados de ánimo de un solo vistazo. Sabía cuándo se había discutido con su esposa, si su hijo estaba enfermo o si había recibido buenas noticias de su hermano, que servía en el ejército. George, que había resultado ser un buen conversador, no tenía reparos en compartir con ella los intersticios de su vida durante el largo viaje en coche hasta Brooklyn, o en el trayecto de vuelta. Rebecca no tenía muy claro si podía considerarlo un amigo, pero, desde luego, era lo más parecido que tenía. Ese día, sin embargo, fue incapaz de reconocer el brillo de sus ojos y la amplia sonrisa que acompañó su saludo.

—Parece que hoy está contento, señor Rinaldi.

—¿Es que no se ha enterado? —le preguntó, mirándola a través del espejo retrovisor.

—¿Enterarme de qué?

—Los Aliados han desembarcado en Francia, en Normandía. Miles de ellos.

—¿Qué?

—Lo dicen en los periódicos, y la radio no ha parado de comentarlo durante toda la mañana.

Rebecca había procurado mantenerse informada sobre el

avance de la guerra desde que llegó a Nueva York. Escuchaba los canales de noticias con frecuencia y leía la prensa casi a diario, aunque desde la pérdida del bebé casi había olvidado esa costumbre. Ni siquiera había ojeado los últimos números de la revista *Vogue*, donde Lee Miller escribía desde el frente. La misma mujer que había visitado su casa en Saint-Martin y les había hecho aquellas estupendas fotos a Leopold y ella.

—Es… una noticia maravillosa —repuso al fin.

—Más que maravillosa —aseveró George—. Por fin hemos puesto un pie en Europa. Hitler ya se puede echar a temblar.

George continuó hablando, aunque ella le escuchaba solo a medias. Se preguntaba si su hermano Charles formaría parte de las tropas que habían desembarcado en Normandía. Hacía un par de semanas que había recibido una carta suya en la que no le mencionaba nada sobre ese asunto, aunque, dada la envergadura que imaginaba que habría requerido una operación de ese calibre, tampoco le extrañó demasiado. Que los Aliados estuvieran ya en Francia, sin embargo, podía significarlo todo o nada, porque estaba segura de que los alemanes no iban a rendirse sin luchar hasta las últimas consecuencias.

Las fiestas para recaudar fondos se habían convertido en una de las pocas ocasiones en las que la alta sociedad neoyorquina podía organizar un evento elegante sin resultar frívola ni desconsiderada. Esa noche de finales de agosto, la organizadora era la esposa de uno de los socios de Gill Stapleton, y Frank y Rebecca acudieron, como se esperaba de ellos.

La relación entre ambos continuaba siendo tensa pese a los meses transcurridos, pero habían vuelto a compartir el lecho y a conversar como personas civilizadas. Ya hacía tres años que se habían casado y Rebecca tenía la sensación de que aún les quedaba un largo camino por recorrer para convertirse en un auténtico matrimonio.

Frank le había pedido disculpas en distintas ocasiones por haberle ocultado aquella información, asegurándole que, si la hubiera considerado importante, la habría compartido desde el inicio. Eso no terminaba de encajar con parte de la discusión que habían mantenido aquella noche, y que ella recordaba casi palabra por palabra. Aun así, prefirió dejarlo pasar para poder continuar con su vida, algo en lo que parecía estar convirtiéndose en una experta. Al menos él no ponía reparos en utilizar preservativos durante sus encuentros sexuales, que, por otro lado, habían pedido parte de su magia. Rebecca no era capaz de relajarse lo suficiente, temiendo siempre que aquel artilugio se rompiera o se desgarrara. Y eso a pesar de saber que eran tan resistentes que las tropas incluso los utilizaban para cubrir los extremos de las armas, o para transportar pequeños objetos que no deseaban que se humedecieran. Aun así, procuraba evitar a su marido siempre que le era posible, lo que no decía mucho en favor de su convivencia.

La fiesta estaba en su apogeo cuando llegaron. La orquesta interpretaba algunos éxitos de Benny Goodman y de Glenn Miller. Había varias parejas bailando y el ambiente era jovial y distendido, más que en ocasiones anteriores. Sin duda, las noticias que llegaban del frente europeo, donde Alemania era asediada por los Aliados desde el oeste y por los soviéticos desde el este, contribuían a ello.

Rebecca se propuso dejarse contagiar por el entusiasmo general. Ella también necesitaba un poco de alegría en su vida. Se mostró sonriente, cercana y especialmente amable con sus suegros. Charló de forma animada con Florence y aceptó incluso acudir con ella al club de campo la semana siguiente.

Encontró un inesperado placer al volver a bailar con Frank, cuyos brazos la rodeaban con ternura, y que en un momento dado le dio un delicado beso en la frente. Su marido, que siempre se había mostrado poco partidario de las expresiones públicas de afecto, logró sorprenderla una vez más. Rebecca reaccionó sin pensar y se aproximó un poco más al cuerpo cálido de su esposo. Le había echado de menos, pensó mientras se dejaba mecer por la música y por ese hombre a veces tan complicado y otras tan afectuoso.

Estaban ya en su tercer baile cuando la música cesó de pronto y todas las miradas convergieron en el pequeño escenario, donde el anfitrión había tomado el micrófono. Era un hombre algo mayor que Gill Stapleton, de oronda barriga y calva incipiente, y se mostraba visiblemente nervioso.

—Espero que perdonen la interrupción —les dijo, jovial—, pero solo serán unos minutos. La orquesta volverá enseguida.

Se oyeron algunos silbidos y abucheos, seguidos de risas y chanzas, y el hombre se vio obligado a alzar una mano para poner un poco de orden. Unos segundos después, toda la sala permanecía en silencio, expectante.

—Queridos invitados —volvió a hablar—, como iba diciendo, lamento de veras la interrupción, pero convendrán conmigo en que la ocasión lo merece. —Hizo una pausa teatral que pareció alargarse demasiado y luego pronunció las siguientes palabras a voz en grito—: ¡París ha sido liberado!

Los asistentes tardaron unos segundos en asimilar aquella información y luego estallaron en vítores y aplausos. Todos sabían que los Aliados llevaban más de dos meses en Francia y que recuperar la capital era uno de los principales objetivos, aunque había tardado en llegar.

Rebecca sintió el calor de las lágrimas quemarle las mejillas, mientras Frank la abrazaba y la besaba sin tapujos. A su alrededor, todo el mundo parecía estar haciendo lo mismo. Aquella noticia marcaba un punto de inflexión en la guerra, y todos eran conscientes de ello.

La algarabía se prolongó durante varios minutos y algunos invitados abandonaron el salón para congregarse alrededor de un aparato de radio en el despacho del anfitrión. Frank no fue uno de ellos porque, en cuanto la música volvió a sonar, la tomó de nuevo entre sus brazos.

—París liberada, mi amor —repitió, como si no acabara de creérselo.

—Creí que este día no iba a llegar jamás —balbuceó ella, conmovida. Una sucesión de imágenes de la ciudad que había conocido y adorado años atrás fueron desfilando por su memoria.

—Cuando acabe la guerra podríamos volver, ¿qué te parece, cariño?

—¿A París? —Se alejó unos centímetros para mirarlo a los ojos.

—Claro, un par de semanas. Como si fuese nuestra luna de miel, ¿qué te parece?

Rebecca se mordió el labio, no muy segura de qué contestar. Frank volvió a besarla en la frente antes de añadir:

—Allí fue donde nos conocimos.

Sonrió, trémula, y volvió a bajar la cabeza, sin contestar. Era cierto, allí se habían conocido. Pero París era la ciudad en la que había vivido y amado a Leopold, y siempre estaría ligada a él.

Mientras pudiera evitarlo, no regresaría allí con Frank. Ni con Frank ni con nadie.

41

Tal y como marchaban las cosas en el frente, aquella Navidad de 1944 bien podía ser la última de la guerra. Era lo que pensaba casi todo el mundo, incluidas las cuatro mujeres que envolvían regalos alrededor de una mesa en un pequeño apartamento de Brooklyn. En aquellas fechas era una de las actividades que más complacían a Rebecca. Imaginar los rostros de los pequeños del barrio al abrir sus modestos presentes siempre le procuraba un extraño sosiego.

—¿Qué pensáis hacer después de la guerra? —preguntó Mary Lou en ese instante, mientras terminaba de empaquetar una graciosa muñeca de trapo.

—Casarme y tener muchos hijos —contestó Connie entre risas. Llevaba el cabello castaño recogido con varios rulos y una gruesa capa de crema hidratante cubriéndole todo el rostro.

—¡Pero si ni siquiera tienes novio! —comentó Rita.

—En cuanto los chicos vuelvan de la guerra habrá hombres para todas. —Volvió a reír—. Menos para ti, que con Eddie ya tienes bastante.

—Ay, sí, Eddie… —Rita suspiró con ojos soñadores.

El joven había estado unos días en Nueva York a principios de noviembre y la relación parecía haberse afianzado. Eso daban al menos a entender las numerosas cartas que se intercambiaban, por lo que Rebecca sabía, casi a diario.

—¿Al final te irás a Nebraska con él? —se interesó Mary Lou.

—¿Vas a marcharte? —Rebecca la miró, extrañada de que no le hubiera mencionado nada sobre el asunto.

—Eh, no lo sé. —Rita se colocó un mechón de su rubia melena detrás de la oreja—. Aún no me lo ha pedido.

—Lo hará —repuso Connie—. Está loco por ti.

—Pero a ti te encanta vivir en Nueva York... —aventuró Rebecca. De repente, la posibilidad de perder a la única amiga verdadera que tenía en la ciudad la aturdió.

—Eddie quiere pasar una temporada aquí cuando se licencie —las informó—. Quizá encuentre un buen trabajo. Si no es así, su padre tiene un taller en Hastings, en Nebraska.

—Hastings es un pueblo —recalcó Mary Lou.

—Un pueblo muy grande —señaló Rita.

—También podría montar un taller aquí —intervino Connie—. Si es bueno en su trabajo, no le faltarán clientes.

—Ya veremos —zanjó Rita—. Aún es demasiado pronto para hacer planes.

—Pues yo no voy a dejar mi trabajo en la zapatería —comentó Mary Lou, que trabajaba como dependienta en una gran tienda del centro—, ni siquiera cuando me case.

—¿Por qué no? —Connie encendió un cigarrillo y luego le pasó el paquete a Rita, que cogió otro. Eran las dos únicas del grupo que fumaban.

—Me gusta disponer de mi propio dinero. No tener que depender de ningún hombre es un gran avance para las mujeres.

—Ya, pero muchas de esas mujeres que ahora trabajan tendrán que volver a sus casas cuando los hombres regresen del frente. —Connie dio una profunda calada y exhaló el humo frunciendo los labios—. La mayoría están ocupando los puestos que ellos dejaron vacantes.

—No es mi caso —señaló su amiga—. La verdad, no veo a uno de esos muchachotes tratando de venderle unos zapatos a la señora Daniels, por ejemplo.

Todas rieron. La señora Daniels era una vecina del mismo edificio, tan exigente con todos los comerciantes de la zona que muchos de ellos se negaban incluso a venderle sus productos. Siempre encontraba algún defecto a lo que hubiera comprado, desde un bistec a un sombrero nuevo. Se paseaba como si el barrio le perteneciera y no tenía reparos en señalar cualquier cosa que considerara inapropiada. Unas semanas atrás, había llamado la atención a Connie por, según su opinión, ir demasiado maquillada. Nadie le hacía mucho caso, aunque a ella pareciera no importarle.

—¿Y qué harás tú? —Mary Lou miró a Rebecca.

—Yo... No lo he pensado todavía.

—Regresar a tu gran apartamento en Manhattan para cuidar de tu maridito y asistir a todas las fiestas posibles —bromeó Connie con un toque irónico.

—¡Connie! —la riñó Rita—. Ese comentario ha sido impertinente.

—No importa —se apresuró a contestar Rebecca, que vio a Connie bajar la mirada, avergonzada—. No le falta razón.

Sonrió con desgana y miró a Rita. La conversación que habían mantenido unas semanas atrás sobre su matrimonio pareció materializarse entre ellas.

—Lo siento, no he pretendido ofenderte... —se disculpó Connie—. Es que aún se me hace raro que una mujer como tú pase tanto tiempo aquí.

—Ya... Nunca me he sentido muy diferente a vosotras.

—¿No? —Mary Lou la miró, jocosa—. ¡Pero si hasta tienes un guardaespaldas!

—Oh, Dios, es cierto. —En esta ocasión, la sonrisa de Rebecca fue amplia y franca—. Solo me falta un largo abrigo de piel para parecer la esposa de algún mafioso.

—Y un cigarrillo ensartado en una de esas boquillas tan elegantes —añadió Rita.

—Con ese acento británico tuyo, seguro que triunfarías en el cine —señaló Connie—. Belleza no te falta.

—Gracias —agradeció, un tanto cohibida—, aunque creo que Rita sería perfecta para eso. Siempre he creído que se parece mucho a Irene Dunne.

—Pues yo sé bailar claqué —mencionó Mary Lou.

—¿Qué? —Connie la miró con una ceja alzada—. ¿Y eso qué tiene que ver con nada de lo que estamos hablando?

—Solo lo digo porque podríamos organizar un cuarteto y montar un número de vodevil. Y tú podrías cantar; no paras de hacerlo cada vez que te duchas.

—¡Pero si Connie desafina en una de cada tres notas! —añadió Rita entre risas.

—No he dicho que el número tuviera que ser perfecto. —Mary Lou soltó una carcajada.

Cuando Rebecca abandonó aquel apartamento de Cumberland Street, le dolían los músculos del abdomen de tanto reírse. George Rinaldi la esperaba abajo, en el recibidor, bien protegido de las bajas temperaturas del exterior. Había estado ayudando a colocar las mesas en el centro social que había calle abajo e imaginó que también colaborando en la decoración.

En el camino de regreso a Manhattan, Rebecca pensó en la conversación que había mantenido con sus amigas. Todas parecían tener planes para cuando finalizase la guerra, todas menos ella. Ni siquiera había pensado en el asunto, como si aquella situación se fuera a alargar de forma indefinida. ¿Qué sería de su vida cuando todo regresara a la normalidad? ¿Estaba dispuesta a convertirse solo y exclusivamente en la esposa de Frank Stapleton? Recordó la conversación con Rita y luego a la Rebecca Heyworth de unos años atrás. A los veinte lo había dejado todo para marcharse a París, sin importarle las consecuencias. Había terminado viviendo una historia de amor tan intensa como dolorosa, había pintado con pasión y vendido su arte, se había codeado con personas interesantes y de aguda inteligencia, y había escapado de un futuro aciago cruzando un océano. ¿Dónde había quedado esa joven valiente e incluso arrogante?

¿En qué momento de su trayectoria se había perdido a sí misma?

Desde Navidad, Frank había estado tan ocupado que apenas habían disfrutado de un instante a solas. El avance de la guerra exigía un último esfuerzo por parte de todos; si no estaba de viaje o trabajando, visitaban a sus padres o asistían a algún evento. No fue hasta el último domingo de enero cuando Rebecca consideró que había llegado el momento de mantener una conversación que intuía no iba a desarrollarse sin contratiempos. Habían almorzado en su apartamento de Park Avenue y, por primera vez en semanas, después no tenían ningún compromiso social que atender.

—He estado pensado que, cuando finalice la guerra, me buscaré un empleo —le dijo, mientras disfrutaban del café tras la comida.

—¿Un empleo? —La miró desde el otro extremo de la mesa—. No nos hace falta el dinero.

—No es una cuestión de dinero. Necesito sentirme útil.

—¿Ser mi esposa no te resulta lo bastante interesante? —preguntó, dolido.

—Sabes que no se trata de eso —respondió con la voz cálida—. Pero no puedo permanecer todo el día aquí encerrada, esperando a que vuelvas del trabajo.

—Cuando todo esto termine, no necesitaré pasar tanto tiempo fuera —explicó—. Por otro lado, tal vez te convendría conocer a otras mujeres de tu edad para hacer cosas juntas. Mi madre organiza muchas meriendas benéficas y…

—Siento que no tengo nada que ver con esas mujeres —lo interrumpió.

—Claro —replicó, ahora con un punto de ironía—. Olvidaba que prefieres codearte con la clase trabajadora.

Rebecca prefirió no contestar a ese comentario y bebió un sorbo de su café, ya medio frío.

—Además, cuando lleguen los niños estarás mucho más ocupada —añadió Frank.

—¿Niños? —Alzó las cejas—. ¿Qué niños?

—Pues los nuestros, ¿qué otros van a ser?

—Ya hemos hablado de eso…

—No, tú hablaste de eso —bufó—. Ya ha pasado un año, tiempo suficiente como para que lo intentemos de nuevo.

—Frank, no voy a volver a quedarme embarazada —le aseguró.

—Por supuesto que sí, es lo que hacen los matrimonios, ¿no? Tener hijos, y cuantos más mejor.

—No me escuchas —repuso, con la voz cansada.

—Claro que sí, eres tú quien no lo hace. —Alzó la voz—. ¿O acaso yo no tengo opinión en este asunto? ¡Soy tu marido!

—¡Pero es mi cuerpo! —enfatizó ella, en el mismo tono—. Y soy yo quien ha perdido a nuestros dos hijos. ¡Yo, Frank! ¡No volveré a pasar por eso!

Se levantó con un movimiento brusco, deseosa de alejarse de él. Comenzaba a sentirse verdaderamente alterada y no deseaba decir algo de lo que más tarde pudiera arrepentirse. Sin embargo, Frank no estaba por la labor de dejarla marchar, así que se levantó y la siguió hasta el dormitorio.

—Será mejor que dejemos esta conversación para otro momento —le sugirió ella.

—¡¡¡No!!! —replicó él—. Siempre terminas rehuyendo el tema y creo que ya he tenido paciencia suficiente.

—Es que no hay nada más que decir.

—Oh, ¡ya lo creo que sí! —exclamó—. ¿Qué pasa con lo que quiero yo?

—¿Qué?

—¿Es que mis deseos de ser padre deben supeditarse a los tuyos? ¿No tengo derecho a decidir?

—Eres un egoísta.

—¿Yo? —le espetó, enfadado—. ¿Yo soy el egoísta? ¡Te ayudé cuando estabas en Francia! ¡Te saqué de Europa en mitad de una guerra! ¡Y te he dado una vida de lujos y privilegios! ¿Quién es el egoísta, Rebecca? ¿Eh? ¿Quién?

—¡Nada de eso te da derecho sobre mi cuerpo! —gritó ella a su vez.

—Ya lo creo que sí. ¡¡¡Estás en deuda conmigo!!!

Su voz se había elevado tanto que ahora le estaba gritando, de pie bajo el umbral de la puerta. Rebecca retrocedió un paso.

—Siento mucho no ser la esposa que te gustaría —repuso, con más tristeza de la que esperaba—, pero no arriesgaré mi vida ni la de nuestro futuro hijo porque tú quieras perpetuar el apellido de tu familia.

—¿Arriesgar tu vida? —preguntó, cáustico—. Oh, por favor, no seas melodramática.

—¿Me acusas de ser melodramática? —Lo contempló, con las mandíbulas apretadas—. Te recuerdo que la última vez estuve a punto de morir.

—¡Eso no tiene por qué pasarte de nuevo, maldita sea!

—No correré el riesgo.

Para su sorpresa, Frank se dirigió a ella y la tomó con fuerza del brazo. Sus ojos grises se le antojaron dos tormentas a punto de descargar toda su furia.

—Seguro que si yo fuera Leopold no te lo pensarías dos veces antes de intentarlo de nuevo, ¿verdad? —siseó.

Ella no contestó. Se limitó a mantenerle la mirada, sin decirle siquiera que su agarre le estaba haciendo daño.

—¡¿Verdad?! —le gritó él en la cara al tiempo que la zarandeaba. Unas gotas de saliva le salpicaron el rostro y resistió la tentación de limpiárselas con la otra mano.

—¡Él jamás me habría puesto en peligro! —espetó, encendida—. ¡¡¡Jamás!!!

—No me hagas reír. —Simuló una risa irónica, aumentó la presión en el brazo y pegó el rostro todavía más al suyo—. Si yo no hubiera intervenido a tiempo, ese idiota habría logrado que te detuvieran, y a saber dónde estarías ahora.

—¿¿¿Qué??? —Lo miró, horrorizada, intentando asimilar el alcance de sus palabras.

El semblante de Frank se transformó de inmediato y adquirió una expresión indescifrable. La soltó de golpe y se retiró un paso.

—Nada —farfulló sin mirarla.

—Oh, Dios. —De repente, Rebecca tuvo la sensación de

que perdía el equilibrio y se dirigió a trompicones hacia la banqueta situada frente al tocador para dejarse caer en ella—. Dios Santo...

—Rebecca... —El tono de voz de Frank era ahora completamente distinto y la miraba casi con temor.

—Dime que no fuiste tú quien avisó a los gendarmes la segunda vez —logró balbucear.

—Rebecca...

—¡¡¡Dímelo!!!

Frank se acercó, clavó una rodilla en el suelo y la tomó de la mano.

—Lo siento mucho, cariño, pero tuve que hacerlo —le decía, al tiempo que le acariciaba los dedos—. Tenía que ponerte a salvo.

Rebecca lo contemplaba como si no pudiera verlo, mientras el mundo a su alrededor comenzaba a desdibujarse.

—Le pedí que te sacara de allí —continuó Frank—. Casi se lo supliqué, y creí que lo había convencido, pero luego averigüé que no fue así. Los alemanes os habrían capturado a los dos y a estas alturas quizá estarías muerta.

Los ojos de Rebecca, como dos ascuas encendidas, se clavaron en los de él.

—Pero la parte en la que yo iba a recogerte se complicó —prosiguió su marido—. Salir de París resultó imposible y, cuando al fin pude viajar a Saint-Martin, ya no estabas allí. Te busqué en el pueblo, luego de nuevo en París y al final supuse que te habías marchado. Jamás habría imaginado que te encontraría meses después en Lisboa, como si el destino me diera otra oportunidad. ¡Te salvé la vida, Rebecca!

—Pero Leopold murió, maldito bastardo —le espetó. Retiró la mano que él aún sujetaba y se puso en pie.

—Eso no fue culpa mía —se defendió él, convencido de sus palabras—. Si se hubiera quedado en Les Milles no le habría pasado nada.

—¿Eso es lo que te dices a ti mismo para justificar lo que hiciste? —inquirió ella, sarcástica—. Leopold era tu amigo,

Frank. Tu amigo. Y era judío, tú lo sabías. ¿Qué crees que habrían hecho los alemanes con él?

Su marido no contestó. Continuaba con una rodilla en el suelo. Ella sintió una oleada de asco tan profunda hacia él que tuvo que reprimir una arcada. Aspiró una bocanada de aire y se dirigió al vestidor, de donde sacó una maleta que colocó sobre la cama.

—¿Qué estás haciendo? —le preguntó él, que ya se había puesto en pie.

—Me marcho.

—¿Qué? ¿A dónde?

—Lejos de ti —contestó mientras abría el cajón de la cómoda y sacaba un puñado de ropa. Frank se la arrebató con furia y la tiró de cualquier manera al lugar de donde había salido.

—¡No te vas a ningún sitio!

—¿Crees que me quedaré contigo después de esto? —lo miró tan sorprendida como furiosa.

—Por Dios, Rebecca, ¡eso pasó hace años!

—¿Y piensas que el tiempo puede borrar algo así?

—Lo siento, ¿de acuerdo? —se disculpó, aunque sus palabras no le sonaron sinceras.

—Tus disculpas no sirven de nada. —Volvió a meter las manos en el cajón.

—¡Eres mi mujer! ¡No voy a consentir que me abandones! —Frank le arrancó de nuevo las prendas, que esta vez tiró al suelo.

—Y yo no quiero volver a verte. —Rebecca abrió el segundo cajón y sacó un puñado de jerséis.

—Yo te compré todo eso —apuntó él en tono condescendiente—. Todo lo que tienes es gracias a mí. Me necesitas, Rebecca.

Ella contempló las prendas que sostenía y luego las dejó caer, como si hubieran dejado de importarle.

—Lo arreglaremos, cariño. —Frank quiso pasarle el brazo por el hombro, quizá para atraerla hacia su cuerpo—. Nos llevará un tiempo, pero te quiero. Y tú me quieres.

—Yo no estaría tan segura de eso...

Echó un vistazo alrededor, a los muebles, a su ropa tirada sobre la alfombra, a las fruslerías que había encima del tocador... y supo que en realidad no necesitaba nada de todo aquello.

Se dio la vuelta y se dirigió hacia la puerta.

—Por cierto —le dijo antes de salir—. Sí que lo convenciste. Él quiso irse de inmediato, poco después de tu visita. Fui yo quien insistió en que nos quedáramos en Saint-Martin hasta el último momento.

—¿Qué? —Frank parecía aturdido, de pie en medio del dormitorio, con un montón de prendas de ropa femenina arremolinadas a sus pies.

—Me he sentido culpable desde entonces, porque yo albergaba la esperanza de que los nazis serían derrotados y convencí a Leopold para quedarnos un poco más. Qué ironía, ¿no te parece?

Sin aguardar respuesta, abandonó el cuarto y se dirigió al recibidor, donde se puso el abrigo y cogió el bolso. Eso era todo lo que se llevaba de allí, lo único que necesitaba. Sentía una opresión en el pecho que no la dejaba respirar, pero no podía permitirse ni un ápice de debilidad. Tenía que salir de esa casa de inmediato y para siempre.

Ya tendría tiempo después para llorar.

Todo el tiempo del mundo.

42

En casa de Rita sonaba un disco de Bing Crosby cuando Rebecca llamó a la puerta. Había logrado mantener la compostura durante todo el trayecto en metro, pero, tan pronto como su amiga la dejó entrar, sus defensas se derrumbaron.

—¡Rebecca! —Rita la tomó del brazo y la acompañó hasta el sofá.

Mary Lou ojeaba una revista sentada en el sofá y Connie fumaba apoyada en el marco de la ventana. Ambas dejaron lo que estaban haciendo y se aproximaron.

—Rebecca, ¿qué ocurre? —Connie apoyó una mano en su espalda, tratando de tranquilizarla.

El problema residía en que era incapaz de hablar. Los sollozos le robaban las palabras y solo lograba articular alguna sílaba de tanto en tanto, lo que no contribuía precisamente a que sus amigas la entendieran.

—¿Es Frank? —se interesó Rita. Rebecca asintió y su amiga se giró hacia sus compañeras—: ¿os importaría dejarnos un rato?

Mary Lou y Connie obedecieron en el acto y decidieron salir a dar un paseo. En compañía de su amiga, en el pequeño salón, el llanto y la angustia fueron remitiendo. Había arrastrado ese peso en el pecho, ahogándola durante todo el viaje desde Manhattan, y ahora parecía volver a respirar con cierta normalidad.

—Es terrible, Rita —empezó, limpiándose la nariz con el

pañuelo que había sacado del bolso—. Aún..., aún no puedo creerlo.

—Me estás preocupando, cielo. —La acarició el pelo con ternura.

Rebecca la miró y vio verdadera inquietud en sus ojos. No era de extrañar. Se había presentado en su casa, un domingo por la tarde, convertida en un surtidor de lágrimas y gemidos. Le pidió un vaso de agua y luego se dispuso a contarle esa parte de la historia que nunca había compartido con ella, y comenzó desde el principio, antes de que todo comenzara. Le habló de su vida en Inglaterra y de sus clases de arte, de cómo conoció a Leopold y cómo se fue a París. Le explicó cómo había sido allí su vida, cómo habían encontrado la casa de Saint-Martin y lo que había sucedido al iniciarse la guerra. Le contó incluso su paso por la clínica del doctor Romero y su viaje a Lisboa, donde había encontrado a Frank, y finalizó con la discusión que habían mantenido esa misma tarde.

La noche había comenzado a caer sobre la ciudad cuando concluyó su relato. Durante todo ese tiempo, su mirada había permanecido fija en las revistas diseminadas sobre la mesita auxiliar, en un intento de abstraerse de los horrores que estaba narrando.

—Maldito hijo de puta —masculló Rita a su lado, y la tomó con fuerza de la mano—. Intuía que escondías una historia trágica, pero esto... Lo siento, Rebecca. ¡Lo siento tanto!

Le dio un beso en la sien y le pasó el brazo por los hombros.

—Perdona que me haya presentado así en tu casa —se disculpó Rebecca—. Yo... no sabía a dónde ir.

—¿Y a dónde ibas a ir sino aquí?

—Si pudiera quedarme a dormir esta noche, mañana trataré de encontrar...

—Puedes quedarte todo el tiempo que quieras —la interrumpió—. No vamos a permitir que te vayas a ningún otro sitio. Mary Lou tiene una cama plegable en su habitación, la pondremos en la mía, que es la más grande. Si no tienes inconveniente en compartir el cuarto...

—¡Por supuesto que no!

—Arreglado entonces. —La achuchó contra su cuerpo.

—Pero ¿Mary Lou y Connie estarán de acuerdo? No quisiera ser una molestia.

—Lo estarán, no te quepa duda.

Rebecca era consciente de que aquella era una situación temporal que no pretendía alargar demasiado. Aún no había terminado de asimilar todo lo sucedido ni las implicaciones que su decisión iba a llevar aparejadas, pero ya habría tiempo para eso.

Las compañeras de Rita se mostraron encantadas de alojarla durante una temporada. Su amiga le prestó un pijama para esa primera noche, aunque, dado lo poco que consiguió dormir, bien se lo podría haber ahorrado. En cuanto el apartamento se quedó a oscuras y en silencio, la magnitud de lo sucedido la golpeó con violencia. Su dulce y amado Leopold había muerto por culpa de uno de sus mejores amigos, de un hombre que ni siquiera parecía ser consciente de la dimensión del daño que había causado. Como si salvarla a ella justificara el deleznable hecho de su delación, como si ella hubiera necesitado en realidad que alguien acudiera en su rescate. Lo peor, sin embargo, no era que Frank hubiera traicionado a su amigo, lo peor era que les había arrebatado sus vidas, a ambos. Les había robado el futuro que habían comenzado a construir. Las posibilidades, las esperanzas, los sueños…

El llanto comenzó a ahogarla y decidió instalarse en el salón para no molestar a Rita. Acomodada en el sofá, se permitió dar rienda suelta a toda la angustia que le salía a borbotones del pecho, mientras conjuraba en su mente las imágenes de lo que podría haber sido y nunca fue, las imágenes de Leopold y ella pintando, haciendo el amor, creando una familia, envejeciendo de la mano y yaciendo el uno junto al otro hasta el fin de los tiempos.

Cuando el alba asomó por la ventana, se sentía exhausta y con un inconcebible vacío en su interior, como si ya no le quedaran más lágrimas que verter ni más penas que vomitar. Solo entonces logró hallar una cierta calma para reflexionar sobre sus opciones más inmediatas.

Había abandonado a Frank y ahora tendría que sobrevivir por su cuenta. Llevaba algo de dinero en el bolso y tenía acceso a la cuenta de su esposo, así que lo primero que haría al día siguiente sería ir al banco a retirar algo de efectivo, antes de que le diera por cancelarle el acceso. Dado que no le había permitido llevarse nada consigo, iba a necesitar ropa y útiles de aseo. También contaba con la cantidad depositada por su padre unos años atrás, cuando cumplió los veinticinco. No había llegado a tocar ese dinero y ahora lo agradeció, porque le iba a resultar muy útil.

Durante los primeros días, se sintió totalmente desubicada y profundamente afligida. Sus compañeras se iban por la mañana a trabajar y ella se quedaba sola, con todos los pensamientos revoloteando a su alrededor cual nubes de mosquitos. Para agradecerles la hospitalidad, limpiaba y cocinaba para ellas. Había olvidado lo a gusto que había llegado a sentirse en otro tiempo frente a los fogones y recuperó su toque con naturalidad.

—Podría acostumbrarme a esto con facilidad —comentó Connie una de esas noches mientras rebañaba su plato.

—Creía que las mujeres de tu posición no eran capaces de hacer ni una ensalada —bromeó Mary Lou.

—No siempre he tenido personal de servicio. En otro tiempo, incluso, cocinaba a diario.

No había compartido con ellas su historia, y solo sabían que se había discutido con su marido por un asunto grave. Para Mary Lou y Connie, sin embargo, fue suficiente, y la acogieron con los brazos abiertos.

También dedicó más tiempo que nunca a las labores que siempre había llevado a cabo en Brooklyn, esta vez implicándose mucho más. Había días en que finalizaba la jornada totalmente agotada, y eso le impedía pensar en el desastre en el que se había convertido su vida. Ni siquiera sabía aún qué iba a hacer con ella.

Llevaba ya dos semanas instalada en casa de Rita cuando Frank fue a verla. Abrió la puerta ataviada con uno de los sencillos vestidos que se había comprado, un delantal encima y el cabello recogido. Su marido pestañeó un par de veces, como si le costara reconocerla, y luego le pidió permiso para entrar.

El pulso se le había acelerado hasta tal punto a Rebecca que apenas fue capaz de darle una respuesta coherente, así que se limitó a hacerse a un lado. Ni siquiera le preguntó cómo la había encontrado, porque resultaba obvio que había obtenido las señas de George Rinaldi, si no en aquellos días, en alguno de los muchos informes que este le habría pasado. Se tomó unos segundos para sosegarse.

—No has vuelto a casa —le dijo él en cuanto ella cerró la puerta. Su tono sonaba neutro, casi inofensivo.

—¿Esperabas que lo hiciera? —Lo miró, extrañada.

—Entiendo que te disgustaste mucho, y comprendo que necesitaras algo de tiempo para serenarte, pero han pasado muchos días. —Echó un vistazo alrededor, valorando el tipo de lugar en el que su mujer estaba viviendo—. Creo que ya va siendo hora de que regreses.

—¿Regresar? —Echó la cabeza hacia atrás—. No voy a volver contigo, Frank. Nuestro matrimonio se ha terminado.

—¡¿Qué?! —La contempló, atónito.

—Ya me has oído. —Los oídos comenzaron a retumbarle.

—Rebecca, siento mucho todo lo que sucedió con Leopold, de verdad que sí. —Hizo ademán de cogerle la mano y ella la retiró—. Pero eso fue hace tiempo. Es el pasado. Ambos hicimos cosas absurdas cuando éramos más jóvenes…

—Traicionaste a uno de tus mejores amigos, al hombre al que amaba —replicó ella, cáustica—. Para mí eso es mucho más que hacer alguna «cosa absurda».

—Ya te he pedido perdón por eso —insistió, con voz lastimera—. Y volveré a pedírtelo todas las veces que sean precisas, pero, por favor, vuelve conmigo.

Se le había acercado un poco y no pudo esquivar la caricia que le dejó sobre la mejilla. Durante un breve instante, le hizo recordar todo lo que habían vivido juntos.

—No sé si algún día podré perdonarte, Frank —le dijo al fin.

—Pero ¿qué estás diciendo? —Su voz se elevó y la expresión de su rostro se endureció de repente—. ¿Después de todo lo que he hecho por ti?

—No es la primera vez que me recuerdas todo lo que te debo —repuso, dolida—. Sé que has hecho mucho por mí y te lo agradezco, te lo agradezco mucho, pero eso no cambia lo que hiciste, ni cambia lo que siento ahora.

—De acuerdo, como quieras. —Se alejó de ella, con la mandíbula tensa y la mirada relampagueante. Su actitud conciliadora se había esfumado por completo—. Pero no te concederé el divorcio, si es eso lo que buscas, ni me sacarás un centavo más.

—No necesito tu dinero, ya te lo dije en una ocasión.

—Nueva York no es una ciudad barata, querida —comentó con desdén—. Cuando lo descubras, ya sabes dónde encontrarme.

Se dirigió hacia la puerta y la abrió con ímpetu. Antes de marcharse, se volvió hacia ella una última vez.

—No me arrepiento de haberte salvado la vida porque, pese a que te niegues a reconocerlo, fue eso exactamente lo que traté de hacer —le dijo—. Pero ojalá nunca nos hubiéramos reencontrado en Lisboa.

Cerró de un portazo y la dejó allí parada, en medio del saloncito, mientras ella hacía una reflexión muy similar.

Franklin Delano Roosevelt, el presidente de Estados Unidos, murió de manera repentina el 12 de abril de aquel 1945, el mismo día que Rebecca firmaba el contrato de alquiler de un pequeño apartamento a tres manzanas de distancia de la casa de Rita. Solo contaba con un dormitorio, pero era luminoso, con un amplio salón y una cocina bastante moderna. Los cuarenta y dos dólares mensuales que le pedían de alquiler le parecieron una cantidad razonable. Con el dinero de su fideicomiso, lo amueblaría con lo imprescindible y podría vivir allí durante un par de años al menos. Ahora solo le faltaba encontrar un empleo con el que pudiera mantenerse. Había valorado la posibilidad de convertirse en dependienta, como Mary Lou, aunque estaba considerando otras opciones.

En ese tiempo no había vuelto a saber nada de Frank, como si este hubiera aceptado al fin su decisión. Era consciente de que en algún momento del futuro tendrían que volver a verse, aunque solo fuera para regularizar su situación. Aunque le había asegurado que no le concedería el divorcio, con el tiempo ese paso sería inevitable. Aún era un hombre joven y, en cuanto se corriera la voz de que estaba «soltero», no iban a faltarle candidatas para convertirse en la nueva señora Stapleton. Pese a todo lo sucedido, confiaba en que pudiera encontrar una esposa adecuada y que lo hiciera feliz, alguien con quien no tuviera un pasado marcado por la desgracia.

El 30 de abril llegó la noticia del suicidio de Hitler y el 8 de mayo, la del final de la guerra en Europa. Rebecca se sumó a las celebraciones espontáneas que tuvieron lugar en todos los rincones de la ciudad. La gente lloraba, se besaba, se abrazaba, reía y bailaba como si todos hubieran olvidado que el frente del Pacífico aún permanecía activo. Harry Truman, que había sucedido a Roosevelt en la presidencia, aseguró que la victoria contra Japón estaba próxima y que era necesario un último esfuerzo para ganar aquella guerra. Para ello había designado el domingo 13 de mayo como día de la Oración, una jornada en la que esperaba que todos los estadounidenses, independientemente de sus creencias, rezaran para agradecer la victoria en Europa, para recordar a todos los caídos y para rogar por una pronta resolución del conflicto.

La alegría generalizada, sin embargo, se vio ensombrecida por las informaciones que continuaban llegando de Europa a medida que se iban descubriendo las barbaridades que habían llevado a cabo los nazis contra los judíos, los comunistas y otras minorías. Las imágenes de los campos de exterminio sacudieron la opinión pública. Lee Miller, la fotógrafa a la que había conocido en Francia, fue una de las que documentaron aquella atrocidad. Rebecca no daba crédito al horror que reflejaban aquellas fotografías y, por primera vez, se alegró de que Leopold no hubiera tenido que vivir una monstruosidad semejante. Millones de personas habían sido asesinadas a sangre fría en aquellos terribles campos, un genocidio sin precedentes que pobló sus noches de pesadillas.

La vida, sin embargo, se resistía a detenerse. A finales de mayo, acudió a una nueva entrevista de trabajo, en esta ocasión en una escuela femenina privada en la mejor zona de Brooklyn. La recibió la directora, la señora Brown, una mujer mucho más joven de lo que esperaba. No habría cumplido aún los cuarenta y le sorprendió que ya hubiera alcanzado un puesto de tanta responsabilidad y prestigio. Vestida con un traje chaqueta de color gris marengo y con un peinado discreto, trataba de proyectar la seriedad que echaba en falta por edad.

La recibió en un despacho grande, elegante y bien iluminado, y se tomó unos minutos para repasar los papeles de Rebecca.

—Veo que fue usted pintora y que vivió en París a finales de los años treinta —le dijo, alzando la vista.

—Así es.

—Imagino que estaría al corriente de los movimientos surrealistas, expresionistas y cubistas de la época.

—Por supuesto, especialmente del surrealismo —repuso Rebecca. Le sorprendía por dónde estaba conduciendo la conversación aquella mujer, porque ella solo aspiraba al puesto de profesora de francés.

—¿Tuvo oportunidad de visitar la exposición surrealista de París? Ahora mismo no recuerdo el año —se quedó pensativa.

—En enero de 1938 —comentó ella—. Y sí, estuve allí.

Un tropel de recuerdos desfiló ante sus ojos y tuvo que parpadear varias veces para volver a centrarse en lo que la directora le decía.

—¿Es cierto que el suelo estaba cubierto de barro? —se interesó vivamente.

—Y de hojas secas. Breton quería que la experiencia inmersiva fuera total.

—Ah, es que... ¿conoció usted a André Breton? —inquirió, con los ojos muy abiertos.

—Eh, sí, en efecto.

La señora Brown la contemplaba casi con admiración, lo que la hizo sentir un tanto incómoda.

—¿Y... cómo era? —preguntó a continuación.

—Intenso. —Rebecca sonrió—. Muy intenso.

—Un momento...

La directora volvió a mirar los papeles que aún sostenía entre las manos.

—Rebecca... Un momento. ¿Es usted «esa» Rebecca Heyworth?

—¿Qué? —La contempló, extrañada—. Me temo que no entiendo su pregunta.

—No sé si ha visitado la Art of This Century, en Manhattan, en la calle Cincuenta y siete, una galería de arte que Peggy Guggenheim inauguró hace un par de años.

—No, me temo que no.

Rebecca sabía que la mecenas americana se había instalado también en Nueva York tras su regreso de Europa, y que había inaugurado una galería, solo que no había sentido ningún deseo de visitarla ni de establecer nuevos vínculos con aquella parte de su pasado, igual que Frank.

—¿Es posible que haya un cuadro suyo allí mismo? Uno que representa unos caballos de distintos colores. Me llamó la atención porque estaba pintado por una mujer, juraría que el nombre era el suyo.

—¿Está... expuesto? —La noticia la dejó totalmente desubicada.

—Ah, sí, ya lo creo, o lo estuvo al menos, hace tiempo que no paso por allí. Me pareció un trabajo magnífico. Así que es suyo...

La directora parecía encantada de tener a la propia autora

frente a ella y durante los siguientes minutos estuvo interrogándola sobre su técnica y sobre los artistas a los que había conocido en París, hasta que la entrevista se convirtió en una distendida charla sobre arte. Aunque el puesto era para impartir clases de francés, la directora tenía intención de incluir también en el nuevo programa actividades artísticas, y deseaba contar con ella para esos cursos. Cuando Rebecca salió de allí, una hora y media después, lo hizo convertida en la nueva maestra de francés y arte para el curso que se iniciaría después del verano.

Ya tenía un proyecto de futuro. Uno que, además, le apetecía mucho.

Solo entonces decidió escribir a su familia.

43

Como a casi todas las personas que conocía, las bombas atómicas que Estados Unidos lanzó sobre Japón los días 6 y 9 de agosto de ese mismo año la horrorizaron. Le resultaba increíble concebir que pudieran haber causado tal nivel de destrucción en tan poco tiempo. Si bien le costó aceptarlo, lo cierto fue que se logró el inmediato final de aquella guerra que se había prolongado durante seis largos años y que había acabado con la vida de millones de personas.

Muy pronto, la ciudad comenzó a transformarse, primero poco a poco y luego a marchas forzadas. Los jardines de la victoria fueron desapareciendo de los parques y espacios públicos, que recuperaron su uso primigenio. Los hombres regresaron del frente y recuperaron sus antiguos empleos, por lo que muchas de las mujeres que los habían ocupado durante el conflicto retornaron a sus hogares, algunas de buen grado y otras con la sensación de que les habían arrebatado algo. Sin restricciones ni de caucho ni de gasolina, los automóviles volvían a circular como en sus primeros tiempos en Nueva York, y los productos que habían estado controlados o restringidos de repente se encontraban otra vez disponibles. Cuando las medias de nailon estuvieron de vuelta en los almacenes, Rebecca compró seis pares de golpe y estrenó unas el primer día de su nuevo empleo.

A menudo, al despertar, debía recordarse que la guerra había acabado por fin, y lo mismo le ocurría cuando iba a la compra. Los primeros días se le hacía extraño no pensar en huertos, tareas o racionamientos, hasta que poco a poco la nueva realidad se fue asentando y formando parte de su nueva rutina.

Conoció a Eddie, el novio de Rita, a mediados de septiembre, y le pareció un joven tan atractivo como encantador. Su amiga estaba fascinada con él y, como era natural, comenzó a pasar casi todo su tiempo libre a su lado. Con la ciudad llena de nuevo de jóvenes solteros, Connie y Mary Lou salían muchas noches a bailar. Rebecca las acompañó en un par de ocasiones, pero no lograba sentirse del todo cómoda. La idea de confraternizar con otro hombre le provocaba náuseas y prefería quedarse en su pequeño apartamento, leyendo o preparando las clases para sus alumnas. Volver a trabajar con pinturas y pinceles, o con arcilla y yeso, había supuesto casi una catarsis. No era capaz de sentir aquel hormigueo de otro tiempo en los dedos, pero encontraba relajante manipular aquellas sustancias y recuperar viejos olores que ya creía olvidados.

En octubre recibió una carta de su madre en la que le comunicaba que todos los miembros de la familia viajarían a Nueva York a primeros de noviembre, incluida la esposa de su hermano Robert, que había contraído matrimonio un año antes. Se hospedarían en el Waldorf Astoria, donde esperaban encontrarse con ella. Habían transcurrido seis años desde que viera a su madre y a sus dos hermanos mayores por última vez. Y casi dos años más desde que se despidiera de su padre y del pequeño Jamie, que ya sería casi un hombre. La posibilidad de reencontrarse con ellos después de tanto tiempo la llenó de una felicidad indescriptible. También la idea de hablar con su padre, pese a todo lo que había sucedido entre ambos, la colmaba de esperanza. Ya no era la jovencita de veinte años que había salido del despacho de Walter Heyworth llena de rabia y de sueños, ahora era una mujer de veintiocho, independiente y dueña de su propia vida.

Su madre no había mencionado la separación de Frank, ni en esa carta ni en las anteriores que habían cruzado desde que se lo hiciera saber, como si no se hubiera dado por enterada.

Intuía que eso iba a cambiar cuando se vieran en persona, pero estaba preparada para aguantar cualquier reproche que quisieran hacerle. Solo su hermano Charles había tocado el tema para decirle que, si ella había tomado esa decisión, sus razones tendría. Siempre la asombraba que confiara tanto en su criterio, a pesar de que solo era un año mayor que él. Charles era, con diferencia, la persona a la que más deseaba ver en el mundo. Había sobrevivido a la guerra, además sin recibir ninguna herida. En sus cartas nunca se había explayado demasiado sobre esa parte de su vida, y ella necesitaba saber que estaba bien. Había visto las miradas vacías de algunos de los soldados tras su vuelta a casa, como si una parte de ellos hubiera muerto en el frente, y quería asegurarse de que su hermano no era uno de ellos.

La espera se le hizo inusitadamente larga, pese a que se mantuvo ocupada la mayor parte del tiempo, y el día señalado se puso un vestido que había comprado para la ocasión y se peinó con mayor esmero del acostumbrado. Sabía que su familia había llegado la noche anterior y tuvo que hacer un esfuerzo para no plantarse frente a la puerta del hotel para recibirlos. En cambio, decidió concederles unas horas para que se aclimataran y se presentó a última hora de la mañana en la lujosa recepción. No le extrañó comprobar que sus padres habían reservado las mejores habitaciones del último piso y subió en el ascensor con el estómago hecho un manojo de nervios.

Fue su madre, a quien habían avisado desde la recepción, quien le abrió la puerta. Rebecca no pronunció ni una sola palabra antes de echarse a sus brazos. Estaba casi igual que la última vez que la había visto, aunque con algunas canas más y nuevas arrugas en su bonito rostro. Ambas rompieron a llorar y durante unos minutos ninguna fue capaz de deshacer el abrazo. Ni siquiera se dio cuenta de que sus hermanos entraban en la estancia a través de la puerta interior que comunicaba las habitaciones.

Jamie, como había imaginado, se había convertido en un joven alto y fuerte, y se mostró algo tímido en su presencia.

Robert estaba casi igual, con aquel aire petulante de siempre, en compañía de su esposa, una joven agradable y educada, exactamente el tipo de nuera que sus padres aprobarían sin reservas. Y luego estaba Charles, su querido Charles, que había adelgazado, pero mantenía el brillo de siempre en la mirada. La guerra no había logrado destruirlo.

Su padre se había mantenido al fondo de la habitación, rígido como era habitual en él. Su bigote presentaba algunas canas nuevas y la frente le había ganado algo de espacio al cabello.

—Rebecca... —la saludó, serio como siempre.

Y ella, que no había parado de llorar desde que había entrado en aquella habitación, se refugió en sus brazos como no hacía desde que era niña. Ver de nuevo a toda su familia, sana y salva, había vencido la distancia que los separaba.

Almorzaron en el salón de la suite de sus padres, un almuerzo que le recordó a muchos otros de su pasado, aunque el ambiente era mucho más distendido, casi eufórico. No le extrañó que Robert dirigiera ya algunos de los negocios de la familia, ni que Jamie estudiara en Cambridge, ni siquiera que Charles aún no hubiera decidido qué quería hacer con su vida. Su padre, como siempre, fue quien menos intervino en la conversación, si bien se mostró casi amable con todos. Ella les habló de cómo se había vivido la guerra en Nueva York y de su empleo como profesora, como si fuesen una familia normal. Pese a todo, se mantuvo alerta todo el tiempo, aguardando el momento en el que alguien sacara a colación el asunto de su fallido matrimonio. Cuando cayó la tarde, le extrañó que eso aún no hubiera sucedido.

—Espero que te quedes a dormir —le comentó su madre—. De hecho, espero que te alojes con nosotros todo el tiempo que estemos aquí.

—Madre, no he traído nada de equipaje. —Rio.

—Supongo que en un hotel de estas características serán capaces de proporcionarte todo lo que puedas necesitar —alegó.

—Además, el lunes tengo que ir a trabajar.

—Pero hoy es sábado, así que al menos hasta entonces puedes hospedarte aquí —insistió.

—Mi hermana trabajando, quién lo hubiera dicho —comentó Robert, irónico.

Ella echó un vistazo a su padre y lo vio hacer una mueca de desagrado, aunque, por fortuna, no añadió ningún comentario.

Rebecca se quedó a pasar la noche, por supuesto, aunque durmió más bien poco. Charles y ella se pasaron horas charlando, tumbados sobre su cama, hasta que el día comenzó a clarear. Solo a él le contó los detalles de su matrimonio con Frank y los motivos que la habían llevado a romperlo, y acabó llorando en sus brazos, con la certeza de que él la comprendía. Le pidió, no obstante, que le guardara el secreto. En los días siguientes les contaría a sus padres parte de la verdad, pero no toda. No deseaba que su familia conociera los pormenores de su fracaso, y Walter Heyworth menos que nadie. A buen seguro tendría alguna opinión sobre el particular, y una que probablemente no la favorecería en absoluto.

Que sus progenitores no mencionaran el asunto debería de haberla alertado. Eso fue lo que pensó Rebecca al día siguiente, cuando bajaron al comedor a almorzar y se sentaron alrededor de una mesa que parecía contar con un asiento vacío. Su mente no llegó a procesar lo que aquello significaba hasta que vio a Frank entrar en el comedor y dirigirse hacia ellos. Intercambió una mirada de pánico con Charles, tan sorprendido como ella, y luego con su madre, que esquivó sus ojos. Su padre, en cambio, se había puesto en pie para saludar a su marido, con quien charló durante unos segundos sobre lo encantados que estaban de que pudieran conocerse al fin.

—Hola, Rebecca. —Frank la saludó con un beso en la mejilla y tomó asiento a su lado.

—¿Qué… haces aquí? —preguntó, a pesar de que conocía la respuesta.

—Tu padre tuvo la amabilidad de invitarme.

—Ya va siendo hora de que arregléis vuestras diferencias —sentenció Walter Heyworth al tiempo que desplegaba su servilleta.

—Quizá debería haberme consultado sobre este asunto, padre —replicó ella, cortante.

—Todos los matrimonios pasan por algún bache —añadió su progenitor mientras ojeaba la carta, como si aquella situación fuera de lo más normal—, pero uno no se rinde a la primera. Han sido años complicados para todos, pero me consta que los Stapleton son una familia respetable y te recuerdo que fuiste tú quien lo eligió como esposo, así que más vale que te esfuerces un poco por arreglar este entuerto.

—¿Esforzarme? —balbuceó.

—Espero que no estés pensando en montar una de tus escenas —la avisó, esta vez con su desafiante mirada clavada en ella.

Rebecca se volvió hacia su madre, sentada a su derecha.

—¿Usted lo sabía? —inquirió, dolida.

—Querida, tu padre tiene razón. —Posó la mano sobre la de Rebecca, que esta sentía completamente helada—. La guerra ha terminado, ahora todo irá mejor.

—Cariño, yo no he dejado de quererte —intervino Frank desde su otro costado y cubriendo su otra mano. La imagen de sus propias extremidades le resultó tan inverosímil que, en otras circunstancias, probablemente se habría echado a reír—. Sé que hemos tenido nuestros problemas, pero coincido en que nos merecemos una oportunidad. Yo haré todo lo posible por hacerte feliz.

Rebecca echó la silla hacia atrás y se puso en pie.

—Será mejor que vuelvas a sentarte, Rebecca —la amenazó su padre.

—Esto ha sido una encerrona —repuso ella—, y una de muy mal gusto, debo decir. Si se hubiera molestado en preguntarme, o en escucharme siquiera...

—Obedece, Rebecca —la instó su madre con dureza.

—He dicho que te sientes. —La voz de Walter Heyworth

restalló como un látigo y atrajo la atención de los comensales de las mesas vecinas—. Te estás poniendo en ridículo, y nos estás avergonzando.

—Tal vez entonces deberían de habérselo pensado mejor antes de tenderme esta estúpida emboscada.

Con la espalda recta, pero con el corazón bombeando como si fuera a desintegrarse, Rebecca abandonó el comedor y cruzó el vestíbulo. Cerca de las puertas, Frank la interceptó.

—Lo siento mucho, cariño —se disculpó—. Yo... no sabía que tus padres no te habían comentado nada.

—¿Y a ti qué te ha hecho pensar que yo había cambiado de opinión? —le preguntó, irónica—. Porque sigo pensando exactamente lo mismo que el día que me marché, y me temo que eso va a seguir siendo así.

—Nunca habría imaginado que fueras una mujer tan rencorosa —le dijo con acritud.

—¿Rencorosa? —Lo miró casi con desprecio—. ¿Sabes una cosa, Frank? No me conoces. No me conoces en absoluto. Creo que te hiciste una idea de mí en París que no se corresponde con la mujer que soy. Has tratado de convertirme en una persona diferente, y lo peor es que yo lo he consentido. Y tal vez habría terminado transformándome en lo que tú querías, en alguien de quien mi padre se sentiría orgulloso, pero si hay algo que no puedo perdonar es la traición, y tú cometiste la peor de todas. Contra Leopold y contra mí.

—Ya te dije que...

—Que lo hiciste por mí —lo interrumpió—, para salvarme la vida. Es lo que te has dicho a ti mismo durante todos estos años. Tal vez sea cierto, pero no te correspondía a ti tomar aquella decisión. Me destrozaste la vida y todo lo que hayas hecho por mí después de aquello jamás saldará esa deuda. Jamás, Frank.

Rebecca trató de alejarse de él, pero su marido la sujetó del brazo con fuerza.

—¡Aún eres mi esposa! —le espetó, iracundo.

—Espero que no por mucho tiempo.

—Nunca te concederé el divorcio —siseó con rabia.

—Oh, ya lo creo que lo harás. Ni siquiera tu familia podrá permanecer ajena al escándalo de una separación indefinida.

Se desasió del agarre y abandonó el hotel a toda prisa. No había caminado ni diez metros cuando alguien volvió a sujetarla. Se dio la vuelta para enfrentarse de nuevo a Frank, pero era Charles quien se encontraba a su lado.

—Siempre he querido conocer Brooklyn —le dijo, ofreciéndole el brazo.

Rebecca se sujetó a su hermano y caminó con él por las calles de Manhattan, con las lágrimas mojándole las mejillas y el corazón convertido en un montón de astillas.

Frank tardó diecisiete meses y once días en concederle el divorcio, y si lo hizo fue solo porque tenía intención de volver a casarse, en esta ocasión con la hija de un socio de su padre. Rebecca no tenía intención de iniciar una batalla para reclamar sus derechos, así que firmó una renuncia y se dispuso a continuar con su vida.

No había vuelto a ver a su padre desde aquel episodio, aunque su madre acudió a despedirse el día antes de su partida, cargada con algunos reproches sobre su comportamiento infantil y caprichoso. Por suerte, Charles estaba allí —apenas se había separado de ella— e intercedió para rebajar la tensión entre ambas. Rebecca estaba muy resentida, igual que su madre, pero ninguna dio su brazo a torcer. Despedirse de sus hermanos, que la habían visitado con frecuencia en aquellos días, resultó mucho más duro, y hacerlo de Charles la dejó totalmente destrozada.

En el año y medio que había transcurrido desde entonces, había logrado a través de la correspondencia un cierto acercamiento con su madre, ablandada quizá porque su hijo Robert la había convertido en la abuela de su primer nieto. Sin embargo, todavía no habían conseguido limar todas las asperezas, ni siquiera cuando le ofreció dinero a su hija para que se mudara a algún lugar más «apropiado». Rebecca era consciente de que su apartamento era pequeño y modesto, pero lo había convertido en su hogar y no estaba dispuesta a mudarse de nuevo, así que lo rechazó.

En ese tiempo, además, habían sucedido muchas más cosas. Rita se había casado con Eddie y este la había llevado a su pueblo, en Nebraska, para presentarle a su familia. Su amiga regresó tan fascinada con el lugar que dos meses después se mudaron definitivamente y, aunque le escribía de tanto en tanto, Rebecca la echaba mucho de menos. Connie se casaba también ese verano, y Mary Lou tenía intención de mudarse a Manhattan para estar más cerca de su empleo. La habían ascendido a encargada de la zapatería y había comenzado a salir con un joven de Tribeca que bebía los vientos por ella.

Rebecca continuaba dando clases en la escuela y había trabado una incipiente amistad con la directora Brown y con la profesora de álgebra, pero ambas estaban casadas y no disponían de mucho tiempo libre al finalizar las clases. También había tenido un par de citas con un hombre, y no hubo una tercera porque no se sentía preparada para iniciar una relación con nadie.

Se había convertido en una mujer solitaria. Leía mucho, paseaba siempre que podía, iba al cine un par de veces al mes y había vuelto a visitar los museos. La galería de Peggy Guggenheim fue la primera de su lista y, aunque no llegó a ver a la mecenas, pasó largo rato frente al cuadro que ella misma había pintado años atrás. Para su sorpresa, estaba colgado junto a uno de Leopold, y experimentó la reconfortante sensación de que era casi como estar juntos para siempre.

Con treinta años recién cumplidos, Rebecca comenzó a ser consciente de que ya no esperaba mucho de la vida, y eso la sumió en un perpetuo estado de melancolía. Cada vez recordaba con mayor frecuencia sus días en Francia, la pasión que la había dominado entonces, las personas a las que había conocido, las cosas que había hecho. Hasta su paso por Santander se le antojaba en ocasiones más emocionante que la última etapa de su vida. No había sabido nada de Elvira ni de la hermana Soledad, que no había contestado a una sola de esas cartas que dejó de escribir tras el segundo año sin recibir noticias.

Soñaba con su casa en Saint-Martin, cada vez con más frecuencia. A esas alturas probablemente estaría medio en ruinas, comida por la maleza y las alimañas. Había sido tan dichosa allí que por fuerza aquellos muros debían conservar retazos de su antigua felicidad. Por no hablar de las pinturas y esculturas de Leopold que aún continuarían en el lugar, pudriéndose bajo el polvo del tiempo. Se había obligado a no pensar en ellas durante años y ahora no podía dejar de hacerlo, como si de algún modo la estuvieran llamando, despierta y dormida.

La idea de regresar a Europa fue ganando fuerza con el transcurrir de los días. Su madre le había mencionado en alguna ocasión que siempre podía volver a casa, pero para Rebecca su casa no estaba en Yorkshire; su hogar se encontraba en Saint-Martin d'Ardèche. Disponía de algunos ahorros, porque sus gastos eran frugales. Con ellos, podría regresar a Francia, instalarse en La Gioconda, arreglar los desperfectos que los años hubieran provocado y tal vez encontrar un empleo por la zona. Luego visitaría a sus amigos en París. Quizá Blanche estaba de vuelta. Incluso Camille y Louis. Y Armand, por supuesto, que nunca se había marchado. Hasta la idea de volver a ver al pedante escultor le calentó el corazón.

Tal vez, con el tiempo, hasta volviera a pintar. Si había un lugar perfecto para ello, como Leopold le había dicho en una ocasión, ese era París.

Y Saint-Martin también.

44

Saint-Martin d'Ardèche, septiembre de 1947

Rebecca había olvidado el calor que hacía en aquella región, aunque fuera un calor mucho más soportable que la pringosa humedad de Nueva York. También había olvidado el olor de las uvas maduras, que en ese momento recogían una veintena de personas, desplazándose de vid en vid. Al parecer, Henri Moreau había sobrevivido a la guerra y aún se ocupaba de hacer vino con ellas.

Le pidió al taxista que la había llevado desde Aix-en-Provence que la dejara a mitad de trayecto desde el pueblo y le indicó el camino que debía tomar en dirección a la casa, cuyos muros ya podía divisar. Necesitaba volver a sentir aquel aire en el rostro y aquella tierra bajo sus pies, la última que Leopold había pisado.

Ni siquiera se había detenido en la localidad, ansiosa por llegar cuanto antes, y, a menos que la casa estuviera por completo inhabitable, tenía intención de dormir en ella. Esperaba que las bicicletas aún se encontraran allí y nadie las hubiera robado, porque mucho se temía que el coche, en caso de hallarse todavía en el garaje, no habría sobrevivido al paso del tiempo. Necesitaría poder desplazarse hasta el pueblo para comprar comida y útiles de limpieza, al menos hasta que pudiera hacerse con un nuevo vehículo. Ya no era la jovencita que recorría aquellos caminos como si el mundo no fuera a terminarse jamás.

Comenzó a caminar, sin prisa, deleitándose con el paisaje, con las montañas que se recortaban al fondo y con el bosquecillo que nacía más allá de los viñedos, tras el cual discurría el río en el que tantas veces se había bañado. Los recuerdos comenzaron a asaltarla en rápidas ráfagas y sintió un dolor tan lacerante en el centro del pecho que tuvo que detenerse. Por primera vez pensó que tal vez aquella no había sido una buena idea, después de todo. Había demasiados recuerdos asociados a aquel lugar, demasiadas emociones, demasiado dolor.

Con el rabillo del ojo vio que uno de los trabajadores se acercaba hasta ella a toda prisa. Sin duda su postura, medio encorvada y con la mano sobre el corazón, lo había alertado. Se irguió para indicarle que se encontraba bien, pero el gesto se quedó congelado en el tiempo.

Al hombre que había comenzado a correr en su dirección, el viento le había arrancado el sombrero de paja. Su cabello rubio brillaba bajo el sol de la tarde y Rebecca pensó que estaba teniendo una especie de visión. Alzó los brazos, en un intento por atrapar aquella imagen para siempre, hasta que él se aferró a su cuerpo como si la estuviera salvando de un naufragio.

—¡Rebecca! ¡Rebecca! —decía aquel individuo al tiempo que le cubría el rostro de besos y caricias—. Mi amor, mi vida...

—¿Leo...? ¿Leopold? —logró balbucear, aturdida y con el alma temblando.

—Lo sabía. —Resolló, y volvió a besarla. Los párpados, la nariz, los labios resecos—. Sabía que algún día volverías. Siempre lo he sabido...

—Yo..., tú... ¿estás... muerto?

Durante un breve instante, Rebecca tuvo la sensación de que ella también había muerto, justo en aquel lugar que tanto había amado, para reencontrarse con el hombre de sus sueños. Sin embargo, la risa de él rompió el ensalmo.

—Lo estuve —le sujetó el rostro con las manos, para que ella pudiera verlo bien—. Lo estuve...

Rebecca alzó las manos y tocó aquel rostro, algo más delgado que en sus recuerdos, y también más viejo, pero con aquellos mismos ojos azules que una vez habían buceado en su alma.

—¡Leopold! —comenzó a llorar mientras recorría con los dedos aquellos rasgos que tan bien conocía—. ¡Eres tú, eres tú!

Él la abrazó con fuerza, y terminaron de rodillas en el camino de polvo, arrullados por el sol, por el viento y por un futuro imposible que, de repente, se había hecho realidad.

Aquella última noche de 1940, Leopold yació inconsciente y desangrándose a pocos metros del cadáver del que había sido su amigo. Cuando abrió los ojos, varios días después, no supo dónde se encontraba, solo que no estaba muerto. Y no porque el lugar en el que se hallaba no se pareciera ni al cielo ni al infierno, sino porque el dolor que lo traspasaba de parte a parte le hacía ser más consciente que nunca de su propio cuerpo. Fue entonces cuando vio un rostro conocido.

—¿Frédéric? —preguntó con un hilo de voz.

Frédéric Lagrange, el dueño de la taberna, el mismo hombre que una vez lo había delatado, estaba llenando una jofaina con agua caliente.

—Ah, muchacho, te has despertado al fin —le dijo en tono amable y un tanto cohibido—. Iré a avisar a Marguerite.

Desapareció con cierta torpeza por una empinada escalera antes de que Leopold hubiera tenido tiempo de añadir nada más. Echó un vistazo alrededor y comprendió que se encontraba en una especie de bodega, con docenas de botellas de vino alineadas al fondo y varios jamones y embutidos colgando del techo. Marguerite bajó a toda prisa.

—¡Leopold! —Corrió hacia él y le tomó la temperatura con el dorso de la mano—. Pensábamos que no iba a… Frédéric ha ido a buscar al médico, estará aquí enseguida.

—¿Mi amigo…? —Hizo un esfuerzo por pronunciar aquellas palabras. Si él había conseguido salvarse, tal vez Helm…

—Lo siento. —La mujer bajó los ojos, cercenando sus esperanzas—. Nos despertaron los disparos en mitad de la noche, pero no pudimos acercarnos hasta que aquellos bastardos se marcharon. Ya era tarde para tu compañero, pero tú aún respirabas. Entre Frédéric y otros vecinos te trasladamos aquí y avisamos al doctor Giraud. Te ha operado tres veces en estos días y llegó un momento en que creímos, creímos que…

La voz se le apagó de repente, vencida por la emoción, y Leopold alzó un poco el brazo para buscar su mano, que apretó con todo el vigor que sus exiguas fuerzas le permitieron.

—Gracias —musitó al fin.

—Lo lamento mucho, Leopold —balbuceó Marguerite—. Frédéric no tuvo nada que ver con tu segunda detención, es importante que lo sepas. Ignorábamos que habías regresado al pueblo, porque te habríamos avisado de que esos nazis andaban por aquí.

—¿Y Rebecca? —preguntó, con un hilo de voz—. ¿Sabes dónde está Rebecca?

—Se marchó hace meses, no hemos sabido nada de ella.

Leopold se limitó a asentir, esperanzado, mientras la oscuridad luchaba por llevárselo de nuevo. Escuchó nuevos pasos bajando por las escaleras, pero ya no fue capaz de ver a quién pertenecían.

Según le explicó el doctor Giraud mucho después, ninguna de las balas que le atravesaron el cuerpo era mortal de necesidad. Una le perforó el pulmón y otra el intestino, y la de la pierna solo tocó músculo y tejido. Sin duda, su experiencia médica en los campos de batalla durante la Gran Guerra le había salvado la vida. Allí, según le contó, se había enfrentado a heridas mucho peores que las suyas y, aunque ya rondaba los sesenta años, no había olvidado ni una sola de las valiosas enseñanzas de aquella tragedia.

Tras varios meses de recuperación y de atentos cuidados, Leopold volvió a ponerse en pie. Además de Frédéric, Marguerite y el médico, también lo habían visitado Henri Moreau, el padre Marcel, párroco de la localidad, y un par de personas más del pueblo que se ocupaban de hacerle compañía, darle de comer e incluso de lavarlo y afeitarlo. Para todos los demás, Leopold Blum había muerto frente a La Gioconda, e incluso celebraron un funeral en su nombre y enterraron un ataúd vacío en el cementerio local, junto a la tumba de Helm. Solo un tiempo después supo que todas esas personas colaboraban con la Resistencia a escondidas de sus vecinos y de las autoridades.

Cuando al fin se encontró restablecido, decidió unirse a ellos e irse a vivir a las montañas. No podía arriesgarse a un nuevo intento de llegar a España, porque eso solo pondría en peligro a las personas que, además de socorrerlo, habían llegado a simular su muerte para salvarlo. En los años que siguieron, participó en actos de sabotaje de toda índole, llevó mensajes, transportó medicinas y armas, participó en voladuras de puentes y fábricas e hizo todo lo que consideró necesario para ayudar a ganar la guerra.

—¿Qué sucede, Rebecca? —Leopold la tomó de la barbilla y alzó su rostro.

Se encontraban en el interior de la casa, que Leopold había mantenido prácticamente intacta. Rebecca había traspasado aquel umbral como si se tratara de una catedral. Sentados a la mesa de la cocina, bañados por la luz del sol, parecía como si los años que habían permanecido separados no hubieran sido más que un breve paréntesis.

—¿No...? ¿No me buscaste...? —logró articular Rebecca.

—Claro que sí —contestó, sorprendido con la pregunta—. Te escribí a Inglaterra.

—¿Qué?

—Supuse que, si no te encontrabas allí, tu madre o tu hermano Charles sabrían dónde buscarte —le dijo—. Fue tu padre quien me contestó para decirme que vivías en América, que te habías casado y que eras muy feliz. Añadió que no tratara de ponerme en contacto contigo, que bastante dolor te había causado ya. —Le limpió una lágrima con el pulgar—. Sin ti, no tenía ningún lugar a donde ir, vida mía.

Rebecca reprimió el sollozo que le atravesó el pecho.

—¿Cuándo… escribiste a mi padre? —le preguntó, con un hilo de voz.

—A finales del cuarenta y uno —respondió él—, en cuanto me recuperé y encontré un modo seguro de comunicarme contigo.

Hizo un rápido cálculo mental. En esas fechas su familia ya sabía que había contraído matrimonio con Frank y que vivía en Nueva York, lo que justificaba la respuesta de Walter Heyworth.

—¿Por eso te quedaste aquí?

—Sí, y por eso me uní a la Resistencia. Hasta que me capturaron en abril del cuarenta y cuatro.

—Oh, Dios, dime que no te llevaron de nuevo a Les Milles —sollozó, incapaz ya de contener la angustia.

—A Le Vernet —respondió, sin atreverse a mirarla—, y de allí a Dachau.

—¡¿Dachau?! —Su rostro adquirió una palidez fantasmagórica—. Leopold…

—Ya… Imagino que habrás visto las fotografías que nos tomaron los americanos cuando nos liberaron. —La cogió de las manos con fuerza—. Pero sobreviví, cariño, estoy aquí. Yo fui uno de los afortunados.

Las terribles imágenes que había visto publicadas en distintos medios inundaron la mente de Rebecca de atroces detalles.

—Leopold, ¿y tu familia? Tus padres, tu hermana…

Él negó con la cabeza, abatido.

—Ningún superviviente —dijo, con la mirada perdida más allá de la ventana de la cocina, desde donde se apreciaba un pedazo de cielo limpio y azul.

Durante unos instantes fue ella quien trató de consolarlo acariciando su antebrazo moreno y musculoso.

—Vi… —Rebecca trataba de reprimir los sollozos—. Vi las fotos de Lee Miller, las de Dachau.

—Ah, la dulce Lee —suspiró, conmovido—. Ni siquiera me reconoció cuando me acerqué a ella, ¿sabes? Estaba conmocionada, todos lo estaban en realidad. Algunos soldados lloraban como niños y muchos se abrazaban a nosotros, algunos incluso pidiéndonos disculpas por no haber podido llegar antes. Fue…, fue terrible y maravilloso al mismo tiempo, no creo que sea capaz de explicártelo.

—¿Y Lee?

—Ella fue la que me sacó de allí en cuanto pudo y me ayudó a regresar a París.

—Pudiste volver a casa… —sollozó.

—Bueno, mi apartamento de la rue Jacob ya no me pertenecía —comentó con una mueca triste—, así que me alojé una temporada en casa de Armand. Él me ayudó a recuperarme. Sé que nunca te ha resultado muy simpático, pero…

—Te juro que ahora mismo le besaría. —Rio y lloró al mismo tiempo.

—Imagino que estarás tentada de hacer mucho más cuando te diga que él salvó nuestros cuadros. Tenía una llave de mi apartamento y tuvo la perspicacia de vaciarlo antes de que fuese entregado a otras personas. Logró vender la mayoría de mis pinturas antes de la llegada de los alemanes, y guardó ese dinero por si yo regresaba.

—¿En serio?

Rebecca bajó la mirada. ¿Cuántas veces había pensado en escribir al viejo escultor y acabó descartando la idea por sus absurdos prejuicios?

—En una ocasión te dije que, pese a sus defectos, era un buen hombre y un buen amigo. —Leopold le acarició el dorso de las manos, que aún mantenía sujetas—. Con ese dinero pude regresar aquí y comprarle los viñedos a Moreau. Ahora elaboro vino, ¿te lo puedes creer?

—Siempre has sido un hombre con muchas facetas —respondió ella con una sonrisa tímida—. Solo lamento no haber estado aquí para vivirlo contigo.

—Pero estás aquí ahora. Yo no tenía intención de molestarte, ¿sabes? Aunque te echara tanto de menos que me doliera hasta respirar. —Le acarició la mejilla—. Lo único que deseaba, lo único que he deseado siempre, es que estuvieras a salvo y que fueras feliz, aunque no fuese conmigo.

Rebecca, incapaz ya de contener sus emociones, se echó en sus brazos. Leopold la acogió en su regazo y la besó, como no había dejado de hacer desde su reencuentro, aunque esta vez con una ternura que le disolvió todos los huesos.

—Te amo, te amo, te amo… —le decía ella entre lágrimas y besos.

—Y yo te amo a ti, más que a mi vida, más que a mi sangre.

Y allí, sobre aquella silla, tocados por el sol y por los recuerdos de una vida, la hizo suya por primera vez en años.

Mucho rato después, ahítos el uno del otro, tumbados sobre sábanas frescas y con la brisa del atardecer colándose por la ventana del dormitorio, Rebecca pensó en lo último que Leopold le había contado. Y eso la llevó a otra cuestión. Él sabía que se había casado, pero no con quién.

—Leopold, hay algo que… algo que tengo que decirte… —comenzó, con la voz algo temblorosa.

—No importa. —Se encontraba tumbado a su lado y posó el dedo índice sobre sus labios—. Sé que te casaste con Frank.

—¿Qué?

—Blanche me lo dijo.

—¿Blanche está aquí?

—Regresó el año pasado. Vive en París, cerca de Camille y Louis, quienes, por cierto, tienen un niño, ¿lo sabías?

—Pero…

—Rebecca, no importa. Siempre supe que él te amaba, no sé si tanto como yo, pero, si hubiera podido elegir un hombre para ti que no fuese yo, habría sido él, no te quepa duda. —Le acarició el rostro—. Me alegré por los dos, aunque deduzco que ahora ya no…

—Nos separamos hace años…

—Bien, me dolería haber traicionado a un amigo acostándome con su esposa —dijo, divertido, mientras la besaba en la punta de la nariz.

Rebecca se mordió la lengua para no contarle quién fue realmente el traidor. ¿Merecía la pena? Leopold conservaba un buen recuerdo del hombre que había sido su amigo durante años, y la guerra ya le había arrebatado demasiadas cosas.

—¿Frank está bien? —Se interesó Leopold.

—Felizmente casado, según lo último que supe de él.

—Sé que soy un egoísta, pero me alegra que lo vuestro no funcionara. —La besó en la mandíbula—. O nunca habrías regresado a casa.

A casa. La idea la llenó de una luz iridiscente y cálida. Estaba en casa, en su hogar. Con Leopold.

Si aquello era un sueño, rezó para no volver a despertar.

El trino de los pájaros se coló por su ventana. ¿Cuánto tiempo hacía que no escuchaba aquel sonido con tanta intensidad? Abrió los ojos y sonrió al descubrirse desnuda, saciada y feliz. Leopold no estaba con ella, pero su lado de la cama aún estaba tibio, así que no andaría lejos. Se levantó de un salto para darse una ducha rápida, vestirse e ir en su busca. No había terminado de abrocharse el vestido cuando él apareció en el umbral de la puerta.

—Había olvidado lo preciosa que eres —musitó.

—¿Aunque haya envejecido? —le preguntó, a pesar de que en las últimas horas había vuelto a sentirse como si tuviera veinte años de nuevo.

—Para mí serás hermosa siempre, aunque tu cabello se vista de canas y tu rostro se convierta en un ajado mapa de arrugas e historias.

Rebecca lo miró, emocionada, incapaz de encontrar las palabras adecuadas que decirle.

—Ven conmigo. —Leopold estiró el brazo y ella tomó su mano.

Supo a dónde la conducía en cuanto se internaron por el corredor. Un instante después, él abrió la puerta del estudio que ambos habían habilitado sobre la cochera. A través de las cortinas, la luz de septiembre se derramaba con delicadeza sobre los dos caballetes con sus lienzos en blanco y sobre las pinturas ya terminadas, colgadas en las paredes. Allí estaban todos los cuadros que ella había pintado y algunos de él, que reconoció de inmediato. No había ninguno reciente.

—Hace años que no pinto... —le dijo ella, con una honda tristeza.

—Tampoco yo —reconoció él.

—¿Nada? —Lo miró, tan extrañada como apenada.

—Lo intenté en un par de ocasiones, pero no fui capaz.

Rebecca contempló con nostalgia aquel lugar que una vez estuvo lleno de matices, de proyectos, de ilusiones.

—Pero ahora estás aquí —le dijo Leopold—. El mundo gira de nuevo, mi corazón ha vuelto a latir. El color también regresará.

—Tú eres el color, Leopold. —Lo besó, lo besó como si el universo acabara de renacer y ellos fueran sus únicos moradores.

No salieron de la casa en dos días. Leopold solo se ausentó un par de horas para organizar a los trabajadores que recogían la uva y luego regresó con ella. Se debían tantas caricias y tantos suspiros que les faltaban horas. Al tercer día, sin embargo, él le propuso un plan diferente.

—Me gustaría ir al pueblo —le dijo, mientras desayunaban en la cocina.

Rebecca, que untaba mantequilla en una tostada, alzó la cabeza.

—¿Al pueblo?

—A estas alturas, todo el mundo debe saber ya que has vuelto. —Rio—. Marguerite y Frédéric estarán deseando verte, y también Henri.

—Claro —convino, feliz—. Me encantará verlos de nuevo. Tengo mucho que agradecerles.

—Y me gustaría que conocieras al padre Marcel.

—¿A un cura? —Rio—. ¿Te has vuelto católico?

—Me gustaría que conocieras al hombre que va a casarnos.

—¿Qué? —La tostada se le cayó de los dedos, que habían comenzado a temblarle.

Leopold se levantó de su silla, clavó una rodilla en el suelo frente a ella y la tomó de la mano.

—Eres la mujer a la que amo, la única a la que deseo ver al despertar todos y cada uno de los días que me resten por vivir. No sé si tú…

—¡Sí! —lo interrumpió ella, echándole los brazos al cuello—. ¡Sí!

En los siguientes minutos, la cocina de La Gioconda se llenó de risas y de lágrimas, de sol y de promesas, y de todas las cosas buenas que aún estaban por llegar.

EPÍLOGO

Veinte meses después

La clínica del doctor Romero apenas había cambiado en los nueve años transcurridos desde que Rebecca saliera de allí. Al cruzar las verjas de acceso, tuvo la extraña sensación de que regresaba al pasado, un pasado con el que había aprendido a reconciliarse. Hasta en el despacho del médico era como si se hubiera detenido el tiempo, aunque el hombre que se sentaba al otro lado de la mesa parecía haber envejecido mucho más que una década. Él mismo la acompañó al exterior, a los jardines en flor salpicados de pacientes y religiosas ataviadas con sus blancos hábitos, como margaritas diseminadas por aquí y por allá. La hermana Soledad había muerto el año anterior, según le dijo, pero vio a la hermana Virtudes, que la miró con extrañeza antes de dedicarle una sonrisa tímida.

Rebecca reconoció el crujido de la grava bajo la suela de sus zapatos, una música que la transportaba por momentos a otro tiempo, hasta que llegó frente al huerto de manzanos. Allí, el doctor Romero se alejó unos pasos mientras ella se aproximaba a la mujer que se hallaba sentada frente a un lienzo a medio terminar, una sucesión de pinceladas suaves que representaban los troncos de los árboles y las copas cargadas de frutos.

—Has mejorado mucho —le dijo.

La mujer se sobresaltó y la contempló durante unos segundos, con el desconcierto trazando sombras en su rostro pecoso. Llevaba el cabello rubio sujeto en un moño y algunos mechones se habían escapado para dibujar arabescos sobre su piel aún tersa. Dejó el pincel a un lado y se levantó.

—¿Eres…? —susurró—. ¿Eres Rebecca?

—Sí —sonrió, al tiempo que los ojos se le humedecían. Había tenido tanto miedo de que Elvira no la reconociera que no pudo evitar un suspiro de alivio. La hermana Soledad, después de todo, se había equivocado con ella.

—¿Qué haces aquí? —Miró hacia atrás, hacia el médico que aguardaba—. ¿Estás enferma de nuevo?

—No —contestó, de nuevo sonriendo—. En realidad, he venido a buscarte.

—¿A mí?

—Si tú quieres —se apresuró a añadir.

—Pero… —Volvió a mirar en dirección al doctor.

—El doctor Romero dice que, si estás conforme, puedes venirte conmigo. Yo cuidaré de ti.

Elvira la miró como si no lograra comprender el sentido de sus palabras y se dejó caer con suavidad sobre la banqueta. Rebecca se arrodilló a su lado.

—Tengo una bonita casa en el sur de Francia —le explicó—, rodeada de viñedos y de bosques, y hay un río cerca. El pueblo es encantador, y pronto todo el mundo te querrá tanto como yo, estoy segura.

—Rebecca…

—Tu habitación es grande y la decoraremos como más te guste —continuó—. Y hemos comprado un piano, uno tan grande como el que hay en el solario.

—¿Hemos? —La miró, inquisitiva, y luego sonrió—. ¿Leopold?

—¡Sí! —Rio—. Está esperando fuera, con nuestra hija Hannah.

—¿Tienes… una hija?

—Solo tiene cuatro meses, pero está deseando conocer a su tía Elvira.

Su amiga alzó la mano y le acarició la mejilla con delicadeza.

—Siempre he dicho que tenías un alma hermosa —musitó,

al tiempo que una lágrima comenzaba a deslizarse por su mejilla—, pero no quiero ser una carga para ti y tu familia.

—Tú también eres mi familia —repuso, con la voz quebrada por la emoción.

Elvira miró hacia los manzanos con el rostro compungido y Rebecca supo lo que estaba pensando.

—También he tratado ese asunto con el doctor Romero —añadió— y podemos trasladar los restos de tu hija Aurora. En Saint-Martin hay un pequeño cementerio y no queda lejos de casa. La enterraremos junto a un buen hombre, un pintor polaco que se llamaba Helm Pawlak. Él cuidará bien de ella. Y podrás visitarla siempre que quieras.

—¿Harías todo eso… por mí?

—Yo… siento no haber regresado antes a buscarte, pero…

—No te disculpes —la interrumpió—. Ahora estás aquí. Es lo único que importa.

Elvira volvió la cabeza y contempló el cuadro a medio hacer.

—¿Has pintado mucho en este tiempo? —le preguntó Elvira, como si de repente hubiera olvidado de lo que estaban hablando.

—No lo hice durante años —reconoció—. Creo que necesitaba volver a mi hogar para reencontrarme conmigo misma.

—¿Y lo has conseguido?

—Leopold y yo inauguramos una exposición en París hace dos meses. Fue magnífico, estuvieron allí todos nuestros amigos.

—Bien —comentó, contemplando de nuevo su propio cuadro—. Eso está muy bien.

—Elvira…

—¿Y tu familia? ¿Tu padre…?

—Todos perfectamente, hace poco vinieron a visitarnos —respondió—, mi padre incluido. Creo que por fin está comenzando a aceptarme por lo que soy.

—Mi niña querida… —Le acarició la mejilla de nuevo—. Siempre albergué la esperanza de que algún día llegara a verte como te veía yo.

—Pensaba… pensaba que me habrías olvidado.

—¿Olvidarte? —la miró, extrañada.

—La hermana Soledad me dijo que…, en fin. Que habías olvidado a otras personas que habían pasado por aquí y…

—¿Chantal? ¿Alicia? ¿Stephen?

—¿Los recuerdas? —inquirió, asombrada.

—Por supuesto que sí. No siempre, claro. A veces es más fácil olvidar, ¿sabes? Duele menos.

Elvira volvió a contemplar su pintura inacabada y luego alzó los ojos hacia los manzanos en flor.

—Creo que ya estoy cansada de pintar siempre lo mismo —le dijo, con una sonrisa cómplice al tiempo que giraba la cabeza de nuevo hacia ella. Rebecca rio, feliz—. Y estoy deseando conocer a mi sobrina —añadió, conmovida.

La mujer se levantó al fin y Rebecca la abrazó, la abrazó igual que Elvira había hecho con ella tantos años atrás. La abrazó con la sensación de que, al fin, su familia estaba al completo.

La familia que ella había escogido.

NOTA DE LA AUTORA

Cuando mi editora me sugirió la idea de escribir sobre Leonora Carrington, me bastó echar un rápido vistazo a su biografía en Wikipedia para aceptar. Para mí suponía un nuevo reto porque, aunque en todas mis novelas hasta la fecha he incluido personajes históricos, ninguno había sido el protagonista. Además, me permitía poner un pie en el siglo xx, al que hacía tiempo le venía echando el ojo. Sin embargo, poco después de comenzar el trabajo de investigación y documentación, me encontré con dos obstáculos importantes. El primero: la historia de Leonora ya se había escrito. Y no una sola vez. Por un lado, estaba la novela de Elena Poniatowska titulada *Leonora*, que había sido además Premio Biblioteca Breve en 2011; por el otro, la biografía de Joanna Moorhead —prima de la pintora—, cuyo título es *Leonora Carrington. Una vida surrealista*. Y aún encontré más material en distintos idiomas, prueba evidente de que la artista había despertado el interés de muchas personas a lo largo de los años.

A mi editora, Aránzazu Sumalla, le había llamado la atención de forma especial el periodo que Leonora había pasado en España, en concreto internada en un sanatorio mental de Santander. Y, por supuesto, a mí también, así que decidimos que ese sería uno de los puntos importantes de la trama. El proyecto presentaba ciertas preguntas clave que había que responder. En primer lugar, quién era Leonora. En segundo, cómo y por qué había terminado en Santander. Por último, qué había sido de ella después de su paso por España. Y todo esto me llevó al segundo obstáculo: Max Ernst, el pintor surrealista de quien fue amante y por quien abandonó su país natal para instalarse en Francia.

A pesar de que la figura de Leonora Carrington ya había protagonizado novelas y biografías, yo aún estaba convencida de que sería capaz de darle «mi toque» a una novela protagonizada por ella. Lo que pronto me resultó evidente era que no podía convertir a Max en el «héroe» de la historia. Cuanto más le conocía y cuantas más cosas averiguaba sobre él, más antipatía me despertaba.

Max y Leonora se conocieron en Londres en 1937, cuando ella tenía veinte años y él, cuarenta y seis (aproximadamente la edad que tendría el padre de ella). Max tenía entonces una exesposa y un hijo en Alemania y una nueva esposa francesa, Marie Berthe, que era también pintora y famosa por su carácter excéntrico. Parece ser que Marie Berthe había asumido hasta cierto punto las numerosas infidelidades de Ernst, que no le hacía ascos a ninguna mujer que se le pusiera en el camino, pero, cuando su esposo inició su relación con Leonora, montó algunas escenas y escándalos, e incluso los persiguió hasta su idílico retiro en Saint-Martin d'Ardèche. Max regresó con su esposa a París y se quedó con ella unas semanas, dejando atrás a una Leonora tan confusa como resentida. Finalmente, el artista abandonó a Marie Berthe para reunirse con su amante en Saint-Martin y ambos se instalaron definitivamente allí.

Tras vivir un intenso y apasionado romance, la Segunda Guerra Mundial acabó por separarlos. Max fue detenido y Leonora sufrió una crisis que la llevó a España, finalmente a Santander. Después de huir del destino que su padre había trazado para ella —pretendía ingresarla en un sanatorio de Sudáfrica—, Leonora escapó y llegó a Lisboa, que en aquel momento era el principal puerto de salida de una Europa en guerra. Allí, se reencontró con el escritor mexicano Renato Leduc, a quien había conocido en París y que le propuso matrimonio para ayudarla a salir de allí. Y ella aceptó.

Entonces reapareció Max, que había logrado escapar de la Gestapo y que llegó en compañía de Peggy Guggenheim, la coleccionista de arte estadounidense, de quien ahora era amante. A esas alturas, Leonora estaba ya algo desencantada con su gran amor, más disgustado por las obras de arte que habían dejado atrás tras sus respectivas huidas que por lo que le hubiera podido suceder a ella en el tiempo que habían estado separados. Sin embargo, se mostró contrariado con la idea de que quisiera casarse con Leduc y, al parecer, incluso le pidió que no lo hiciera, aunque no le ofreció una alternativa para poder sacarla de Europa. Tal vez pretendía continuar con su romance una vez se hubieran instalado en Nueva York, él convertido en el nuevo esposo de Peggy Guggenheim —que tanto podía hacer por su carrera artística— y Leonora como su amante hasta que otra más joven la sustituyera. Leonora no aceptó. Se casó con Leduc, viajó a Nueva York, se divorció un par de años más tarde y acabó viviendo en México, donde en 1944 conoció al fotógrafo húngaro Chiki Weisz —seis años mayor que ella—, que había sido asistente de Robert Capa durante años. Leonora y Chiki se casaron, tuvieron dos hijos y permanecieron juntos hasta la muerte de él en 2007.

A estas alturas, imagino que mis lectores comprenderán por qué no podía escribir la historia de Leonora y Max. No solo se trataba de que él no me cayera muy simpático, es que el final de su apasionado romance me parecía tan triste como vacuo. Por otro lado, alargar la novela para que ella finalmente encontrara a un hombre digno de amar, un personaje que aparecería en la última parte de la trama, tampoco resultaba muy atractivo. La solución me resultó evidente: escribiría una novela inspirada en la vida de Leonora, pero con una protagonista que no fuese ella y con un protagonista que, por supuesto, no fuera Max Ernst. Y así nacieron Rebecca y Leopold.

Crear dos personajes nuevos me permitía dotarlos de las virtudes y los defectos que yo considerara pertinentes, conducirlos por donde yo quisiera (dentro de unos límites) y, especialmente, proporcionarles un final feliz. En mi caso, no concibo escribir una novela cuyo desenlace no me deje el corazón blandito; bastante dura me parece ya la vida como para llevarme también sus desgracias a la ficción.

Así que cogí la vida de Leonora, en concreto su trayectoria vital, y se la adjudiqué a Rebecca, a quien hice vivir los mismos episodios desde un punto de vista algo más amable (la auténtica Leonora era bastante más histriónica). Desde su estructura familiar hasta dónde y cómo conoció a Leopold (Max), cuándo abandonó Inglaterra para instalarse en Francia, su participación en la exposición surrealista, la compra de la casa de Saint-Martin, las detenciones de Leopold (Max), cómo salió ella de Francia y acabó en Santander, cómo logró finalmente llegar a Lisboa y cómo abandonó Europa. Hasta ese punto, todo lo que le sucede a Rebecca es casi lo mismo que le pasó a Leonora Carrington, incluidas las fechas, aunque yo he introducido varios elementos propios, como los amigos de Leopold, los habitantes del pueblo, la amiga que hace en el sanatorio y, sobre todo, el personaje de Frank, el fotógrafo estadounidense.

Desde el momento en el que Rebecca sale de Europa, todo es ficción. La parte que transcurre en Nueva York es de mi propia cosecha, porque ahí ya no tenía sentido continuar con la trayectoria de la pintora si yo quería un desenlace distinto.

Así que esta novela es la historia de la Leonora que a mí me habría gustado conocer, o de la Leonora cuya historia me habría gustado leer.

Espero que mis lectores comprendan las numerosas licencias que me he tomado en esta novela para hacerla mía y confío en que Rebecca y Leopold hayan conseguido conquistar su corazón igual que lo hicieron con el mío.